依依归来几经秋

黄锐 著

云南美术出版社

图书在版编目（CIP）数据

依依归来几经秋 / 黄锐著 . -- 昆明 : 云南美术出
版社 , 2024.1
ISBN 978-7-5489-5427-9

Ⅰ . ①依… Ⅱ . ①黄… Ⅲ . ①中篇小说—中国—当代
Ⅳ . ① I247.5

中国国家版本馆 CIP 数据核字 (2023) 第 140686 号

责任编辑 ：方　帆　赵昇宝
责任校对 ：温德辉　韩　洁
装帧设计 ：书点文化

依依归来几经秋

黄锐　著

出版发行 ：云南美术出版社（昆明市环城西路 609 号）
印　　装 ：四川科德彩色数码科技有限公司
开　　本 ：787mm×1092mm　1/16
印　　张 ：18.75
版　　次 ：2024 年 1 月第 1 版
印　　次 ：2024 年 1 月第 1 次印刷
书　　号 ：ISBN 978-7-5489-5427-9
定　　价 ：89.00 元

目录

第一章　海滩初遇

　　故事从一次并不值得期待的期末总结会开始。一行几辆旅游豪华大巴浩浩荡荡地往全国闻名的海滩进发。车上载着近两百名或年长或年轻，体态各异，高矮不一的男女同事。一般的身份是教师兼班主任，有些是教职工兼班主任，大家的共同点都是身兼班主任。这是一次班主任工作期末团建。

　　大巴看上去如庞然大物，但是在气势如虹的司机大佬手里简直就是大号玩具，一顿操作猛如虎，各位班主任在车上感觉仅仅只是小寐片刻，车就已经稳稳地停在 100 多公里外的景区酒店前。

　　等大家兴高采烈地进到灯火辉煌的餐厅大堂，熟悉或不熟悉的人名都赫然立在席位中间了。菜品精美而丰盛，但是没有酒水，有几个老师嘀咕了几声怎么没有酒，但是说的人没有很大声，旁边负责组织活动的听者也没打算听进去，也就过了。

　　没有酒的聚餐进食总是很快的。大家甫一落座，也不等领导提箸示范，各桌性急的人早就举筷戳向自己的心头所好，十双八双筷子一顿猛戳，有如行者八戒沙僧在三清观大殿上堂食一般风卷残云，很快就餐盘狼藉。然后各自散去，回房间午休。

　　在众老师午休之时，学生处主任带着蓝依豪与其他两位学管和团委干事去

会场检查布置情况。

等到弄好会场，主任领着几个干事回各自房间休息。蓝依豪刷卡进门，发现门里墙上已经有了一张卡。窗帘已拉上，空调开到最低，鼾声从里间那张床上一阵接一阵地传来，有如虎啸龙吟，其实更像牛吼马嘶，地动山摇般，震得蓝依豪站立不稳，几乎要倒。蓝依豪进到房里，躺在床上想了一会儿。人家酣然入梦，看电视是不行的。打开床头灯看书呢，没法看。捂着被子睡觉呢，也没法睡。

正当蓝依豪辗转反侧，迷糊要入睡时，旁边床上突然铃声大作，有如部队吹响了紧急冲锋号，嘟嘟嘟嘟嘟，把蓝依豪着实吓了一大跳。实际上那手机铃声就是部队冲锋号的声音，嘟嘟嘟嘟嘟，声音高低起伏，错落有致，催人奋进。

宿管科长被催人奋进的冲锋号铃声催醒，从床上一跃而起，顿时从酣眠状态进入战斗状态，切换状态之速，令人叹为观止。

看到蓝依豪也起床了，问："睡好了没？"

蓝依豪："嗯。"

"那咱们抓紧去会场。"

然后精神焕发的宿管科长带着不那么精神焕发的蓝依豪急匆匆地往会场进发。去时会场大门四开，只有酒店的工作人员面带微笑候立场外迎接。

然后是学生处主任到了，表扬宿管科长总是带着同事第一个到会场，宿管科长脸上笑开了花，好像领导表扬他厥功至伟，功不可没一般，蓝依豪都不知道他为什么笑得那么开心。然后是学生处其他几位干事到场。然后是性急的班主任或是新来不久的班主任到场。然后是一拨一拨各具特色的各系部班主任到场。有时候蓝依豪心想，为什么同在一个学校，各系部的老师的状态气场会那么不一样。一个学校有一个学校独具特色的校风已属难得了，现在却是各个系部有各个系部之风，这就令人叹为观止了。

闲话少叙，校领导一一到场，气氛马上由热烈奔放转为严肃认真。领导一到场，差不多就宣布会议马上开始。果然主持人拿着话筒就开始主持了。

总结会进行得很紧促很顺利，结束时才三点半，时机正好。没有太早，太早日头正毒，户外活动不太妥当；没有太晚，太晚玩得不尽兴，很快天黑。学生处主任公布晚上用餐时间，提醒大家别玩过头了，然后就宣布散会。

一宣布散会，肃穆庄重的会议气氛马上就变了，变得热闹轻松起来。会场外面，大家呼朋引类，忙着串联，连主任书记的脸上都绽开了笑容，被一帮兄弟拉着去搞小范围的活动。蓝依豪也被关系好的一个班主任——此时他的主要身份是生活指导老师，兼职做班主任（学校的班主任都是兼职的，并没有专职的班主任）——叫住，邀请一起去海滩游泳。商量好了在哪里碰头，蓝依豪回房间拿泳衣。

蓝依豪拿房卡开门，房门是能打开，不过里面反锁了推不进。里面有人声，敲门敲了好一会儿，里面人问是谁，蓝依豪报了自己的名字，然后才有个老师出来开门。蓝依豪一进去，就发现里面人头攒动，不下十个，一个标准客房，挤进十几个人，已经人满为患了，加之个个嘴里叼着烟，在吞云吐雾，手里拿着牌，在大喊大叫，烟雾所逼，声浪袭人，更加显得拥挤。宿管科长问他要不要来玩，蓝依豪说他想去游泳。科长说，那好那好。然后蓝依豪就被人护送出门。一出门，门就又反锁了。

蓝依豪和生活指导老师一同往海滩上走。其实酒店位置离海边不远，转个弯就到。

两人在洗澡间将衣服换了下来，穿上泳裤，存好物品，就往外走。

沙滩上到处都是人，人潮汹涌，何止成百上千，简直就是成千上万上十万。男人、女人、小孩，琳琅满目，触目横斜千万种，各种款式，各种花色，各种体型，各种身高都有。

有一家大小在沙滩上铺了床单，摆上吃的喝的，一家人在那里吃吃喝喝，还不停地邀请熟的或是不熟的人来吃喝，你越客气他们就越盛情邀请。

有弄了沙滩椅戴着墨镜躺在那里晒太阳的，那派头一看就是游学欧美从外国电影上学来的。

这是沙滩上的情形。

浅水区的情形又是另一种了。

成千上万的男人女人小孩终于来到海边，正浸泡在熟悉而又陌生的海水里。几百万年上千万年前人类辛辛苦苦从海洋动物慢慢演化成半水生动物，然后又演化成陆地动物，现在又重回到海里。大海，我的母亲！我来了！怎地不激动万分，胡乱地挥舞着双手跌跌撞撞地扑向大海。

没见识。

一看都是没见过世面的人。

一看就是第一次见到大海的人。

有些大姑娘小媳妇虽然穿了泳衣，走到水边却不敢进到水里，于是好心的纯熟爷们同事或朋友半拉半拖将其拉下水。小朋友则套救生圈勇敢地游向大海。一帮旱鸭子见了水，都是这样的，见于水而止于水，就只在齐腰深的水里扑腾来扑腾去，只把大海当小区里的游泳池，身子进到水中而止于腰。

在这个放大版的游泳池里，花样就更多了，玩球的、学泳的、打水仗的，各玩各的，标准式、仰式、狗刨式、小猪水中求生式，随心所欲，各尽所能。只看到成千上万的泳衣泳裤，红的、白的、黑的、绿的，花花绿绿，越鲜艳越好看。

离海滩再远一点，就是真正游泳的人的天下了。虽是没有台风的天气，可是大海也并不随风平而浪静，海浪仍是一波一波地往岸上拍打，很有气势。波涛涌起，来疑沧海尽成空，万面鼓声中，只听得耳边无数的战鼓齐鸣。彼时也只有弄潮儿能向涛头上立，一拱一拱地往大海深处游去，黑黑的脑壳出没于波涛之中。弄得海滩高塔上的救生员将眼睛擦了又擦，生怕没看清，那个可恶的黑脑壳就不见了，等到白白的肚皮浮上水面，他的救生的工作只怕也不保了。

当然天上还有直升机和滑翔机。不过除了直升机发出震耳欲聋的噪音影响大家发出欢笑的声音和滑翔机的大翅膀污了大家玩水的好心情之外，这两样东西对海滩的欢乐气氛一点好处都没有。

就这样，我们的蓝侬豪和他的亲密战友、一位生活指导老师来到海滩，扑面而来的陆上海上空中的全方位的景象就是这样子的，很有时代即视感。可以做恢宏壮观的作品的开篇。

两人穿过人流涌动城堡遍地的沙滩，时不时绕过只有一颗人头露在外面的小沙堆，跨过弯弯曲曲的一泡尿就可以冲毁的护城河，来到水里，蹚水而入，准备穿过由人墙组成的大海，向水深处游去。可惜同伴来游泳的意志并不坚定，见了身边无数美女娇娃就不想往前走了，一如天蓬元帅来到水里见了七仙女在玩水就动弹不得一般。同伴在浅水区大呼小叫地乱游一通，以此吸引一众美女娇娃的注意。蓝侬豪陪他玩了一会儿，觉得不太像是在大海里畅游，提出要往深水区里去。同伴说，这里好玩啊，何必去别处。蓝侬豪想想，以他的身材和体力，也只能待在浅水区里了。于是向他道别，一跃而起，像一条剑鱼一样冲进了深水区。

开始他还时不时地碰上一些胳膊大腿，遇到一些做自由泳状奋力往前游的人，以狗刨式前进的人是不可能游到那么远了。慢慢地，人越来越少，大海也越来越宽广，女人小孩特有的具有穿透力的声音此时也变得微弱了起来，像是从另外一个世界传来的。慢慢地人声退去，只听到海水的声音。天上的直升机也飞去了别处，只有滑翔机在天上无声地划过。

蓝依豪很久没有游过泳了，游泳池里游是两三年前的事儿，在室外的江河湖海里游那就更早了，还是在读高中时和同学一起游过长江的一级支流。支流傍城而过，他们从城这一边游到那一边，这一边城里，房子鳞次栉比，那一边乡下，树木稀疏，菜花遍地。

蓝依豪看看四周无人，第一次在大海里游，感受到深不可测的大海，有那么一丝丝怯意。不过他忽然想起一句"道之所在，虽千万人，吾往矣"，又觉得有了点力量。于是他仍往前游，一直碰上防鲨网才停下来。再往前就没必要了，非但不能证明自己的勇气和能力，你再厉害，你也游不过太平洋，还是算了吧，而且你再往前，那些高台上的救生员也会像着了火似的拿着口哨狂吹乱叫，命令你回到防鲨网内。何苦跟人家过不去。

所以他就停在防鲨网边，倚靠着大浮筒，一边望着无边无际的大海尽头，一边回望人群密布寂静无声的人间，感受到了深深的孤独。道之所在，虽千万人，吾往矣。是一种孤独。道不行，乘桴浮于海。也是一种孤独。众里寻他千百度，蓦然回首，那人却在，灯火阑珊处。也是一种孤独。只要你认为自己与众不同，而别人又不以为意，就是一种孤独。不过这种孤独于己又何妨？自己尽可以心随精英，口随大众，做到与世无争。何苦太标新立异与众不同惹人生气？

正当他胡思乱想，将时光静止在波涛汹涌的海上，只见得前方一个人，还是一个女人，分明在朝自己这个方向游了过来。蓝依豪觉得有点不可思议，能游到防鲨网这里的男人都很少，怎么会突然冒出来一个女人？其实那天游泳的人里游到海中间的人也不少，到达防鲨网的人也有一些，只是相比那些在沙滩上及浅水区里的人实在是太少，简直就是万里挑一，而且他们游到防鲨网边都不会停留太久，很快又折回浅水区，只留下蓝依豪静静地享受这无边的寂寞与孤独。

这突如其来的女人，防鲨网那么长那么宽她别的地方不去偏偏直奔自己这个浮筒而来，着实把蓝依豪的心弄乱了。他都要快发出灵魂般的拷问了：她是谁？她从哪里来？她要干什么？

及至眼前，那女子停了下来，将自己挂在防鲨网上，抹去脸上的水，他才发现她是学校的，也是一个新班主任。

认识，彼此之间也叫得出名字。

只是不太熟。没有太多工作上的交集。

蓝依豪尴尬地问候道："你好啊！"

"你好！"

"好巧啊，在这个地方遇到你。"

"不巧，不巧，是我特意过来找你的。"

"是吗？"

"是的。因为我想游远一点。可是我同伴没人能陪我。她们说你在这儿，所以我就游过来找你了。"

"能游到这里来的人很少。"

"是啊，是啊。所以比较安静，少有人打扰。"

"我也不太喜欢被人打扰，我比较喜欢人少的地方。"

"我和你有点相像。热闹的日子我希望人多热闹，我想安静的时候就希望人少不被人打扰。"

"我是什么情况下都不喜欢人多。我希望人多的时候那些热闹的人群只是一个背景，而我不必深陷其中。就像在海滩游泳一样，在这里能感受到热闹，但是不被人打扰。"

"我没有打扰到你吧？"

"没有，没有。我只是不喜欢人多口杂太吵闹而已，并不是一个人都不喜欢。小时候我读《源氏物语》，主人公光源公子逃离喧嚣热闹钩心斗角的皇宫，到一个偏僻的海边寺庙里，和一个老和尚在古松下清谈的场景，现在仍记忆犹新。别的内容我倒是忘得一干二净了。"

"在古松下和老和尚清谈，哈哈，那在咱们职业学校可没有这么清幽的地方哦。"

"有个类似的地方。"

"是哪里？"

"学校图书馆。"

"哦，也是，也是。我每次去图书馆，里面经常空无一人。除了四个管理员老师之外，没有一个借阅者。"

"你也经常去图书馆？借什么方面的书？"

"说来惭愧，我去得比较少。一般都是借点专业书，有时借点小说，像东野圭吾的《白夜行》《嫌疑人 X 的献身》。你呢，喜欢什么书？"

"我读书比较杂，没有一定范围。前几年喜欢读心理学方面的书，把不同心理学流派的书的都弄几本胡乱读了一通。后面喜欢经济学，又把各个时期的经济学流派的书拿来读一通，然后哲学、美学、宗教书都拿来读。不过读得比较多的是文学，文学里面外国文学读得比较多。一个时期喜欢一个地方的作家作品，有时是拉丁美洲的，有时是美国，又有时是东欧，日本的近代作家的作品看得多，当代的也读了一些。"

"爱好这么广泛。我读的书比较少。上学时除了指定的几种课外书外我都不怎么读，参加工作之后也只是读些专业有关的，其他的书都没有时间去看。"

"看书并不是有没有时间的问题，而是在于有没有兴趣。有兴趣去读，就有时间去读。"

"是的。你喜欢不喜欢国内文学？"

"国内的，现代文学我很喜欢。当代文学就不怎么读了。"

"国学你不喜欢吗？"

"国学当然喜欢。我喜欢阅读，就是从喜欢古文开始的。诸子百家，史书笔记，诗词杂艺都喜欢。不过国学典籍浩如烟海，读起来费时费力，现在只读百年来的一些大家读古籍的笔记或生活随笔，如钱钟书的《管锥编》《谈艺录》，钱穆的作品，清朝梁绍壬的《两般秋雨庵随笔》这些书。"

"古文精练浓缩有韵味，我爸爸说很像用古法制作保存的酒肉酱菜，一次不能太多，但是喜欢上了之后一辈子都舍不得丢弃。"

"是的，是的。我中学时代就喜欢背诵古文。把那些古文记在脑子里，一辈子受用无穷。"

"我爸爸也是那样说的。所以小时候我爸爸总是要我背诵诸子百家的书。有些根本就不好理解。"

"长大之后就会慢慢理解的。"

"你能背诵《孙子兵法》吗？"

　　"十多年前背诵过,不知道能不能回忆起来。让我先想一想。"

　　"哇,背过吗?也是你父母要你背的吗?我上中学时我爸要我背,我有时背不出来,他就拿尺子打我手掌。我现在还记得手掌打得很痛啊。"

　　"是吗?我是自己喜欢才背诵的。没人打我手掌。哦,我好像还记得。我背一下。背不出来的时候你帮我提一下句子:

　　兵者,国之大事。死生之地,存亡之道,不可不察也……"

　　蓝依豪和吕达依在海上闲谈。让人不禁想起《述异记》里的故事。两人在海中闲谈,一如两童子在山中下棋,忘我倾情,而不知时间飞逝。倒是沙滩上的那些观局的男男女女,有如王质观棋,手中的斧柄都腐烂了,却仍呆呆地隔海久久而望,都不知他们聊些什么,世间有什么题目好聊。

　　终于他们俩发现沙滩上情形在变,游人渐去,时候不早。于是两人才回游上岸,各自进冲凉房冲洗后回酒店。

　　回到客房,但见人去房空,满地的槟榔屑烟屁股,空气中弥漫着浓烈却并不美好的气味。蓝依豪虽为壮夫,也有些招架不住,赶紧先把窗户打开通通风,然后晾好泳裤换上鞋子。

　　离开餐的时间很近了,他匆匆忙忙地进到堂食的大厅。大厅早已灯火通明,无数巨型枝灯照得整个酒店如同白昼,外面天已黑了。

　　气氛和午餐大不一样,很热烈,很随意。领导已然就座,远远地在大厅尽头,十几桌之外。菜虽然没有上桌,校办随车带上的校酒却已打开瓶盖,宿管科长已经同一帮下属的班主任兄弟喝了起来。等到第一道正菜上桌,一瓶52度的茅台已经空瓶了。其时那桌喝酒的男人才四个。

　　许是大家玩得太尽兴,玩累了、饿了,又或是晚餐时间晚了半个钟,每上一道菜,就立马被筷子横扫一空,上另一道菜,又立马横扫一空,眼睛都来不及眨一下。领导席的人就文质彬彬多了。

　　这边蓝依豪桌上的几道菜吃光之后,桌上的酒又喝掉了一瓶。看看酒不够喝,瞅瞅隔壁教务处那一桌都是女士,桌上的茅台纹丝不动,宿管科长毫不客气地起身顺了过来,开瓶就倒,人也不以为意,反正桌上还有红酒,女人喝红酒才能养颜美容,白酒就给学生处的那些酒鬼好了。

　　此时酒过半巡,菜已过半,气氛更加热闹起来。领导端着酒杯示意,不管远近,大家齐齐起身,或端着倒满白酒的酒杯,或端着倒有红酒的酒杯,滴酒不沾的人就端着倒有汽水果汁的杯子，连汽水果汁都避而不喝的人就端起倒有茶水或白开水的杯子。领导酒杯一举，响应者顿时云集。场景颇为壮观。

大家排着队在领导面前敬酒。蓝依豪不为所动。

席间他也喝了一点，和桌上的那帮同事。但是喝了一杯就以不胜酒力为由不喝了。那帮人都觉得那点酒都不够自己的兄弟喝，因此也不再相劝。

蓝依豪曾经在年少不更事的时候力战群雄，将前来挑战的一桌子人喝倒在桌子底下，自己最后还摇摇晃晃地唱着歌儿走回家。那场景历历在目。那是多年前的事儿了。那时在老家，有一次父母不在家，自个儿懒得做饭，就在堂哥家蹭饭吃，堂哥喜欢喝酒，老弟来吃饭当然不能不备酒，结果两人把他家的酒喝光了还没醉。然后蓝依豪对外号称两人喝了两斤酒。不知怎的这话传了出去，村子里一帮无赖听了很不服气。没多久，隔壁邻居家嫁女儿，蓝依豪前去吃酒。虽是吃酒，饭桌上也摆了酒，但蓝依豪并没打算喝。老爹不喜欢自家儿子在人家里比酒拼酒，所以他也没喝。自己正扒拉着碗里的饭，旁边来了两个村里的家伙，向他发出挑衅，说都听人说你如何如何能喝酒，怎的不见你喝，是不是吹牛。蓝依豪本不想应，但是这两个家伙有点搞事，有不喝就不让走或是不喝以后就别在村子里说大话的意思。激起了蓝依豪的斗志。平常这几个家伙就有点仗着他们是土著，欺他家新搬来村子里，不服他家家业比他们大。蓝依豪想自己如果不应战，只怕以后更欺得厉害。于是就不顾家人反对，上到喝酒的那一桌上去。那桌一共四人，加他是五个。他以一对四，说好谁先喝醉不喝就往酒桌底下钻过去认输。大家一看有热闹事，都过来看热闹，里三层外三层地把这酒桌挤了个水泄不通。其实四个人里面能喝的不过两个，另两个是不太能喝的，自以为蓝依豪吹牛，所以也就跟着自吹。结果酒过三巡，五人喝了三斤，就有两个不喝了。其人脸皮也厚，说话也算话，为了不想醉，老老实实钻桌子走人。一屋子的看客起哄，看着他们两个从桌子底下钻过去，然后列队鼓掌欢送。空酒瓶拿走，有好事者又拿来几瓶摆上桌。蓝依豪义无反顾，继续同另两个拼酒，一瓶酒又见底了，而蓝依豪稳稳地坐在长条凳上，纹丝不动。那两个人见势不好，大着舌头问还要不要喝。蓝依豪说老板家的酒那么好，怎的不喝。咱们来个一醉方休。嫁女儿的那家人平常酿酒待客，有些小气，每每往酒里掺水，导致度数不够。邻居多有笑话。此次嫁女儿，想办得隆重一点，一点水也没掺，想趁此让人家夸他家的酒好。所以想醉倒几个求个人证物证。于是也一

个劲地叫人添菜添酒。那两个前来挑事的家伙架不住旁边的人起哄，硬着头皮喝下去。喝到第五瓶时只听得两个中的一个玉山倾颓，哗啦一声，连酒带菜全部吐了出来。弄得酒桌边一片狼藉。很是没趣。蓝依豪问他还要不要喝，不喝了就自觉地往桌子底下过，不要人拉。那人不服，拿酒杯再喝，再喝又是吐。旁边的人骂，有两人气愤地拉着他往桌子底下塞，塞进去之后不给退路，结果没办法，只好从桌子的另一头钻了出来。

　　四个逃了三个。剩下来的那个挑事的找蓝依豪讲和。低声下气地说要不咱们打平算了。你不喝了我也不喝了。蓝依豪大着舌头结结巴巴地说：那，那，那怎么，行，行……说好的，说好的……他老爹在旁边骂他，人家都不喝了，你还喝！你是想醉死吗？那人说咱们也喝得差不多了，差不多了，也就不，不喝了吧。咱们做个好朋友，你好，我也好。蓝依豪说，做好朋友也行。你承认我能喝一斤酒了不，不？我承认了，你能喝，确实能喝。老板的酒也好，好，你的酒量也不错，错……老板在旁边听得心花怒放，我都说了我起的酒是不错的。起码有四十几度了。人家在旁边顶他，还四十几度，你就吹吧。那人说咱们做个好朋友了，那咱就不用钻桌子底了吧。好朋友不用拼个你死我活的。是啊，是啊。是好朋友那咱们就握个手吧。看你也喝得差不多了，走路都走不稳了。好朋友我扶着你。我别人都不服，我就扶你。于是蓝依豪撑着像两根棍棒一样不听使唤的双腿扶着对手去后屋床上睡。两人坐在床沿上还说了一堆英雄相惜的胡话。待那人倒床而睡。蓝依豪起身摇摇晃晃地出门往家里走。一边左摇右晃，一边兀自大声唱着歌儿，以此向世人宣示他还没有醉。惹得看热闹的人发出一阵阵的欢笑。

　　那是多年前的事儿了。事后家里把他痛骂了一通，告诉他千万别吹牛说什么自己喝酒有多厉害，你在那里胡说，有些人听了总会不舒服，会找上来挑事儿的。从此之后，蓝依豪再也不说自己能喝了。每每看到别人酒前豪言壮语，酒后胡说八道，就提醒自己别丢人现眼。

　　平常蓝依豪喜欢一个人小酌一杯，但在人前，尤其是单位聚餐，但见酒桌上英雄辈出，豪杰纷争，就有些不太想喝。自己不喜欢多说话，说些没意义的话。平常都不太喜欢说，喝了点酒后在人前说了一堆无聊又可笑的话，事后每每后悔，然后慢慢地不在席前同人多喝了。

　　喝酒的最高境界其实是陶渊明的《五柳先生传》里说的那样：性嗜酒……

亲旧知其如此，或置酒而招之；造饮辄尽，期在必醉。既醉而退，曾不吝情去留。喝酒就只在喝酒，席间是不用说一句废话的。

可是实际中，大家喝酒是为了什么呢？只是为了能让自己说废话，而为了能让自己说废话又不得不听别人说废话。

蓝依豪读过周国平的《"沉默学"导言》，很是喜欢那篇文章，因此反复诵，反复读，几乎都能一字不漏地背诵下来：

一个爱唠叨的理发师给马其顿王理发，问他喜欢什么发型，马其顿王答道：沉默型。

蓝依豪很喜欢这个故事。素来怕听人唠叨，尤其是有学问的唠叨。遇见那些满腹才学关不住的大才子，他就不禁想起这位理发师来，并且很想效法马其顿王告诉他们，他最喜欢的学问是沉默学。

……

蓝依豪少年时曾经带着一口的乡音去城里求学，被城里的同学嘲笑，青春期变音时，在学校里跟大家说话，说着说着就走调，发出一种鸭子般的怪声，又屡屡遭来哄堂大笑，因此就变得不太爱说话，而开始喜欢上阅读。如果当年有人指点一下，他也不会有那么多的青春期的烦恼，如果当年他没那么自卑，他也不会变得那么沉默。下巴上长出了淡淡的胡子，也会被无聊的男同学指出来取笑，新买了一件衣服，也被同学拿来品评一番。所以性格就不太合众。至于参加工作之后单位里众人酒席征逐，以蓝依豪的性格就更加不喜欢。

在沉思默想中，整个大堂哄然雷响，敬酒之声劝酒之声此起彼伏。

蓝依豪不为所动。凡是在这样的场合，需要找人敬酒的，他一概不去。也许并不是因为他清高，也许只是因为他讷于言，也许只是担心自己酒后说胡话遭人笑。哪怕是他那一桌都去了，只剩他一个人，他也不去。哪怕是别人好心相劝，敬人以酒也是做人应有的礼节，你不去，就是失礼。他也不为所动。

而且自己也没什么过人的能力，没有新颖别致的话语，何苦在人前絮絮叨叨说些无聊的废话。所以他在酒席上一般都是一定程度地保持沉默。

回到客房，浓郁的气味还在，蓝依豪拿起扫把，来个整理整顿清扫清洁，满地满桌的垃圾，弄得他昏头昏脑地搞了半个多钟头。

搞完房间卫生他想看下电视，可是翻来翻去都是些狗血电视剧，看新闻，也没有多少值得看的，想看纪录片，一时也没有找到。然后想打开书来翻几

页。可是没心情看，满脑子想的都是下午到海里游泳的事儿，同那年轻的女老师聊天的情形一一宛在眼前。也不知道她住哪间房，和谁同处一室，现在在做什么？想邀她再去海里游一游，可是，会不会自己想多了？人家会不会早有男朋友了？会不会当时只是想在众人面前显示一下泳技，而并没有把自己当成可谈的对象？即便是两人在海中相谈甚欢，可是谈的那些又能做什么？更何况人家虽然和他年纪相当，可是马上就要拿到高级讲师证了，而他还屁都不是。他教师资格证都没有考，也就是说初讲都还不是。有什么资格胡思乱想，癞蛤蟆想吃天鹅肉，别做梦了。人家如果想谈，想找她谈的人排队都排到几公里外。人家如果不想谈，自然有不谈的理由。而你根本就不在人家想谈或是不想谈的理由之列。有人说梦想还是要有的，万一它实现了呢？你还不如说彩票还是要买的，万一它中了特等奖了呢？你买多几年彩票，你就会发现它中奖真的就是个万一，不，是千万分之一，亿万分之一。

你唯一的梦想就是不要有梦想，不要胡思乱想。安心地洗洗睡吧。

常言道人拥有的常常并不珍惜，珍惜的却是已经失去了的。正当蓝依豪想着把这百无聊赖的一晚如何打发掉时，客房外面过道上传来哗然大笑，然后止于他客房前。门被打开了，涌进来一拨雄性动物，都是酒足饭饱开心得不得了的一帮人。然后立马开战，扑克牌马上就出现在桌上，扎金花还是斗地主，蓝依豪弄不清这里面的区别。香烟点上了，一个接一个地吸了起来，槟榔包也打开了，习惯嚼槟榔的开始往地上吐起槟榔渣来。蓝依豪一个人静静地待在客房里时没有珍惜那美好的时光而想着有人同他聊天，如今进来那一帮人时却只能深情地怀念那一个人独处一室的美好时光了。拿起书来看是不可能的了，阅读在众人眼中就是一个笑话，阅读是学生的事，你一个有工作的当老师的人还拿书来读干什么？而且你也没有阅读的软硬件设备，桌子椅子早就没你的份了，人家打牌都不够坐的，还要从隔壁房间搬几条，哪有你的？甚至于连坐的地方都没有，你的床的床沿都被人征用了，用来当坐具了。你真是无处可去，房间里无你的立锥之地。这时想打开电视，哪怕是看些无聊的电视剧也是好的。可是当你打开电视时，人家赌得正起劲的人不高兴了，开口说：

"今天咱们就要在这里玩通宵，你去别的客房睡去好了。"

蓝依豪那个榆木脑袋想不明白了，横拿着扁担进不了门的人不高兴了，以为部门安排给他住在这间客房，那么这间客房今晚就是他的了。你凭什么要我去别的房间？你凭什么赶我走？你凭什么不事先征得我的同意而开口就要我去别的地方？

蓝依豪把电视机的音量开大，假装没听到。

"兄弟，你没听到吗？你去别的房间睡！"

"我为什么要去别的房间！"

"你没看着咱们忙着找乐子？你打扰到咱们兄弟的雅兴了。"

"你凭什么要赶我走？这是安排给我的房间！"

"你看你看，我凭什么赶你走。要你去别的房间你就去别的房间，废话什么。"

蓝依豪懒得理他，仍看他的电视。别人没有安保科长那么拽，看到蓝依豪愤怒的样子，没人帮腔，只顾玩牌。

电视看得也没意思。睡觉是不可能的了，想去别人家的客房去睡，又不知哪家有空铺，哪家愿意他去睡。他不想去烦人家，也不想去求人家。其实这一帮赌鬼个个都分得有房间，可是没一个人愿意开口说去他那里，或者说都懒得理他。因为他们根本就没把蓝依豪的感受当回事。

看看十点多近十一点了，生物钟开始起作用而他却无处可去。蓝依豪开始焦躁起来。他根本就不像这帮人能在牌桌上熬上三天三夜，他一个晚上都没熬过。哪怕是过年守岁他都没守过十二点之后。所以他的生存能力很差，是个没有见过世面的书呆子。

其实那一夜他完全可以自行找个客房去睡的。其实那夜他完全可以问那些"赌鬼"，那些人其实都是些班主任。有些是系部专业教师兼职的班主任，有些是各行政部门的教职工兼职的班主任，不说个个都认识，起码有一半认识。不认识的或者是因为是分校的较少来总校，或者是新进的老师。

可是他没有。他觉得受了委屈，被人从自己的属地驱赶了出来，有如土著人被外来人赶走了一般。

蓝依豪很生气，可是后果一点都不严重。说得通俗一点，他生气根本就没人当回事。而且他也不能直接跟他们起冲突，毕竟他们是同事，虽然正式文件中也没有被冠上什么领导职务，可那人还是他的直接上级，平常上班管着他。

突然他想着干吗不回去，从哪里来，就回哪里去。此地不留爷，自有留爷处。

于是他去了酒店大堂，嚷着要前台给他安排车辆，他要回单位去。前台问

他为什么深更半夜还要回,难道对客房不满意?难道对她们的服务不满意?左问右问,问得蓝依豪越发生气,义愤填膺,所有的脾气都爆发出来了,语无伦次地讲,我没有房间,我被人赶出来了,我没地方睡……讲到动情处,蓝依豪语气很悲愤,声音很高亢,态度很坚决,劝都劝不住,就是要回去。这时晚归的人陆陆续续地从外间往客房走,经过大堂,见这么热闹,都忍不住想了解一下。看到蓝依豪激动地大喊大叫,都不知道发生了什么。结果停留下来的人越来越多,场景越来越壮观,恰似堵车了一般,越堵车越多,车越多越堵。这时副校长和一个支部的女书记深夜从外面谈心归来,迎面碰到人群集聚,场面异常,非比平日。于是问情况。得知是这事儿,和颜悦色地安抚蓝依豪,同时立马派人去叫那帮人滚蛋。比至副校长派的"锦衣卫"到客房,那帮打牌的人早已风闻,提前逃之夭夭了。客房的垃圾也被扫得干干净净,等蓝依豪进去,那宿管科长已躺在床上,装出刚睡醒一样,问他:哦,你回来啦。

第二天上午召开班主任表彰大会,校长突然驱车驾临会场。等优秀班主任表彰一结束,校长就上台讲话了:"学校在这里召开班主任期末总结会议,一方面是总结这学期的班主任工作,表彰优秀的班主任老师,另一方面借这机会让大家游览一下祖国的大好山河,锻炼一下各位的体魄。结果部分老师无视学校的初衷,在此聚众赌博,不仅影响别的同事休息,还影响学校的声誉!……

表彰会开完后,大家全体出去海滩游水。"哪些没有带泳衣泳裤的举下手,财务的同志统计一下,学校统一购买,免费发放!"

说到这,台下一阵骚动,有人想趁此机会挣一条免费的泳衣泳裤。蓝依豪见旁边不远处有一位班主任老师很是激动,屡屡想把手举起来,但是架不住身边的另一位老师一次次死死地将他的手摁住,一个要举,一个摁住,两人在台下过招不下十几次。

看看没人举手,校长又说话了:"好,没人举手,说明大家都带上了。学校通知大家在海滩游泳而没带泳衣泳裤这像什么,像考试不带笔,讲课不带教案,打仗不带枪!如果有人没带泳衣泳裤,学校可以公费购买,但是你的年终考核降一个档次!不然还以为在奖励你……"

那个想举手而被同事死死摁住的人十分感激地握住对方的手,久久不肯放下……

学校最高领导一言既出,真是驷马难追。表彰会一结束,大家纷纷回客房去拿游泳的衣物，没有的也悄悄提前溜出酒店，到外面的商店赶紧买上一条应急。外面的商家见前来买的人一下子多了许多，趁机涨价，情形紧急，老师也没法慢慢地讨价还价了，结果被商家大赚了一笔。商家数钱数得可开心了。

再一次去海滩，情形就很熟悉了。只是多了一些上了年纪的女老师，扭扭捏捏地走不到海滩。好在校长体察民意，只要大家去海滩上，也没强制要求大家下水。所以那些年纪大的不想在人前显山露水的，穿着平常的衣服，趿着酒店的一次性拖鞋在水里走一走，把脚背打湿也算完成了领导交办的强身健体的任务。

因为无处可去，大家聚在一起，各部门间你竞我争的气氛又来了。有进取心脑子转得快的中层干部就提议，以部门为单位大家来场游泳比赛，看哪个部门游得最快、游到防鲨网那里的人最多。响应者无数，真做的寥寥。有四分之一的人不想下水，只是站在沙滩上游来荡去，绝对没打算把脚背打湿；有四分之一的前进了一大步，不过也只止于打湿脚背；还有四分之一的只敢在浅水区里扑腾几下小喝几口海水；有四分之一的人敢畅游大海，却心有余而力不足，当发觉脚底的海水越来越蓝，越来越深不可测之时立马就掉头而回了，自家的小命要紧。虽然海滩上的救生员严阵以待，但是被海水灌肚的感受可不像喝啤酒那么美好。

结果200多名教职工，能游到防鲨网那里的就只有蓝依豪和吕达依。游到防鲨网处的也有一些，不过除了这两人之外都是学校以外的人。来参加活动的公共基础部的体育老师少说也有七八个，学生处宿管科和安保科的人也来了不少，有些还是退役的特种兵侦察兵什么的，可能是长期缺乏锻炼，又被烟酒槟榔浸泡熏渍得太过，身体素质明显不行，都在半路折回。其实以体力消耗强度来说，一个女人能游到防鲨网那里表明她的体能已经很不错了，而对一个正常男人来说，游不到防鲨网说明他的体能不达标。

虽说如此，大家还是在沙滩上得到了不少乐趣，那些很少出现在泳场的长者从中感受到了年轻人的快乐，年轻人也从游泳中释放了天性。

两人在防鲨网上又开始了没有主题的闲谈。说着说着就说起了昨晚的事，蓝依豪觉得有些后悔，本来也没有多大的事儿，却被自己这一闹，成了大事儿。其实自己应该合群一点，没必要当独孤大侠。大家都抽烟嚼槟榔，自己又怎么不能来一口呢？大家都聚众玩一玩，来个小赌怡情，自己为什么就不能混迹其

中，与他们一起其乐融融呢？说到喝酒，自己也不是不能喝，酒后扯淡，自己有嘴又不是不能讲，为什么在有领导参与的宴席上自己的嘴巴就说不成话，举起酒杯就没法表达自己的意思呢？

吕达依表达了自己不同的意见。她认为别人都做的事未必就是正确的事，少有人走过的路未必就是一条不好的路。"抽烟不好，吃槟榔不好，这是众所周知的，小赌虽能怡情，但是赌着赌着就上了瘾，就变成大赌伤身了。我爸爸就反对咱们这些小辈染上抽烟赌钱的坏毛病，侄儿侄女中如果有这坏毛病的他都不喜欢，脸上就易形于色，结果弄得许多亲戚像遇到考官一样，一来咱家就浑身不自在。"

依豪听了微微一笑："我爸虽然抽烟，但是从不醉酒，平常在家也不怎么喝酒，我爷爷虽然天天要喝点小酒，但是从来不抽烟，并且他们两个坚决反对家里的小孩耍钱赌博。如果我爸看到我们学着大人那样赌牌，哪怕是一毛钱一毛钱的赌，只要被他看到，就要拖着棍子满处追着咱兄弟俩打。那真是痛下杀手，非把我们心中的那一点好赌的萌芽摧毁于无形不可，痛打的情形真是要多可怕就有多可怕。"

"哈哈，你家家风还蛮严的。我家也差不多。只是咱家大人不会拖着棍子打咱们。"

两人在海天相接的地方聊天聊得不知所以忘了时间。蓝依豪在人多正式的场合（如部门会议，学校会议）里往往嗫嚅不言，话不成句，可是一对一谈话时那话就如滔滔长江之水，一发而不可收拾。岸边海滩上的人见两人在那里相谈甚欢，都不把学校的几百同事放在心里，有了各种各样的想法。宿管科长本来晚上想好了回到学校后怎么搞掉蓝依豪的，上午来海滩时也同副校长谈起这个家伙平常工作中桀骜不驯、不服管理，想将其清出学管部门，这样剩下的都是唯命是从、唯马首是瞻的好同事、好下属。副校长无可无不可。不过当副校长看到那两人一起游过深水区到达防鲨网边像两个久别重逢的密友一样长时间地聊天时，就发现这事有点难办了。蓝依豪没有一点背景，他是知道的。副校长知道他曾经是学校招聘基层老师时的备胎，因为其中一位不能前来报到，所以备胎就成了学校的老师中的一员。以学校的这个省份的老师为一帮，那个省份的老师为一派的错综复杂的地域关系网，蓝依豪不从属于任何一个集团的事实，让他出局是很容易的事儿。不过现在他一下子和这位大小姐走得那么近，请他出局就有点投鼠忌器了。把他当小老鼠清除掉容易，不过旁边的那位可是不敢伤根毫发的。

宿管科长还在喋喋不休地讲蓝依豪性格乖僻，不服他管理的事实，副校长却说这个事情先等等看，给他一个机会先吧。于是宿管科长收回了他那滔滔不绝的话流。

很快到中午了，大家收拾好行李物品，各自退了房将房卡交回了前台，然后涌进灯火辉煌不输外面阳光的餐厅。午餐没有酒水，这次没有一个人说话了。校长也在。大家尽力吃一饱，因为下午大巴还要带大家去市区景点玩。没半个钟满桌的鸡鸭鱼肉就没了，然后抹抹嘴挺着肚子上车。然后一个钟后就到了另一个景区。

景区是人造的，很大，人也很多。景区的门票学校统一购买发放，里面的收费的小景点或是吃的喝的就自费了。发放时说好了只能玩两个钟，各位记好时间，大巴在大门外停放，到点发车回学校。

进了大门，到处都是人，蓝依豪转了转，左看右看，在人群看到了吕达依，吕达依也看到了他。两人不自觉地朝对方走去。开始时还能看到学校同事熟悉的身影，三个一伙，五个一群，边说边看，边走边聊。不一会儿，大家就走散了，前后左右就是以陌生人为主，偶尔也能遇到一小群同事。

两人不想走人多热闹的地方，想想那些景点也不过尔尔，可能两人聊天还更惬意一些。谈天谈地谈童年往事，尽有谈不完的故事说不完的话。每谈起一个童年的有趣往事，两人的情感距离就更近了一些。其实他们俩不太知道一个情感规律，当两个年轻的单身男女开始热衷于向对方讲童年的故事时，爱情的火花就已经点燃。

两人边走边聊，其间蓝依豪买了两瓶饮料，两人边走边喝。看看前面有栋奇形怪状的房子，走近一看，原来是放立体电影的地方，很多人往里面去，排队都排到外面来了。蓝依豪提议进去看场立体电影，平常可没有机会看。吕达依微笑同意。两人买票进场，也不贵，20块钱一张。排了十多分钟队，才能进去里面，进去之后两人发现前面墙上是面巨大的电影屏幕，身边是上下好几层座位，两人捡个空位并排坐下，按工作人员的要求系好安全带。不一会儿，上下几层椅子坐满了年轻的男男女女，其中还有些十来岁的小孩，前台停止检票。关门熄灯，电影开始。电影是以空中为视角，将人安置在滑翔机上拍摄的。

滑翔机一会儿顺着巍峨的高山急遽往上升，一会儿又顺着悬崖峭壁往下滑落，一会儿来到无边无际的大海上，一会儿又飞到高楼林立的城市森林，配合着电影里的上升或下降，座位也不停地上升或下降，有时座位倾斜着向下俯冲，有时座位又倒着向上拉升，犹如人身临其境，坐着滑翔机在飞翔。情景很有即视感。

别看蓝依豪平常满身正气无所畏惧的样子，其实他有恐高症。

且说蓝依豪开始觉得看立体电影很好玩，等到绑上座位缓缓上升才知大事不妙。但又安慰自己，这也只是场立体电影，纯刺激无副作用，男女皆宜的游戏好不？（买票时已告知有心脏病、高血压等不能进场观看）

可是眼前的高山越来越高，悬崖越来越深，上升下降俯冲的幅度越来越大，蓝依豪有些招架不住了。他忽然想起一个一箭双雕的好办法，他问吕达依，"你怕不怕？"吕达依说："有一点。"

"那我抓住你的手，就不怕了。"

"好。"

于是在黑暗中他抓住她那只手，不仅用手抓，而且用手指扣，十指紧扣，于是他感到她冰肌玉骨，自清凉无汗，一股柔情蜜意油然而生。顿时觉得即便是跨越高山，飞越大海，他都无所畏惧了。他不仅感到了爱的胆气，而且为了表现自己的豪情大气，问旁边那位十来岁的小男孩：你怕吗？大哥哥握着你的手好不？小男孩高兴地抓住了他的手，说没那么怕了。于是蓝依豪的感情更加升华了，已经由两情相悦的爱上升到了对同类的爱。

蓝依豪觉得自己真是太聪明了。真是一箭三雕啊。既能缓解自己的紧张心理，又得到了牵心爱姑娘的玉手的机会，又照顾了邻家的小男孩。真是少见的侠义柔情的英雄形象。

幸福总是短暂的，很快电影结束，灯光亮起，蓝依豪恋恋不舍地松开双手。大家各自解开安全带，下得座位，出了电影院。

真是美好的一天。

故事从一次并不值得特别期待的期末总结会开始，不期然却让两个分属不同阶层的男女有了一个相遇相知的机会。

第二章　故乡风物

　　学校坐落在一座山的肚脐眼上，也就是半山腰上，本是一个风景迷人、视野开阔的好地方，只可惜名字起得不好，叫瘦鸡岭。山名叫瘦鸡岭也就算了，地因山名，路因山叫，那条街也叫瘦鸡岭街。学校地址因此也成了瘦鸡岭街6号。本地人都是些没读书的粗人，况且打祖宗几代都是这么叫下来的，叫什么瘦鸡岭瘦狗坡也觉得无所谓。只是学校是个有文化有内涵的地方，自从学校规模越来越大，学生人数越来越多，影响力也越来越大，一个学校再以瘦鸡岭街这样的怪气搞笑的名字名闻天下似乎有些有损尊容。于是一班人冥思苦想，想了几天几夜，想改个好听又好记的名字。忽然有个刚毕业的大学实习生想着前有搜狐网名动世界，后有搜狗软件一跃而起，这瘦鸡岭何不改成搜鸡岭呢？谐音而异字，叫起来又顺口，看起来又养眼。世人皆爱鸡味之美，今人失其鸡，擒之则可大啖其肉。于是人人欲搜而得之，于是满山人声鼎沸，兴旺发达之景跃然而出。寓意多好。比之秦失其鹿，天下人共逐之，于是高材疾走者先得焉，更能令人觉得此地英雄遍地，豪杰云集，学校的形象也定会因搜鸡之名而大放异彩。

　　学校于是发文，批复同意。一夜之间，学校地址就更名为搜鸡岭下，包括门牌、招生宣传册、学校信笺信封、网站邮箱地址等等统统改成搜鸡岭街

6号。

于是世上除了有搜狐、搜狗之外，又多了一个搜鸡。

此是闲话。

言归正传，学校坐落在一座山的半山腰上，真是一个风物迷人、视野开阔的好地方。站在新建成的教学楼七楼，放眼望去，山下楼宇鳞次栉比，街道车水马龙，一幅繁华都市之景，再远望，四处山峦相拥相抱，树木葱茏，整个地方被森林环绕，蓝天白云，鸟语花香，典型的森林城市。当然，这是站在七楼最高层看到的景象。

如果你走在大街小巷中，那又有另一番不同景象。垃圾堆满街边可怜的小垃圾桶，不仅垃圾桶堆不下而且四散开来，摊在人行道上，足有两三米之远，来往的人必须捂着口鼻绕道而行。垃圾堆里不仅有散发出浓烈气味的生活垃圾，而且工业垃圾、建筑垃圾越堆越高，越堆越多。天黑之时老鼠成群，蟑螂遍地，每个有垃圾桶的地方都是那样。有时垃圾桶是空的，没有垃圾，垃圾山却环绕着垃圾桶，三面相绕，放开一面，供垃圾桶进出移动。说明还是有人在清理。只是清理的速度赶不上堆放的速度，且那工业垃圾、建筑垃圾又不在环卫工清运之列，所以一旦那些大物件重东西堆在那里，一年半载都一定还在那里。

住的地方更是如此。如果你被分到学校的一层楼住，那后面的窗户是不能开的，因为后面就是臭水沟，一开臭味扑面而来，你没法呼吸。晚上睡觉，可旁边物流园的大货车仍进进出出，装货卸货，柴油发动机的低吼，装卸工扔木架的噼啪声，都会弄得你久久无法入眠。不过，久而久之，你也就适应了这环境。只是说不定哪天你突然发现，你的头发掉了不少。你就是买上名人做广告的生发水都没有用。

不过，能够有幸住到学校，且又是最底层的，也只有蓝依豪这些人了。绝大部分老师都住校外，很多老师住在市区。他们都有房。学校本来是没有住房分配给老师的，早就住房货币化，给了住房补贴了。但是那只限于正式入编了的。没有入编而又买不起房的，学校会分给一间小房间住，一些特殊岗位需要24小时留在学校的，如教官（也就是保安）、生活指导老师、宿舍管理员等学校也分给住房。

蓝依豪心想这就是为什么学校那些重要部门都在教学楼顶楼的原因。顶楼风光好，低层看不到。

　　蓝侬豪就住在学校里边破小的单间宿舍里，下班了就躲进小屋成一统，听流行音乐，看书，看电影，管他春夏与秋冬。有时家里来电，只为烦他，这么大年纪了，怎么还不找个老婆。都有30的人了，你看你的小学同学，这个那个，小孩都两个了，大的都上小学了，你还没个音讯。蓝侬豪就说了，唉，急什么？你那是按旧历虚岁，按阳历实岁我才29呢。

　　说29岁和说30岁有多大区别，多不过半年而已。你要赶紧找啊，父母都老了。

　　急也没用。蓝侬豪心想，自己不也想找一个。可是没房没车关键是没钱，人家谁看得上？这次期末总结会遇到了那个，好是好，又温柔又漂亮，又结实又健康，不仅是高级讲师，还能背诵《孙子兵法》。可是人家条件多好，怎么会看得上你？想也是白想，自己前面也不是没找过。谈朋友玩玩还可以，可是一谈到结婚嫁娶人就不见了。因陌生而相爱，因熟悉而分手。自己遇到得多了。

　　这边蓝侬豪在学校的临时小狗窝里自怨自艾，准备佛系一生。那边吕达依在市区自家的房子里同父母正准备谈一件事，谈一个人。

　　老爸正对着旁边一幢别墅怒目而视，老妈过来跟他说话了：

　　"老头子，老头子，跟你说个事儿。"

　　"嗯……"

　　"你别整天看别的房子不顺眼啊，人家的房子关你什么事？"

　　"我就生气，他的职务比我低，房子怎么能比我的还要大？"

　　"大就大呗，他家职务虽然比你低，可是比你来钱多。人家买得起大房子。"

　　"钱多就多，可干吗买房子偏要买到我旁边，还要买间大的。"

　　"那不是没有别的房子可买，只有这间大的在放卖吗？人家可是下了血本才买的啊，不比咱们，当年买时比现在便宜多了。唉，老都老了，别还像个小年轻一样跟人家比来比去啊。跟你说件正事儿，刚才闺女跟我说，她们学校有个男老师，二十多岁，人还不错。"

　　"怎么，入了她的眼了？"

　　"学校组织去游玩，去十里银滩游泳，两百来个老师，就他和咱闺女游到防鲨网那里去了。"

　　"那也没什么稀奇的。防鲨网并不远嘛。"

　　"可是除了他们两个外，没有其他老师能游到那里。"

"那能证明什么，只能证明其他老师的体能不达标了。"

"闺女说他能一字不漏地把《孙子兵法》背诵下来。那个什么《孙子兵法》《儿子兵法》不是你最喜欢的吗？我就纳闷了，那个人干吗叫孙子，别人孙子孙子地叫他，多难听！"

"没文化，多可怕。人家姓孙，当然大家称他为孙，子是古代对德高望重成就巨大的人的敬称，如孔子老子一样，叫他孙子，是尊重他的意思。并不是儿子孙子的意思。"

"我没文化，没读过书，不知者无罪哦。不过咱家闺女也有二十大几了，和咱们这般年纪的人早就有孙子孙女了，可是她还没个定数。都怪你这老头子，挑三拣四的。会抽烟的不要，不会喝酒的不要，家里条件太好了不要，家里条件太差了不要。弄得闺女都不知道带什么样的小伙子过来给你看才好。"

"是她自己东挑西拣好不，怎么又怪到我头上了。"

"还不是你惯的？你有啥毛病，都整给她啥毛病。你自己东挑西拣看这人不顺眼看那人不顺眼，结果你闺女也和你一样。你当年也没什么好夸耀的啊，要才也没才，要钱也没什么钱，我还不是一样嫁给了你。"

"你不也没什么文化吗？字都不识几个。"

"不识字又能怪我什么？那个年代的人不识字的多了去了。不过是你家的人识字，让你多读几年书，所以才有点文化而已。可是读书读多了，就有点书呆子气了。人家一个小姑娘，上完学让她多玩玩有什么不好，非得逼着人家背古文，整天背什么《孙子兵法》《儿子兵法》，一个姑娘家，相夫教子也就可以了，干吗要人家学那些打打杀杀的东西。"

"跟你这种人讲不清。《孙子兵法》是兵法书，也是本谋略学，多背点好东西不会有错的。"

"那现在有个像你闺女一样能背《孙子兵法》的小伙子出现了，你老人家要不要见一见啊。"

"你把闺女叫过来，我问一下先。看是不是真的能背《孙子兵法》。"

"女儿，是不是他真的能一字不漏地背下《孙子兵法》？"

"是的，《用间篇》《火攻篇》他都能一字不漏地背出来。他还能举出现代战争中火攻取胜的例子。"

"这个他如果能背，见面聊天时一问就知道了。十多岁时如果没背诵，二十多岁怎么记都记不住的。这不是朝夕之功能办得到的。"

"我问他还能背诵些什么。他说能背《唐诗三百首》《宋词三百首》《元曲三百首》。"

"这也没什么。都是些小儿科。"

"他还能背老子的《道德经》，庄子的《内篇》，《古文观止》。"

"这个就有点难度了。不过也不是很大。"

"还能背《红楼梦》前 40 回，《儒林外史》能大致复述出来。"

"这个有点难度了。"

"他还说他能把圆周率背到小数点 300 位上。"

"他背圆周率干什么？这和做学问有什么关系？"

"他说只不过是训练记忆力而已。"

"他真能背出来吗？我的意思是说他会不会是像装神弄鬼的神婆那样乱说一通哄你开心？"

"我也不太相信。因为那天游泳只是听他背诵，没法考证。所以后来回到学校我故意带着另一个同事问他，悄悄拿了录音笔录了下来。然后对着圆周率表看，真是一位不错，能背到 300 位。"

"这倒是个不错的小伙子。他有别的爱好没有？抽烟，打牌，喝酒？"

"不抽烟不赌钱，也不怎么喝酒。那次聚会，一帮男老师在他房间里打牌，弄得他无法安睡，结果他吵着要回去。校长后来知道了，把那个打牌的老师叫过去痛骂了一通。"

"这么不合群也不太好。不过你看上的，咱们这两个老人家也还是可以见上一见的。约他哪天一起吃顿饭，让我们这过来人帮你把把关啊。"

过两天蓝依豪真的接到了吕达依的饭票，说是到她家附近的一家酒楼里吃个饭。吕达依没有明说一同吃饭的是些什么人。不过不说他也猜出了个大概。他心想，自己真是时来运转走桃花运了哇。以前自己追女孩子，一追人家就跑了，一追人家就又跑了。现在倒好，自己不追，在家守株待兔，人家倒找上门来了。什么时候咱家祖坟开始冒青烟，有这么一位貌美如花温柔如水能文能武的年轻姑娘看上你家的这个没用的龟孙子了哇？子曰，日月逝矣，时不我待。年轻人，有机会，要抓紧啊。过了这个村，就没有这家店了。

及至他去理发店花了重金好好打理了一下发型，又弄了一身穿得出门的行

头穿上，在约好的时间提前半个钟到目的地，到点那未来的丈母娘一见这位小伙子一表人才，身材不高不矮不胖不瘦，脸型俊朗，头发浓密，肤色近黑但是牙齿白得像汉白玉，估计结实得也像汉白玉，从墙上拔颗钉子都行，不禁心花怒放。丈母娘看女婿基本上只看外表，只要外表帅就欢喜了。但是岳父却是有涵养、有学问、有城府的人，花花公子都是长得帅的，祸害人家的女儿的估计也都是这些家伙。所以他见了蓝依豪也只是略为喜欢，这只是初试过关，有关德行、学问、家风还要假以时日细细考察才行。

当时的情形是这样子的，开始时蓝依豪略显紧张，因为毕竟这也是一种考试，怀着一种期望就会担心它会落空，担心落空所以就处处小心谨慎。不过转念一想，人世间的事不就是《东周列国志》开首的那句"卜世虽然八百年，半由人事半由天"吗？自己尽力而为，成与不成就由天来定吧。这么一想，心跳也就慢慢恢复了正常。两位大人的微笑也就变得平易近人，不像面试考官那副居心难测暧昧不清的工作笑。再看达依的妈妈，皮肤白皙洁净，黑发幡然，虽近中老年，可是岁月风霜未曾留下多少影子；达依的爸爸，表情自带威严却透出和蔼，戴着眼镜，说话底气充沛，语调平和，看上去五十开外，有种男人正当壮年气吞万里的气象。

达依妈妈问依豪，父母在哪里。依豪说还在外省乡下，老爹守着家里的200多亩山林不肯出来，结果老娘也出不来只能待在山里。不过山里空气好，家里鸡鸭鱼肉又不缺，两人身体又好，算是在山里过神仙日子。又问有没有兄弟姐妹，依豪说，有一哥哥，在县城工作，有一妹妹，在外务工。都已成家。

达依爸爸问，进学校多久了，在什么岗位工作？有没有什么职称？

依豪老老实实地回答："做行政岗位，都是杂活。现在还什么职称都没考。"

（达依过后数落他，"干吗说自己什么职称都没有，你说你有了中级职称不行吗？那个其实也不难考啊！"依豪说我没有就没有，有什么好编的！）

达依爸爸问："有什么特长爱好，学的什么专业，有没有什么好作品，得了什么奖？"

依豪说了自己的专业，很普通的一个，然后又说没太用心写作品参赛，拿得出手的东西没有。曾经在公司里做过一段时间，都没太注重那些。

（过后达依问，你不是说你参加过什么比赛拿过市里的奖，还有文章在日报上发表过吗？唉，那都是读书时的事了，又不是什么大奖，提出来有啥意思。

可是人家头一次见面都是把自己往好里面说，你怎么那么谦虚，把自己说得那么一无是处？这只是和你家父母见见面，聊聊天而已，不用弄得像面试工作那样包装自己吧。我不喜欢过度包装，你看那些中秋月饼，高价烟酒，除了包装好看之外，里面的东西品质也一般啊！即便如此，你也要多少说出一些你的长处，好让我爸妈知道你还是有那么点出色的地方的啊。我觉得你有许多出色的地方，可是你尽在我爸妈面前表现出不出色来，你让我爸妈怎么想？）

达依爸爸说年轻人应该多努力，在自己的专业里干出点成绩来才行。

依豪连忙说："伯父见教的是，我应该多努力。这些年的光阴都有点白费了。进了学校我应该像达依一样多考些证，多提升自己的业务水平。"

"是的，这才对。我听达依说你对国学比较有研究……"

"说不上研究，只是喜欢。"

"你对国学哪些方面比较感兴趣？"

"对先秦诸子百家和前四史比较喜欢。后面的除了诗词歌赋之外都不怎么看了。"

"其实我年轻时也比较喜欢那些。达依小时我还要她背些古文，认为对她的语言和记忆有所帮助。只是现在是市场经济时代，仅仅读那些喜欢那些是没什么用的，还要读些别的书。"

达依妈妈知道，一说到看书达依的爸可就有许多话要说了，见势不妙，边说边劝："依豪，多吃菜，多吃菜。"

达依趁机说："其实依豪不仅喜欢读书，他还很喜欢体育锻炼，譬如爬山、游泳、打乒乓球什么的。他读大学时还曾代表学校参加市里的乒乓球比赛呢。"

"是的，是的，年轻人多锻炼身体是很重要的。身体是革命的本钱嘛。"

"依豪还会吹笛子、口琴，会拉二胡。"

"那可就更好了。"达依妈妈说，"达依从小喜欢唱歌跳舞，看到同学家有钢琴，吵着要买，她爸开始还不同意，说那钢琴又贵，学会弹了也没多大用，我跟他说了好几天，才同意学和买。现在好了，你们俩可以有共同的兴趣爱好了。"

"唉，伯母，我那口琴、笛子、二胡，都是自己学的，没有师傅教，吹拉得不成调，说出来都见笑了。"

"有那个爱好就行了。达依学了钢琴也没有参加这比赛那比赛的，都是自

个儿在家高兴就弹一下不高兴就不弹，没什么讲究。"

达依爸忽然想到一件事，问依豪，"听达依说你能把老子的《道德经》全文背诵下来？"

"是的，不过也没什么，才5000多字而已。"

"你对《道德经》这么喜欢，有什么独特的见解？"

"许多人一听到老子，就说他消极无为，就说不好，不能读他的文章。我还听说安徽有个无为县，有些人嫌这无为两个字不好，想要把这县名改掉。其实无为精神并不消极。它只是竞争的反面。而天地万物都有正反两面，你不能只有一面而没有另一面啊。譬如说有黑有白，有正有反，有上有下，有生有死，有男有女，有向上有向下，有前进有后退，有进化有退化，有积极有消极，你不能说这面好那面坏，只要这一面不要那一面。无为退隐也是一种生存状态。"

"说得也是。"

"不过我虽然喜欢《道德经》，却不太喜欢老子这人。"

"为什么？"

"我觉得他既然是表达的消极无为退隐无名的观点，可是他为什么要把自己的名字留传下来，而且出生地址都弄得那么清清楚楚，明明白白。岂不是自相矛盾，自欺又欺人吗？"

"可是他并不是自己主动要写书，使自己人以书名，人以书传，而是他想出关，而关尹不肯，定要他把他的学问写下来，才放他走啊。"

"关尹不给放行，老子就出不了关。老子想要出关，就必得写出五千言。五千言一写出，老子就千古留名。可是千古留名，不就和老子退隐无名相矛盾了？唉，我一直没想明白。所以对这个以无名为有名，以有名为无名有点不太满意。"

"嗯，是这样子的，是这样子的……"

"唉，老头子，你们两个大男人在吃饭时讨论这些大学问，把咱们这些没学问的人晾在一边，不太合适啊。还是以吃饭为主，先好好吃完这饭吧。等有机会，你把这个好小伙子请进你那大书房里，你们就好好讨论那些吧。"

"嗯，这个嘛，这个要好好考虑。"

这一句好好考虑是有点含义的。

事后达依父母为依豪能不能进他家书房争论了好久。达依妈妈说这小伙子一表人才，身体又好，又没有什么坏毛病坏习惯，又喜欢琴棋书画和咱家姑娘性情相近，这样的年轻人比较难找了。达依爸爸却不这么认为，他认为小伙子虽然各样都好，却不太上进，学历偏低能力较差，成不了什么气候。以咱家的条件，找个有能力有经济条件的年轻人也不难，有能力有条件再加上努力，再加上大人从中相助，等他们到咱们这个年纪，担任个高一些的职务也是可以的啊。如果不努力，到时别人的房子比你家的大，职务比你的要高，你看着都会气闷。

"你为什么老是想着跟人家比来比去，竞来争去，日子各过各的，和人差不多就行了，干吗一定要比人家屋顶高，比人家收入高呢。"

"你不知道，老人家说得好，'与天斗，其乐无穷；与地斗，其乐无穷；与人斗，其乐也无穷啊'。"

"你这样跟人争来比去，会耽误女儿的终身大事的。"

"那也是的。虽然小伙子现在还没办法让我同意进我的书房，不过我家闺女可以先去他家看看他家的厨房，了解一下他家的情况。"

于是，暑假达依就有了和依豪去外省看看他家的机会。

火车行进十三个钟头，才到蓝依豪老家的市里，火车那时只通到那，然后打的士到汽车总站坐去他家的那班车，前后又花了三个钟。比起平常来算是快的了。因为少了那段从火车站到汽车总站的坐公交车的时间。到了他家所在的那个乡。班车没了，把他俩扔到一个只有一条依国道线而建的街道上，那就是他家的乡政府驻地，当作市镇来说太小了，仅比一个普通村落大那么一点。没有的士，只能叫摩托车或是乡里人开的五菱或长安面包车。坐摩托车怕吕达依不习惯，所以花80元叫了一辆五菱。上了车，司机油门一踩，不出一分钟就驶向了一面是百米悬崖下临河谷，一面是高高青山的乡间小路。两边无尽的青山无尽的河水，看惯了的水泥楼房渐渐让位于黑瓦木屋，最终全部让位于一种更为难得一见的房子——吊脚楼，一面搭着平地，一面悬在空中。吕达依感觉仿佛来到了另一个世界。

五菱车开到深林最深处，简易的乡间公路常常和溪河合二为一，车在溪床上跑，水在车下流，两岸青山逼仄，仿佛都要合拢了一般。最后司机油门一收，刹车一踩，一幢古老的两层黑瓦黑柱黑壁板的木屋就呈现在吕达依眼前。

吕达依怯怯地跟在蓝依豪后面上了台阶，来到遍地布满如地雷般的鸡屎的

晒谷场。蓝侬豪熟练地从容地从地雷阵中走过，吕达侬则踮着脚一蹦一跳地跟在后面，尽量别把美丽干净的鞋子沾上一点那玩意儿。堂屋门开着，灶房偏屋门也开着，蓝侬豪大声地叫：妈！妈！

从屋里探出来一个人，一见，开心极了：唉，吾儿回来了，吾儿回来了。

开心的老娘把两人迎了进去。蓝侬豪介绍吕达侬给老娘，这是我的同事，学校里的老师。又介绍给吕达侬，这是我妈。

"伯母好。"

"这是我爸。"

"伯伯好。"

然后又去另外一间屋里问候健在的爷爷奶奶。

妈妈责怪儿子，怎么回家也不提前讲一声，家里也好收拾收拾。你看家里乱成这样子，成何体统。

当妈妈的给两个准大人一个沏上一杯滚烫的自家摘的茶，当爹的悄悄地拿出竹扫把，赶紧扫除家里的公鸡母鸡布下的"地雷阵"。扫完之后还提了几大桶水缸里的从后山接来的山泉水冲洗地面。地打了水泥，清扫之后用水一冲一洗，很是干净了不少。老爹一边满意地打量着自己的战果，一边盯防着家里的公鸡母鸡别再前来侵犯。惜乎那些鸡越来越懒惰，总不愿去外面捉虫子找活食吃，而只顾恋着家里的那几颗苞谷，太阳都还老高就老是要往家里跑。老爹很生气，一面大声吆喝一面大声骂它们：

"砍脑壳死的鸡公鸡婆，只往屋里钻。也不去外面打食，只往屋里钻。"

骂几声又大声吆喝。

那些砍脑壳死的鸡公鸡婆虽然听到叫骂声，也感知到那里面发出的威胁，可是仍呆头呆脑地不为所动，一瞅着有机会就要往屋里往晒谷场里钻，因为那晒谷场和屋前屋后有散落的谷粒。老爹于是又更大声地吆喝与痛骂。可是那些砍脑壳死的鸡公鸡婆仍无动于衷，仍企图冲破防线进来。于是几次，惹得老爹一时怒起，一根柴火棍从手中飞起，狠狠地砸了过去，只听得那些鸡公鸡婆发出惊恐万状的叫声，柴火棍落下有如鹞子从天而降，吓得落荒而逃了。

离吃晚餐还早，妈妈摆了点零食在小桌子上让大家先吃一点顶一顶。然后她就翻箱倒柜，开始忙着做晚餐。

吃着吃着，吕达侬只听得外面咚地一声响，有如地震一般，震得屋里的水泥地都有震感。两人起身往外看去，只见蓝依豪的老爸正在搬运刚扔下来的一大捆柴，烧火做饭用的，从那震动声就可以感知那柴火的分量，不是一般的重。而他老爹正举重若轻地将其移位。吕达依发自内心地称赞，伯父好大的力气。

妈妈听了接上话道："他现在五六十岁了，力气差了些了。他年轻时村子里没一个力气能超过他的。干重活他一个人最厉害了。"

傍晚时分，砍脑壳死的鸡公鸡婆终于被恩准可以归屋了，蓝依豪帮着从谷仓弄出一大瓢老玉米，告诉吕达依，这叫苞谷，以前给人吃的，现在专门种来喂鸡喂猪了。

达依帮着喂。正喂着，只见一只邻居家的大公鸡哚哚哚地箭一般地从吊脚楼那边直冲过来，想来抢几颗苞谷吃。老爹见罢急忙要把它赶走，蓝依豪说："就让它吃几颗吧。"达依说："唉，好漂亮的一只大公鸡啊。上小学时语文课里有写它的，公鸡公鸡真美丽，大红冠子花外衣，油亮脖子金黄脚，要比漂亮我第一。那是真的啊。法国的国鸟是雄鸡，他们自诩为高卢雄鸡，也是有原因的啊。"

"我们这里的鸡本来是很有名的，在省地理书里都有专门的段落写它，而且还配得有彩图。我印象很深，从小邻居家就会养上一两只这种高大威武的公鸡，年年都养。别人家里倒是越来越少了，他家却一直都在养。"

"为什么别人家不养了呢？你家为什么不养呢？"

"唉，这鸡看是好看，品种也好，公鸡高大帅气，母鸡也个大。不过它们的生长周期很长，公鸡长肉很慢，母鸡下蛋数量少。现在外面来的鸡长肉又快生蛋又多，大家只要收益，这种本地鸡就慢慢不受人欢迎了。猪也一样。我小时候这里家家户户养的都是黑猪，可是后来外面的白猪进来了，白猪长得又快，肉又多，很快黑猪就没人养了，现在乡里全部养的都是白猪，不见一家人养黑猪了。"

"唉。"

"外面城里变化太快太多，其实农村里变化得更快更多。你别看着你进来咱们乡有很多木房子，咱家这一块尽是木房子，就觉得咱们这里很古老，一百年都没变，一百年后也不会变。其实你不知道，我小时，咱乡镇街上都是木房子，没有几间砖屋，甚至到我上中学，咱们县城里都还有木房子。变得太快了，如果再晚几年，说不定咱家这一块的木房子也全部没有了。都换

成砖屋水泥屋了。"

　　"木房子也蛮好看的。只是，你家的这木房子也太旧了些。"

　　"咱家这木屋，有 150 多年历史了。"

　　"是吗？有那么久的历史？"

　　"我小时候就听爷爷奶奶讲这屋子有 130 年了，现在又过去了 20 年，不就是 150 年了吗？"

　　"那么古老。"

　　"是的。这木房子是清朝时咱们家一位祖宗中了举人后修的。本来有三层，那中柱不够长，上面一层的中柱是接上去的，一刮风房子就有点响。然后就改成两层半了。土改后就分给各户了，人民公社时这里又成了上下几个生产队的公屋，大家在这里吃住，这屋就成了一个大集体，上百号人都住在这里。分产到户之后，那些人又陆续搬走了。我家本来也分到了两间，爷爷奶奶一间，咱家一间，那些人搬走时，我父母就帮他们做工出力将其余的房子一间间地置换了过来。到现在这一座屋的正屋都是咱家的，只有那横屋有吊脚楼的那一边是邻居家。"

　　蓝依豪带吕达依参观了吊脚楼，又屋前屋后转了一圈。晚餐好了。大人叫他们俩吃晚饭。一桌八个人，爷爷奶奶，蓝依豪父母，两个小大人，另加旁边屋子的两堂兄嫂。

　　桌子是张不起眼的桌子，不过菜还是很丰盛。光份数就有 16 道菜。挨挨挤挤，桌子都快摆不下了。

　　蓝依豪指点，说 16 道菜是有讲究的。家里只有来了最尊贵的客人才会做出 16 道菜。一般尊贵的只做 12 道，常客做 9 道。

　　吕达依听了吓了一大跳，"我成了最尊贵的客人了，我小小年纪承受不起啊。伯父伯母，你们真是太客气了。"

　　蓝依豪的妈妈笑眯眯地说，"没有好菜，见笑了，见笑了。"

　　蓝依豪又说，"听家人说以前家里来了客人，做不出鱼肉这些大菜，就摆一些木头刻的假鱼假肉顶数。"

　　吕达依说，"这个我还是第一次听说。书上都没有这么写过啊。"

　　"是真的，是真的。我小时候就见过。"喜欢说话的蓝依豪奶奶说，"那时候家家都很穷，很多东西都没有。现在可好了，想吃什么就有什么，根本不用费心去做那些假鱼假肉充数了。"

"唉唉，姑娘，多吃点肉多吃点鱼多吃点鸡，这都是咱自家养的，很好吃的。不是外面养殖场里养出来的呢。"

"是的，是的，在外面咱们称这些叫走地鸡走地猪，味道不一样，价钱也贵很多。"

"你再尝一尝咱家的走地鸡走地猪肉，味道有什么不同？"

"唉，这才是真正的鸡肉猪肉啊。"

"是的，是的。"

"这又是什么菜？怎么我没见过，依豪，它叫什么？"

"这是阳荷姜，姜里面的一种。很好吃的。四百年前的明朝，印第安人的辣椒还没有传到咱们中国来之前，这是咱们老祖宗的主要调味品。后来辣椒从福建登陆，因为容易种又容易保存口感又好，很快从那里扩散开来，先是江西浙江，然后湖南湖北，然后一路向西向南到贵州四川云南，到现在全国上下都是辣椒的天下。这个阳荷姜，本来也是大江南北很常见的一种菜，四百年来现在就成了只有咱们这些穷乡僻壤才能见到的稀罕物品了。"

"我是第一次吃这种菜，怎么有一种中药的味道。"

"一开始吃是有点不习惯。因为它本来也是一种中药材，是药食两用的东西呢。是一种很好的保健品，比用精美包装盒包装的那些有名的保健品强多了。"

"这是咱家才有的一种稀罕菜，叫青丁，我长这么大，从来没在别人家吃过，没在菜市场见有人卖过。这是山里的水竹笋，晒干的，这是蕨菜干，那个不食周粟饿死首阳山的伯夷叔齐常吃的菜，以前只是山里吃的，现在外面大城市里也常见了。不过在外面是吃的泡过的或是新鲜的蕨菜，在咱家才吃得到这种晒干了的蕨菜干。这是酸香椿芽，这是门前小溪沟里捉的小白鱼，这是腊猪肉、腊猪肝、腊豆腐。这个腊豆腐就是传说中能砸死人的豆腐。真的硬得像块板砖，砸到头上会鼓起老大一个包来的啊。"

"在伯母家真是吃到许多没吃过的菜。我真是好有口福啊。"

"哪里，哪里，只是些豆腐菜。没什么好菜。"

"都是咱们城里人没能吃到的好菜，相比起来，城里的菜就不值一提了。"

蓝依豪插嘴说："是的，是的。外面酒店里的菜除了一个贵之外，我就说不出别的什么好的来。"

"依豪,你说了几种菜名,可是我还是有一些菜叫不出名字来。你能不能把这 16 道菜一道一道地讲出来,我记下来回去后也好在朋友面前夸耀我在伯父伯母家吃了一顿真正的山珍海味大餐了。"

"啊哈,海味算不上,咱这里只有江河溪沟,不过山珍倒是有一些。咱们这里都是山的味道。我把这一桌子山的味道一一给你讲来吧。"

"这中间四道菜是鸡鸭鱼肉,这一桌菜中比较尊贵的,所以放中间,一桌四面的人都能夹到。鸡是走地鸡,就是你在外面看到的总是来咱家院子里'埋地雷'的那种鸡,你用棍子吓也吓不走,追急了还能振翅上树的那种。不过遗憾的不是邻居家养的那种公鸡中的战斗机,咱家的鸡都灰不溜秋的。板栗呢,是咱家屋子对面菜地里的那两棵板栗树上结的,这可是咱蓝依豪盼了一二十年才吃上的板栗啊,你一来就吃上了。想当年我还是小孩,那两棵板栗树也还小,才三五米高,咱盼啊盼,想着它快点长大,快点结板栗,结得比邻居家的大又多,可是盼到小学六年毕业,盼到初中三年毕业,盼到高中三年毕业都还没结果子,后面倒是结了一些,只是当时家里没有冰箱保存,吃板栗的时候咱们又不在家,都没吃到。这两年家里添冰箱了可以保存了,才能吃到。这可是咱们等了十多二十年才吃上的板栗啊,你都不要等,一来就吃上了,便宜了你。"

"那是,那是,我要多吃点。味道果然不错,很粉很甜。"

"那是板鸭,那是腊猪手。白猪的猪手,现在大家吃的都是外国的约克猪,农村里养的也是这种。以前的黑猪肉的味道我不太记得了。不知道是不是好吃点。"

奶奶插话说:"那时的猪肉好吃多了。"

爷爷说,"那时猪肉很难吃到,一年都吃不了几回。当然好吃了。"

"这也是的。难得吃到当然就觉得好吃。现在大家天天能吃到肉,也就不觉得猪肉有多好吃了。不过这走地猪还是不比栏养的猪,吃起来香多了。而且这猪肉经过冬天的柴火熏烤的,味道又跟新鲜猪肉不一样了。咱们这里冬天下雪,山里多木柴,所以会烧木柴烤火,猪肉腌透之后就挂在火坑上的架子上熏烤,人也烤,猪肉也烤。烤了一个冬天之后那猪皮都是金黄金黄的,瘦肉都是红红的,色香味俱全,比新鲜肉好吃多了。不过不宜炒着吃,因为有点咸,打火锅吃或是炖着吃就好。"

　　"这是油炸小河鱼。以前咱上小学时溪沟里很多，那时也没有电鱼机，也没有药鱼的药水，渔网又大孔又粗，所以鱼多。现在，唉，这些都成了稀罕物，我都很少吃上了。

　　"你面前的那盘是腊猪肝，滋味浓郁，赛过法国名菜鹅肝，喝白酒的人最喜欢吃了。你不喝酒，可能吃不出那味儿来。不过用干辣椒炒过，不吃闻一闻都很香。

　　"腊猪肝旁边那一盘是腊五花肉。腊肉的瘦肉太咸，肥肉太腻，肥瘦搭配味道就很不错了。

　　"你对面最远的那盘菜是木耳炒新鲜肉，旁边是野生蕨菜，新鲜的摘回来，煮过晒干，吃时用水泡发，是好东西。

　　"那一边下来由远到近是南瓜花包糯米粉、新鲜阳荷、青丁炒红椒、酸香椿芽。南瓜花包糯米粉，是把不结南瓜的雄花摘回来，新鲜的，洗净包上糯米粉，放进陶土坛子里，坛子口朝下倒放在碟子上，碟子里放水，使坛子里面与外面的空气隔开，里面产生的气泡可以从坛口排出水外。腌制半年就可以拿出来文火炒着吃。不吃就任由放在坛子里，碟子里没水了就加满，保存得当，一年都不会坏，越久味道越浓厚。

　　"阳荷青丁前面说过，就不说了。酸香椿芽，那香椿树也是咱家屋子对面溪边上的那棵香椿树长的。这香椿树不知道是不是庄子《逍遥游》里讲的那种上古有大椿者，以八千岁为春，八千岁为秋的那种。不过我从小到大，咱家的那棵香椿树就只有那么大，没见长过，因为一到春天，它长出香椿芽来咱们就把它摘了做菜了，新鲜的吃不完就用坛子腌起来，方法和腌南瓜花包糯米粉一样。不过腌的时间不能太久，时间越久那味道就越酸，太酸就不太好吃了。

　　"这一边由远到近是腊豆腐、凉拌水竹笋、爆炒新鲜花生芽、水芹菜。腊豆腐是冬天做的新鲜豆腐，用腌肉的盐水泡过后，搁在火坑上和猪肉一起熏一个冬天，来年春天不烤火了就取下收起来。硬得拿砍刀都切不动，要用水先泡上小半天才能切。笑话中常说拿豆腐砸自己的头，在咱家这不是笑话。这是凉拌水竹笋，比较常见，你在外面也经常吃得到。这个是爆炒新鲜花生芽，花生长在地里，如果成熟之后遇到雨水绵绵来不及采摘，那花生就发芽了。以前大家都觉得吃又吃不完，扔了又可惜。现在倒是一道好菜。这个是水芹菜，就是长在溪里的那种野生芹菜。野人献芹献的就是这种。味道是好，不过长得到处都是，只要有溪水的地方就有，太多太贱，以前只有牛啃了吃，不见有人拿来做菜，更加不会拿来待客了。要待客也是用鸡鸭鱼肉那些，没有都宁愿用假鱼假肉。现在乡里倒是经常炒了吃，也不怕人笑牛吃的东西人你还拿来待客了。"

听完吕达依不禁感叹："听君讲一席菜，胜咱读十年书啊。"

荒野乡村，日长无事。吃完晚餐，天才慢吞吞地准备拉下巨大的黑幕。天黑之前，屋前路上有一些骚动，几头大型动物慢悠悠地走过，惹得吕达依发现天外来客一般兴奋地大喊：

"牛，牛，大水牛！依豪，快出来看。大水牛！"

吓得依豪慌慌张张地从茅厕里面出来，以为发生了什么事。出来一看，只是一头母水牛，旁边带着一头两岁大的半大小牛，和一头刚生下没多久的小牛。

达依问，"这是谁家的牛，它们要去哪里？"

"这应该是咱家的牛，天黑了它们回牛栏去。"

"咦，它们不用人来看的吗？它们自己晓得回来吗？"

"以前还要人来看，因为种了许多庄稼，一没人看那牛就要偷吃。现在种得很少了，基本上早上把它们赶到外面，由它们自个儿吃，晚上天黑它们就自个儿回来了。"

"这个牛，这么聪明。"

"是啊，你以为就人会吃自助餐。咱们这里的牛也会吃自助餐呢。它们自个儿找食物吃，不用人看，天黑了还自个儿回屋子睡觉。"

"看这些牛，多有诗情画意啊。"

"想起了牧童骑黄牛，歌声振林樾是不？想起了牧童归去横牛背，短笛无腔信口吹是不？想起了骑牛远远过前村，吹笛风斜隔陇闻？想起了借问酒家何处有，牧童遥指杏花村是不？"

"是啊，是啊。看到牛，大家就会想起许多唐诗宋诗来。感觉骑到牛背上挺好玩的。"

"唉，这都是被古人的诗句所误啊。其实家有一头牛，成年累月要看，很是件烦人的事啊。看牛要耽误人工，大人没法看，只能是家里的小孩子，一般都是男孩子看了。以前穷人家的小孩上不起学，又做不了事，所以就被派去放牛。历史上有名的隋末唐初的窦建德，那个跟李世民争夺天下的汉子，小时就放过牛，骑在牛背上读《论语》，元末明初的大画家王冕小时候就给隔壁秦叔放牛，挣个零花钱，然后买书买笔自个儿读书画画。咱上小学时基本上寒暑假咱都要放牛，简直就是做了牛的跟班一样，它们到哪里咱们就要跟着去哪里，有时翻山越岭去很远的地方，晚上天黑了都还不能回来。"

"那你放那么久的牛，有没有学历史上的大人物那样发奋读书啊？"

"咱们这里，地方太小，庄稼太多，稍微没看好，牛就会吃掉半亩花生苗或是玉米秆，哪还能看书。"

"还有这种情况。我还以为放牛是件很好玩很有诗意的事儿呢！"

两人聊着聊着，在外面觅虫子吃的公鸡母鸡回家了，外出游山玩水的狗子也饿了回到家里，就连那只大肥猫，也在天黑之前出现在厨房里，寻食物吃。天黑之前，百年木屋比白天热闹了不少。依豪说，他小时候，对面菜园的树林里，一到天快黑时，那里就会有许多长尾巴的喜鹊大吵特吵，在树梢间斗来斗去，热闹得像座市镇，一直要到天黑之后才安静下来。不知哪一年开始，后面就没什么鸟儿在树上叫了。春天里都安静得不得了，情形很像《寂静的春天》里描写的那样。

唉，唉……

水热了，依豪帮达依提了两桶热水到冲凉房里洗澡。洗完了之后，依豪带着她去屋前的小溪沟里，在水泥桥和小石桥之间有一个小水坝，那里溪水比较深，他就在那里洗冷水澡。他家的牛栏就在上面一点，一个溪边的小山坳里，三面都是红岩山，前面是溪沟，流水冲击，带来许多泥沙，将其堆成一个小平坝。前面用作菜地，后来改为牛栏。依豪说，他一直想把那个地方改造成游泳池，引溪水流入，夏天到里面游泳，别提多美了。

"那要花多少钱？"

"其实也花不了多少钱。就只要用些水泥砖块，沙子这溪里就有，花些人工钱，几千块就成了。想高档好看一点，就砌上瓷砖，就可以当加勒比海的有钱人了。"

"这也不贵啊。"

"贵是不贵。但是家里认为把钱花在这些地方是种浪费。他们不同意，说那个地方要用来做牛栏装牛的。我说现在很少人家有牛了，牛栏多的是，装到别人家的牛栏也成。家里不同意，说就是不装牛，那地方也还可以拿来种菜。家里不是舍不得那地，其实是舍不得花那钱。"

洗完了澡，家里人在放电视。电视没什么好看的，依豪父母喜欢古装剧，爷爷奶奶不看电视，但是喜欢坐在电视机前感受看电视的热闹气氛，一边还打着关门瞌睡。没多久，爷爷奶奶就回房间睡觉去了。留下两大两小继续看。边看边喝茶吃糕点嗑瓜子。九点半，家里人觉得很晚了，该到睡觉的时候了。

给达依安排到依豪平常回来睡的房间，那是这幢黑屋子里面最好的，里面重新用三合板简装过，里面的家具也比较新。爷爷奶奶在这最好房间的一边房间睡，父母睡另一边。依豪睡在父母房间前面的那间客房里，晚上达依需要人陪上洗手间什么的可以相陪。

房子很古老，壁板都很薄，彼此呼吸相闻。

依豪迷迷糊糊，正要睡着时，听得达依在那间房里低低地喊他，"依豪，依豪，你睡着了吗？"

"嗯，还没睡着。"

"你听，那边呼隆呼隆叫的，又像人打呼噜的声音，又不像人呼噜的声音，那个是什么怪物？"

依豪认真听了会，果真是的。他说：

"那是咱家的猪睡觉的声音。"

"哦。听起来怪不习惯的。感觉像是从很远的地方传来的，又感觉就在面前。"

"那是咱家的猪吃得很好，中气很足，打鼾的声音拖得很长而已。"

"这样子的。"

依豪迷迷糊糊，正要睡着时，又听得达依在那间房里喊他，"依豪，依豪，你睡着了吗？"

"嗯，嗯，还没有。"

"你听，那楼板底下，窸窸索索，窸窸索索，像魔鬼准备从地狱里钻出来的样子，那又是什么声音？"

依豪认真听了会，果真挺像魔鬼准备从地狱里钻出来时发出的声音。他说：

"那是咱家的母鸡，在鸡笼里抖它的羽毛，撞到壁板，发出的声音。咱家的鸡笼在你房间前面火炕屋的木地板底下。"

"你家的鸡笼不是在猪栏旁边的柴火堆旁边吗？"

"咱家有两个鸡笼，那里一个，这里也有一个。"

"你们家怎么有两个鸡笼呢？"

"爷爷奶奶以前和咱们爹妈分开的，他们有一个，咱家有一个。现在他们年纪大了，没有养鸡了，那个鸡笼就归咱们了。所以有了两个。"

"那是不是鸡可以多养几只了，有两个鸡笼。"

"鸡还是养那么十来只，分开关，鸡们住的地方宽敞一些，心情好一些，下蛋也多一些啊。"

"这样子啊。"

"是啊，睡觉吧。"

依豪迷迷糊糊，又正要睡着时，听得达依在那间房里又喊他，"依豪，依豪，你睡着了吗？"

"嗯，嗯，嗯，还没有。"

"你听，那楼上，像许多小鬼怪在上面跑来跑去，发出那滴滴跺跺的声音，那又是什么？"

"那是老鼠在咱家的杉木篙子上爬来爬去发出来的声音。别怕，咱家的大灰会将它们捉拿归案的。"

刚说，只听得扑通一声响，一只大物在黑暗中冲了出去，瞬间就逮了一只，听得老鼠发出吱吱的惨叫，一会儿楼上就寂静无声，一切归于太古。

"那，那你家屋后竹林里发出的那种像人怪叫又不像人怪叫的，那是什么东西？"

"那是夜枭，晚上出来活动。你读过鲁迅的文章，应该知道晚上有这种动物啊。"

"哦。我是读过鲁迅的《野草》，可是这夜枭真的很少人说起过呢。那声音听起来很恐怖。又是在屋外，又是在夜晚。"

"别怕，别怕。它虽然叫起来有点难听，但它没什么恶意，又不是恶魔。"

"可是你看，那窗户上扒了一只黑东西，就想往房里钻，我好怕啊。你过来，你过来。"

依豪起床，急急忙忙地进她房间，开灯一看，是只蝙蝠。

"依豪，我好怕。我不敢一个人睡这个房间。"

"那我同你睡一床好了。"

"不！我家人还没同意我嫁给你。我也还没想好。"

"那，那，怎么办。漫漫长夜，这么折腾可是很困人的哦。要不，房间里还有一张凉席，我把它铺到你床边地板上，你睡床上，我睡地板，这样好不。"

"这样可以。不过你别趁我睡着了上到床上来了！"

"不会的。君子不会逞匹夫之勇乱来的。这个你放心。"

"我相信你有这人品。来你家时我家里想要我找个同伴一起陪我。我说我认识你那么久，你不是那种坏男人。所以我就一个人和你来了。"

"我又不是十八九岁，我都二十九快三十了。有些事，强求不来。算了，别说多了。睡觉吧。"

"平常咱们在外面，没有十一点十二点不会睡觉。你们老家，怎么睡得那么早，九点半就开始睡了。"

"这里和外面，是两个不同的世界啊。这里仍然是三千年前的日出而作，日落而息的世界。你还不睡，早上鸡呀狗啊一醒过来，外面吵得像个菜市场，你就别想睡了。"

有依豪睡在旁边，达依踏实多了，房间外面的各种怪声怪气的声音也没那么恐怖了，夜色深沉，人心很静。很快，她也慢慢进入了梦乡。

在梦中，她和依豪来到一个美好的世界。那个世界芳草如茵，牛羊遍地，蓝天白云，只有青春，不知忧愁。他俩开心得跳啊唱啊，没有疲倦。

后来呢，后来，只听得呼地一声响（老爹还在年轻人做着青春的美梦之时就上山放牛捡柴了，此时将柴扛回家，呼地往屋外地上一扔），天亮了，大家都起床了，外面成了明晃晃的白天。

吃早餐。老家的早餐是正餐，仍是一桌菜，吃饭。不吃包子馒头面条之类的面食，因为要干体力活。午餐不正式，随意吃点，春天吃年粑，那种用糯米粉加蒿叶制成的，用竹叶包好蒸熟，用谷筐存放于阴凉的地方，吃时拿出几个用火烤或是在锅里煎煮，就青菜或霉豆腐，一直可以吃完春天到夏天。夏秋两季就吃擂茶，花生瓜子坛子菜糖果糕点，不用就明火做，现成就有摆上桌就能吃，一边喝清茶一边吃。冬天呢，冬天黑得早，又没什么活干，一般不吃午餐，一天只吃早餐和晚餐两顿。

吃完早餐，依豪带达依去看他家的山林田地。200亩山林，分散在村子的东西南北各处，当然不能一一巡视察看，只能就近看上一两片。有一片就在对面菜园山的北面，有四五十亩，不过要翻过山岭或是从下面碾房水坝绕过去，有点不方便。还有一处，是顺着村道往上走，过小学同学家几百米就到了。两人跨过小溪沟，就进到密密匝匝，看不清天日的杉树组成的树林里。那是一片杉树林，那块山的土质非常适合种杉树，十多二十年就可以成材。依豪说他十来岁时见过一次砍伐，整片杉树林，无论大小，全部砍掉，可以卖钱的就卖，不可以卖钱的就扛回去做柴烧，剩下的枝叶一把火烧了，然后一边种玉米一边种栽上杉树苗，刚开始几年杉树苗很少，需要每年清理杂草，几年之后树苗长大，就基本不用人打理了。到现在过了十多年，这些杉树又亭亭如盖，参天耸立了。

依豪说他们三兄妹当年的学杂费就是靠砍伐这些山上的木材来交的。砍了这一片山林交够了这学期的学杂费，然后种上树苗，又砍下一片山林，交够了下学期的学杂费又接着砍另一片，一个轮回下来，三兄妹也毕业了，当年种下的小树苗又成了参天之树，长得足有二三十米之高。

达依说："这就是俗话说的靠山吃山，靠海吃海吧。"

"是的。咱们能够长大成人，靠的就是这生生不息的大地和勤劳刻苦的长辈。"

"对的。"

"不过这一方山水养一方人，成就了他们的同时也不可避免地带了一些缺陷。西班牙哲学家、思想家巴尔塔沙·葛拉西安在他的《智慧书》写道：

"河水的好与坏总与河床土质的好坏相关；人不论生在何地，必秉承该地的优质与劣质。有的人比别的人多蒙其故乡故镇的恩惠，因为他们出生时正值气朗大清。不管什么国家，即使它非常高雅文明，也总有某种天生的缺陷。正是这些缺陷使其邻国得到安全感而产生自慰心理。谁能克服或至少掩饰得住这样的民族性缺陷，谁就等于打了一场胜仗。你只要办到了这一点，自会被你的同胞尊为出类拔萃者，因为出人意料的成功最受人尊重。其他缺陷则源自人们的出身、条件、职业和所处时代。如果这一切缺陷都体现在某一个人身上而未被预察到并加以纠正，则此人必成为举世难容的魔怪。

"我就发现自己有许多与山里人有关的特质，习惯了山里的环境，在外面大城市里就有许多的不适应。在山泉水清，出山泉水浊。我总觉得住在老家清爽干净一些。可是年纪轻轻的，又能在老家做什么呢？我读了十多年书，家里砍了一片又一片的山林，累死累活供养我上学，难道我读出来了就是回来做这些辛苦的体力活的？"

"你现在在学校上班有点不开心吗？"

"有一点。"

"怎么呢？"

"有的人累死，有的人闲死。累得两眼昏花却没人帮忙，出了差错却成了自己一个人的事，不干活不出错，活越干得多越被人骂。"

"其实你可以转专业教师岗啊。"

"可是我不太喜欢上课。可能和性格有关，不太喜欢讲话。"

"这个，上课上习惯了是一样的。"

"我以前性格比较孤僻，不太爱跟人说话。后来参加工作，慢慢变好了些。"

"那就是哦，人是可以改变的嘛。"

"可改起来还是有点难。人还是做自己喜欢做的事，生活在习惯的环境中好一些。"

"这个当然。可是人哪有事事顺意的呢？万事如意，顺风顺水，那些话只是出现在对人的祝福中，没有一件是现实中可以做到的啊。"

"唉，唉，说这些老生常谈的话干什么。咱们爬上山顶看看大地山川的景象吧。"

顺着山脊的一条若隐若现的小路，那是放牛人或者砍柴人走出来的路。因为少有人走，所以这路也介于是路和非路之间，中间一条踩过的痕迹，可是两旁的树枝不服刀砍斧斫，一俟没人，大有马上合拢灭了此路之意。两人花了半个多钟头，依豪拿着砍刀在前面一路披荆斩棘，才杀出一条路。两人渐渐到达山顶。

爬上一个石头平台，起身回望，发现已是在万山之巅。他们所登的这山是四周最高的山，低头望去，屋宇炊烟，尽在山底，水牛这种大型动物，看上去也就和一只蚱蜢差不多。而抬眼望去，前面另一个市县的高山峻岭莽莽苍苍，如万佛朝宗一般威严肃穆。回头望去，那是另一个省的山川大地了，那些山显得更高更大，也更为寥远壮阔。

依豪说："小时候爬上这山顶，看到这壮阔幽远的景象，总被吓得有种找不回家的感觉。感觉自己快被吓哭了。所以后来读了陈子昂的那首《登幽州台歌》：前不见古人，后不见来者。念天地之悠悠，独怆然而涕下！就很能和诗人产生共鸣。想问清楚那苍茫大地，是谁在主沉浮，是一只大海龟驮着吗？还是自个儿立在那里？如果是那大海龟驮，会不会有一天驮不动了，沉下水底去？这山又是从哪里来的？这人又是从哪里来的？我是谁？我从何处来？又要到哪里去？这些大山就像哲学家一样，冲着我提出了这些复杂难懂无法破解的疑问。"

"是啊，置身在这万山之中，感到人很渺小，自己如同沧海一粟一般。再想想，我从小生活在城里，每天进出城市高楼大厦的水泥森林，觉得人类很伟大，其实比起这些山来，真是小了很多了。"

两人看够了谈够了，慢慢下山。下山下到一半时，依豪带达依从另一个山脊往另一方向走，来到一个郁郁葱葱的山坳之处，远看只见一丛一丛茂密的竹子，比楠竹小太多，比水竹却大不了多少，形状和水竹也不太一样。依豪说那是碑竹，专门种在坟头上保护坟茔的。依豪拉着达依的手进到碑竹林里，达依一看，里面密密麻麻尽是坟冢，坟冢前都立有青石板做的石碑，碑上都刻有碑文，有些还用红砂岩石做了个亭龛，香烛放在里面可以免遭风吹雨淋。碑文大都写着皇清显考或皇清显妣之墓。达依一想，这都是清朝时的墓了，不然也不会以皇清相称。依豪说这些是他们家的列祖列宗的坟墓。因为穷乡僻壤，引不起人注意，所以都没有被破坏。

依豪指着一座最大最气派的墓碑，说这位就是当年考上举人的那位，奶奶说她都见过放举人翎子的盒子。达依问什么是翎子，依豪说就是官帽，清朝的官帽上面有鸟的羽毛，不同的官职插不同的鸟的羽毛。达依说这个我知道。那个放翎子的盒子呢，有没有做传家宝传下来给你？

"没有。被烧了。"

"官帽没了，放官帽的盒子也没了，真是太可惜了。"

……两人边聊边走，回到家时，正赶上家里把吃货摆上桌。

吃过茶食，当成简单的午餐，下午两人无事可做，依豪怕达依呆着闷，于是就带她去溪沟里捉鱼虾。不过溪水虽然仍清冽见底，却没什么鱼虾，一如天上没什么飞鸟，水田里没什么泥鳅。依豪挥网奋力捕捉，战绩仅是捉了一条铅笔长的鲫鱼，且还是用去半截的铅笔，两条泥鳅，两只凶恶的螃蟹，另外几只不入法眼的小河虾。

依豪叹息着说："过去十多年前，咱还是个小孩子的时候，这些小溪小沟里的鱼虾可多了，拿着簸箕，随便一捉，就是一碗，拿来煎炸，很是美味。不过小孩子捉鱼捉虾，不是在意它们有多好吃，而是在意捉的乐趣。记得上小学放暑假，咱们兄妹三人或去外婆舅舅家，或去大姨小姨家，室外活动基本上是以游泳和捉鱼为主。天气热，天天泡在河里水塘里，晒得身上的皮都掉了一层又一层，可仍是乐此不疲。你看我这一身黑不溜秋滑得像泥鳅黑得像鲫鱼的样子，其实就是小时候在河里玩得太多晒出来的。到现在都还这样，夏天一晒就黑一层，冬天多穿衣服又减一层，皮肤是有记忆的，也能适应周围环境的变化。"

"你黑是黑了一点，不过黑得有光泽还算健康，不像有些人皮肤像是被烟熏过一样，难看死了。"

"还好，有人不嫌弃我长得黑了。"

"有人嫌弃你长得黑吗？"

"说嫌弃倒是没有。只是有些人说我帅还是蛮帅的，如果皮肤白一些就更好了。"

"有些人喜欢小白脸。"

"还是说我小时候的事吧。那时山里很多乌龟河鳖。我家这大木屋另一头以前住着一位无儿女的老爷爷，那个老爷爷很会捉乌龟河鳖，早上吃了早饭拎着个鱼篓子出门，下午回来，篓子里就装满了大大小小的龟和鳖，肉拿来煲汤喝，龟壳晒干了时不时上门收药材的贩子就收走。他家屋子壁板上一年到头都挂得有龟壳。我大姨父也很会捉河鳖，有时潜到水里，有时用火枪在岸上打。姨父家门前有一条很大的河，是咱长江的支流，看上去蛮大的，夏天河鳖嫌水里热，都会上岸来歇凉。姨父躲在草丛中盯着，看着它爬上岸了，对着它就是一火枪，只听得枪头火光一闪青烟往上飘，远处的河鳖被散弹击中，掉进河里，慌慌张张地准备往石头缝里钻。姨父把头上的草帽一扔，人扑通一声往河里跳，一会儿就见他把还是活的大河鳖捉拿上岸了。晚上在他家，咱们就吃河鳖宴，用砵子盛着，用桂皮、柑树叶、紫苏调味。大人很喜欢吃，说是很补。小孩子不爱吃，有一股河腥味。而且那头像蛇头一样，在桌上都还伸着朝你看，有点吓人。但是小孩子喜欢看大人打猎的场景，又紧张又刺激，小时见姨父打过一次河鳖，那景象到现在都还记得。

"那时田里的泥鳅黄鳝多了去了。秋天割了稻子，那稻草束成一把把地竖放在田里晒着，下一场雨田里积了水，如果你去拎起稻草束，那里面就有大大小小的泥鳅黄鳝，多得数不过来。如果你拿了铁桶去捡，一亩田就能拎一桶。只是那时的人都不太爱吃。弄回去吃几餐就不吃了。剩下的都给了过往的白鹭或其他的鸟，一到秋天就徘徊在水田里，一直吃到深秋天冷了才飞走。

"后面经济活跃了，外面的饭馆酒店喜欢吃这些野味，结果收购野味的贩子往来乡村，络绎不绝，泥鳅黄鳝，乌龟河鳖，有多少收多少。大家见有钱赚，就用各种各样的捕捞工具捕捞。捉泥鳅黄鳝就用矿泉水瓶，剪开底部，里面放食物，晚上天黑后放置水田水沟里，泥鳅黄鳝夜间寻食钻进矿泉水瓶，只能进不能出，就这样被套住了。一到夜间，到处都放这样的空瓶子，成百上千，成千上万，到处都有，只要有泥鳅黄鳝的地方，就有这些东西。晚上放，早上收，开始时有人一早上能捉百十来斤，差的也有三五十斤，天明后卖到集市上，几百元就有了。一人做，十人传，十人传，百人随，很快，三两年下来，泥鳅黄鳝就差不多绝迹了。靠着它们的顽强的繁殖力，还在一些更偏更远更无人的地方存活着。乌龟河鳖就没那么幸运了。它们个头比泥鳅黄鳝大，繁殖力比泥鳅黄鳝低，成长速度比泥鳅黄鳝慢，价值比泥鳅黄鳝更高，结果村民捕捉得更疯狂，抓得更彻底。几年下来，附近水域的乌龟河鳖直接绝迹。最后只剩下人工繁殖的池塘里还有。乌龟河鳖如果仅仅靠邻居家的那位老爷爷，以及喜食乌龟河鳖的姨父那样徒手捉或是用火枪打，对其种群的影响是很小的。毕竟一年下来，也捉不了几十只。上天有好生之德，那几十只也不多。但是人们为了卖钱，用了新式的捕捞工具，家家户户都买上专门捉乌龟河鳖的大网，一年到头都撒在水塘里河里湖里，凡有乌龟河鳖出没的地方都撒上，成百上千的人，成千上万的网，整个山川大地，江河湖海成了无数网的世界。那些乌龟河鳖哪还有活路。最后，乌龟河鳖也只有在人类的养殖场里苟延残喘，勉强延续种群。那穿山甲小时候也见过。后面听说不能卖了，成了保护动物，再后面成了濒危动物，再后来成了极濒危动物，快直接灭绝，追随恐龙的脚步，成了教科书上的动物。"

"咱从小生长在城里，根本没有这些经历。只是在教科书上看到要保护环境，保护生物多样性，老师也这样讲，书报新闻上也这么说，可周围都是人，见不到什么野生动物，体会都不深。还是你生长在农村，体会深啊。"

"体会深又有什么用？村里的人有几个不捉鱼捉蛇捉乌龟河鳖捉泥鳅黄鳝？你不捉他捉，他不捉另外有人捉，最后面是捉得江河大地一片空荡荡真干净。"

"唉……"

"有时心想，城里不想住，但是故乡又能回得去吗？回去了还是当年的旧模样吗？你在咱家吃的那些鸡鸭鱼肉，又有多少是从前的呢？猪已是白猪的天下，那些白猪可都不是以前的品种，以前的本地的黑猪品种都不知道还有没有。鸡也是白羽鸡黄花鸡的天下了，像邻居家那样还养着本地鸡的也没几家了。说不定再过几年，邻居家不养了，就再也见不到英俊潇洒的雄鸡了。一唱雄鸡天下白的诗意景象只怕后人再也没人能体会得到了。"

"你家也可以养啊。"

"其实我也跟我家里说过，可是他们说：养那种鸡有什么用？吃东西又多，长肉又慢，光好看有什么用？你还能有什么话说。我总不能弄到学校里养吧。我家以前养了一条本地狗，长得比日本首相送给俄罗斯总统普京的那只秋田犬还要高大帅气，跳起来有一人多高，又忠诚又耿直，见小偷就咬，见好人就摇尾巴欢迎……"

"你这表述有问题呃。你形容一只狗怎么用忠诚耿直，而且它又怎能分得清小偷和好人？狗狗聪明最多也就分得清熟人和陌生人吧。"

"咱家的那只狗别人都不咬，就只咬咱村子里的喜欢偷鸡摸狗的那个人。那个人一来咱家，它就以迅雷不及掩耳之势冲上去咬，把那个胆大包天的贼人都吓哭了，以后再也不敢一个人单独上咱家来了。"

"那么厉害。"

"可能是这种狗狗太凶了，是非观太强了，没办法生存。后面这种咬人的狗就慢慢地消失不见了。如今你再看到的都是些见人也不咬的狗子了。"

"唉，水至清则无鱼，人至察则无徒。这些狗太忠诚耿直了也没办法在主人家生存下去啊。"

两人边走边聊，依豪一只手拎着水桶，里面装了点水，存放着那点可怜的渔获，另一只手拿着小孩子捉鱼用的渔网，后面跟着拿太阳帽的达依。行走不久，溪水有了不一样的景象，只见溪中间立着一块巨石，有万年不倒之气概，上游的溪水流不过，就从两边冲刷成沟，天长日久，这里就成了一个巨大的洄水塘，溪水绕着巨石转几圈，才恋恋不舍地往下游流去。洄水塘一边是山路，那种世上本来没有路，走着走着就成了路的那种路，另一边杂木丛生，枝丫蔽日，罕有人迹。依豪忽然记起儿时曾由兄长带着从这少有人去的一边进到另一条更小的小水沟里，那里鱼儿成群……因为这里有洄水塘，而那一边小溪沟的汇入口又隐在杂树丛中，所以不是附近的人一般都难以察觉。

依豪一手拿桶和渔网，腾出一只手拉着达依往青苔斑斓的石头坡上爬，绕过杂树丛，进到另一个小山沟里，沟很小，却有清流缓缓流出。再往前，沟之间的石山往两边走，中间出现了一个客厅大小的水塘。水塘两边长的都是些歪七扭八的杂树，是那种庄子带弟子行走山中，见匠人持斧而不顾的不材。杂树年代比较久远，上面又爬了许多藤，因为藤的年代也比较久远，所以一个个长得比人的小臂还要粗，缠绕在树上就像一条条青花巨蟒。

依豪怀着重寻儿时旧梦的心情站在一尺深的沙滩边，果然看到儿时曾见的鱼儿依然在一米多深的水塘里自得其乐地游来游去。大致数了一下，有十来条半尺来长的鱼，鱼的品种不多，一种是鲫鱼，一种是小时山溪里常见的那种鱼，全身无鳞，雄鱼肚皮上是金色的，雌鱼则是白色的，家里人把这雄鱼叫金鱼公，雌鱼叫白鱼婆，另外一种半隐在水底腐叶烂泥中，只看到黑乎乎的，不知道是什么鱼，但大概不是鲇鱼，有鲇鱼的地方没有什么其他鱼的，但这里还有一些小鱼在四周游来游去。

达依看到有那么多鱼，拉着依豪的手兴奋地叫："鱼，鱼，鱼，好多鱼……"

水那么深，水塘那么大，就凭手中小孩子捉鱼玩的渔网是捉不到眼前的鱼的，临渊羡鱼，不如退而结网。退而结网，把渔网结大一些。其实还有另外一个方法，就是涸泽而渔，把水塘下游的溪床深挖成沟，水塘的水就变浅变少了。可是有必要吗？两个年轻人捉鱼本意只是为了寻找野趣，捉鱼而意不在鱼，正如醉翁之意本不在酒。

依豪把渔网往沙滩上一扔："反正那鱼咱们也捉不到，也就不捉了，改为观鱼吧。"

"也是，捉了它们也怪可怜的。咱们又不缺鱼吃，平常也老是吃鱼，咱们就别老想着张开血盆大口吃尽天下的鱼虾好了。看它们游来游去，而没被人侵扰，它们该有多快乐啊。"

"是啊，是啊，这些鱼该有多快乐啊。"

"庄子与惠子游于濠梁之上。庄子曰：'鲦鱼出游从容，是鱼之乐也。'

"惠子曰：'子非鱼，安知鱼之乐？'

"庄子曰：'子非我，安知我不知鱼之乐？'

"惠子曰：'我非子，固不知子矣；子固非鱼也，子之不知鱼之乐，全矣！'

"庄子曰：'请循其本。子曰汝安知鱼乐云者，既已知吾知之而问我。我知之濠上也。'"

"我就知道你会掉书袋，把庄子的这段话掉出来说一通的。"

"这些对话写得多机智、多有哲理、多有思辨思维啊！和古希腊古罗马的那些哲学大家相比，真是不分伯仲啊！"

"我也很佩服这庄子，他写的文章有时我要转几个弯才能想明白。可是一旦想明白之后，心里非常高兴，像考试得了100分一样。"

"唉，今天看到这些鱼我真是太高兴了。我离开老家在外求学之后，回老家的机会就比较少了。每次回来，都要到溪沟里田沟里转一转，拿个渔网或簸箕捉几条鱼回去，就像小学时在老家那样。可是每次都乘兴而去，败兴而归。那些鱼虾都没了。有的也就是些小得不能再小的鱼苗，还没长大的那种。可能也永远长不到它们父辈祖辈那么大，因为稍微长大一点，就被人用打鱼机或是什么打去了，有时连小鱼都没有，一定要等到春夏涨大水，江河湖海相通之后，那些很远很偏的地方才会游来一些鱼苗，才不至于鱼种断绝。也许是自己那时一个人孤零零的无兴致捉鱼，也许是那时自己心思被别的物事牵扯了去，没有想到这里，也许是心灰意冷腿脚懒，懒得来这么远到这么偏的地方捉鱼，这里一直没有再来过。今天有你在身边，心情大好，腿脚勤奋了许多，带你跋山涉水地来到这里，才找到这个不被人打扰的世外之地。"

"那你要感谢我啊。"

"好啊。你想要我怎么感谢你？"

"庄子见鱼而知鱼之乐，你也要见我而知我之所想啊。"

"唉，这个就有点难倒我了。我读过儿童心理学、教育心理学、成人心理学、犯罪心理学，可是就没有怎么读过女性心理学，对女人了解不多。"

"为什么你不读女性心理学呢。难道你没有偷偷地读过吗？"

"读是读过一点，只是因为，因为……"

"因为什么？"

"你知道《诗经》的第一首诗是《关雎》吧？"

"知道。上过学的都能背下来。

关关雎鸠，在河之洲。

窈窕淑女，君子好逑。

参差荇菜，左右流之。

窈窕淑女，寤寐求之。

求之不得，寤寐思服。

悠哉悠哉，辗转反侧。

参差荇菜，左右采之。

窈窕淑女，琴瑟友之。

参差荇菜，左右芼之。

窈窕淑女，钟鼓乐之。

"这诗讲君子见到美女，于是想得到她。开始求之不得，所以寤寐思服，所以悠哉悠哉，所以辗转反侧。后面花了一番心思，得到了，然后钟鼓乐之娶回了家。"

"是的。"

"这是童话故事里的老套，王子和公主最后结婚了，快乐地生活在一起，然后生了一堆的小公主和小青蛙。"

"呃，没有写生了一堆的小公主和小青蛙。"

"过程很曲折，结局很美好。可是有许多人是思淑女而一直不得的，怎么悠哉悠哉，怎么辗转反侧都思不到。所以，最后他就不思了。转而入山求道去了。那是为了避免见到窈窕淑女啊。"

"这个和前面提的那个问题又有什么关联呢？"

"美女得不到，所以有关美女的书也就不看了。唉，这里的水这么清凉，环境又这么幽深，干吗不游个野泳，来个与鱼共游呢？"

"泳衣泳裤都没带，游什么泳？你游好了，羞死人了。我去上面看看。"

依豪脱了衣服，随手扔到沙堆上，只剩小内裤，扑通一声跳进水里，惊得塘里的鱼儿四处逃窜。

没多久，听得达依在上面树丛里大喊："依豪，快来看，快来看，你看我找到了什么？"

依豪上去没几步就闻到一股清幽淡雅的香味，一种读唐传奇《李娃传》时所生发的幽微情怀传到四肢百骸上。他知道，那是空谷幽兰，在山里面想找而难得找到，你不找它却不期然出现的兰花。依豪过去时达依已摘了一朵拿在手

上了，等依豪过去，她把兰花放到他鼻子上闻：是不是很香？

依豪张口就把兰花吃进嘴里，达依笑骂道："你这头蠢牛，真不懂情趣。人家只要你闻闻花香，你却一口把它吃掉。花是用来看用来闻的，几时是拿来吃的？"

依豪见达依两腮微红，水汪汪的两眼满含柔情，忍不住搂着她，将含有兰花香味的嘴凑近达依，达依稍稍往后避了一下，最后还是迎了上来，两人实现第一次亲密接吻。这一吻，饱含兰花的清香，四周空气中散发着兰花的幽香。被兰花的幽香熏得晕乎乎的两个年轻人，如同成仙了一样。

吻了长长的十来分钟，终于两人同时松开了双唇，也该歇口气了。此处地方狭隘，无法久站也不能坐。依豪要达依下去沙堆坐。达依想摘几朵兰花带上，又觉得乱摘乱采不好。依豪说，兰花开在这里，又不会再有第三个人前来欣赏，与其让它在这里自开自谢无人闻，不如摘去咱们可以放在房间里香几个晚上，也算是知音相惜了。只不要把它的根茎弄坏，它们就会年年开花。咱们以后也可以常来赏花了。

于是达依和依豪各自摘了几朵，带了下去。

到了下面水塘沙堆上，依豪邀请达依同他一起野泳。达依深陷兰花的幽香不能自已。依豪在水中等着她，面朝里面背对着达依，等听到哗哗的水声慢慢近了，水波涌起，转过身一看，达依已在他身旁。两人像前面在大海里一样游了一会。可惜水塘里的水，十条八条鱼游其中倒是绰绰有余，只是两个人在其中游就有点游不畅快了。四周树木遮天蔽日，人在水中，如在井底，私密性十分的好。两人开始时还游不畅快，后面游着游着就游在一起了。也不知道是他先靠近她，还是她先靠近他，也许是天地本就很狭小，而他们又是那么年轻。

天地是如此的私密，细细的沙子铺就的沙地，如同柔软的席梦思床垫，只需将男人的上衣铺在上面就可以当床了。溪沟两边的树木藤蔓向中间合拢，如同修了一座豪华的城堡，那清香柔软的大床就搁放在中间了。偶有树枝间的缝隙，令外面的阳光照了进来，那就是绿色的窗子了。从窗子往外看可以看到山外的蓝天中白云变幻，令人又醉又迷。树枝在山风的吹拂下，微微晃动，如同湖中的涟漪般轻柔。美丽的鸟儿，莫名的小动物发出各种温柔浪漫的声音，世间的人们听了不禁叹息而又叹息。

不知今夕何夕。

山中方一日，世上已千年。

山风吹拂，将一枝枯枝吹掉在水里，发出啪嗒一声响，惊醒了沉睡的两位年轻人，达依慢慢张开眼。

依豪把桶里仅有的一点战利品倒进给他们俩留下了美好回忆的水塘里，渔网放进桶里，一只手拉着达依，达依一只手拿着那几朵兰花，两人满载而归。

两人回到家里，奶奶把头伸过来，看了看，说："呀，打了个空转身，一条鱼都没捉到呀。"

妈妈也过来看了看，桶里空空如也，看了看两个人，达依脸上微微红了一红，说："本来我们捉了几条鱼的，后面把它们又倒回溪里去了。"

"哦，哦。你们玩得开心就好，捉没捉到鱼不要紧的。"

晚上睡觉，大人先睡。两人后睡，两个人的房门都是互通的。晚上也不知道他们两个是不是分开两个房间睡。不过晚上达依不再问依豪这是什么声音，那是什么声音了。倒是床上传来另一种辗转反侧，动静不定的声音，又仿佛听得两个年轻人耳语，叽叽咕咕一直说到鸡叫三更才停。做妈妈的心想，这下好了，只怕生米煮成熟饭了。

开始依豪带达依回家时，跟父母说他们只住一两个晚上，所以家里尽力做了一桌16道菜的筵席招待客人。后来见他们一时半会儿不会回去，似乎住习惯了，两人关系好得像一屋人了。住的时日也长了，家里很少持续这么久地招待贵客，菜品不够。妈妈不好意思，说农村里没什么好菜，来来去去就只有这些，弄不出新花样来。怠慢客人了。

达依说，没事，没事。伯母，不用天天弄那么多菜，咱们也吃不过来。咱们在外面，每天也就三两个菜，如果您天天弄那么多菜给咱吃，咱也不敢在家里久住了。

想想也是。于是家里后面就只备了12道菜，再后来是9道菜，再后来是6道菜。大家无拘无束，其乐融融，仿佛成了一家人。

妈妈很开心。有时也托外出的人帮忙带回点新鲜菜，有时想办法做点以前做过的后来很少做的特色菜来款待达依，引得达依又一阵惊叹，叽叽喳喳地问个不停，问是什么菜，怎么做的。

家四近的山林溪沟转过了，然后依豪就扩大范围，带她去远一点的地方转转，譬如说天生桥，那是一座自然生成的桥，上面可以走人，下面是溪流。去

穿岩洞，一座大石头山，中间穿了一洞，可以待上五六十人没问题。去狮子岩，远看像狮子头，近看就不太像。去更远的地方，如上马屯，去搁枪岩，去高华山。高华山是最远的了，来回要一天，中间在山下人家里吃午餐。高华山山顶以前是有寺庙有和尚的，后来寺庙也拆了。所以依豪带达依去的时候，那高高的山顶就只剩一个空荡荡的地基，一地的断瓦残垣，旁边有个石头凿出来的天井，专门用来接天雨用的。高华山很高，三面是悬崖峭壁，只有一面是山脊，不知什么年代凿出来的石阶，从山底一路蜿蜒曲折地往上升，最后抵达高风悲旋一览群山的山顶。

　　两人在家里盘桓了七八日才走。

第三章　瘦鸡岭下

故乡虽好，可非年轻人的久留之地。

当初父母累死累活，种杉树种楠竹种花生种玉米种水稻养猪养鸡捉蛇捉蛙，自己舍不得吃穿用度，住的还是一百多年前的旧木屋，别人家家户户都已新建了木屋，现在开始筹建砖屋，他们还舍不得拆了新建，只为要儿女能远走高飞，离开这虽美丽却贫穷，虽富有却闭塞的小山村，去外面闯荡出一片属于可供自己选择的新天地。

如今虽然带回了年轻漂亮知情达意的城里的女朋友，可是自己的事业根基未固，女朋友还没正式过门，一切都还是个未知。

本来只计划在老家待三两天的，只因家乡风光好，所以徘徊久留了几日。世界虽然那么大，可是还有前程要奔，也没法到处看一看。达依要忙着查资料写论文，高级讲师虽然已过，但是前面还有副教授教授在闪耀，古代贵为天帝之女的织女，也为织云锦天衣而日夜操劳，弄得容貌不暇整，何况娇女达依。而依豪更是什么职称都没有，按照达依爸爸的话说，年轻人，是该努力了。亡羊补牢，再不开始就晚了。所以他也要埋头苦读。

于是在老家待了几日，两人也没有像年轻情侣那样，去新疆、云南等处纵情山水，而是回到城市里各自启程的地方，又开始了日夜与书为伴的日子。达

依回到她父母的那幢比旁边人家差那么一点点的别墅，依豪回到他在学校里的单身宿舍。

学校在一座名叫瘦鸡岭的山下面，街名就叫瘦鸡岭街。

此时学校虽然已是放暑假，不过放的是学生，校长、主任、科任老师都还是有得忙。没有学生的学校真像座学校，安静文明，进出人等彬彬有礼，颇有学术研究之气息，而有学生的学校，就像个农场菜市场，鸭叫鹅鸣，鸡飞狗跳，不可终日。

新学期很快到了。招生办招了一大拨形态各异、品行一般、性格清奇的新生。因为工资基数不高，依豪申请了当班主任。这样会有几百块的班主任津贴，虽不多，但聊胜于无。虽然当班主任如同当了学生的保姆，比较辛苦，但是经过改革班主任津贴之后，想当班主任的老师多了起来。以前当班主任是学校分派的任务，津贴就象征性地给了一点。结果大家推来推去都不想当。改革之后，如果你想评职称，如中讲，如高讲，如当副主任，你必须当上一定年限的班主任之后才有资格，而且待遇也比以前摊派的津贴高了不少。于是当班主任的多了起来。学生好带的专业班级，如高中起点的三年高技，或是高中起点的四年技师，或初中起点五年制高级班，以及专业门槛高一点的航空、护理、新能源、会计、动漫等专业，学生或因多读了三年高中，或是目标远大想多读几年技校然后拿个成人大专文凭的，或对专业感兴趣想学点技能的，这种学生好管一点，班级班风也强一些。那些因父母之命来读书，因年纪不够打工需要在学校里待几年长大成人的，什么兴趣都没有，一个暑假犹犹豫豫，觉得这个学校不合我意，那个专业不是我喜欢的，东挑西拣，快到开学时还没选好学校专业，再去报名时发现只剩下少数几个自己特不喜欢的学校专业，再不报名，就没有学校可读，于是胡乱填报资料进来的，这些学生基本上都只是混日子的。这样的学生，这样的专业的学生最难管。每个学校都有这样的所谓的最烂的专业班级，每个学校的不同的系部都有这样的班风最差的专业班级。大家都抢着当班主任，挑来挑去，抢来抢去，将高中起点的班级，五年制大专班级，或是好专业的班级抢走要走之后，剩下的这几个班级没人带。依豪想带班，而又与世无争，不想跟人家争来抢去，所以自然就分到了现在这个班。

那是一个虽有手机但普遍不能上网，能上网也只是极少数家里很有钱的买的苹果机的年代。虽是不思学业的学生，头脑却很单纯，只知吃喝玩乐，并没有什么其他坏心思。

第一天迎接新生，在班上，依豪就收到了7个将头发染得金黄金黄的学生，男生女生都有，又收到3个将头发染得灰白灰白流行语叫奶奶灰的学生，是女生。依豪看到了，倒吸了口冷气。和颜悦色地一一跟他们讲，学校规定学生不能染头发，请这些染头发的趁这两天开学报到把头发给染回来。有学生就问，"学校规定不可以染发，但是我的头发天生就是白的，难道还要染成黑发吗？"

"我是说学校规定不能将头发染成五颜六色，像些巴西鹦鹉。咱们中国人，一般都是黑头发，你就没必要非得弄成红黄蓝绿了。"

"老师，可是我的头发天生就是黄色的耶，这不能怪我。要怪就怪我爹妈。"

"老师，我的头发是少年白，不是奶奶白，您看我要不要染成黑色的？可是听说染发很贵的，我想染成黑色的，家里又不给钱，您能不能借我200块去染头发？"

正在叹气，又进来一个女生，她不穿破到大腿的牛仔裤，她就穿一条大黑裤，可是也是破的，这个破，虽然不及破到大腿，却是更加触目惊心。因为正常人的思维，要穿破裤子也只是穿破牛仔吧，怎么还有人穿其他款式的破裤子呢？

依豪说："你的裤子怎么破了那么长一条，太不像话了吧。"

"老师，老师，这是现在最流行的破裤款式啊。比破牛仔时髦多了。"

"我还以为你家里没钱买新裤子，让你穿个破旧的烂裤子来上学。"

"老师，您真的是这么认为的吗？"

"天哪，你家父母你家爷爷奶奶穿着破衣服旧衣服干活，起早摸黑挣钱，就希望你们这些年轻人穿得好一些体面一些，你们怎么就辜负家人的期望，穿成这样子来上学呢。"

"老师，您真是想太多了。咱穿成什么样，咱家人根本不会管。"

"我说，你家人不是不想管你，是根本管不了吧。"

"是啊，咱想穿成什么样，是咱们年轻人的自由，大人管不着。"

"可是学校有校规，进学校后要穿统一的校服。以后你们就别穿这些奇形怪状，有失尊严的衣服了。"

"嗨，班主任老师，您的观念也太老土了吧。怎么穿上一件时尚另类的衣服，做了个别具一格的发型，您就大惊小怪的，动不动拿校规来吓唬咱们。咱

们可是祖国的花朵，经不起您一遍又一遍的摧残的哦。"

迎新之后的第一堂课就是班主任的班会课，一堂班会课下来，依豪讲道理端学风纠仪表舌头都说打结了。好在他长得还帅，说起话来还不至于太招人厌恶，也好在他说话委婉态度谦和，学生才没有找招生办的老师告状说他对学生态度不好。

填招生办的生源信息资料，填学生处布置的学生信息资料，学生资助采集表，这个表，那个表，一个月下来，班主任都在忙着完成各种信息采集。还要了解新生的性格特点、行为习惯、家庭背景、长处恶习。学生身上的长处，基本上没有，毛病呢，倒有一大堆。大人有的毛病爱好，这些小屁孩基本都学会了，无论男生女生。

男生爱打架，爱打群架。这是这类学校的一个常见的场景。男生不服管教。有一次依豪坐公交去市里转，途中经过一条人来人往的大街，他忽然见到前面有人在光天化日之下翻墙而出。难道没有大门吗，难道是小偷吗？依豪心想，不对，应当这里就是一座这类学校。公交车继续往前开，一座什么旅游学校的牌子赫然出现在他眼前。答案立马揭晓，依豪很是为自己的推断正确得意一番。不过如果他不在这类学校上班，他是没办法一下子推想而出的。这类学校的学生就是这样，学校不给他外出，他就学时迁翻墙越顶。

有个小男生，长得横实，有一身肉，不过脸还端正，又好修饰，依豪见此笑着称他为帅哥，他听了心花怒放，从此引班主任为知己，班主任叫他早上上课别迟到，他也热乎了几天，早上八点半之前就领着一帮小喽啰浩浩荡荡地往教学楼走。

坚持没半个月就露出疲态，早上起不了那么早了，非要等到十点，第三节课他才带他的兄弟去课室。

依豪知道他是这个城市东边郊区的人，他班上有七八个这个区的学生，他每天带的那一帮跟屁虫即是。看得出来他家有点钱，出手比较阔绰，所以一来学校就拉了一帮班上同学成了他的兄弟。

这个学校的学生有一个好结同乡会的习气，也不知从哪一年哪一代学生那里开始的。靠西边沿海的那一边的学生就结成"海盗帮"，从北部山区市县过来的就结成"山匪派"，本市的学生最多，但本市面积也很大，人口也很多，也分区市，所以这些从不同的区市来的学生，只要开学的第一天，就有学长学姐串联，很快就找到组织，成了某某派的一员。然后就是挑衅闹事，弄得学校鸡飞狗跳，学校也不成一个学校。

学校对这事很头大，也很重视，因为代代相传的关系，案例也越来越丰富，所以一有苗头，学校就会出手。在学生处给新老班主任做开学培训时也强调这类事，要班主任早发现早纠正。

依豪告诉这神气活现趾高气扬的小帅哥，别一天到晚带着一帮同学走来走去，像老大那样。告诫了几次，也许是活动经费快用光了，也许是班主任老师的话起了作用，他后面的跟随规模小了下去，不再是七八个十来个那种引人侧目的数量了，而只是两三个，三四个的小规模了。这种小规模勉强能接受。虽然都是固定的那几个熟面孔，规模效应应该不太明显。

依豪正在学生处大办公室里办公，物流贸易系的学管干事打来电话，跟他讲他班的那个小帅哥上课时打架了，要他过去处理。

依豪从3号教学楼走到1号教学楼，不过几分钟，到二楼系办公室学管科时只见那帅哥正坐在老师的座位上，学管老师站在一边。

依豪过去，学生站了起来，表示他眼里还认这个班主任。依豪拍拍他的肩膀，打了个哈哈："哈哈，帅哥，发生了什么事啊？"

"没什么事。"

"学管老师反映你打人，是不是啊？"

"是的。"

"为什么要打人？"

"因为那人不怀好意地看我几眼，我心里不爽，就带人打了。"

"上课上得好好的，你们又不同班，不同课室，怎么会你看我，我看你？"

"老师，是这样的，两个课室中间隔了层透明玻璃，两个班上课是可以看到对方班级的。那个班的一个家伙隔着玻璃朝我望了几眼，然后又和旁边的同学叽叽咕咕。我觉得他对我不怀好意，是在骂我。"

"哦，这样子。你今天的发型也还是很帅的，别人可能是欣赏你的帅气，对你进行点评呢。"

"没有啦，没有啦。班主任，我的发型是还可以，不过他不是那样子的。他一直就对我看不顺眼，想找人搞我。"

"是因为你比他长得帅，他嫉妒你？"

"说不好。不过他们那一帮一直就对咱们这边的同学看不顺眼。"

"怎么会这样子呢？"

"就是啊，那个区的人就是看不惯咱们区的人！"

"大家都是一个市的同学，怎么还彼此看不顺眼，像猫跟狗一样。因为他在玻璃窗那边对你多看了几眼，你就对他报以老拳。这样子不行的哦。"

"我才不怕，我的人比他的人多。"

"嚯，你还这样想。我提醒你，打群架后果可是很严重的哦。别怪我言之不预。这次就算了，班主任只了解一下情况，不把你法办。你走吧。好自为之。"

说了一通，依豪知道自己说了也白说。他本想把对方那个学生也叫来问下情况的。可是那学生不在这里。想找系学管老师聊聊，那人却云游四海，估计是去厕所吸烟去了。

晚上五点多六点，依豪和另一位老师去六号楼二楼二饭堂吃晚饭，在饭堂里还见帅哥学生，身边跟了七八个同学，像保镖一样护卫着他，很是威风。肚子饿了，没想那么多，直奔窗口打菜去了。他和那老师在饭堂桌上边吃边聊，还没吃完，手机响铃了，一看是那帅哥打来的。电话一摁，手机里就传来学生慌乱的叫喊声，"班主任，我被打了，快点叫保安过来救我！"

"你在哪里？"

"我在操场。"

依豪饭也不吃了，盘子也来不及收，就往楼下操场跑。

几分钟前从瘦鸡岭隧道市区那边慢慢地开过一辆警车，警车上坐着两位穿警察制服的人，警车后面跟着一辆写有公务字样的公务车，公务车上坐着什么样的人，看不清楚。这两辆车经过瘦鸡岭 6 号门前，车里的人看到自动门里面实训大楼楼顶立着巨大的国家公立重点职业学院的牌子，牌子是用 LED 灯做成的，在这山下显得熠熠生光。

公务车上的人忽然忆起好像在一个什么会议上提到过这所学院，于是他要前车自行离开，自己坐的那车停在校门前面 100 米的那个废弃不用的北门前，北门多年不用，有大门的样子却实行永久性封闭。上下都是学院围墙，没有商铺，所以废弃大门前面的小小空地就见缝插针地放上一个大垃圾车斗，四近垃圾桶的垃圾就往这里倒。公务车就停在这旁边的地方。两人下了车，司机在车上候命。往回走上几分钟就回到学院大门，门岗是一座有两层楼的小房子，一楼靠省道线侧是保安室，其余的是招生办的各办公室。两人看见大门的自动门紧闭，台阶上行人进出的小门也是紧闭，不过从外侧窗户玻璃望进去，可见一个保安坐在窗户下正打着游戏，而且还能听到里面小房间里传来斗地主的声音：跟，跟，不跟，开牌……听声音估计有三到四人。保安室一派祥和安宁的景象。

其中的一个敲敲玻璃窗，本想问一下，里面的人听见了，朝外面望了一下，是成人模样的人，手上摁了一下开关，小门就自动开了。两人也就不问了，进到了学校里面。左转到招生办接待大厅前时，两人就看见一大帮男生乌泱乌泱地聚在操场，如果他俩平常来过学院就可以感受到比做课间操时的学生还要多。

可是这明显不像是做课间操的场景，因为人群的中心，不断地发生聚集推搡，有人在高喊：揍他！揍他！用脚踢！这两人问旁边看热闹的学生他们在干什么，学生白了他俩一眼，淡定地回答：打架呗！少见多怪。他俩又生气又激动，激动的是他们竟然亲临学生打架现场，生气的是这些学生没有一点打架的紧张感，全然不把他们这些大人放在眼里。问的人是那么急切，可回答的人却是那么淡定，仿佛他们这些人没见过世面一样。可当他俩往人群的中间挤去时，却隐隐感觉不太对劲了。因为越往里面挤，反作用力越大，当他们想拨开前面的学生时，四周却有学生有意无意地把他们往后拔，人们越是往前挤，遇到的阻力也越大，而且这阻力不是那种随意散漫没有中心点的阻力，而是明显地感到他们有组织有意识地那么做的，那就是他们知道他们在做什么，他们在阻挡不相干的人进入事件的中心地带。

这些小屁孩还那么有组织，分工还那么明确，居然把成人的雄心壮志也给激发出来了，不使出点霹雳手段，还被他们瞧扁了。

于是两人使出大力金刚手，一手抓住一个，往外面扯。这一扯，果然是使出洪荒之力，把那学生扯得东倒西歪，差点倒下。这一下，一个风暴中心马上就形成了，几个学生看客马上化身为功夫达人，向这不明事理的大人发起了围攻：咱们玩咱们的，你看看就行，干吗要掺和进来？于是有人抱大腿，有人拉胳膊，展开肉搏战，想放倒这来路不明的人。

这两人一下子就被学生团团围住，想冲出去也是不可能的，如果继续同这帮小屁孩进行无谓的纠缠，最后的结果就是贻笑大方，于是其中的一人大喊一声：我是警察，给我住手！

近旁的学生吓到了，一个个不敢恋战，望风而逃。这一逃怎么也挤不进去

的暴风眼一下子就撕开了一个大缺口，缺口的另一边，一个老师模样的人正在苦苦奋战。

那就是依豪。

开始时他和那两个从学院大门外进来的男人一样知道人群的中心就是风暴的中心，想挤进中间去救他的学生，可是怎么也挤不进去，往左挤，左边有学生挡着他的道，往右挤，右边又有学生抵住他不让他前去。那几个在里面激战犹酣的教官把牌一扔，拎着对讲机歪歪斜斜地冲了出来。饶是三方合围，却是一个闹事的学生也没逮住。学生一见情形不妙，不用吹哨，就一哄而散，那学生想必是老家的泥鳅黄鳝变的，个个滑溜得很，怎么也逮不住，就如小时他在田间小溪里徒手捉它们一般。其间依豪想逮住一个学生是一个学生，可是逮这个时旁边有另外几个帮手拉扯，逮那个时又有别的学生扳胳膊绊腿，结果非但没有捉住一个，自己反而绊了一跤，倒在地上。最后就剩下那个被打的帅哥，倒在地上直哼哼，"老师，我被打了，我被打了。我被打得好惨。"

两个教官扶着这被打的学生，也相当于逮住了一个嫌犯，往三号教学楼二楼的学生处办公室走去。在这类学校打架的，有时打和被打的两方都不是什么好鸟。所以捉住一方，事情的来龙去脉就可以弄清楚。如果一方都逮不到，任由他们逃窜，事情就没法解决，下一次又会爆发更大的群殴事件。

正走着，却发现有两个校外的陌生人也跟着，于是教官就问他们，是什么人。

"警察！"那两人板着脸没好气地回答。吓得那教官一个激灵：

"妈呀，这怎么得了，不过是学生打个架吗，怎么会引来警察了？"一个警官马上开跑，去学生处找主任去了。

到了学生处，主任刚好在，已经起身迎接正进门的警官："我是学生处的主任，是什么风把警官吹到咱们学校来了？"

"你们的学生打群架，打得很热闹嘛。"

"咱们学校的这帮学生，正处在青春期，身上的荷尔蒙比较旺盛，唉……"

"我前面听说你们学校不太安静，学生有点闹事。今天偶然经过贵校，想进来了解一下，不料就亲历其中。你们学校的学生经常打群架吗？"

"也不是经常。也就是一学期几次。"一个教官没话找话，为显示存在感插了一句。

"一学期几次群架，还说不是经常？"

学生处主任狠狠地瞪了那呆傻教官一眼，忙赔着笑脸说：

"没有那么多，没有那么多。"

"你们校长在不在？"

"这个，现在这么晚了，只怕不在学校了。我是主任，您有话可以对我说。"

那人说："我要找你们的校长了解情况。"

"这个，这个，莫老师，你打个电话问下校办，看校长还在办公室不？"

"校长今晚在，刚好是他值班，他要十点才离校。"

"我带您上去找校长。"

"不用了，有一个老师带我去就行了。"

"那好，我留在这里处理这事。"

学生处主任马上安排人叫来夜间值班的医生过来学生处，给这被打的学生做个初步检查。同时通知教官队长火速到学生处办公室报到。

医生检查一下帅哥的伤势，基本无外伤，随后用手摁了几下身体各部位，学生哼哼唧唧的，一会儿说这里有点痛，一会儿又说那里有点痛，要说又说不出个所以然来，估计是医生的手摁出来的痛感，内伤应该没有。大概这学生已跟家里讲了他被打的事，他家里打电话给班主任，问情况怎么样，依豪把情况讲给他，说虽然打架的阵势很大，不过是年轻人的拳打脚踢，贵子身体没什么大问题，学校会妥善处理，如果家长工作忙，可以不必过来。

"可是我那崽非要我过来。家里生意忙，走不开。等我8点收了档再开车过来。"

这边教官队长问帅哥，是谁打他。他说不知道。他们人多势众，他分不出是谁。

"他们有多少人？"

"大概有100来人。"

"你这边呢？"

"才20来个。"

"你不知道谁打你？"

"不知道。"

"不知道？那你为什么事先带20个同学去操场？"

"怕被人打。"

"你提前知道会被人打？"

"是的。"

"可是你却不知道谁打你？"

"是啊。"

"你带 20 个同学去操场，对方带了 100 个同学去操场，你被打，你却说你不知道被谁打？你骗鬼啊！赶快说出是谁打你的。"

"我不知道。等下我爸过来，他来摆平这事。"

"你不讲没关系。一查就知道了。"

可是左查右查，就是查不出来。过了半个钟头，校长下来问学生有没有事。主任说，"医生检查过了，外伤没有。"

"那内伤呢？"

"应该没有。"

"什么叫应该，送去医院做检查！"

"学生说不想去，他想等他家长过来。"

校长问学生身上痛不痛，学生含含糊糊地回答，估计也没啥事。然后校长问主任，"事情查出来了没有，是谁打的？"

"还在查。"

"这么久了，还没查出来？听说学生打架时，保安几个在斗地主？上班时间玩忽职守，学生在学校打架，而你们却躲在办公室玩，成何体统！这事一定要严肃处理。"

学生处办公室这边，气氛不对了起来，主任痛骂教官，威胁要炒掉那几个值班的教官，教官队长急了，在对讲机里讲了一会，然后又去门岗，过了半多钟，教官队长过来，说查出来了，是咱市北郊区的厉哥干的。市北郊区是一帮，市东郊区是一帮，依豪班的这个学生是市东郊区帮的，一进学校就成了老大，拉了一帮同区的同学，每天神气活现的，看不起市北郊区那一帮。互相小打小闹了几次。前面上课时对着课室玻璃墙怼了几眼，这个依豪班的学生就带几个同学揍过人家一次，这一次他们约架，各带一帮兄弟在操场打一架。结果市北郊区的厉哥叫了 100 个人过来，市东郊区的才带了 20 个，所以他吃了亏。

依豪的学生家长说好 8 点钟过来的，可是开车路不熟，10 点多才到学校。

依豪的学生本来是神气活现，不可一世，不料来的家长比这学生更加神气活现更加不可一世。也正为有这样一个神气活现不可一世的家长，才有这种神气活现不可一世的学生。家长来了之后不从自身找原因，却一再质问为什么小孩才来一个月就被打，谁这么大胆，敢打我小孩，也不看看我是谁。然后指着对方学生骂，你别以为你能叫来 100 个人你就敢打人，你信不信，我一个电话立马就能叫来 1000 个，揍不死你。

学生处主任听了哑然失笑：家长，人多是解决不了问题的。小孩正是青春期，同学之间容易产生矛盾，打打闹闹也正常，但是不能只讲拳头不讲道理。学校不是个打架的地方，有问题有矛盾大家互相商量解决不好吗？自己解决不了，向班主任反映，班主任解决不了，再向学生处反映，学校没有什么解决不了的事啊。干吗非要叫来一帮同乡来群殴。这能解决问题吗？

家长仍不服气，自家小孩在自家读书没人敢欺负，一出来就被别的区的人欺负了。他家多的是钱，不怕。

果真是有其父必有其子。有其子是因为有其父。

这一场闹剧从晚上六点多，一直扯到晚上十二点，学生写了保证书不再寻衅滋事之后家长才回去。弄得依豪身心皆疲。

第四章　新新新人

　　依豪在学生处办公室做学管干事，每天有很多事情可做。

　　写部门新闻稿、会议记录，这是文秘方面的工作；部门资产管理，配合总务进行资产登记清查；学生服务方面，新学期的校服发放工作，生活用品发放工作，当然这两项工作是由校服厂家和生活用品厂家负责的，但是学生处需要协助他们提供场地、学生名单、发放时间，以及售后服务工作，学生购买校服和生活用品，供应商提供商品，一个买方，一个卖方，学生处作为买卖双方的平台也好，第三方也好，监督协调也好，都需要有一个人负责，依豪开学前后都在做这种工作；学生管理系统的维护与日常管理；学生资助工作（国家助学金及免学费工作，以及其他市区一级的免学费及学生补助工作），学生继续教育学籍及日常管理工作；以及部门主管和上级交办的其他工作，如常规宿舍安全检查、期末总结会议的安排等。

　　除了部门资产管理费时不多之外，其他的工作都是需要费时费力花费掉每日上班时间去完成的，而且许多时候正常上班时间都不够用，需要利用下班时间加班加点才能完成。

　　工作任务多，而且随着学校规模不断扩大及社会不断向前发展，同样的工作，在量上也成倍的增加。譬如说学生继续教育工作，开始时才几百号人，都是高中起点的高技和技师班学生才读的,后面扩大到五年制第三年也可以报读,一下子学生人数就增加到几千人,800 是一个量级,3000 是一个量级,7000又是另一个量级。同样的工作,学生人数成倍增加,工作量相应地成倍增加,而做事的人就只有依豪一个。工作起来当然有点考验人的能力。

在《三国志·蜀志·庞统法正传》里,有一小段写庞统起初在刘备手下做事的情形:先主领荆州,统以从事守耒阳令,在县不治,免官。后因吴国鲁肃及诸葛亮大力推荐,才获得重用,成为刘备的军师中郎将,位在诸葛亮之下。《三国志·蜀志·蒋琬费祎姜维传》里写蒋琬初出江湖,跟随刘备入蜀,第一份工作是当广都长,一个小官吏。刘备因游观留滞广都,见琬众事不理,时又大醉不醒,很是生气,想直接砍他的头。靠着诸葛亮的死保才免去死罪,仅丢工作。后来在诸葛亮的推荐提拔下官职一步步升高,能力一天天得到彰显,诸葛亮临终密表后主刘禅:臣若不幸,后事宜以付琬。诸葛亮病死五丈原,蒋琬领命统领蜀国国事。《三国演义》第五十七回"柴桑口卧龙吊丧 耒阳县凤雏理事"详写庞统在蜀国的第一份工作时的情形,庞统得了县令一职之后,并没有像一般的新官上任三把火,好好表现,努力工作,争取获得提拔,而是县中之事,并不理问,只是天天饮酒,夜夜听歌,醉了又醉,醒了又醉,到任三个月来日日如此。于是刘备派张飞巡视耒阳,督察工作。张飞去到耒阳,见情形正如人言,同事都在忙事,独他醉卧不出,很是生气,哇哇乱叫,而庞统淡定应付,扶正官帽,当场理事,半日之内将百日之内没处理的公事,干脆利落地处理完毕,众人无不心服口服。张飞也服了,庞统这才把鲁肃及诸葛亮这帮大佬的推荐信给他看。后面情形一如前言,官至军师中郎将,很是干了一番大事业。

这两则故事都是说的主人公很有才干,大材小用之后却不肯做事,不仅丢了官,差点连命都没了,最后靠了伯乐(都是诸葛亮)的赏识引荐才能施展胸中大才。这问题是大材在屈才之后要有伯乐赏识才能改变命运。依豪知道这些历史故事,却不敢把自己当成大材小用的庞统、蒋琬,他不可能把手上的工作拖了又拖,等到事情积压到百来天之后一次性处理,那样不仅是他,只怕连校长的官职都不保了。他要做的是,每天尽可能快地处理好手上的每一件小事,不要把它拖到第二天变成大问题。这处理工作的情形就和这两位大人物当初任小职时恰恰相反,一种是日日无事,拖延百日,然后一次性把事情一日内处理好,一种是日日忙事,百日之后,工作做顺了,也能做到和大家一同上下班。

只是不能休假或外出出差什么的，人一离开学校，那事情就堆起来，需要回来加班处理。

他上中学时语文教材里有一篇数学家华罗庚写的文章，叫《统筹方法平引》，是选读文章，考试时不列入考试内容的。别人好像读了没啥意思，但是他读了受到很大影响，他发现如果做事时好好统筹自己的时间，掌握好方法，做起事来是事半功倍的。

上学时只有这读书体会，工作时发现按这思维做确能起到好的效果。当然这要靠个人的主观意愿，也就是自己要有努力工作，勤于工作，想把工作做好的念头才行。依豪抬眼望去，办公室里干事的只有那么一两个。大家都是把心思花在本职工作之外的，眼睛也是往上盯着的。这也就是为什么依豪会有那么多的工作的缘故。不过经过他的一顿猛操作，事情做顺之后，也能得心应手，每日脑子里多转，手上就能少做，也差不多和大家一样能按时上下班了。

倒是班主任的日常工作，会占去他下班后的许多休息时间，尤其是接手新班级的开始那半个学期。忙得都忘了自己还有个女朋友。

来学校这么些年，他的工作都没什么起色，除了从最底层的楼层管理工作调到学生处办公室做干事工作之外，没有其他的变化。升职入编之类的好事儿轮不到他，留给他的只是一堆做不完的工作。

依豪单身，学历也够，工作能力也还行，不过如果想改变自己，单靠自身的条件是不行的了。可是他又不想走身边大家都走过的途径。也并非自己孤标傲世，举世皆浊而自己独清，只是不想做。

所以很多同事认为他很傻很天真。认为他书痴。虽然形象尚可却是只呆鹅。因为他是只自身难保前途无望的呆鹅，所以也没有哪个女老师认真地考虑过与他交往。

直到那一年期末的总结大会，本是一场不被看好的司空习惯的例行聚会，像两个处在不同时空的物种，因为偶然的机会，交汇在一起。

达依有几天没有找依豪，因为大家工作忙，虽都是年轻人，这也正常。几天后达依下班约依豪到学校的望月亭见面，告诉他，她已怀孕。

这消息真是意外中的意外。

本来依豪都不太做青春期以来的红袖添香夜读书的美梦了，经过几次不成熟的恋爱之后，他的心境始而由热转凉，一生几许伤心事，不向空门何处销？

虽然他还不至于像王维那样一心向佛，但是佛系了不少。书似青山常乱叠，灯如红豆最相思。也许一生之中以书为伴是最好的。虽未出世，一只脚已踏入佛境。但是自从和达依在海上有了初遇之后，他的青春梦想又重新被点燃。有人说男女之间性情迥异是可以的，这样能形成互补，虽然也有对的一面，但是这要看情况，有时一言不合就一拍两散，这种可能性更大。不仅两人性格脾气相同，而且志趣爱好一样，这样是最好的。异性相吸，同类而聚，最为稳定。

两人志趣爱好，性情年龄，教养素质，相貌身材，以及身体素质，几乎都相匹配，只是有一点，家庭背景相差实在有点大，真有云泥之慨。依豪在农村的父母，未必有多富，也没有几个有钱有势的亲戚做靠山，而在城里，他就更是一无所有了。没有背景，没有资历，没有资格，没有威力很强大的各类证书，也许，仅有的只是还算年轻，可是最没用的就是这时光了。流光容易把人抛，红了樱桃，绿了芭蕉。一年一年地红了又绿了，人也就很快变得不年轻了。

不仅是曾经积累的人和人之间的差别，而且这差别正以加速度扩大。能力强的变得能力更强，资历丰富的将变得更加丰富，条件好的将变得更有条件。各种情形正显示事实即是如此。

依豪曾经以为自己工作很认真很负责，人品很不错，平常也是与人为善，温良恭俭让，会深得同事的喜欢。所以到期末部门评优时，以为自己会得票高高的，不是第一，也能入选。所以也没与同事互动交流，投票规则是每人可投两票，上两学年已评上优秀的不再参评，于是他就填上自己和另一位他认可的同事。他信心满满，经过两年的努力，自己一定能得到各位同事的一致认可。可结果公布出来，别人都有十票八票，最少的也有五六票，最多的有好几十票，而他，成为唯一的只有一张投票的人。依豪大惭，明眼人一看就知道没有一个同事投票给他，他那一票是自己投给自己的。过一学年，学校又举行评优活动，部门互评，依豪已是死心，知道自己在同事心中就是一个可有可无的人，即便平日相处融洽，可一到评优这种涉及前程的时候，是不会有人想着他的。所以也就死了自己能够评为优秀员工的心思了。他想与其自己投自己一票，不仅浪费自己的一票，而且还要别人看出只有他投给自己一票，还不如把自己手中的两票全部投给别的同事，以此显示自己不在乎这个评优。于是他把手中的两票全部投给别的同事。不料评优结果出来，他仍有一票。他在想这宝贵的一票是谁投给他的呢？是这位？是那位？是另一位？他百思不得其解。他心想，你干吗要投我一票呢？去年我只有一票，那是我自己投给自己的。大家也都知道，每个人投票结果中的那些票数中肯定有一张是自己投的，没有人会浪费给自己增加一票的机会的。可是今年他把手中的两票都投给了别人，自己为什么会又有一票？他一直想了很多年，后来他想明白了，可能是领导和监票的同事修改了票数，为了免于尴尬的局面，凭空给了他一票。优秀名额是人人都想要的，如果你想升职想加薪，有所作为，这些荣誉是必不可少的。依豪也想要也不想要，后来发现这些东西人人都想，人人都争，自觉无望，也就放弃了。吾有三宝，一曰慈，二曰俭，三曰不敢为天下先。自己何必争先恐后，就做一个后，又有何不可呢？

因为这样的佛系，依豪与同时来校的同事的收入差别是越来越大了，由刚开始的三五百块钱的差别，扩大到一两年后的一千两千，三四年之后的五千六千，人家的工资收入一骑绝尘向前奔，而他的还跑不赢全市人民的平均线。

他个人是这样，他的家庭或家族更是这样。

所以说他和达依两家的差别不是代差，仅仅一代人的差别，而是几何差了。

所以当依豪听到达依说她怀孕了时心里有一丝忐忑。

他问："那怎么办？"

达依反问："你说怎么办？"

"你家人会同意吗？"

"想听听你的意见。"

"虽然不要我也觉得难以接受，不过如果你还没准备好，也可以想办法按你的意思去做。"

"如果不要，我也舍不得。毕竟他是一个生命。"

"只是如果要，那会让你受苦了。唉，都是我的错。那天我本不该违背你的想法。"

达依没有接话，不过心里想道：也不能全怪你啊。要怪就怪那香气扑鼻的兰花，让我冲昏了头脑，让你的坏心得逞。只是你老家的那兰花实在是太有魔力了，让我觉得爱情的美好，把我的最后一点不安给变没了。

依豪见达依没说话，又问："你跟你家人讲了没有？"

"讲了。"

"同意不？"

"我妈没意见，说我反正年纪也大了。我爸有点生气。"

"为什么？"

"我爸本希望我找一个机关单位的公务员，不想我在学校里找当老师的。不过我倒觉得没什么。当老师也挺好的。只是咱们学校的学生也太不爱学习了一点。家里人希望你工作上能努力一些，至少能有个高讲。"

"呀，这个有点难度。我现在中讲都还不是呢。"

"你可以努力啊。"

"现在努力是不是有点儿迟了？从报名考资格证到中讲到高讲，听说至少要好几年呢。而且现在考的人越来越多了，也越来越难了。"

"我爸对你别的意见没有，就是对你缺乏自信，遇事总是往后退有点不满意，他说年轻人不应该是这样子的，年轻人应当敢冲敢拼敢于竞争。"

"为了你，我可以寒窗苦读几载，拿个高讲。只是你肚子里的小孩十来个月就要出生了，你总要给他一个名分吧？难道不要他，等我有了高讲再考虑咱们的婚事？"

"要还是要，不然对不起肚子里的小生命。"

"是啊，是啊。反正也是要当妈妈的，现在有了一个，干吗不生下来。"

"生下来倒便宜了你。"

"怎么便宜我了？我也要当爸爸啊。当了爸爸也有责任了啊。"

"算了，不听你贫嘴了。家里不希望我没结婚就有小孩。这是我爸最不能容忍的。家里的意思是咱们还是先结婚，工作上的事可以后面努力。"

"那太好了。"

"别得意得太早。其实我爸不太喜欢你读些与工作无关的杂书，你应该就你的专业和学校的工作努力考些资格证或拿些更高的学历，而不是没有目的地随意乱读。"

"读自己不感兴趣的专业书，只会让我打哈欠来瞌睡啊。我有时晚上睡不着，就拿本考证的书，看上两页就有瞌睡虫找上来，很快就睡着了。十年寒窗无人问，一举成名天下知。咱们不想考状元，不想出人头地，只想过过小日子啊。"

"现在竞争这么激烈，如果你不努力，只怕过着过着就发现过不下去，被单位裁员了。时代怎么样，风气怎么样，就追随这时代风气去努力。要顺应时代潮流啊。"

"这个我有点不同意。我觉得有些风气未必是好的，我也未必想去随大流，就如学校里的男老师喜欢抽烟喝酒赌钱，我就很看不上眼。"

"又没有要你做那些低俗的事。只是要你多读专业书，考个高一点的职称什么的。"

"好啦！为了得到你老爸的首肯，我努力好了。"

"也不是只为了我老爸吧，职称高你的收入也高，难道对你不是件好事吗？"

"是好事，是好事。"

两人说了一些学校的事，又讲了些双方家里的事，说好过两天去她家商量结婚事宜。

此事宜早不宜迟，很快婚事就定下来了。按照农村的习俗，男婚女嫁，女方举行嫁女，男方举行娶亲，女男双方家庭各行一次。但是现在是在城里，而且离依豪的父母家有数千里之遥，在依豪家举行婚事根本就不太行得通。所以就只在市里摆酒席，依豪家就来了父母兄妹几个，其他都是达依家那边的亲朋故旧。

婚宴在市里最高的酒店的四十层旋转餐厅里进行。人不是很多，才二十来围，不过很是气派。学校也来了一两个校领导。其他的学校同事一个都没请，达依老爸虽然每天对他家旁边的那幢比他家更高更大的别墅横眉冷对，但是却不太想影响到小两口的工作，进而引发闲言碎语。新房就买的二手房，很新的带装修没怎么住的那种，先拿来做新房，买卖过户手续慢慢办理。结婚所费不赀，都是达依家出的钱。

依豪父母难得来市里一次。本来他们俩一年都难得去县城几次，省城也就去过一次，这两千里之外的大都市就只在电视新闻里看到过，所以依豪达依夫妇趁着婚假就带他们市里到处逛，哪里热闹去哪里，哪里楼高去哪里。所见都是鳞次栉比的高楼大厦，所遇都是川流不息的人群，像大海的波浪样一浪接过一浪。吃的也是只拣他们俩没有吃过的日本料理、印度咖喱、四川麻辣火锅这类，吃起来口感确实很新鲜，只是付款时给俩大人听到了着实吓了一跳。老两口有些过意不去，说太贵了，小两口说难得来一次的，花这点钱也是应该的。就这样老两口在依豪工作和成家的市里小住了三两天，小两口还计划着要带他们去远一点的景区玩一下，老两口留不住了，牵挂起家里的猪啊鸡啊猫啊狗啊这些了，怕它们吃不好晚上没回屋，虽然有邻居亲戚帮忙照看，但是他们也忙，也不好麻烦他们太久。于是也就罢了，想打两张飞机票送他们回去，可是他们有点不敢乘坐，担心飞机不小心会从天上掉下来，小两口像航空公司的职员一样打包票说飞机又舒适又便当又安全，可是老两口听了那票价又不肯了，说还是坐火车好。于是偷偷地打了两张软卧，告诉他们说硬座硬卧卖完了，就这样骗他们奢侈了一回。

在父母没有首肯，关系没有很明确之前，依豪和达依两人把保密工作做得比较好，所以学校里基本上没人知道他们俩的亲密关系。一旦突然结了婚，两人把婚姻关系上报人事，大家一下子都知晓，学校里着实像炸开了锅一样。两人虽然郎才女貌，天生一对，但是一个每日往来市区上下班，又是高级讲师，一个每天住在学校施舍的小集体宿舍，做了几年底层的生活指导老师才勉强去学生处做上学管干事，什么本事什么职称都没有，连当个班主任都是带的别人挑剩下的没人要的班级，怎么会弄到一对去。不过感情细腻家境优渥的年轻女老师觉得依豪配达依，其实也蛮般配，虽然达依是英语老师，人长得漂亮之外又多才多艺，钢琴舞蹈都很不错，但依豪人长得英武帅气之外又本分可靠，不像一般的臭男人那样胡作非为，达依算是上对花轿嫁对郎。而一般的男老师就不那么认为了，他们也没有别的多话说，只有一句简单粗暴的话语来恭贺依豪：你小子真是走了狗屎运了！

虽然依豪达依的无来由的婚姻如同一颗天外来星扰得学校这个死水塘着实沸腾了一番，不过大部分人眺望一番、惊羡一番、嫉妒一番、评品一番过后，又回到自己的吃喝拉撒的小天地里去。

结婚之后，依豪想去学开车。依豪多年前，那还应是世纪之交之时，在《文汇报》上读过一篇文章，文章里说新世纪的文盲不像旧世纪那样用识多少字来衡量，新世纪的文盲应定义为：不会电脑，不会开车，不懂一门外语。如果这三样都不能掌握，那必定就是一个新世纪的文盲。因为这个所以他一直对电脑比对别的东西要有兴趣，王氏五笔、办公软件、文字编辑，都在工作之余用心学过，当然这只是在应用方面，编程、软件开发那些因为和自己的兴趣爱好以及专业不太对，所以也就没有再用心去钻研，但即便这样的业余，在电脑运用方面也胜过许多同时代的同事了。这是他工作时能得心应手的地方。计算机普及要从娃娃抓起，这个是有道理的。计算机技能越早学越好，年纪越大学起来就越差。其他两项，学会外语，依豪就有难度了，他的普通话都有点不普通，带有明显的家乡口音，这也是他曾蒙故乡故土的恩惠的地方，乡音难改，在情感上是件好事，说明故乡故土对他的影响很大，但是在学习和工作上就不那么美妙了。具体情形一般人都很清楚。他的语言表达能力受制于少年时的胆小和童年时家乡教育的落后，不仅普通话发音很成问题，而且连带影响到学习外语。结果他视学外语如畏途，一直学得不好。因为那篇新世纪的新文盲的文章给了他很大震撼，他也曾在工作之余恶补英语，只可惜年岁既长，没有那么多精力和热情了，学了半年就放弃。其他的外语如日语、越南语这些，没有基础，学起来就更难，所以现在他只能对学好外语望洋兴叹。好在如今有了达依，英语说得呱呱响，随便拿起英美文学原文都可以像看中文那样一眼读下去，爱人是自己的另一半，爱人能懂，那自然自己也算是懂了。这是一种宽慰自己的心理。不过学会开车，这个技能不难掌握。

达依也同意了。听说以后考驾照越来越贵也越来越难，而且咨询学车的地方，一个二个都异口同声地说学费马上要涨价了，考试要改成无人考试了，通过率很低了，一个劲地煽动紧张气氛，由不得你不着急。依豪和另外两个同事，当年一起进学校的两个男老师，约好一起学，于是三人都报了名。3200元学费，半年包过。

第五章　入编之路

　　为考驾驶证，费了大半年的周末时间，有时考试还要请假去考。达依家人对此有点不满。因为对上一辈人来说，开车并不是一件非掌握不可的技能，年轻时没指望能有车开，到了需要车的时候，单位又配了公车和专职司机，也不需要自己学开车，加之那一代人年轻时都不看凯鲁亚克的《在路上》，所以没有开车的欲望。他们那一代人认为开车乃雕虫小技，年轻人别的地方不努力，却在这开车上下功夫，真是舍本逐末。

　　虽然他在这一年之中也考了教师资格证，可以去系部做专职老师，在个人职业生涯发展上迈出了一小步。可是与达依家人的期望相比，这一小步迈得实在是太小了，小得可以忽略不计。

　　而他在家庭上的付出也要比现在更多。

　　依豪达依结婚时需要新房。达依父母家是独栋别墅，上下两层，好几个房间，卧房四间，达依父母住一间备用一间，达依未出嫁时住一间，负责做家务的女工一间，还有一间书房，供达依爸爸平常看书写文章用。厕卫四间，客厅一，餐厅一，厨房一，阳台三，杂物间一。虽然与没有别墅的人家相比，房子看起来比较大，但是同旁边那幢大三层的别墅比起来就小了些，一比较就发现没有一间多余的。这也是达依爸爸时常觉得不高兴的地方，他觉得一家三口勉

强可住，要再多一个，就有点挤了。更何况新婚小两口住，和大人在一起，多有不便。所以他们出了个首付，在附近买了一套，让他们小两口分出去单住。

买婚房依豪一分钱都没出，因为他这么多年也没攒下什么钱，心里想着要家里出一点，可是话还没出口，家里就说了，你们兄弟二人结婚也好买房也好，家里一概是不出钱的，自己看着办，家里的钱也不多，两兄弟也不够分，就留着给他们做棺材本。所以这婚房的首付款都是达依和她父母出的钱，至于她和她父母各出比例多少，他也没问。总价是知道的，150万，首付3成，就是45万。入户时达依提出把两人的名字都写在房产证里，依豪觉得自己一分钱都没出，写上有愧，所以就只同意写达依的名字。家具达依父母买，说是给她的嫁妆，估计也有十多万。结婚时依豪父母就封了2万块钱的红包给达依，达依想退回19999块，只收1块钱，依豪父母不同意。

达依生小孩，是个女孩子，达依父母又送了一大堆吃的喝的用的，依豪父母不知城里人平常用的是些什么东西，不敢乱买，封了1万块的红包，要他们小两口自己买。依豪想把父母接过来同他们一起住，一边帮忙照顾小孩。可是二老不同意。理由一个是他们住在城里不习惯，二是家里事多，有老人有牲畜（鸡狗猪牛），不方便出来。小孩送回去给他们带倒是可以。可是老家离他们两千里之遥，往返很不方便，达依一天不见小孩都受不了，哪肯长时间同小孩分开？况且这种把小孩放在老家，大人和小孩分开，小孩子岂不成了留守儿童了？所以达依坚决不同意送回依豪家给他父母带。所以请保姆。请保姆费用当然是可以负担得起的，虽然依豪的工资全部上交都不足以付保姆费，但是他家的开支也没指望他那一点工资收入。保姆的工钱无所谓，只是达依妈妈觉得请一个陌生女人在家带小孩，而小两口白天又不在家，保姆有没有尽心尽力，虽有监控，总有点小牵挂，达依妈妈平日赋闲在家，离达依的家又近，所以白天常常去小两口家去，保姆也时常去她家。时间久了，保姆带着小孩去达依父母家多了，达依妈妈发现她们就住在她家还方便一些，所以后来干脆就长住在她家。达依的工资每月要还几千块的房贷，依豪的工资又低得有点不好意思提，又还要买奶粉尿不湿什么的，所以保姆的工钱后面也由达依妈妈垫付了。

就这样，依豪父母还一年半载才打电话给依豪或达依，达依父母的电话就更加不用说了，根本没打过。虽说依豪每个月都会给家里打上两三个、三四个电话，问候一下。但是如果他哪次一个月不打电话回家，家里也不会说主动打过来问一下。除非是家里的近亲过世或是其他重大事情，才会打一次。那种情况本来就很少，所以用破天荒来形容也不为夸张。这也就算了，晚辈主动积极给长辈打电话是应该的，但依豪觉得自家父母一年总要打个把电话给达依父母问候一下吧，老一代的礼节，亲家多走动，如今虽然隔着两千里路，平日往来不方便，不过电话方便，打个电话问一下也是可以的啊。不过依豪父母从不肯打给达依父母。达依妈妈倒是逢年过节时打过两三次给依豪家，可是主动几次却从不见依豪家打过来，于是也就冷了沟通交流的心。而依豪在反复劝说要家里给达依家打电话无果之后，也就放弃要他家给达依家打电话的心了。自己不爱交际，逢年过节都不怎么跟领导同事打招呼问候，依豪父母则更甚，儿女亲家都不怎么往来。他的哥哥妹妹的岳父家婆家都是本地人，往来也方便，也可以用本地话交流，他父母也时常电话沟通，一年也往来拜访次把两次。可是遇到依豪的岳父母就不一样了，需要他们讲普通话的时候，他们就从不主动跟人家沟通了，虽然他们听得懂普通话，他们讲些不标准的普通话人家也完全能听得懂，不存在沟通上的障碍。

达依家虽没有说依豪一家冷漠不通人情，可是在问候了依豪父母几次之后，也就不再提及他们了。

他们的小孩跟达依姓，没有跟依豪姓。

好在有保姆，保姆的工钱又有达依父母负担。用依豪老家的话说，又有人帮人又有人帮钱，他们小两口倒是没觉得结婚生小孩是个压力是个负担。达依除了用心上班，依豪除了用心上班又花时间考驾照考教师资格证之外，家庭之事倒是没花什么心思，在家里倒完全就是在享受达依父母创造的幸福生活。

幸福的日子是没有什么好记叙的，不幸的日子倒是有许多可记叙可回忆的地方，只是一般人没有这个心思记录下来罢了。

虽然依豪读过不少书，也算是个有点学问的人了，不过很多时候思考问题解决问题，却是时常搞错方向。譬如说他想去南方，却一直往北走，这就是所谓的南辕北辙，虽然地理学家告诉我们，地球是圆的，像个橘子，你一直往北走，走着走着就回到了南边。但是现实告诉我们这不是个好的走法。这其实更像是物理学家所说的搞错了电极，明明需要正极，你偏偏弄错成负极，或是你想要负极，却接成了正极，这不仅事情没法办成，有时还往往引火烧身，最后自取灭亡。电工最怕这事儿。

其实不仅电工怕，其他的工作一样的怕这种把事儿搞反的情况。

即如韩愈所写《马说》：世有伯乐，然后有千里马。千里马常有，而伯乐不常有。是伯乐先发现千里马，把千里马从猪狗不食的食物边带走，然后千里马才成了千里马。而不是千里马先做出一跃千里的惊天壮举，然后惊到了伯乐，伯乐开始赏识它，提拔它。也或是依豪不仅没弄懂《马说》这篇文章，而且也没弄懂世间这部大书。世事洞明皆学问，人情练达即文章。他还不懂，或者懂也没想着去做。

进到学校，开始做生活指导老师，他以为管好学生，管好宿舍，把本职工作做好就可以获得领导的赏识和提拔。却不料做得越多做得越好却越被上面的人所打压所欺负，一直弄到他几乎做不下去，非得经过别人的点拨才肯学着做人。后来调离宿舍管理岗位，去学生处负责学生资助工作，也是那样的。工作有多少就做多少，来者不拒，来得越多做得越多，想的是怎么把事情做完，不使它们堆在自己手上。他都不敢私毫懈怠，根本不敢想着像庞统和蒋琬那样，故意不做事，把公事堆在那里，等领导来后三下五除二处理好以显示自己的才干。他是相反，不等领导发现，就把扑面而来的工作一一做好完成，根本就没有让领导感觉到工作的重要性和艰巨性。结果一个人干了五个人的活，却不被领导所知。还眼巴巴地等着领导来夸奖他提拔他。其实领导都常说，会叫的孩子有奶吃。只要你会叫，叫的声音足够大，大到让领导知道你的存在，那么他也就会赏识你提拔你，给你好的食物好的待遇。虽然后面新来的主任很赏识他，也认为他在部门里是个举足轻重的干事，可也就只是在部门聚餐时让大家等他以便一起进餐，有外出培训时给他一个培训的机会。更实质的就不会有了。依豪不知道那些更实质的东西也是需要他用更实质的东西来交换的。伯乐赏识你，是因为你对伯乐有所表示。所以说依豪情商不高，经常把干事的方向弄反。

现在校领导都参加了他与达依的婚宴，也就相当于给了他一个获得领导赏识的机会。可是依豪仍是做工作的动力有余而跟领导传情达意的心思不足。不仅仅是不足，简直就是根本没有。眼看得那些行事不行人品不端的家伙一个个削尖了脑袋挖空了心思，结果一个个得到了好处，满意而归，他就不乐意。他要反其道而行之。是金子总会发光的。可是他又不懂经济学里的一种常见的规律，那就是劣币驱良币现象。市场上刚开始都是成色很足的金币、银币和铜币，后面有人发现，那些货币就是轻了一点差了一点，仍可以当成等值来用。于是狡猾的刁钻的就故意用成色不足的货币交换给别人，把好的货币就留下来给自己。久而久之，市场上就尽是成色不足的劣币，而良币就被淘汰出局了。哪怕是后来换成了本身毫无价值的纸币时，情形仍是一样，越脏越烂的纸币总是使用的频率越高，越是干净完整的纸币越是容易遭人雪藏，而脱离了它本身的作用。

依豪就是被职场雪藏了的那么一个人。也可能这并不能怪任何其他人，只是他自己把自己雪藏了，不想表露出来而已。屈子说举世皆浊我独清，众人皆醉我独醒。结果黄钟毁弃，瓦釜雷鸣；谗人高张，贤士无名。虽然有人劝他举世混浊，何不随其流而扬其波？众人皆醉，何不铺其糟而歠其醨？可是他做不到。

校长本以为这个年轻人如今会改变他的行事风格，主动来找他谈谈工作上的事儿的。可是他没有。一点动静都没有。左等不见依豪找他右等不见依豪找他，就如同达依父母左等不见亲家来电话给他们，右等不见亲家来登门拜访一样。达依父母可以生人家的气，对人家不予理会，但是校长不可以。因为毕竟人家的岳父可是自己的顶头上司。

所以终有一天，校长把依豪叫去他的办公室，同他谈起他的工作来。跟他说你的工作干得很出色，以前学生处的老师做事马马虎虎，三年两头要我在上级那里写检讨，发整改报告，自从你接手这工作之后，事情就平稳多了。要知道搞行政工作不比老师搞教学教改工作，没有亮点不被上级点名就是好成绩啊。于是跟他讲学校此次上报编制，准备给学生处学管干事一个名额，要他好好准备，考个好成绩，也好给大家一个交代。校长跟他说的都是工作上的事儿，全程没有提他的个人生活。

依豪很高兴，以为自己是头千里马，校长是个伯乐，现在他工作努力，没有让领导在上级领导面前写检讨，校长这个伯乐赏识他，准备提拔他了。入编是个门槛，就像鲤鱼跃了龙门一样。好风凭借力，送我上青云。伯乐才是送我上青云的那股强大力量啊。

过两天校长联席会议开完，全校新报二十三个编制，其中学生处学管干事赫然在列。行政岗只有三个，校医一个，教务一个，然后就是学生处了。其他都是教师岗。

编制上报局里，局里通过人事网面向社会公开招聘。一时报名者络绎不绝，

本校的，兄弟学校的，不是兄弟学校的学校的，不是学校的地方的，闻风而动，风起云涌，一时人才济济，都聚集在搜鸡岭下，欲大显身手，捉只鸡大啖而归。

一通近距离厮杀是在所难免的。

依豪弄了一堆资料来突击学习，把省市的教育期刊拿来恶补一通，又把学校的规章制度校历校训统统拿来，好好地研习一番。学生管理又联着学生的思想教育，和团委也有着千丝万缕的关系，虽然这个不是学管干事的本职工作，团委有另外一个部门一套人马来干，不过他仍是把共青团的那些知识点都弄了个一清二楚。

参加学管干事编制考试的一共有 30 人，都是些个中翘楚，虽然依豪有针对性地认真突击了一番，考了个最高，97 分，可是另外一名女生，也考了个 95 分，与他仅 2 分之差。而且听说她的来头也不小。笔试取前 5 名进入面试，刷掉后 25 个报名者。

面试 7 个考官，2 个学校的校领导，3 个上级部门人事科及其他科室的负责人，2 个其他学校的领导，依豪认识其中的大半。自我介绍、岗位设想等环节，依豪都表现不错。不过那个考了 95 分的女生也很优秀，深得考官的赞赏。在抢答环节，有考官问，中国共青团全称是什么？中国共产党青年团，那个女生答错了，很简单，是中国共产主义青年团。依豪补充答对了。考官又问了一个更加简单的问题：本校的校训是什么？

这个明显是给依豪的送分题。因为校训 8 个字，字字如斗大，就贴在教学楼的墙上，金光闪闪的，天天能看到，要想记不住都难。依豪曾经也记得很清楚，不仅仅是因为天天见之故，也因为当初他进来这所学校面试时考官问起他对这学校的历史知道多少，学校的校训是什么，他张口结舌答不出来，所以失了宝贵的分数，结果排在 10 名之外，解名尽处是孙山，贤郎更在孙山外。后来进来之后，他就对这校训进行仔细研究。不仅对本校校训进行研究，还对全国有名的大学中学，凡是有校训的学校的校训，以及同一个市局下面的二十多所学校，只要有校训的都弄来对比研究了一下，最后得出一个印象，好像都差不多。同一类型的学校同一时期弄的校训，都大同小异，侧重点不同，表述不一样而已，除了那些非常有名的大学，经非常有名的名人起的非常有名的校训之外，很少有令人印象深刻的。就这样，在这比来比去，研究来研究去之后，本校的校训同化在所有其他校训里，都分不清哪个是本校的校训哪个是别校的校训了。

结果一个好的送分题，依豪张口就答错。有考官说这是你们学校的校训呢？依豪再张口修改，仍是错，说成了另一个学校的校训了。

那个女生轻轻松松地答对了。

当他把校训答错之后，也只是懊恼于自己的记忆错误，而没有因此找校长陈述自己的心情。当达依爸爸通过达依问依豪，考得怎么样时，依豪略去自己的小错不说，而只谈总体，说考官都很满意，通过没有问题。于是达依家里不过问了。

不料几天之后，结果出来，那个女生以微弱优势录取了，而依豪却又排在孙山之外。一如当初他进学校来之时，50人之中录取10名，他排在第11名，如今学校这个岗位应聘30人，只录取1名，他排在第2名。都在榜外。

依豪想这下完蛋了。有道是学如逆水行舟，不进则退。自己这个入编考试，不仅是不进则退的问题，现在有人把这个岗位抢走了，自己更是无路可退，只有滚蛋或是听从领导发落了。

这个就是依豪的眼界不行了，他又想错了方向。其实对他来说，现在不是他的这个学管干事的岗位被人抢走的问题，而是怎样向岳父交代的问题？考完之后自己跟岳父保证过通过考试没问题，现在怎么会出现这种情况？

如果前面他没有那么信心满满，岳父还会同学校沟通一下，那微弱的差距还有挽回的余地。正因为他的自以为是，以为他和学校沟通得比较好，家里轻信了他的沟通能力，于是也就疏忽大意了。结果给败了下来。败下来也就败下来，如果是别人家也就算了，可是达依家就未必那么想。虽然没明说，心里却是很恼火。而这丢人现眼的事，也不能全怪别人，要怪就只能怪这个依豪没能力，一件本来有十分把握的事，竟被他给办成这样。不仅丢了前程，而且还丢了家人的脸。

看你还怎么在学校里做下去。

那个竞争对手还不是系统内的，体检政审什么的花了时间，等入职学校已是一个月之后。入职是入职了，可是依豪却并没有看到她来接替自己的工作。后来一问，原来她去了政工处。他还以为以学管干事职务考进来的，就一定会接替他的学管干事的工作，原来只是虚晃一枪。依豪仍然是做着他的学管工作。他的岗位没有丢掉。热闹了半年有余，结果自己被人看了热闹。别人成了主角，

自己只是个陪衬。

达依安慰他，今年不行，来年再考。好事多磨，没有一次就能成功的。可是依豪就像被水强行熄灭的木头，前面烧得挺旺的，一瓢水淋熄之后，再让它重新燃起来就有点难了。光见冒烟，没有了热度。

虽然如此，也只能慢慢地等。希望来年能想办法入编。

可是来年流年不利，由于依豪对上级部门的政策把握得不够精准，上级部门聘请的会计事务所查当年学生资助材料，发现学校上报名单的 25 个学生中有 21 个学生的材料不符合资助条件。涉及的金额虽然才几万块，但是事情很敏感。如果是私立学校，这可是套取国家财政资金的重罪。因为他所在的学校是财政拨款的公立学校，学校的所有收入都会进入国库，不存在中饱私囊，所以性质没那么严重。但是也够学校的一把手写上一篇长长的检讨了。被上级部门表扬了几年，如今学校一下子沦落到要写检讨的地步，校长很是恼火。前后都是一个人做的，怎么差别这么大。左想右想，是不是因为上一年入编没入成，某人心怀不满，故意制造出这种有损学校名声也损校长仕途的错误？不然怎么解释？

这在依豪那里真是百口难辩。如果说是他故意的，这种自绝于人民自绝于学校的事他怎么会有意去做？说是报复校长，可是这事儿虽说性质很严重，可也只是上级部门的内部自查出来的问题，学校也是自己的学校，校长也是自己的人，板子打得也不会很痛，骂一通，要学校写个整改报告也就过了，校长还是优秀的校长，学校还是优秀的学校，对他而言却是要自己的小命的下场，他怎么会不知道？

可是不做如此解释，又能做何种解释呢？做了好几年的学生资助工作，市一级的资助政策文件，他都是和别的几所公办学校的老师一齐参与修改制定，年年有更新，年年有修改，他应该了然于胸才对，哪能还犯这种低级的根本性的错误？

如果依豪解释说，操刀者必自割，打人者必自打，商鞅当年替秦王制定了严刑峻法，帮助秦国强大了起来，最后却死在自己的创建的法律之下。这又未免说得太虚了。

这种离奇的事件，无法解释。越解释越不通，越描越黑，与其费口舌去分辩，还不如不费那个口舌。所以依豪不想说。

想来年再入编的，也是不可能的了。这事一出，校领导怎么还会考虑你？即便没有这事，前面以学管干事之名设了一个编制，录进了一名教职工，如今怎么好又设同样的编制？难道说政策变了，工作量一年之中成倍增加，需要再增加一个编制？如果在别的部门加个编制，让你去抢别人的名额，当年你自己的本职工作都没有保住，被一个外来的人给抢走了，你怎还有本事去抢别人的饭碗？

如今唯一的办法，只有通过专职教师岗入编了。

可是你一个刚拿到没多久的教师资格证，一个初级的，怎能算优势，中级职称的都多了去了，有许多中级的都有好几年的教学经验了，你却只断断续续地上过一两学期的课，你怎么比得过人家？

更何况他还不是很喜欢上课。

说到上课，那可是传道授业解惑的正经事，人们常说教书是天底下最阳光的事业。可是依豪在职业学校给学生上课，却丝毫感觉不到这一点。

依豪曾经上过一两学期的课，上的是《应用文写作》和《语文》，后面又弄了一个《历史》课上了上。《应用文写作》主要是各类应用文体的学习，通过学习最终达到能熟练写作各应用文体，一半讲解规则，一半学生练习。学生很懒，有的带书，有的书都不带。不带教材也就算了，反正老师就是当教材来用的，古代印刷技术不发达、书籍很贵时，老师的主要作用就是当书柜来用的，现在印刷业发达了学生懒得带书本，老师仍然可以当成学生的书柜来用，何况还有的学生带了教材，可以两个到三个学生共享一本教材，这样更显得同窗情深。只是交代他们要带纸和笔，课堂上要做作业，就没有几个乐意带了。依豪懒得就这事儿跟他们说来说去，于是拿话来吓唬他们，凡是不交作业的，平时成绩都是 0 分，你们期末考试再好，平时成绩一拉平，学期成绩就不及格了，来年你们就要补考。这样他们才勉强带上纸和笔。有些学生很抠门的，就只带了笔，纸就从同学本子后面扯上一张来应付，同学抗议他就说，哥们，别小气，不就是一张纸吗？下课后我还你一张手纸就是了。还有的更抠门，别人从有本子的同学那里借了一张纸，他就要那同学匀半张给他，反正你一张也写不完，空出半张多浪费。所以无论从环保的角度还是从哥们友情的角度你都要匀半张给我。就这样，收一次作业，有交本子的，有交一张纸的，还有交半张纸的。第一次作业催三催四勉强收齐了，一堆纸片似的收上来，写上三长两短的句子，

就了事。到第二次，能收上来的就只有一半了，到第三次，就只有几个人了。再后来，连那几个表现好的，看到老师没法管控他们，也就不交了。依豪给别的班级上《语文》课，也收了几次作业，要他们写点千字文百字文什么的，结果也是一样。学生不仅懒得动手，还懒得动脑。脑子空空如也，可是肚子鼓鼓的尽塞的吃货。依豪觉得上这些课心累。要他们动笔吧，他们懒得动笔，不要他们动笔吧，可是光老师讲有什么用？一学期教下来，不仅学生没掌握多少东西，只怕他们以前中学时学的几个方块字都快忘光了。

上历史课还好一点，只要给他们灌输正确的理念让他们知道些历史就可以了。教材带不带都可以，因为老师讲的内容也和教材上的是一样的，且具体的历史情节典故都不在书上而在老师的脑袋里，所以带不带教材没有多大影响，最多教学督导过来巡堂时有点不好看而已。也不用他们写什么感想之类的作业。所以依豪上历史课时，只要求学生把手机放进抽屉，抬头望着他就好了。依豪把本节课要讲的内容在黑板上写个标题，然后把教材和教案撇在一边，就对着学生滔滔不绝地讲起来，历史人物、故事情节、时代背景、历史意义，讲得那是天花乱坠收不了嘴，一节课下来不到铃声响不会停。学生如果有打瞌睡的，他就边讲边走到学生面前，两眼盯着他看，嘴还在不停地讲着，学生即便不自觉，旁边的学生也会用手把他戳醒，直到他抬头看到老师就在他面前而不好意思再睡。哪个学生敢拿着手机玩，他也是边走边讲，到学生面前，如果学生知觉错了，把手机放回抽屉，此事就罢，如果不知觉，依豪就把手伸出来，要他把手机交给他。学生也不敢同老师对着干，一般都会老老实实地把手机交给老师。下课了老师一般都会把手机还给学生。

学生犯了错，不能骂，一骂他就会跳起来，一跳起来就不好办了。但是也不好哄，毕竟他们也有十四五岁，十五六岁了，进入青春期，快成人了，没有多少手段可以哄得到他们。所以只能是做到井水不犯河水，彼此相安无事。

这些课程，对于依豪来说，讲授起来是不费吹灰之力的，要讲什么内容他都能讲，要说写，学校网站上的一半通知新闻都是他起草和修改的，因为学校一半工作都是围绕着学生管理来进行的，而且学生管理工作既多又杂，什么事都要管，什么都要以通知的形式下发给各系各班。

学期上了一半时，有些任课老师有事请假，需要有人代课，找到依豪帮他们顶一下。只要课程不相冲突，依豪一般都愿意成人之美。不料，他去别的班代课，上课时间班上学生上到哪个朝代讲到哪里了，学生都说不知道，依豪问他们，难道历史老师没给你们上课吗？学生说没有，他都只是在上课时给大家放电影看。放什么电影？什么电影都放。

依豪有点惊讶。可是上课时间给学生放电影是违反教学管理的，教务处或督导室查到是会记教学事故的。依豪不想给人家查到，于是老老实实地上课，进度就以自己给别的班上课的进度为准，方式也像跟他上的班级那样，脚下踱着方步，口中念念有词，像个巫师一样，在课堂里来回穿梭，进入忘我状态。一节课很快过了，休息十分钟，然后另一节课又很快过了，下课了，依豪动手把黑板上自己写的粉笔字擦掉。有学生说，唉，老师，你的课讲得真好。依豪听了，有些感慨，也有些失落。

然后像是有老师互相通气一般，依豪给这位代过课之后，别的老师也找上来，请依豪帮他代。于是依豪又去另一个陌生的班级上历史课。任课老师不同，情形却是一样的，老师都不给学生上课，只给学生放电影。反正课室都是多媒体课室，有网络，有电脑，有投影，想放都可以放。

只是依豪不知道，老师上课还是这样子的。平常他去上课，当然是进到自己的课室讲课，别的班级情况他是不太清楚的，虽然有时经过别的班级，也听到课室里在放多媒体，也只是以为放的和上课有关的。而在他没上课的时候，他一个学生处的人，有的是学生处的事情让他做，哪还有闲情像教务处或督导室那样去巡课。

所以上来上去，依豪发现白费力气。自己满腔热情地去教，学生也就那样；如果像有些老师上课那样给学生放电影，他觉得自己上课也没啥意义，还不如不去上。

上课要有种热情，没有热情，那每节课四十分钟的时间是很长的。而且一天下来，有好几节课，每周下来又好几十节，每学期下来就是成百上千的课时。占了每天生命的三分之一。没有热情的教学，是件很痛苦的事。

依豪把上课的事讲给达依听，达依说："也并不是学校的老师都是那样的，上课给学生放电影的就只有那几个，都是些平常在办公室里叼烟斗，一年到头留着长发的所谓的大师，有个性又自以为自个儿有才气。其他的老师都还是兢兢业业地给学生上课。虽然上课有没有实质效果，学生学进去了多少不得而知，至少在老师这一边，他们还是用心教了。你太过理想化了，其实读咱们这类学

校的学生家长都是没有多大理想的人，他们只是想孩子以后有份好一点的工作。办技校是有社会效用在里面的。那些搞事捣蛋品行不好的青少年，只能进咱们这类学校"深造"。这比让他们提前进入社会要好得多。首先要他们在进入社会参加工作以前，掌握一定的技能，这样能提高劳动者的素质，提高社会生产力。第二个，延缓进入工作时间，减少国家就业压力，每年毕业的大学生都是几百万，安排他们就业都不容易，让这些未成年人待在学校学技能，可以减少就业市场的压力。第三个，促进就业，每年上百万的人进职业学校学习，国家可以开办成千上万所学校，可以带动许多就业机会。第四个，保护青少年的身心健康。让他们在学校里进行养成教育，培养他们的良好行为习惯，总强过在社会上没人管教，被不良分子带坏。"

依豪说："我记得以前我做学生上学时，班上的班干部都是挑的品学兼优的学生来做的，品行好，有魄力，长得威风凛凛令同学一见就望而生畏的男生或女生来当班长，学习委员由成绩好的尖子生担任，其他班干部则是各尽其才因材而用的。我刚开始进学校当班主任也是用这些标准来挑班干部。可是现在则不然，很多班主任都是挑些爱搞事的学生来担任班干部。在班上起带头作用的是那些搞事捣蛋的学生，那么这个班级也好不到哪里去。所以你想在这样的环境之下，那些好学生还能好到哪里去。"

"不过虽然学生越来越不像个学生，学生干部越来越不像个学生干部，但是老师不能越来越不像个老师啊。一个人知其可为而为之那算不了什么，一个人要知其不可为而为之才行啊。就是因为学生有这样那样的缺点，就是因为社会上有这样那样不良的风气，才用得着咱们苦口婆心地去教，才用得着咱们春夏秋冬地去做。不然还要老师做什么？你就是太悲观了，尽看到学生不好的一面，尽看到学校不好的一面，却看不到学生学校好的那许多面。所以你工作起来没了动力。"

依豪承认自己看人看事比较悲观。

不过正如医生眼里看到的尽是世人身上的毛病，依豪冷眼旁观多了，看到的尽是世人心中的毛病。有些事，一般人看过了也就看过了，但到依豪这里，看了却怎么也过不了，要停在心里，就像异物附在喉管里怎么也下不去一样。

学校实行值班制度。下午四点半学校大部分教职工下班回家后，需留一个中层干部加教职工驻校值班，从下班后到晚上十一点半学生就寝完毕，方可休息。学校安排有两个男女房间给留校值班的老师住宿用。依豪每学期有幸安排一到两个晚上值班，有时有些老师不想值或是家里有事不方便值，也会请依豪值一下。以前依豪单身时方便留校值班，安排给他的和其他老师调给他的值班时间多一些，到他成了家之后，基本上就只是义务性地每学期值一到两次班了。

值班就是留在学校里，这里逛逛，那里看看，卫生不行的记录下来，晚自习吵闹不安静的记录下来，学生打架的、生病的，这些需要即时处理的就同其他老师马上处理。本来校领导也是要参与值班的，每周都有值班校领导。不过校领导就不需守在学校，他是机动的，只需要24小时保持手机开机，学校有紧急情况能够及时汇报等候领导下指示处理就可以了。中层干部是要同另一位教职工一起巡视晚上的校园的。只是最后往往有一半的中层走过场。结果留下来的只有教职工一个。

不过好在天下太平，也没有多少事要处理。打架斗殴的少了很多了，一学期也没有几次。倒是晚上学生生病或是其他原因需要送医院的比较多。学校外面一公里就有一家大的私立医院，公立的也就七八公里之外，很方便。学校晚上留有校车司机一名，以备送医或其他情况时用，一般是送医。有校医一名，在校医室候着，学生头痛脑热，可以给学生开点药，如果学生需要外出就医，也可以开个证明。

依豪老老实实地拿好登记本红袖章，在校园里四处转，很安全，很安静。然后吃了晚饭，又去教学楼查看，也很正常，学生都像笼中小鸟一样留在课室里，只是基本上是人在课室，魂游天外的状态。不过学生的精神状态不在值班老师的巡查范围之列。

到八点多九点正太平无事之时，一个电话打过来，女生部八号楼的女老师要他过去处理，说是一个女生喝醉酒了。

依豪打电话通知校车司机把校车开来，然后陪着学生去下面医院里洗胃，洗完之后校车依原路返回八号楼，跟司机道了声辛苦，依豪将女生原封不动地送回给负责指导学生生活负责管理宿舍的女老师手中，时间也才晚上十点多，宿舍快吹熄灯号睡觉了。十点半熄灯睡觉到十一点半之前，生活指导老师或宿管员都要待在岗位上巡查，直到十一点半才能休息。

喧嚣的宿舍渐渐平息了下来，如同火山冷却一般。只要十一点半之前没事，过了十一点半，宿舍里的生活指导老师或宿管员就下班了，交班给每幢宿舍楼的保安。不过依豪虽然可以去睡觉，但是到第二天八点半之前如果学校有情况，他仍需要起床处理。

虽说人声渐渐平息了下去，但是十一点半之前会发生事情的可能性还是蛮大的，所以依豪干脆留下来同女宿管员聊下天。一聊天才知道她已不是宿管员，已是生活指导老师了，比宿管员的待遇好了一些。聊着聊着，女老师忽然问他：

"听说你的那位要升副校长了，是不是？"

"欸，你们的消息怎么那么灵通？"

"那就是了？"

"还不确定。"

"那有什么不确定的，只要传出来了基本上都是板上钉钉的事儿啦。你这几年真是走了狗屎运了，依豪。"

"有什么好运，还不是那样。"

"说真的，当年你进咱们学校，拎着个皮箱，走在六号楼下面，看上去真像个农民工呢。想不到现在娶的老婆居然是副校长了。"

"可我现在还是个农民工啊。"

"你就别笑话咱了，坐在全校最好的行政楼里办公，手握几千万的财政资金，连校长都敬让三分，怎么还是农民工。你入编还不是分分钟的事。"

"可我快两年了都还没入进去呢！"

"你老婆那么厉害的，要你老婆帮下你啊。你怎么就不要你岳老倌帮下你呢。"

"我家的事儿你们怎么就知道得那么清楚呢，我都还不太清楚呢。"

"依豪，你也是学校的一个怪人物了，人家凡是有点关系的都神气得不得了，你怎么就对那些无动于衷呢。你是不喜欢呢，还是怎么的。看上去你也不傻啊，只是感觉有点呆而已。说真的，你算是长得帅的那种男人了，可是和你老婆结婚之前大家都说你穿得也不讲究，一件衬衫一条西裤都要穿两年，胡子三天不刮，一副不修边幅的样子。只是觉得你以前虽然长得帅，可是感觉品位不高，打扮不怎么样，所以看上去就像另外一种人。"

"男人要打扮干什么？"

"可是你结婚之后不也打扮吗？你看你现在，精致多了，帅气多了，有气质多了，这都是你老婆的功劳啊。你前面那种落魄潦倒的样子真不怎么好看呢。"

"可是我并不觉得我结婚前后有多大的变化啊。"

"你还说没有，你看你现在穿的衣服鞋子，都是牌子的，哪像以前的地摊货。"

"我现在穿的这些，都是我老婆买的。不过我也不觉得比以前好多少，都还是差不多的。"

"唉，你都分不出好坏来，可真是浪费你老婆的一番心血了。不过你这话是反着说的也不一定。不过你要努力哦，你看你老婆那么厉害，你还不努力，说不定哪天把你给扔了。"

"唉，难道女人也靠不住，要变心吗？"

"这个难说。"

"最了解女人的是女人，你那样一说，只怕很接近真理了。只是人和人之间，干吗要斗来斗去，分出个你强我弱呢！夫妻之道，在于互补，你强我就弱一点，你弱我就强一点，干吗要斗个你输我赢的。"

"你说的简直就是不食人间烟火的神仙伴侣一般。在家里你的收入比对方低，你的地位也就比对方低，地位比对方低，事事就没有发言权没有决定权，这个你不懂？"

"这个，这个，夫妻之间难道还不能协商好吗？"

"可是人都有控制欲啊。都想控制对方。"

"可我觉得人要懂得忍让。夫妻之道在于忍让。其实不仅仅夫妻之间要忍让，同事之间，兄弟姐妹之间，同胞之间，都要互相包容，世界才太平无事。否则，一个家里都动不动为些鸡毛蒜皮的小事吵个天翻地覆，吵着吵着然后一拍两散。这怎么行。"

"女人男人一个样。你可要小心了，别被老婆给甩了。"

"我还是相信感情。如果她看不上我，当年也不会同我好。"

"可是人家当年看上你英俊潇洒，想着你会干出一番事业，所以才委身于你的啊。一旦发现你中看不中用，不思进取，混得比其他人差，人家不会心生别念吗？女人移情别恋的可能性比较小，但是心生别念的可能性还是有的。女人最看不起没本事的男人了。"

"女人没有本事，她希望男人有点本事，日子好过一些。如果女人有本事了，日子好过了，她干吗还要男人有本事呢？家里有一个有本事就行了啊。"

"女人还怕男人本事大吗？男人本事越大，女人越喜欢啊。"

　　"我觉得一个家里，如果一方有本事，另一方就要没本事，不然两个都比本事大，那个家还能不裂成两半吗？我认为如果我老婆越来越有本事了，我就要越来越没本事才行。反正我觉得我家里现在也不缺钱花，日子也过得去，也没必要跟人争来抢去的。那样多累。我老婆收入也高，她老爸老妈也有工作不差钱，我老爹老娘身体也好，在农村日子也过得自由自在像神仙，咱又何必跟人家抢铁饭碗金饭碗，那些就让给有需要的人好了。"

　　"依豪，你有这种想法，你就完蛋了。是我，我都不要你。"

　　"唉，时间有点晚了，我要回学校给我们值班老师准备的招待所休息了。"

　　没多久，达依调走了，去了别的学校当起了副校长。

第六章　对月成影

　　依豪在进小区的街边，看到又新开了一家花店，于是进去买了几朵半开未开的百合花回家。有几天没有买花回去了，依豪有点不习惯。家里没有一个人，达依一直很忙，以前当高级讲师时有上不完的课，忙不完的培训，不是有来头的这种专家那种专家给她们这种职务职称的人培训，就是她来给那些不是她那种职务职称的人进行培训。如今职务上去了，就更忙了。回家的时间也更加晚了。周六周日都没有什么空。依豪把餐桌上的花瓶里装上清水，把百合花插进去。没有花，家里仿佛没什么意味，有了花，家就是那种温馨浪漫的二人青春夫妻小世界了。就如雷马克《凯旋门》里所感慨的，没有小提琴，他也许是个贩卖家畜的商人——有了这只小提琴，他就是一个草原啊，漫漫长夜啊，地平线啊，以及永远不会成为现实的一切东西的使者。有这餐桌上的这些鲜花，看着它们鲜艳欲滴的色彩，闻着它们散发出的清香气息，就会恍然觉得自己仍是青春少年，仍有许多浪漫有趣的幻想，还没有被逼仄沉重的现实所击打。这些美丽馨香的花朵，像一个个永不败谢的生命，开在时间的长河中。家里除了这餐桌上的时鲜花朵之外，其他都是习以为常的物品，虽然一如几年前新婚时那般簇新，可是没有多少生命力，也没有多少令人难忘的回忆。餐桌是一桌六椅的实木餐桌，可以依据需要放大和缩小，有客人时按动机关就可以轻松地变成

可供十来人用餐的大餐桌，平时就缩回成半大桌子，供一家四五口人用餐。时价九千多近一万，是依豪三个月的工资。不过这餐桌很少用，一如厨房一般，厨房也是做的整体橱柜，上下都是精致的格子，可以收纳盛放各种餐具厨具调味品，而大理石的台面上永远干干净净，除了闪耀着名贵的石材光芒之外，别无杂物。冰箱是大容量的最时尚的冰箱，虽然都买了几年了，还能领先绝大部分的家庭。冰箱里倒是塞满了水果和奶制品，热天时多饮料，供依豪开心地不间断地喝上一瓶又一瓶。平常早中晚三餐都不在家里吃。早上要赶着上班，没时间做，一般是到学校饭堂里吃，教师餐厅里的早餐还算丰盛，也卫生，服务态度是学生餐厅里没法比的。周六周日早上就在小区出口的街边小店里随便买点什么早餐。工作日中午都在学校饭堂里吃。晚上有点不一样，因为两人下班的时间并不相同，一般是达依在外面吃，依豪在家里随便煮点面条或是在外面小饭馆里吃一点。虽然离达依父母家很近，但依豪单独一人不去她父母家就餐。周六周日如果两人都在家，两人合伙去达依父母家打秋风吃中餐和晚餐，一起看父母和小孩。所以这家里的可大可小的气派精致的餐桌，基本上派不上什么用场。依豪倒是三天两头买些花花草草搁在上面，给家里增添些气息。客厅连着餐厅，不大不小，沙发是真皮的，值依豪一年的工资收入，一个巨大的多功能的平板数码电视，起码领先一般家庭五六年，电视里的人都和真人一般大小，看着看着就像要从电视屏幕里蹦出来一样，往往令客人们惊叹不已。大部分功能都没用上，达依没多少时间看，唯一的功能就是给依豪放电影，那些好莱坞的枪战片、警匪片都是他的最爱，好的纪录片也看得比较多。许许多多的日子，在徒然等待达依回家的晚上，依豪都是靠这个大电视来打发漫长时间的。

家里有两个阳台，两个房间，一间书房。书房有两人的书，一人一个书柜，达依的书以时政类、专业类书籍为多，间或有几本大学时代买的英文版文学名著，依豪有时翻出来看，看得云里雾里，没翻上几页就打着呵欠放回去了。他自己的书柜和达依相反，找不出几本专业书以及和工作有关的书，都是些杂七杂八的于时无补于事无补的没有实际用处的书，国学、外国史、英美德俄日拉丁文学、佛经、圣经、哲学、经济学、繁体的、简体的，离工作和生活距离越远的书越多。不过最近终究抵不住家里的训导，这段时间买回了几本考试的书。

一间客房，依豪父母来时住过几晚，平常给保姆带小孩时住。

主卧是依豪达依的房间。一面墙是整体衣柜，一张大床，两个床头柜，大飘窗做椅子，房间再无多余零散之物。

整个家里并没有布置得过于讲究，像一般暴发户弄些枝形吊灯、大电视背景墙、吊顶、名贵山水画那样，但是也不是一般人能住得起的。

依豪并没有太在意家里的这些，虽然这些都是他家里的东西，可在他的头脑里，这些都是没有感情没有活力的家具，对他来说，家里就两样是他所痴迷的，一个是天天能回却是很晚才能回的达依，一个是他女儿。

家有娇妻，哪有不爱的；家有娇女，哪有不喜欢的。

只不过这两样，似乎都不完全属于自己。

达依又要到晚上八九点才回家。所以依豪去小区外面的餐馆里随便找点吃的，然后回家坐在沙发上看电视，那种家庭影院式的超宽超大的电视，找到电视里的电影频道，看那些紧张刺激、令人血脉贲张的国外战争片。看着看着自己就被导演精心设计的情节，被演员逼真的演技带进去，沉浸在悲壮苍凉的动荡岁月里，那般艰难悲伤的岁月，虽然处处显出战争的残酷，可也处处显示出人性的光辉。最终千难万险过去，迎来柳暗花明。虽然电影处处都是描写战争的残酷，可是处处都在歌颂爱情的美好。这是他喜欢看的类型。如果是纯粹的爱情电影，那里面的恩爱场景、误会争吵、三角四角的男女关系，他都没有耐心看下去，觉得又假又无聊。除了极少数如《泰坦尼克号》之类的大片他能接受看完外，其他的他都看不进去，国内的那些号称票房多少多少亿的他更加不会看。

达依不看这些，狗血电视剧更是不看。她嫌浪费时间。

达依一天的二十四小时基本上都排得满满的，没有半个小时的多余时间。每天睡觉是人类的固定生物钟，没办法违背，如果强行违背，估计最后的结果就是遗忘，像《百年孤独》里写的那样。达依的睡觉时间，都精确到每天几个小时几分钟，不会多一分钟。譬如正当假日来袭，又值春暖花开，正是在卧房深处拥衾小眠之时，她一如寻常，按时而起，不去理会春宵一刻值千金的古训，起床梳妆打扮，然后出门，或是参加讲座，或是自我充电。天帝之女织女日日纺织，完成老爸天帝交办的各项工作任务，有时劳累过度，不免偶有怨言。可是从依豪看来，这些每日忙碌，都是出自达依的自愿，是从内心深处涌上来的行为习惯，不太看得出是外部强加给她的。

每天的食物，工作餐也就是和大家一样，有时甚至和学生一样，学校有中

高级领导及班主任和学生一起吃饭的陪餐制度，有些老师隔三岔五地应付了事，她却浑然不觉教师餐和学生餐的区别，哪里人少就往哪里就餐，餐具都是自己带的，吃完用开水烫，用洗洁精洗，随身携带，比学生的用餐卫生上要讲究一些。工作餐之外就是各种聚餐，没有聚餐的时候就回父母家吃一点，或是在外面精致一点的餐馆里吃一顿。很少有时间回家和依豪两人一起做饭吃。依豪从小吃惯了老娘做的饭菜，以后长大外出求学，也基本上是学校饭堂外面餐馆，没有掌握做家务炒菜做饭的秘诀，偶尔做一顿饭，是个人都不会吃。达依就更不用说了，从她记事时起，家里就雇有人炒菜做饭，不仅她不用动手，平常父母都不会亲自操持一日三餐。所以达依的厨艺又在依豪之外，估计连厨房的燃气灶都打不着火。虽然她有时表现出很喜欢做家务的样子，实际上时间精力兴趣爱好都不在这上面。

小孩子有专门的保姆带，而且多同父母在一起，父亲虽然还未退休，不过母亲却是退了下来，有多的时间陪外孙。

正值青春壮岁，正是大奔前程之时。

可是依豪虽然处在这环境之中，自己也曾经很努力过，一如当年宋郊宋祁兄弟俩寒微之时寒窗苦读，如今虽然名未成业未就，却有小弟的玩乐思想。兄长质问小弟，说你现在每日游山玩水乐不思蜀，难道忘了当年拼搏奋斗了吗？小弟微笑着反驳道：老哥，我们当年寒窗苦读，不正是为了如今能优游度日吗？

依豪虽然不敢明里向达依表达这种人生需要享受的观点，因为在这个家里，最需要有奋发有为的精神的正是他自己，他的工作能力最差，职务层级最低，按时下的时髦说法，还有很大的提升空间。可是虽然他也想努力，也不是那种只知玩乐不思工作的公子哥儿，但也不太理解那种只顾工作不及其余，只顾事业成功不及家庭之乐的观念和行为。面朝大海，春暖花开。年轻人当然要奋斗，不过也要享受，花堪折时直须折，莫待无花空折枝。青春正美好，外面的世界也很大，可以四处走一走。

可能是依豪有诗人的气质，却没有写诗的才华，有哲学家的思辨思想，却没有哲学家的经济基础，正当青春壮岁打拼将来之时却三心二意，消极无为，不把事业当回事儿。

依豪的想法，自己的事业基础太差，起步太晚，虽说相比他人来说有很大提升空间，但是付出的代价也是很大的。与其这样，还不如一人主内，一人主外来得合适。虽说千百年来的观点都是男主外女主内，自己这个女主外男主内有点不合常规，但是精神内核是一样的，那就是家庭很重要。一个人在外面打拼之时，另一个人必得在家里守候维持。

所以虽然依豪看上去也努力工作努力提升自我，可是心怀老子的吾有三宝而持之，一曰慈二曰俭三曰不敢为天下先的精神，其实他的工作事业是止步不前的。在达依一年一小变，甚至半年一小变，三年一大变的事业突飞猛进之际，依豪的工作依然止步不前，前面从事的是什么工作，后面仍是从事的什么工作，没多少变动。要说有变化，那就是工作量更大了，他做得更加得心应手了，所以做来做去风平浪静，工作没有亮点也没有黑点。

有时达依也抽空和依豪一起去父母家吃饭陪小孩子，像去别人家做客那样。达依爸爸问起依豪的工作情况依豪就避重就轻，顾左右而言他，不正面回答泰山的泰山压顶般的问话。有些观念性的东西，没有身临其境是没办法理解的。而且一般来说，一个人的观念也很难改变。如同时下的一个段子，说当今两件事最难，一件是把自己的观念想法塞进别人的脑子里去，一件是把别人口袋里的钱揣进自己的口袋来。说的就是这种情形。

而且依豪有的是方法和兴趣把话题进行转移，譬如说同达依一起陪小孩子玩，虽然离父母家不远，但也不常去，也只是隔三岔五地去看望父母及小孩子，所以陪小孩子玩的时间也很宝贵，所以工作上的事儿也就可以少说一些了。也可以借机欣赏一下家里的小花园。那个花园虽小，不过有专人打理，故四季花朵常开。只可惜各个忙各人的事，少有时间举家齐欣赏，也实在是一种浪费。木木芙蓉花，山中发红萼。涧户寂无人，纷纷开且落。情形有点像唐朝大户人家王维的辋川别业的情形。

有那么一刻，依豪表现出对泰山大人家的花园浓厚的兴趣，拉着达依带上别墅区的园艺师一起观赏园中景色，并且向园艺师讨教种植花草的技艺，一如前面见人开车于是自己的手痒痒也想学开车一样。其实他对育儿也很感兴趣，对儿童心理学也很感兴趣。他感兴趣的很多，可能就除了对提升自己的工作职务层级兴趣不太大之外，其他的都是见一样爱一样。可是那天他和达依在泰山家里的花园里对园艺表现得太过于有兴致，简直有点兴致盎然忘及其余的地步，引得泰山大人颇为不满，认为年轻人见花爱花见草爱草，玩乐心太重，没有进取心。那些种花遛狗悠游岁月的事儿是老人家才能做的，年轻人应该趁大好时

光努力努力再努力。一番大道理讲下来，依豪吓得连唐诗宋词都不敢同他老人家讲了。

可是依豪除了考级专业书、学历提升的教材看不进去之外，其他的各种书他都乱翻乱看，读得很起劲。没有一个远大明晰的目标，就是随看随过的那种。如同陶渊明说的那样，好读书，不求甚解。每有会意，便欣然忘食。好莱坞大片虽然紧张刺激，一时看了痛快，但是看多了也就没什么意思了，还是读书带来的愉悦感来得深沉来得持久一些。所以依豪也更喜欢一些。

在过了三两年之后，终于有一天，依豪与达依像两条不平行的直线那样，短暂交汇，然后各奔前程，结果由于方向不同，两人之间的差距越来越大。大到大人有些按捺不住之时，两个男人在那间宽大的书房里来了一次具有历史意味的谈话。依豪在进岳父大人的书房前知道这意味着什么。和当年入编面试的重要性几乎相等。人人都说，一个在事业单位里入编是一道坎，坎过去了，那前程就是一马平川星光灿烂，过不去，那就是一辈子处在人之下了。如今这次与岳父大人的书房对话的重要性也是如此。前一天周五晚上达依同依豪讲，说她爸想同他好好谈一谈，就在周六。

其实在重要性方面，依豪可能想得太多了，可能实际上并没有他想象的那么严重，只是他想得有那么严重。虽然达依的老爸可能确实也挺生气的。但是谁知道那生气里面有多少是因为他的无所作为而起的，有多少是因为隔壁那幢比他家高一层比他家气派一级的别墅引起的呢？当年他入编考试，如果不是由于他太不重视，在需要牢记自家学校的校训之时却东想西想，去研究所有天下其他学校的校训，对比天下校训的优劣不同，而且在这上面考砸之后也不太当回事，不及时告知长辈，使得有机会挽回败局，也不至于后来出现那功败垂成的局面。这一次，却是对上次的矫枉过正，虽然自己要对此次的泰山压顶之势有所重视，不能泰山崩于前而不动声色，但也没必要弄得严重到要决定生死的地步。

结果正如心理学上常提及的那种现象：如果我们在骑自行车或是做别的事情时，自己想要极力避开前面的石头、钉子、孔隙什么的，可是最后却往往是直接撞上而不是避开那些。你不想要的情景，往往最后就成了事实上的结果。

两个隔代的男人谈了许多话题，过后依豪都记不太清楚，因为那些话题都有两面性，有正反观点，在成人看来，其实未必就有绝对的对和错，有时就只是一时的选择或权宜之计，并不能据此做出非对即错的判断。不过有一个观点，因为前面大家都是那样说，千万人说，千万人也认同，依豪也没把它当成一个新颖的或是重要的观点来看待，一如地球围着太阳转这条天文物理学观点一样，不能成为成人之间辩论的论点。但是因为依豪"临"机一动，另外提出他的观点，结果事情也就走向了心理学上的那种避让理论常提的结果了。

达依爸爸为了论证自己的观点正确，那个观点就是年轻人必须努力成才，为国为家争光，于是很自然地引用了一条无可辩驳的伟人的名言，说：二十一世纪人才是最重要的，大家都知道这个道理。作为年轻人，必须要提高自己的专业素养，使自己成为高技能的无可更替的人才才行。

可是依豪不知是鬼迷心窍还是天性使然，忽然对自己读古文时的心得起了一点联想，即如自己在记忆学校的校训时却去搞横向纵向对比研究起各学校的校训那样，对这些名言在断句上有了新颖的不同于他人的想法。他说我们都知道伟人说过：

二十一世纪什么是最重要的？

二十一世纪人才是最重要的。

一般人都是这么想的，如果把它按读不加标点的古文那样给它断句，一般人是这样断的：

二十一世纪，人才，是最重要的。

但是我的理解不太一样，断的句子也不一样，我是这样给它断句的：

二十一世纪，人，才是最重要的。

二十世纪，人才，是最重要的，我认为没错。因为大家都这么认为，而且二十世纪已经是过去时了，实际上也证明确实是人才极大地改变了整个人类的命运。就我的观点来看，二十一世纪，人才仍然很重要，人才并不是不重要，但是我觉得是人，而不是人才，才是一个国家最重要的财富。或者说是普通人，以及足够多的普通人，比特殊人才，比数量占少数的特殊人才，更重要。

这种话如果说在别的场合，如果跟别人说，确实很有标新立异之感，大家听了也许会耳目一新，如果哪个文思敏捷的人听了去，可以拿去洋洋洒洒地写出万字长言，从马尔克斯的人口论写到计划生育，从计划生育写到当下全球一些发达国家的人口下降危机，可以写出很好的文章来。可是以当下情形来看，泰山大人显然不是同他讨论这类事关人类前途命运的大问题，而只是同这个不

知人生目标为何物的后生晚辈谈论个人的事业发展方向。而这后生晚辈也应明白长辈的谆谆教诲殷殷希望。现在你倒好，你非但不承情，却肆意曲解名言，进行颠覆性解析，恬不知耻地为自己辩护。虽说一个再怎么穷凶极恶的犯人，在法庭上也有为自己的行为进行辩护的权利，可是你这种不听长者劝导的话语足可以说明你对你目前的处境的态度，根本就是不思悔改，无动于衷。

于是泰山突然间被激怒了，愤怒之情瞬间涌上心头，化为一时愤激之语，平时很谨慎的一个人，谨慎得如同诸葛亮那样事事都要认真思考一番，面对这个冥顽不灵的家伙之时，却也有点口不择言，数落起依豪傍着大树好乘凉，以为找了个好媳妇就不思进取，成日里无所事事。殊不知依豪这个人，就像山里的石头一样，没什么用途，却是极有个性，极有自尊，容不得别人对他的能力和品性说三道四的，知道自己没什么本事，却以自己没本事为自傲不愿曲附于人。哪怕是家里的兄长，哪怕是自己的岳丈。而当岳丈对自己进行指摘之时，一时也无法忍受。而正因为彼时年轻气盛，依豪在他的人生之路上做出了一个又一个荒唐的选择，也许那选择只是方向性的简单的选择，如同喜马拉雅山顶上的一滴水，流向北或是流向南，最终的去向就相差十万八千里。依豪选择了来自儿时的故乡故地那里给予他的那一丝丝独立傲然于天地间的品性，一如山中横亘在溪水里的石头，有棱有角，不愿随水流而变得圆润光滑。于是两代人之间的裂隙渐深，迅速变化，最终泰山崩于前而变色，而将一个小家弄得分崩离析，最后一拍两散。

一念春秋渡，一眼已万年。

事后想来，几乎如万年之久的分别，只是因为当初的一念之差。

第七章　单身老王

　　依豪又回到没有人跟他争抢的那间学校单身小屋。说是没人争抢，那也是此一时彼一时的说法。当年人少房间多时，这个房间是没什么人要的，后来当学校规模扩大，学生人数暴增，学校管理人员也相应增加，住房紧缺起来，这个房间就成为大伙争来抢去的抢手货了，虽然那房间仍然不是什么好房间。依豪能够再一次回到这间单身宿舍，一个原因是刚巧有老师搬走，这间宿舍空了出来，二个是虽然依豪同人家离了婚失了势，可是多多少少学校还是照顾着他。

　　那间宿舍是由当年的公共卫生间改造而成的。十多年前修建这幢学生宿舍楼时大家的生活水平还没有那么高，每层楼都有公共卫生间供大家使用。后来时代发展了，每间房间都建了独立的卫生间和洗澡房，这间公共卫生间就成了多余的了。再后来，人员增多，这间十多平方米的空屋子空在那里也是浪费，所以学校将其改造成为一间宿舍，供人居住。因为格局不是那么好，不适合给学生做集体宿舍，所以给了老师。那一排五六个房间都是比较小的房间，都成了教职工住的地方。不过这一间由公共卫生间改造而成的宿舍，情形不太理想，靠走廊这一侧没有窗户，只有一扇门，比起同排其他房间面积虽然差不多大，里面也有小卫生间，靠天井那侧一个大窗户，但是里面大小管道密布，靠墙另一侧，每到晚上大家洗澡洗衣服的时间，那个直径硕大的白色管道里就发出轰隆轰隆的流水声，那是一条排污管，与排污管平行的还有两条细水管，那是自来水和热水管道。大管道从房间经过，不仅有碍观瞻，而且联想丰富的人想着那里面流来流去的是些什么东西，往往有点恶心。但是没有别的住处的人住在这里，只要对生活要求不太高，也还是能住的。当年数学家陈景润也是这么住过来的，不过依豪印象中徐迟写的《哥德巴赫猜想》里，说陈景润一直住的地方只有六个平方。后来政府给他安排一间大的房间，要他搬走，他还担心住不长久不肯搬离这间六平方的宿舍。他这间可比那间大多了，有十三个平方，而且里面有独立卫生间，上厕所洗澡洗衣都可以。依豪从价值几百万的房子里重新搬回这个无人能与之争抢的地方，如果说完全没有一点感慨那也是假的。只是睹旧物而不愿去回想太多如烟往事。

他已经把旧事完全切割掉了。

有学法律专业的同学不知怎的知道了依豪离婚之事，劝他同对方财产分割时多要些，譬如说房产之类的。当初买房时那房价有 150 来万，现在同地段同小区同户型的房子已涨至 450 万有余了，涨了两倍。他可以要求分到一些房款。

依豪不想要，因为当初买房时他并没有出资，他家里也没有帮他出钱。那房子都是达依和她父母帮她买的。

同学骂他傻："法律虽然有规定婚前谁买的收益就归谁，但是法律也通人情啊。你们离婚后，小孩子也不归你，家产也不归你，你就这么净身出户，对你公平吗？而且离婚也并不是因为你有重大过错。说到底，离婚你一点过错都没有，是人家欺你没用，过错在人家那里，道义在你这里。你完全可以提起申诉，要求她家对你进行赔偿。"

"是我提出放弃的。还有什么好申诉。"

"为什么？"

"因为我不需要。"

"你怎么那么傻！如果对方不肯赔偿，你找律师打官司完全有把握拿到几十万上百万的钱款，够你生活得很好了。而你却提出放弃。你脑子是不是有问题。"

"无所谓啦！"

"你不打算再结婚了？年纪轻轻的。"

"还没有这个打算。"

"小孩呢？"

"当然给对方了。"

"你舍得？听说你很喜欢小孩子的。"

"如果对方条件比我差，抚养小孩成问题，我会把她要过来抚养。可是现在她跟着妈妈和外公外婆日子好过多了，一辈子都可以衣食无忧，比跟着我强上一百倍，我又有什么不舍得的。如果想去看望她，随时可以去她外公外婆家。"

"你真的不想分点财产？她家又不缺钱，你想要个百来万几十万完全没问题。不比你上班强多了？你一个没有入编的老师，一个月工资最高也不过五千块。你每个月到手的工资有五千块吗？"

"没有。"

"那就是了。工资收入那么少，还不问人家要点。"

"二十一世纪人才是最重要的，人都离了没了，还要钱做什么？钱财乃身外之物。"

"二十一世纪人才是最重要的，那个人才，是有学问、有才华、有能力的人才，并不是指无差别的人好不？并不是指只有人是最重要的，钱财就不重要。"

"我的观点就是这世界上只有人是最重要的，不管那人是人才还是蠢材，只要是人，都比物质财富重要。"

"你果然想得和一般人不一样。"

"是的。"

"你现在住的地方果然有点简陋。"

"是有点简陋。"

"不是有点简陋，我修正一下，是很简陋。"

"是吗？有点简陋我承认，很简陋我就不认同了。有卧房、有卫生间、有阳台、有窗户，已经可以了。"

"你不会跟我念那个《陋室铭》吧：山不在高，有仙则名；水不在深，有龙则灵。斯是陋室，惟吾德馨。"

"不。我题写另外一首诗。我写给你看：不敢妄为些子事，只因曾读数行书。严霜烈日皆经过，次第春风到草庐。"

依豪把它从电脑里打印出来，写上某年某月蓝依豪。贴在铁门上，同学看了看那首诗，又看了看房间里的布置，一张学生用的铁床，下面睡人，上面做

行李架搁着一个行李箱，门边摆着一张旧电脑桌，靠那几条穿房而过的大小水管下面摆着两张课桌和凳子，除此以外再无他物，他不吭一声走了。

虽然依豪仍在学生处工作，任学管干事，没有提出工作有多累，事情有多杂，但是状态差了些，学生处主任找他谈话，依豪有想调换工作岗位的想法。主任问他想去哪里，他说系里轻松一些，压力也小一些，想去系里。那想去哪个系。其他校区是不考虑的了，总校的那五个系部，就只有智能交通系和信息艺术系，这两个系的老师，无论学管干事还是专职老师，感觉都和善亲切一些。当然依豪只说自己想去智能交通系或信息艺术系，并没有说出自己不想去其他系部的原因。

过了一个月，学校同意了，把他调去智能交通系，他的工作起先交接给一个从物流贸易系过来的老师，跟他学，过后又从分校调过来一位，然后又把他的文秘网站维护系部考核等工作分给另一位新来的同事，继续教育那一块工作分给了教务处的两位老师。于是在他的工作分成三块交给五位老师去做之后，依豪去了智能交通系任学管干事。

从此每天的工作轻松了许多，基本一个月就只需要做一两天的事，而且做事的那一两天也不是很忙，说白了就几张系部的报表要统计而已。平常就是跟着部长走一走课室，巡一下课堂情况，课间操什么的巡一下，看一看本系班级做课间操的情形。

还没有做上三两个月，临近期末了，学校进行人事大改革，搞全校全体教职工竞聘工作，也就是除了校领导和中层是任命的不做竞聘之外，其他所有岗位，包括专职教师岗、行政教职教岗都要通过竞聘上岗。譬如说你是体育老师，你想去总务任干事，你就可以竞聘总务干事那一职务，你是学生处的学管干事，你可以竞校医那个职务，只要有符合校医的资格条件，学校已将全校所有岗位分门别类给设定好了需要什么条件才能任用，需要配备多少人员，薪酬等级是九级还是十级都已设定好了。学校的口号是不会裁掉一位教职工，但是要保证每个岗位有合适的教职工胜任。口号虽然说得很响亮，不过里面有些细节是很能说明问题的，同样是系部的学管干事，有些系部学管干事的任职要求需要本科学历，有个别系部的学管干事的学历要求却只要大专即可。另一个是有些行政岗位人数减少了，如图书馆管理员由四个减少到两个，系部学管人员也有减少，以前因各个系部的班级数学生人数不一样，有些系部学生班级数量庞大，学管线的人员就多，有些系部学生人数少学管人员就相对较少。要说人数最多的当属智能交通系，所以智能交通系的学管人员原是最多的，有一正一副两个学管部长，有两个干事，另外团委还有三个人，分做两个办公室。但现在智能交通系的学管团委人员编制从七个减少到只剩了两个。两个学管干事，一个管班级日常，一个管团部活动，另外新增两个岗位，一个做系部行政秘书，负责系部人事考勤，另一个是行政专员，负责系部报账工作，具体的工作范围详见校园网学校全员竞聘通知附件一二三。密密麻麻的工作岗位，密密麻麻的任职条件，看得有些人胆战心慌，尤其是那些上不着天下不着地没有背景没有能力的教职工，都慌得不知道怎么办才好。那些天依豪到处打探情况，看自己能去哪里合适。

一周时间报填岗位，全校成百上千个岗位任你挑。依豪看了看，信息员、图书馆管理员、校医、教务员、工会干事等等如果按表中所列任职条件，没有一个适合他的，除了一个，就是他多年所做的老本行学管干事还行，而学生处和其他系部的学管干事是早就有人内定了的，不然那同样的工作内容任职条件却为什么高高低低大有不同，所以想来想去，也就只有智能交通系的学管干事一职适合自己，于是他就填了这个岗位。第二岗位他都没有填。

一周后结果出来，大部分岗位都原封不动，以前是谁做的现在仍是谁，校医仍只有校医自个儿填报，财务只有财务自个儿填报，人事只有人事自个儿填报，各科任老师上数学课的仍是上数学，上英语课的仍是上英语。少数有变动，如学生处的原生活指导老师中有人填报体育老师的，系部的学管部长和副部长一个填报体育老师，一个填报学生处九级学管干事。设定的岗位有多少而报名的人数刚好符合设定人数的，那就基本上定了，而那些报名人数超过设定的岗位数的，那么就需要竞聘，也就是演讲答辩之类的，让领导评判定夺。

依豪看了下，他以前的工作内容分属五个岗位，五个都是一对一填报，无需竞岗。可他现在所在的岗位，有一个学生处生活指导老师填报了，团委的只有一个，那么他就需要和那个填报他这个岗位的老师竞争。

他本以为以他在学校多年的学管工作经验，谅一个毫无经验的生活指导老师是无法撼动他的这个学管干事的地位的。不料两人在三楼小会议室竞聘演讲一结束，三个各个部门的中层就评定那个生活指导老师所阐述的岗位设想较他合理，工作经验较他的更为丰富，而选任那个生活指导老师为学管干事，他落选了。

　　学校全员竞聘，就是指学校领导一级和各部门中层（正职和副职，主任和书记）一级因属任命制而不需要竞聘之外，其他所有教职工（教师岗、行政岗以及工勤岗）都要靠竞争上岗。当然学校在重新设置岗位职责及人数时考虑到了学校的实际现状，也就是学生人数比及在职教职工的实际情况的，主要的目的是减少行政岗及工勤岗与教师岗的人数比，因为近年来学校的行政和工勤岗的人数越来越多，与教师岗相比占比是越来越大了，所以学校这次设的行政岗和工勤岗是要少于在职教职工的人数的。大部分岗位没有什么变动，也就是说通过报名竞岗之后，校长办公室的几位人事、薪酬、外务、文秘、三公管理、校助、公车司机等老师仍是那几位，政工处的负责宣传、党建、联谊、纪律、档案、校园电视台、校报、校刊等的老师仍是那几位，工会三委（财委、计生委、女工委）仍是三委，财务的出纳、会计、审核仍是那几位，总务负责基建、职教城、职工宿舍、校医、水电、物业、饭堂等工作的仍是那几位等等，人数第一多的学生处及团委，和第二多的教务处及图书馆各自裁掉 10 个岗位及 4 个岗位，各系部学管团支部根据人数裁掉 2 个到 5 个不等，不过由依豪离去后分枝散叶而成的 5 个岗位，仍是 5 个岗位，此次没变，教师岗相应增加几乎对等的人数，除了智能交通系新设两个岗位，一个人事考勤岗，一个行政专员岗。

　　依豪发现自己被架空了。他从学生处离开之后，原来他学生处的职责分成 5 块由学生处、教务处两个部门的 5 位老师负责，他到智能交通系学管部上班，现在智能交通系的 7 个岗位又缩成了 2 个，一个学管一个团支部。现在这个学管职务又被学生处的生活指导老师跳出来抢去了，团支部职务又被不愿走的原团支部书记牢牢占住，依豪无论支部工作阅历、兴趣特长以及工作意愿都无法撼动对方。现在的工作岗位是没有了，依豪想回去原来学生处的岗位上去，由自己手上开枝散叶而成的五个工作岗位，只要有一个岗位给自己都成，弱水三千，只取一瓢饮。可是一打听，这五个岗位也被原来的五个老师牢牢地掌握在自己手里，任别人怎么争抢都是不肯放手的，依豪尝试与其中一个岗位的老师沟通，对方马上很不客气地回复，你干吗要跟我抢？你干吗不去别的岗位？你专门跟我抢有几个意思？依豪就像一只小虾米刚刚把触须伸出去，马上就缩了回来。想想学校虽大，却无处可去。去竞校医、财务、政工这些职务吗？自己专业根本通不过。去当历史、德育、语文等老师，这些理论科目的专职老师早就人满为患，在编的老师都不够分课时的，你跑去想分一杯羹，人家不用凶残的眼光杀死你才怪呢。当体育老师，那争着抢着做的人就更多了，各部门的包括学生处淘汰下来的中层、教官、宿管员、生活指导老师、校办公务车司机、招生办的十级干事，都抢着去当，依豪就更别想了，其他的数学、英语、美声、舞蹈的任课老师，那就算了，扯得有点远了，和自己根本就没有一点关联。虽然学生是一样的未必肯学这些科目，但要依豪去做，他会良心不安的，认为自己是在误人子弟。

两眼茫茫，无处可去。

于是他像《世说新语》里的那个自悔的青年周处：周处年少时，凶强侠气，为乡里所患，又义兴水中有蛟，山中有遭迹虎，并皆暴犯百姓，义兴人谓三横，而处尤剧。或说处杀虎斩蛟，实冀三横唯余其一。处即刺杀虎，又入水击蛟，蛟或浮或没，行数十里，处与之俱，经三日三夜，乡里皆谓已死，更相庆。竟杀蛟而出。闻里人相庆，始知为人情所患，有自改意。

依豪始知为人情所患。

依豪也有自改意。

可是周处可以入吴去寻二陆，平原虽然没有遇到，却见到了兄弟清河。他想悔改，去问导师，他还有目标，而且还不止一个，一个没见着，还可以去找另一个。可是依豪呢，自己平常疏于交往，缺少联络。

正当他对着学校后面的山墙而嗟叹之时，忽然有一个声音告诉他，你可以报系里的行政专员岗啊，级别虽是十级，最低的，却也和你工作了七八年的级别相符，别人也不会同你争，因为别人都已找到了自己的位置，已经各就各位了。依豪一惊，打开电脑，搜到通知，点开竞聘通知附件一二三，在附件二里找到那个岗位，查看任职条件，一看果然和自己的条件很相符，通过网络即时聊天工具与校办一沟通，居然真的没有一个人报这个岗位。依豪回过头来想找找那个告诉他这条出路的人，可是茫然间却不知道是谁，这个消息是怎么得来的，是在学校道上行走时旁边的老师无意间告诉他的呢，还是通过电话网络即时聊天工具告诉他的，还是怎么样告诉他的，他都想不起来了，当然梦中相告这些神神怪怪的事儿他是不相信的，只是他知道是有人告诉他这事，可是他却怎么也回想不出是谁告诉他。是他的悲伤的潜意识有意地屏蔽掉这个关键的信息吗？还是把这当作非关键信息随意漏掉了？依豪一时也没能仔细去想，宛如行将淹死之人看见了漂来一根朽木，也不管那朽木怎么漂来，是有人怜悯他有意从上游放下来的，还是有人担心他淹死不好向上报告而扔来的，还是其他有原因没原因来的这么一个机会，也顾不得事情的枝枝叶叶，赶紧抓住这个机会，填报志愿，发给校办。

这一次，没人同他唇枪舌剑地争抢了。如果有人同他争抢，以依豪的情形，只怕又是败北。

到依豪的工作岗位定下来，学校的全员竞聘工作也尘埃落定了，同时一地的鸡毛还在学校四处飘散。这情形用一地鸡毛形容是不会有太大偏差的。起码现在依豪看来那两间办公室一个是他即将离开的办公室，一间是他就要去的办公室，里面的情形真是差强人意。

如前所见，以前依豪去智能交通系三楼学管办公室，第一间，也就是靠楼梯口的那一间，就是以前的学管团支部办公室，过去一间就是学管办公室。学管办公室的四个岗位裁成两个，原来的两个，一部长，去了公共基础部当了体育老师，一副部长，去了学生处当了九级干事，这两位在这部门盘踞了十来年，东西搬的搬，各自安排一个班的男生帮他往新去处搬，不要的就放回原处或者存档，或是扔掉。当然搬走的都是些个人物品，折叠沙发、茶具茶叶、健身器材等，扔的多是些无用的参考书或过时资料，于是两位走得清清爽爽，办公室留下的却是一地杂物。另一位老师去了隔壁副主任室，也搬走了。当然依豪也要走，是往楼梯口那边的办公室搬。依豪无物可搬，人走过去就行了。电脑、办公桌、以前的所有学管资料，都留下来给他的竞争对手。他去隔壁。

虽然是打败了自己的竞争对手，却也是多年来认识的同事，依豪并不认为他们因为争夺同一岗位而成了不共戴天的仇人。依豪心里没什么仇恨。不管怎么样，他还有去处。

他去的那间小办公室，三位老师中的一位去了系部当老师，另一位去了另一所学校当老师，还有一位竞争上岗的去了隔壁，以前学管和团支部两个部门两个办公室的现在合并成一个办公室两个人。

于是依豪去的地方就是一个有桌无人的办公室。办公室被铝合金材料分成前后两间，前一间是办公室，后一间是系部计算机的交换机房，长年累月开着空调，机房的门如果一打开，冷气就逼人而来。不仅冷气逼人而且还臭气逼人，因为老鼠在机房下面的地板里做了窝，长年累月地进行着传宗接代的事儿。

　　外间就是依豪和另一位人事考勤的办公室，前面三位老师的办公桌是多年来别的办公室淘汰下来的，桌面很破，桌腿高矮不一，三个人办公却有四张办公桌，有一张上放着老掉牙的打印机扫描机，生锈的铁文件柜靠三面墙而立，更显得办公室狭小。

　　到了下学期，依豪就正式开始做学校岗位编制里的两份工作，一份是智能交通系人事考勤员，一份是智能交通系行政专员。虽是两个岗位，但是合在一起一个人做也并不显得增加多少工作量。

　　他上班的地方按学校建筑分布编号来说是四号楼，中间是一层楼的大瓦房，做了智能交通系的实训场，叫五号楼。再过去就是六号楼，六号学生宿舍楼又分 ABC 三个区。A 区和 C 区的房间都是标准的十人大房间，B 区是小房间，给一些教职工住。下班后依豪就回到自己的宿舍里。

　　经过几年不思进取，他又回到当初进学校时的初始状态，住学生公寓，工作的地方也离学生公寓十分接近，每天侧着头就能看到学校阳台上飘舞着的长裤短袖。

　　要问他有没有痛悔过，可能有，也可能没有。在清醒正常时应该不会突然冒出这些尖锐刺痛的感觉。但是不敢喝酒，酒一沾可能就会醉，一醉那尖锐刺痛的感觉可能就会油然而生，进而无法控制。

　　那一次是中秋，连着又是国庆，学校放假 9 天，学生中午就陆续离校回家了，老师要下午四点半才能下班。依豪把手上的工作处理得七七八八，三点多准备回宿舍收拾一下行李，然后离校。

　　不料走到楼下时，就看到一个男宿管大喊三楼电房着火了，三楼电房着火了。一边喊一边打电话。然后总务负责教职工宿舍的老师也出现了，在那里奔来跑去忙个不停，一副很忙很紧张的样子。

　　然后一下子，学校就哄地热闹了起来。和着火了的情形一样。

　　依豪从天井往楼上跑去，果然电房的玻璃窗户里腾腾地冒出黑烟，一股股的，就像大家笑话的某大国的航空母舰在地中海航行时舰桥上冒出的浓浓黑烟一样引人瞩目，而且有越来越大越来越浓之势。

　　这时聚集的人越来越多了，四近学生宿舍的宿管员，生活指导老师，以及其他老师，饭堂及超市的人，没有离校的学生，都伸长了脖子张望。

　　身子圆双腿短的教官队长率领一个手下歪歪斜斜地跑过来，一边跑得气喘

吁吁还不忘用对讲机给其他在岗的教官下达支援六号楼的指令。

帅气又勇猛的学生处主任也带着副主任、团委书记、副书记以及学生处一帮勇敢而坚强的干事冲过来了。听说校领导在教学楼奔跑，也很快抵达。

情势发展得太快了。虽然依豪比距离第一个发现火情的宿管员只慢了几秒，现在也才过去很短的时间，估计一两分钟都不到，但那浓浓的黑烟已经突突地冒得比航空母舰还要厉害了。这时两位职务大小不一的中层干部，一位学生处主任，一位安保队长身先士卒，拎着灭火器就要往上冲，几位教官拦住了他们，想把危险交给自己，让领导好在安全距离坐镇指挥，领导一挥手同意了。但见平日做足了消防灭火演习的教官果然身手敏捷，手法专业，弯着腰拎着灭火器就往楼上冲，楼道有三个，所以大家兵分三路，各寻其路。只是那黑烟太浓了，已经从门缝里逸出，飘到了几间教职工宿舍之外的学生宿舍那边，一会儿就有一个教官不停地咳嗽着退了下来，说走廊里的烟太浓了，冲不到电房门去。然后就有教官从走廊过道上的消防箱里搬出防毒面罩戴上，然后手拎灭火器往上冲。

这时分管安全保卫的副校长也到了第一线，他个子高大，嗓门又足，又最喜欢发号施令，不停地指挥，灭火器不行，要用水枪，赶紧扯消防水带。然后七八条十来条教官好汉又从四近楼道扯出消防水带，像平日里搞消防演习一般接上消防水，消防水带有一个是坏的，有一个没有水头，其他不是这里漏水出来就是那里跑水出来，一箱水管又不够长，然后两根对接，等着弄好一根水管，对着三楼电房窗户直射上去，却又发现没用，因为那窗户是关着的，而且关得严严实实的，虽然里面的烟滚滚往外冒出来，但是外面的水却很难射进去。学生处主任头脑灵活，遇事机灵，搬起灭火器从三楼饭堂那一边过道往电房窗户上砸，只可惜力量不够，扔不到，只砸到二楼墙面，再砸，又不中。然后跑到四楼往下砸，仍是不中。这时学校的一把手，正校长到场了，大家更加用心用力地参与灭火，主任想着要把火灭掉，就得先要把窗户玻璃砸碎，要想砸碎窗玻璃，就得距离窗户最近。于是他想着腰系消防水带从四楼电房窗户吊下去砸。

这一招高是高，只是有点危险，校领导不同意那么干。这时一个身高一米九，体形壮硕有如一头熊的教官过来了，他拿着一瓶灭火器，对着窗户一扔，那玻璃哐当一声就砸碎了。众人一声欢呼，几条水枪对着破了的窗户往里面一阵猛射，不停地射，不停地射，射累了就换个人手继续射。有些力气不够射得不准的人往往射到依豪的房间里去了，他窗户又是开着的，电房和他的房间就一墙之隔，惹得依豪在那里大喊大叫，别乱来，别乱来，我的四千块钱的笔记本电脑还在屋里呢，别淋湿了给报废了。

副校长不耐烦地在旁边说，都什么时候了，还关心你的电脑。

于是大家不停地猛喷水，也不知喷了半个小时还是四十分钟，感觉要把整个东海的水都用上了。一直到射水的几个教官意兴阑珊累得不想搬了才停下来。那时电房里早就烟消火灭，久不冒烟了。又过了几分钟，三楼楼梯口的教官确认没有危险之后，校长和副校长亲临电房查看现场，依豪关心自家，担心自家这次没有招受火灾只怕招来水灾，而且屋子里只怕进水三尺有余，他的唯一值点钱的笔记本电脑只怕没用了，所以也跟随两位校领导上去。上到三楼，拐个弯走到电房那条死胡同过道里时，只见满地都是灭火器里的干粉，那都是教官胡乱喷射留下的痕迹。只是喷时离火源太远了，而且那个电房的门那时都是关着的，那么狂喷乱射究竟有何用？再走向前，依豪的房门紧锁，门上也是被灭火器乱喷了一气，大概是浓烟之下，灭火的人不辨距离，错把依豪的屋子当成起火的电房。火灭之后，有人把电房的门提前打开了，只见那门被黑烟熏得成了一块黑板，不过那门是铁门，也没有烧着。依豪站在门外，但见里面墙上的二三十个电表都烧得歪七扭八，有些都烧没了，离起火点远的几个还没烧到。依豪记得那电房有那教务员家搁放的一些杂物的，这时也没见了。电房里空荡荡的，除了墙上的电表之外没有别物。两位校领导一声不吭地查看了起火现场，出来时看到依豪的宿舍门窗紧闭，门上用 A4 纸打印了一首古诗：

不敢妄为些子事，只因曾读数行书。

严霜烈日皆经过，次第春风到草庐。

落款题有依豪的名字和时间。

校领导看了一下，看了依豪一眼，没说话，走了。

依豪打开房间，本以为家里水深三尺的，其实没有，那射进来的水都从走廊过道的水漏处流走了，不过家里还是有一层积水。他的电脑还好，没有被那无穷无尽的消防水给淋湿。

事后总务分析，是因为学生宿舍用电功率太大，原有的电线线路发热引起电表起火燃烧。

放假归来，学校为此召开表彰会，表彰在处置火情中表现优秀的教职工。

守土有责及时发现火情第一时间上报的宿管员和总务老师各奖励500元（宿管员事后不满，对依豪发牢骚，明明是我第一时间发现并上报的，总务老师还是我告诉他他才知道的，他怎么也成了第一上报人了？）各个参与灭火的教官每人奖励200元（参与者有10名），砸开窗户玻璃的教官另奖励200元。那个参与灭火被烟熏到喉咙的教官按工伤报销医疗费及带薪休假半个月。

所谓的城门失火，殃及池鱼，应该就是指依豪现在这种情况了。虽然学校没有追究失火的责任，而且这失火也确实不是其他原因引起的，因为也就烧了一墙的电表，电房里没有其他的物品发生燃烧。但是学校越来越不能容忍无关教职工赖在学校占去宿舍的行为，学校可供教职工住宿的房间是那么的少，而必须住校的岗位又那么多，都不够分。所以学校一边表彰救火有功的人，一边责令总务清退不符合住校条件的教职工人员，责令搬走。依豪属于责令搬走之列。依豪老老实实地在学校围墙后面的搜鸡村找到一间价格合适的小民房搬了出去。

第八章　梅开二度

　　依豪开着从同事那里借来的私家车到学校四周闲逛，同事买了车没怎么开，放在那里快生锈了，依豪帮他动一下除除锈。学校四周的景象比当初他入校时更加繁华了，村民修的民房密密麻麻的，像蜜蜂建的蜂巢，蚂蚁建的蚁窝一般，很多曾经圈起来养鸡养鹅种菜堆垃圾的地方都见缝插针地起了高楼。脏乱差现象好了很多，以前穿村而过的省道两旁都是垃圾成堆鼠虫污水横行的，现在不仅这些脸面上的猫屎被清理得干干净净，而且还延伸到了南来北往经过的人看不到的小巷，领导轻易去不到的旮旮旯旯里，可能再进去一点又会有从前的风景，但是那也是一般人都很少去的地方了，主动脉及支动脉静脉以及再次一级的地方都已整饬过，最末级的毛细血管还有待清理。从前的主干道的公交线路都是车少人多，上一趟车简直就像去前线打仗一般人头攒动，现在不仅主干道增加了不少线路增开了不少班次，那些人来人往七弯八拐的窄巷也有了小型的公交汽车，适合穿街走巷的乘客中短途乘坐。巷子变得更窄了，因为私家车变得更多了，多到无处可停的地步，不仅人满为患，而且车满为患。

　　依豪开着别人的豪车四处闲逛，忽然有了一种"冠盖满京华，斯人独憔悴"之慨。自从进学校以来，许多曾经和自己一样一无所有的人都已入了编工资收入翻了好几番，有些当干事的后来成了副主任，主任成了副校长，副校长升成

校长，有窝在学校宿舍的小夫妻买起了市里的大房子，骑自行车的买起了城市越野车。即便是四周的村民，许多都已盖起了高楼，买起了进口车，虽然那高楼不被政府正式认可，被冠之以违章建筑，也用炸药炸了好些栋，但是高楼就是高楼，与其他许许多多合法不合法的建筑矗立在快速扩张的城市边缘，很快又被城市包围成黄金地带，那些高楼虽然奇形怪状，大小不一，但不管怎么说就是财富的象征。独独他，仍是一如当初的模样。也许，人还保持着当年山泉水那般清澈的特质，可是岁月逝矣马齿徒增。况是青春日将暮，桃花乱落如红雨。李贺的这暮日青春之感也油然涌上心头。劝君终日酩酊醉，酒不到刘伶坟上土。虽然自己还没到想要终日酩酊醉的地步，可是人生也在往下坡走。想挣扎着起来，却是一时找不到支点。

车到一处物流园大门口，拐出来后又是一些密密麻麻的小餐馆、小卖部、麻将馆之类的街道，巷子逼仄人流车流又大，前后都是车，依豪慢慢地开，别让人家撞到也不要撞到人家，两种情况都必须避免发生，不然几天都不得安生。他把车窗打下来，方便左右察看。忽然他看到路边有一个简易的卖凉菜卤肉的移动餐车，餐车和他的车就距离一米之远，后面有一个女子正一边同顾客说话一边切卤肉。依豪一下子认了出来，那是进学校之前的公司同事，名字叫陆玟，曾经互相有些好感。

依豪有种他乡遇故知的开心，赶忙叫她的名字。

她照样是那副应答过后再四处找是谁同她说话的模样，有点可爱，也有点傻样，是觉得可爱还是呆傻这要依当时的情景而定。不过多年之后再看到那幅情景再现，依豪却又多了另一番感慨。

等到看见依豪，她也认出来了，很高兴的样子。依豪正待开口再问，后面的车却鸣笛催促，依豪只得将许多久别重逢的话压缩成改天见三个字开走了。

依豪开着别人的豪车，被前后左右的车辆挟裹着只能往前，左冲右突却怎么也无法突围，也无法找到一个合适的停车位，他只好顺着两山之间的街道往前开，一直开出几公里到一水库堤坝上才停下来。那已是人烟稀少之境。不过那也是依豪的欢喜之地，依豪喜欢这种人群稀疏环境清幽之地，不像学校的那帮时尚男女老师，争先恐后地往新马泰那些购物天堂旅游天堂去，去时也不好好地玩，回来却大肆夸耀一番，去了一天，却要说上一年。

依豪站在堤坝上驻足欣赏水库荒草滩上的牛群和羊群，四周的青山绿水，蓝天白云，流连徘徊到天黑才离去。

　　过了一日，依豪骑上自己的电动车去那个遇到前同事的地方找她聊天，却人车都不见。依豪心里有点失落，回来时一边骑车一边想，是怎么回事呢？难道老天就只给他们一分钟的重逢机会？费了好多功夫，一直到快回到自己的小狗窝时才恍然大悟：自己去的不是时候。上次经过这里是下午，那时买卤肉凉菜的才有，而现在是上午，人少出来觅食，所以她是不会摆出来卖的。想明白之后心中才释然。想着下午晚上时候再去，一去果然在。

　　去时没有顾客，刚好可以聊天。

　　依豪问："你来这里多久了？"

　　"来了三四年了。你也在附近上班？"

　　"是的。"

　　"你来这里多久了？"

　　"六七年了。"

　　"比我还久。"

　　"你做卤肉凉菜生意多久了？"

　　"没有多久，才半年左右。和我姐姐姐夫两人一起做的。怎么很少见你呢？"

　　"我很少往这边村子里来，如果不是闲逛我都不会过这里，一般我是往市区去。"

　　"你现在在哪里做事？"

　　"我在学校做，就是这旁边的那所学校。"

　　"哦，当老师了，不错啊。你今天是专门过来找我聊天的吗？"

　　"算是吧。"

　　"可是我在做生意，走不开。要不我要我姐来守，咱们去找个地方聊。"

　　"也行。"

　　陆玟打个电话，将她姐姐叫过来照料摊位，然后就坐上依豪的小电驴去了。

　　依然是没什么人烟的水库大坝。她说，"果然你性情还是没有变，同人约会总会把人带到这些地方来。"

　　"没办法。本性所致，没法改变。"

　　"你这样选择异性时可选的范围就小了很多了。"

　　"弱水三千，我只取一瓢饮。范围小没问题啊。"

　　"你还没成家吗？"

　　"嗯……"

　　"等我？"

　　"算是吧。"

　　"怎么是算是吧？"

　　"因为我结过婚。"

　　"你的意思是……"

　　"现在又离了。"

　　"为什么离婚呢？她不好吗？"

　　"不是不好。"

　　"那是什么？"

　　"是她太好了，我配不上她了。"

　　"还有你配不上的女人吗，我还以为只有配不上你的呢。"

　　"我又不优秀。不仅不优秀，而且还废材一个。"

　　"那你有小孩没有？"

　　"小孩归她妈妈。"

　　"其实我也结过婚，现在也离了，小孩由我带。"

　　"这样子的，那我以后下班了，就过来陪你。"

　　"唉，其实我都不想做那卤菜生意，赚不到什么钱。还不如上个班。"

　　"那你去上班也可以啊。你想上什么班？"

　　"我能不能进你们学校去上班？"

　　"这个，进学校当老师有点难。现在学校非教学线不仅不招人，而且还在减少行政编制。如果做专职教师也可以进，只是你能当专职教师吗？"

　　"我开玩笑的，我哪能进得了学校。我在超市里做做理货员、收银员，或是进个工厂当个文秘可能还行。"

　　"哦，这个。刚好学校有家超市需要一名理货收银的，你要不要进？要进我帮你说说看。"

　　"好啊，好啊。"

　　依豪回学校跟那超市的老板说，老板同意了，依豪带陆玟去学校面试，老板觉得很满意，于是她就在学校超市里上了班。工资不高。不过活很轻松。

依豪早就下班了，等着她下班后一起去他租的房里。这天她上早班，不用做得那么晚。两人出了学校有着斗大校名的大门，顺着学校的围墙往下走，经过垃圾池，那里的垃圾已经少了很多，清走得比以前及时了。然后又顺着下降的地势往下走，围墙越来越高，最后在两层楼之上了，顺着东北饺子馆折向山里走，7号学生公寓、8号学生公寓的天桥从街巷上方凌空而过，再走过去一两百米，快到老年公寓大门时，依豪带她折向一条小巷子，进去50米，就到了。

依豪拿着感应钥匙对着感应锁嘀了半天，门有反应，锁却不肯打开，如是几分钟，依豪打电话给租房管理员，听到隔壁麻将馆里的麻将洗得哗哗地响，接电话的人在哇哇地说话，说马上过来开门马上过来开门，声音听着像那女人，却总等不到她的身影出现。依豪正等得快要失去耐心之时，那女管理员匆匆忙忙地开门而出，果然她就在隔壁麻将馆。她拿着她的感应钥匙在门上反复嘀，却也嘀不开门。正在无可奈何之时，里面有人出来，门开了。依豪两人才得以进去。

楼梯又窄又脏。虽然这房子看上去像是新建的，从外面看来蛮新的，可是里面墙壁经不起住户的肆意妄为，早已不成样子。在二楼楼道墙上贴着好大一张宣传单，上面写着劝人向善的话。可能是因为有这些文字的原因，墙上干净了不少，脚印手爪印几乎立刻绝迹了：

你我相识即有缘，面带笑容结人缘。

布施欢喜种善缘，你对我错相惜缘。

损我逆我消孽缘，生老病死了尘缘。

果报好坏皆因缘，慈悲为怀修佛缘。

三楼楼道口墙上又贴有：

红尘白浪两茫茫，忍辱柔和是妙方。

到处随缘延岁月，终身安分度时光。

休将自己心田昧，莫把他人过失扬。

谨慎应酬无懊恼，耐烦作事好商量。

从来硬弩弦先断，每见钢刀口易伤。

……

四楼楼道口的白墙上也有，五楼也有。

　　而且那楼顶传来若有若无的背景音，是《大悲咒》。呜呜呜，嗯嗯嗯，仿佛小时候老家有人过世之后请的道场，那些道士和尚拿着锣鼓唢呐在棺材旁边唱诵。胆小的人听了脑子里那些僵尸棺材死人恶鬼的形象纷至沓来。越往楼上走，那《大悲咒》乐音越哀伤。陆玟问，"依豪，平常你一个人住这里，不怕吗？"

　　"这乐音很好听啊。"

　　"这乐音好听？"

　　"可能你开始听有点不习惯，不过听久了，你就觉得心里很平静很平和，世间的烦恼就少了很多。"

　　"是吗？"

　　"他们是这样说的，我暂时还感觉不出来。要我听还是和小时候在老家听的道场上的那些差不多。这楼顶有一个小房间，里面供得有观音菩萨，一天到晚都会播这些音乐。开始我也有点不习惯，久了，也就没什么了。"

　　依豪带她走到六楼，再上去就是楼顶了。他打开房门，是一个很小的单间，一张床占去了一大半面积，床头顶了一个至简的衣柜，靠门那边有个东倒西歪的书架，上面摆了些半新不旧的书，下面摆了两双鞋。房间靠窗户那边有个小卫生间，一平方米都不到，外面是个简易的灶台，可以生火做饭。

　　她看着墙上贴的"此心安处，便是吾乡"字幅说，都说当老师待遇不错，想不到你的生活还这么简朴。

　　依豪打趣说："十只黄猫九只雄，十个教师九个穷。你没听说过吗？我就是穷的那九个里的一个。"

　　陆玟以为是真的，其实她所不知道的是就在这时，在这座城市的另一个地方，达依在家人的陪同下，带了一位男士参观她的家，那男士对她家奢华低调的家具装修赞叹不已，说果然还是搞教育的收入高。

　　陆玟觉得有点心闷，房间里坐的地方也没有，除了坐在床上之外，就只有一张小凳子坐在床边了。床上虽然整洁，不像单身无妻的穷光蛋常有的那般景象，但是坐在床沿上心理上有点坐不下去，坐在小凳子上又有点矮，身体上又有点坐不下去。依豪心里察觉，提议说可以上楼顶，那里环境好。

　　于是依豪掩上房门。无需锁上？她想说这样安不安全，依豪说家里也没有什么东西可供小毛贼顺的。上七楼，果然那齐豫唱的《大悲咒》就从那紧闭的房间里哀哀地传出来。到得楼顶，有一个围栏和铁门，把楼顶又隔成一小块和一大块，依豪有钥匙，把铁门打开，于是一个空中花园就呈现在她眼前。

首先是顶上一个不锈钢花架，花架上密密匝匝地吊满了小葡萄，然后四周的大花池里种有各色花朵，金银花、茉莉花、玫瑰花，以及不开花的其他小树苗。开花的植物她都还认识，不开花的她就不认识了。依豪一一帮忙做介绍，这是香椿，老家带过来的，春天摘嫩叶炒鸡蛋很好吃，这是八月瓜苗，也是老家有的，不过是网上买的苗，长大之后春天开花七八月份那果实就会成熟，自己裂开，所以也叫八月炸，也叫野香蕉，是一种老家农村常见的野生水果。然后又是什么，又是什么。依豪一一道来，如数家珍般。数完家珍后，两人又眺望城市的烟火，此是楼顶，又值高处，放眼四望，楼宇层叠，尽收眼底。虽然只是一个大城市里的不入眼的小旮旯，村民一哄而起建的房子也没有多少创意，但是多了也有一种数量上的震撼感，让人觉得身入繁华之境，也成了都市之人。

凉菜饮料已放在空中花园中间的古色古香的仿木桌上，桌子是用大木头拼接而成的，四个凳子是四根树根，坐上去硬邦邦滑丝丝的，很有感觉。

依豪说，这个房东是智能交通系学工部以前的部长的亲戚。依豪想到学校外租房子，老部长就介绍他来这里。别的地方没看上，看房时上到楼顶天台瞥了一眼，就租下来了。

陆玟说她来这之前，还对他的小窝满怀期待的，可是来了之后一见心里就哇凉哇凉了。到了楼顶这天台，心里又好受了一点。可是想着这里风景虽好，可是也是他人之地，非自己久留长驻之处。

依豪说，"你又期待什么呢？期待华屋豪宅吗？期待华屋豪宅里美食佳肴，欢声笑语？"

"期待华屋豪宅不对吗？"

"这也没错。不过如果我现在是华屋豪宅，对你来说也不过是这华屋豪宅的普通过客而已。家有女主，你即便有所期待也没用。"

"你以为你真的值得有人期待？我才没那个想法，不过是随口说说而已。"

"你看你，太傲娇，自尊心太强了。以前是这样，现在还是这样，都没怎么改变。你我都是成年人了，两个人年纪加在一起都有六七十岁了，什么目的什么想法，还有什么不好意思说的。"

"那也是。"

"人们就只在乎那些物质世界吗？都没有一点精神追求？"

"可是你那住的地方也太不舒服了一点。恕我直言，没有一个女人看了还能对你挣钱的能力抱有希望。"

"那只是我独处一室时的蛰伏状态，并不能与我的工作能力画等号。我一个单身汉，这样子也可以了。颜回都能满足于一箪食一瓢饮在陋巷，我又怎么不能忍受呢。人苦于不知足，想了百钟想千钟，有了千钟想万钟。可是万钟于我何加焉？为宫室之美？妻妾之奉？所识穷乏者得我欤？"

"你又掉孟老夫子的古文袋子了。还和你年轻时一个样。可是你要想，如果你真要成家了，这样子的居住环境能行吗？"

"当然不行。单身汉是单身汉的过法，一家三口是一家三口的过法。这点房子是不够一家人住的。如果有人提出来，我也可以租套大一些的公寓的。只是说明在前，租房可行，买房就没戏了。"

"为什么买房就没戏呢？"

"房价太贵，没必要买。"

"怎么没必要。

"太累人了。"

"可是我们都还很年轻啊，年轻时累一点也值啊。"

"可是有人一旦过上好日子之后就会想更好的日子，有了一套房子之后就会想更大的。"

"那也好啊。人有念想，才有动力，才有挣钱的拼劲啊。"

"可是对我来说，一辈子那样，就成了满足物质需求的奴隶了。"

"那还做什么？除了给家人创造更好的生活条件之外，还有什么想头？想星辰大海，想春暖花开？"

"这个也想。不过更想的是在春暖花开的日子里打个盹，像吃饱了没事干的老虎狮子那样趴在树荫底下。"

"好一副胸无大志的样子。"

"我就喜欢这样。"

"你现在的状态就是你想要过的？"

"也不完全是。"

"为什么。"

"只是退而求其次而已。"

"怎么解？"

"与其过那种忙忙碌碌了无停歇的蜜蜂蚂蚁般的生活，还不如过这种无所事事了无趣味的独身生活。"

"是不是你的前妻鞭策你太厉害，让你受不了，所以现在选择单身了？"

"也未必完全是她的鞭策，她家人的鞭策更多一些，只是她习惯了家人的鞭策，不觉得痛，所以认为我也应该被人不断地鞭策。"

"你受不了鞭策。"

"也没有完全受不了。适当的鞭策我也能接受。只是不喜欢那种日夜奋蹄前行的状态，那不是生活，那完全只是工作。而我对生活看得比工作还要重要。"

"可是工作也是必要的吧，基本的物质条件也是要满足的吧。可以有空中花园，但人不能生活在空中楼阁里。"

"是的。"

"如果是这样。你可以为我而改变吗？"

"怎么改变？"

"搬离这里，远离这些令人内心平静清凉的音乐。你住的这里太佛系了。你我还不能当佛系青年。"

"说真的，如果没有齐豫《大悲咒》这些低徊动人的音乐，我还真没法想我能在这里待上一年半载的啊。好听的音乐是悲伤的，这话一点都没错。如果没有这楼顶的空中花园，我也没办法在这里待上一年半载。这里让人远离人群却又能身处繁华之境，能享受到孤独带来的宁静却没有孤独带来的苦味。"

"那你舍得这些花花草草吗？看它们婀娜多姿一派欣欣向荣的景象，可以看得出是花费了你很多心血的，一旦离弃，你可舍得？"

"这个也没什么。去到别处，只要有心，照样可以种草栽花。这些花草留在这里，留给别的有心人，让他们有惊有喜，未尝不是另一种快乐。"

"看来你也蛮想得通。"

"这就叫豁达。拿得起，放得下。再一个，往来这里也不远，时时可以来个故地重游，也别有一番情味。"

两人边吃边聊，夜色渐渐深沉。虽然灯火依然，而人声渐渐沉寂了下去。陆玟提出要回去了，于是依豪送她下楼，又送出大门外。返身回到《大悲咒》

萦绕不断的蜗居里，倒头就睡。不过却比往常晚睡着，他在想以后的事儿。

过两天，下午下班之后依豪邀陆玟去找租房，他想重新租一套大一点的。她问："是给自己租吗？"

"不完全是为我自己。"

"其实你那一间，一个人住都稍嫌小了一点。"

"也是。所以我想租一套大一些的，两个人三个人住在一起都舒服的那种。"

"那租在哪里？"

"离你近一点的地方吧。"

"为什么？"

"看你的时候方便一点啊。"

"我不想那么近。"

"为什么？"

"不想让人闲话。四近的人都有认识我的，我怕说来说去成闲话了。"

"哦，那也是。那就在我住的附近找房子好了。"

两人就在依豪租的房子四近找招租广告，房子倒是到处有，从单间到一房一厅到两房到三房应有尽有。除此之外还有村民建的豪宅，整栋出租，租金8000到10000的那种。当然依豪租不起，他只能找那种两房一厅或是一房一厅价格在五六百七八百的，便宜的肯定差，贵的承担不起。挑来挑去，好在有多种选择供他俩挑，走了几家，不太满意，不是楼层太低卫生差，就是太靠近街道晚上和早上很吵，要不就是户型古怪，看着不舒服。最后找了一套小两房，价格也还适中，650元，楼层也还可以，在5楼。陆玟点头之后依豪把房子租了下来。租1押2，差不多连交3个月的租金，2000块就只剩下一点可有可无的尾数了。租房里除了两张简易的床架和床板之外，一无所有。依豪又带上她去附近的二手家具店买了点便宜的家具，木沙发、小茶几、折叠桌什么的，好歹布置成住的模样。依豪的行李简单，又是个男人，三下五除二地独自搬来了。她原来住的地方又远，又是个女人家，东西想来又多，依豪提出开同事的小车帮她搬运。她不肯。她不想让熟人看到一个男人帮她搬家，让他们看出她的事。依豪想想也罢了。

那天陆玟休了一天假，她一个月有四天假休，可以自由选择。等依豪一个人回到新租的房子，只见房子里已改天换地大变了样，单身汉的屋子塞进了许多的鞋柜、衣柜、梳妆台、镜子以及七七八八的年轻女人喜欢的小玩意儿，女人的内衣丝袜也高高地飘扬在阳台上，令听惯了《大悲咒》独守漫漫长夜的孤独的男人有了种别样的心情，仿佛又回到了他的爱做梦的年代。

陆玟不在家，不知道去哪里了。依豪猜想她可能还在搬家，有些小东西可能还落下了。可是等一会儿，她回来了，手上拎了些菜，还拎了两瓶啤酒。原来她是买菜去了。

她炒菜做饭很在行，三下两下就做好了，丰盛而不浪费，花色既好口味也适中，厨艺师讲究的色香味都有了。两人像对新婚燕尔的小两口吃喝了起来。她平常是不喝的，不过今天是个美好的日子，喝点酒喜庆一下也是应当的，所以也喝了一些。两人开开心心地吃过简简单单的烛光晚餐之后，她去收拾厨房，依豪看看书。然后她又将搬来的行李整理调整了一下，摆放得更合适一些，然后烧热水洗澡，洗完澡了之后洗衣服。看看到了晚上十点多睡觉之时，两人宽衣解带，上床睡觉。

古人云人生四大极乐：久旱逢甘霖，他乡遇故知，洞房花烛夜，金榜题名时。可能对依豪来说，他能体会到的就只有第一条和第三条了。

一番缠绵之后，两人沉沉睡去。

小日子就这么一天一天过去，如是几天，有一天正待沉沉睡去，忽然陆玟的电话铃声响起，她起身去房间外阳台接听，怕打扰到依豪，不过屋子比较小，隔音效果基本上没有，所以当电话接通之后，每一句依豪都听得清清楚楚，对面是一个两三岁的小女孩和一位中老年女性的声音，据判断，是她的妈妈和她的小女儿：

"妈妈，你在哪里？你好久都不回来，你不要我了吗？"

"女儿，这么晚了给你打电话没有吵到你们吧？你女儿天天都念你，问你什么时候回来，刚才她把手机拿过去，说要给妈妈打电话，我说好晚了妈妈都休息了，她也不听，自个儿拨通你的号码了。你那边安定了这两天就过来一下，看看你女儿吧。"

"我现在就过来。"

"好，妈妈，你过来。"

"不用了。这么晚了，外面都在刮台风，风大雨大，不安全。明天过来吧。

今天一个晚上还能哄得了你女儿。"

"不，妈妈，你现在过来。"

"闺女乖，妈妈明天一定回来。你在那边还好吧？都还顺心吧？"

"都挺不错的。我明天过来。我把他也带过来给您看看……"

"他会不会不喜欢小孩子……会不会影响你们……"

"不会的……"

后面的话渐渐小了下去，听不太清了。不仅是对话声音小了下去，而且外面的风雨声越来越大，将四周的没关紧的门窗刮得呼呼作响，仿佛在搞房屋检测，看哪些房子质量不合格，经不经得起常规的台风吹刮。呜呜的台风加哗哗的暴雨只进行了几分钟，只听得不远处哗啦一响，应该是铁皮屋顶被吹翻了，又听得轰隆一声响，应当是某处的一堵山墙被雨水冲倒了。陆玟默默地回到房间，灯光未开，人影模糊，但不知怎的，依豪仿佛看到了她脸上的泪痕。

依豪对着她的身影说：

"明天早上我陪你一起过去。"

"嗯……"

一夜无话，第二天早上，风也停了雨也停了，不过满街的狼藉证实了一夜的狂风暴雨没有怎么消停过。刚好是周六，学校不用上班，而她也可以不用去学校超市。于是到附近市场买了箱牛奶和几斤水果。电动车被小偷偷走了，一时又还没有买新的，所以叫了一辆摩托车，两人搭着去比坐穿街走巷的小巴快一些。摩托客对这一带很熟了，知道了要去的目的地说好价钱之后，发动摩托车，就沿着老年公寓傍山的一条荒僻少人走的小道猛冲过去。一边是围墙和明沟，一边是参天的树木，有些地方走着走着就没了路，近了才发现依然可以通过。因为路僻人少，加之在森林边沿，所以树上多鸟窝。昨夜一夜狂风暴雨，不仅刮跑了人类的铁皮屋顶，还吹落了不少鸟类的简易小窝，一只两只三只四只羽翼未成的光皮小鸟掉落在树下，发出尖厉的哀哀叫声，一些鸟妈妈立在旁边的树枝上，也不停地徒劳地叫唤着，这景象让善良的人见了都不忍多看。摩托车七扭八拐地从这些倾覆的鸟窝，以及悲鸣的大鸟和哀叫的雏鸟旁经过，一阵刺痛传到两人身上，直达心里。如果时光倒流回去十年，当大家都还是善良而勇猛的少年时，一定会叫摩托车停下，直到将小鸟放回鸟窝，将鸟窝放回树上才会离开。而现在，当大家都已长大成人，却心有余而力不足了。

如同穿越时空一般,摩托车将本来要半个小时才到的目的地三五分钟就开到了。以为很遥远,却是如此的近。

摩车客在陆玟的指示下停在一栋民房前,付了钱,两人下车,她掏出电子钥匙打开门禁,两人爬上窄窄的楼道,楼道之窄,上下之人都要侧着身子才能通过,如同乡村山间小道两车会让需要把后视镜折一折才能通过一般。

两人一前一后上到几楼,依豪都记不清了,然后又过一道走廊,走廊黑漆漆油乎乎的,散发出人类陈年活动后的各种气味,在走廊尽头,一扇旧纱窗门开着,一个小姑娘坐在纱窗门后面的儿童椅上,一边抱着芭比娃娃一边嘴里轻声念着妈妈,妈妈。

不经意回头一看,妈妈正在眼前,小姑娘激动万分,站起来就向妈妈身上扑过来,一边扑上妈妈一边哭喊着向身边的人宣告:妈妈回来了!妈妈回来了!

依豪接过陆玟手中的东西,方便她去抱女儿。从屋里走出一位身高容貌和她相近的中老年阿姨,看上去就像旧版的她,也许再过二三十年,她也就成了这副模样。她妈妈和他妈妈一样,有那个时代的人的朴实诚恳,也有那个时代的人的善良热情,见离异单身的女儿回来带了一个未曾见面的男子,不用介绍就知道是什么关系了。连忙倒茶水找凳子,一番客气礼让之后,各各坐定,小姑娘久久依偎在分别几天的妈妈的怀里,一副小鸟依人的可爱可怜样,依豪保持着笑容端坐在她俩旁边,上中下三代人挤坐在狭小的屋子,显出融融的乐意。在经过一分半钟的陌生人相见的场景之后,大家很快就有了亲如一家人的亲切感。依豪相貌端正,气质儒雅,谈吐得体,果然是个有文化有品位的人,不同于身边的那些只顾自个儿寻欢逐乐品性不端的臭男人。

聊得差不多了,客人来了,要备好酒好菜,所以外婆要去市场买鱼肉做午饭。依豪是客人,要人陪,小姑娘黏着妈妈不放也要人陪,所以外婆独个儿去操办,依豪两个大人就在家里陪着一个小的。

小姑娘漂亮懂事,小小年纪就感受到与父母分别的痛苦,所以当妈妈回到身边感到特别的幸福,所以显得情商很高。依豪本来也很喜欢小孩子,加之爱屋及乌爱人及人,此番就更加喜欢这小姑娘了。妈妈要起身有点事,依豪就哄她,要她过来他这边玩,做妈妈的还以为他的愿景不会得逞,不料仿佛鬼使神差般,小姑娘竟很快就对依豪产生依恋之情。及至当妈妈一番回转,两个一个小时前还未曾谋面的两代人竟然亲密无间了。

当外婆从菜市场回来拎着大包小包的食材到家时，看到寂寞无助的小姑娘有了一个无话不说和气可亲的成人做伴，而且那个即将接替前面不称职的父亲角色的人面带笑容开心有加，完全是发自内心的真诚喜欢，长久以来使她夜不能寐眉头紧锁的难题看来要解决了，她不禁有点如释重负。那一辈女人一辈子围着厨房转，厨艺本来就很不错的，如今人逢喜事精神爽，做起饭菜来更是用足心思，做出来的饭菜真是一个花团锦簇香气袭人勾人肠胃。干大事的拿破仑说过：待客菜要好。诚然不错。依豪从这丰盛的饭菜中感受到了当妈妈的对他的喜爱程度。他才去陆玟家一趟，就立马博得了三代人的喜爱，看来此事谐矣。

本来依豪两人想着不麻烦人家，只吃过午饭就回转的，但是小姑娘不愿意，不想妈妈离开，于是下午留下来继续陪她。晚餐也很丰盛，而且还备了酒水。依豪也适当地喝了一瓶啤酒。

可是吃完晚饭天黑了，到了晚上小孩子更加依恋妈妈，更加不让妈妈走了，要走也可以，那就把她也一并带上。做妈妈的虽然有了一个新家，可是这新家还没有她这个小孩的位置。一半是物力有所不逮，另一半是心力有所不及。三代人都很难。最小的那个小姑娘是舍不得妈妈走，最老的那个老娘是不忍心小孩子那么小就有那种痛苦，可是有了这个牵绊，她那个结了婚离开了家然后离了婚又回来的女儿又怎么办？已经误了一次终身，现在又为这小姑娘再误一次恐怕再也没有机会了。当妈妈的也夹在中间，左右为难。依豪想着自己一个人先回去，她陪小孩子住一晚，明早趁小孩子在睡觉再回去。当妈妈的觉得是个可行之法，可是老人家自有她的顾虑，同女儿在房间里商量了一阵子，陆玟出来要依豪再待一阵子，等她把小姑娘哄睡着，然后两人再回去。

于是大家早早地收拾，早早地帮小姑娘洗完澡，哄小姑娘上床睡。做妈妈的一如从前陪女儿在床上睡觉。母女虽然还是母女，可是情随事迁，有些变了，小姑娘虽然很小，也能隐隐地感到睡在身边的年轻的妈妈终究只是哄她入睡，然后趁她不注意时离开，再也不像从前那样长久地待在身边，所以虽然很甜蜜地睡在妈妈怀里，可是那甜蜜中却有种惊慌，有种不踏实，却怎么也无法放心入睡。看着她入睡了，妈妈正欲起身，她又醒了，没法只好装着翻下身又翻身回来陪着她。看着她好不容易睡着了，妈妈已经起身了，正待穿衣离去，小姑娘却伸手一摸，发现身边空空落落的，一睁眼又醒了，然后又哭了起来。没办法，大人只好耐着心性重新陪她睡。

　　妈妈的妈妈在外间客厅里忐忑不安地听着房间的动静，虽然她年纪不是很老但岁月的纷纷扰扰使她有了睡不着的毛病，再晚一点也不影响她休息，可是她是过来人，知道男人年轻时哄小孩待小孩时的耐性都不是很好，很希望女儿的事不要夜长梦多。可是有些小孩的事有时也是大人无法完全掌控的，所以唯有耐心。

　　终于做妈妈的从房间里出来了，带着一丝疲惫和歉意，因为在哄女儿睡觉的过程中，自己都差点成功入睡了。好在内心惊醒及时醒过来，不然大家都这么等着，也不知何时才到头。

　　小孩子在里间艰难地睡觉，两代人三个大人在外间轻声地商量。

　　外婆说，你姐姐的小孩子上幼儿园，你的孩子还小，还没上，一个在上，一个没上，我一个人还可以带两个，白天带你的孩子，上学放学接你姐姐的小孩，下班后你姐家就可以自己带，我就只用带你的一个。我也能忙得过来，反正一头牛是看两头牛也是看，还没得要紧，而且你们两个合在一起由我带，还更合算。我还带个半年一年的都没有问题。只是现在你们姐妹两个分开住了，我没法两个一起带了。去给你带，你姐姐的没人管；不跟过去带你的，你的又没人带。我都跟你说了，搬开住是个麻烦事，你又不听。现在小孩子不跟你去，她天天在这里闹；跟你去，又没人帮你带。想着头就大。而且即便我能过去帮你带，也带不了多久了。你爸在老家，一个人，没人帮他做饭吃，没人给他洗衣服。他一辈子由别人照顾惯了，这两年他一个人在家里，也不知道他怎么糊的嘴巴。前些日子咱们回老家了一趟，你又不是没见到你爸那样子，人瘦得只剩皮包骨了，再熬过一两年不回去服侍他，只怕他这个人都没了。唉，家里老的可怜，外面小的可怜。

　　做妈妈的沉默不语。依豪想了想，说："要不把爸从老家带过来，在这边给他找点事儿做。这样一家人在一起，可以互相照顾。"

　　陆玟说："如果这个办法行得通，也就没有这回事了。就是因为我爸舍不得家里的田和地，说种在山的杉树竹子没人在家，别人会砍去卖钱，种的那些都白种了。还一个他年纪大了，出来在外面找事做，人生地不熟，和一帮不认识的人做事，他不习惯，他又不打牌又不到处玩，白天做事难过，晚上不做事也难过，以前他做过一段时间，受不了，就回家去了。后来再要他出来，他宁死不肯出来。没有办法。"

依豪说："要不把小孩子接过去，把她送到托管所，白天由她待在托管所，晚上我们下班了也可以带。这样就不用麻烦妈妈了。她在这边帮你姐带也可以，回老家照顾你老爸也行。这样行不？"

外婆叹口气："今天咱们第一次见面就谈这些事，真有些让你为难了。我常听女儿说你是个很不错的人，几年前你们就认识，说你和别的男同事不一样，人家下班了就吃喝玩乐，而你总是去图书馆、博物馆读书识字。后来你去了学校当老师，你的满肚子的学问总算有了用武之地。现在你不嫌她没用，过来找她。你算是在帮她了。其实我女儿也是不错的，人也上进，只是前面她有点贪玩，玩昏了头，找错人了。所以失悔成现在这模样。她如今年纪虽轻，可是拖了个尾巴，做什么事都做不成。"

"唉，妈妈，你说那些干什么。怎么又怪我。"

"不是怪不怪你的问题。是现在问题摆在这里，一家人都这么熬着，都很难。你现在总算找了个通情达理的人，想方设法来帮你解决问题。如果没遇到这么好的，你就只怕更难了。时候不早了，小孩子也睡着了，你们先回去吧。慢慢商量，也不用太着急。你们工作生活先稳定了，过后再来好好谈小孩子的事吧。"

几个人又谈了一会儿，依豪两人先回去了。

陆玟的工资已经发了两三次了，每个月 2500 左右，有时多休了一天假，就少 100 元，该休的 4 天没有休完，就每天补 100 元，差不多这个数。后来他俩又去看小孩子，每次小孩子都恋恋不舍哀哀哭泣，也着实令人可怜而心碎。依豪都觉得于心不忍。于是商量，先把她送到附近的托管所，白天在托管所玩，下午下班了他就把她接回来，既不用麻烦长辈，小孩子也开心，只不过开支大了一点而已。不过一个小孩子三两年的早教费两个人还是负担得起的。

于是同意了。找好托管所，附近很多，找了两三家，比一比价钱，比一比场地设施，比一比工作人员，贵的有 1500 元一个月的，包托管带早餐午餐，便宜的有 1300 元 1100 元的。最后选了一个中等的 1300 元每个月的。

先将小孩子接过去。小孩子的小床、小桌子、小凳子，以及玩具、衣物、奶粉等物品收拾好也有一大堆，小床就不用了，留下来给她姐姐的小孩用还是送人，其他物品都带走。小孩子知道自己要跟妈妈一起去住了，很开心，早早地把自己给整理好了。临到走却发现外婆又不能去，舍不得外婆，又哇哇大哭，最后说定了外婆过两天就过去看她才不哭了。

小孩子的房间比较小，摆了一张一米二的床也没多少剩余的空间，小孩的行李物品再弄过来就将本来就小的房间挤得满满当当。依豪又帮她买了几个芭比娃娃，小孩子更加高兴了。

晚上小孩子跟妈妈睡，两间房的门对开着，三个人的声息彼此相闻，熄灯之后人员往来此房和彼房之间很方便。屋子虽狭小且简陋，一家三口倒也其乐融融。

周一陆玟休息，早上两人骑电动车送她去托管所，因为是第一次，所以依豪上班去后她还待在托管所里陪着小孩子。小孩子情商都高，三两下就和小朋友玩熟了。只是玩的时候还不忘看看妈妈在哪里，妈妈在不在。如果妈妈不在视线范围内，就会有点着急，急急地迈着小脚四处找寻，只有发现妈妈在她才安心地玩。不过在观察了一个多钟头后，托管所的大姐姐，也都是些十八九岁二十多岁的未婚的大姑娘，告诉陆玟，不用担心，小孩子的适应能力很强，她可以回家去了。于是她就一个人慢慢地走路回去。中午吃过饭后又过去托管所看了看。托管所的大姑娘让她不要出现在小孩子面前，所以她也就避而不见，只远远地偷偷地瞄了一眼，看到小孩子在休息，也不知道认没认出她的女儿来。到下午依豪下班，两人骑着电动车去托管所接。在外面一堆一堆的家长，有年轻的父母，有年长的爷爷奶奶或外公外婆。没多久放学了，一班一班的小朋友排队在那里，家长进去一一将自家的小孩子找出来，个个开开心心的，带了回去。小孩子也在班级之中，很快就认出来了，小孩子看到妈妈，开心地扑过来。妈妈问她，在托管所里玩得开不开心。小孩子说开心。妈妈问明天还要不要来托管所。小孩子说要。于是依豪骑着电动车，她抱着小孩子坐在后面，一家三口慢慢地随着人流车流开回家去。

就这样过了半个多月，周六时三个人去陆玟姐姐家看望小孩的外婆。外婆正担忧家里的老头子的日子怎么过得下去。没人给他做饭没人给他洗衣，也不知他一个人在家里怎么糊弄的。不过上一辈及以上的农村里的男人都是这样的，只负责做外面的事，在山上种地伐木，在田里种稻养鱼，或是找点副业挣钱，外面的事做得很起劲，回到家里却不怎么做家务。洗衣做饭带小孩都是女人的事。女人不仅要忙外面的农活，回到家里还要做家务。看上去女人要累男人要轻松，因为男人只要忙外面的就行了，回到家里却是饭来张口衣来伸手，样样

要女人伺候。可是年老之后，男人做不了体力活，家里需要带孙子和做家务时，男人却是一样都不行了。不仅如此，还不能自理，不能洗衣做饭照顾自己，反而还是个累赘。女人在，女人还能劳动，虽是老太婆，却还可以照顾自己及老伴。如果老太婆不幸早死，或是老太婆要给儿子女儿带孙子外孙，那老头子就很成问题。所以那些一辈子只会做外面的事不会做家务活的男人到老了之后就有一半的可能张皇失措，沦落到自己不能照顾自己，也没人照顾的地步，日子过得惶然又凄凉。

陆玟的老爸就是这样的一个老一辈男人，失去了老伴或是老伴不在身边，世界就转不动了，日子就过得很艰难了。

既然两个小外孙都有了着落，外婆即便不在了，年轻人也能勉强将工作和生活继续下去，所以她还是早早地回到家乡去照顾那个老的为妙。不能只顾了小的，老的就扔在老家任其自生自灭，想想也可怜。老的年轻时为了这个家，在外面也是流汗流血，拼死拼活，用体力咬着牙挣点辛苦钱，也不容易。

两家商量，同意老妈回老家了。临行时老的跟小的打招呼，大家还担心小的舍不得外婆，所以大家都骗她，说外婆回老家看看外公，过几天就会回来的，回来时给大家带好多玩具回来。小孩于是没有伤离别，高高兴兴地同外婆再见了。其实大人都知道，这样一别，说不清哪年还能再见到。也许等能再见时，小孩都已长大了认不出外婆来了（外公是早就不认识了的），也说不定，这样一别，就成了永别。虽然年轻人没太多地把离别放在心里，想着过年或是什么时候又可以回老家去。但是年纪大的，遇事多了，年年月月中见着了这个，又要离开那个，知道就这么分分合合之中，人有时就在不经意之间天人永隔再也不能相见了。

小孩子开始时还分得清谁是她爸爸，她知道依豪不是她爸爸，因为她知道她爸爸的头发是那样子的，穿的衣服是那样子的。虽然她父母离婚，但是家里还有些他们的照片，有时她外婆也把这些照片给她辨认，告诉她妈妈是谁爸爸是谁。所以开始时她妈妈要她喊依豪做爸爸时她不肯喊，说他不是她爸爸，她爸爸是那个样子，头发是那样子的，衣服是那样子的。依豪问陆玟，她的那位理的什么发型穿的什么衣服。问明白之后，他就去理发店也照样理那样一个发型，去服装店买了那样的一件衣服穿上。然后去小姑娘面前晃荡。小姑娘有点分不清了。依豪也没有刻意地让她认这是不是她爸爸的模样。经过一段时间，两人建立了亲密关系，在不经意间她口里自然而然地喊出爸爸两个字。于是在小姑娘心中，两段断裂的记忆缝合在了一起，心中也就有了一个完整的不曾离开过的爸爸。

陆玟问依豪，"我这个小孩子并不是我和你生的，她和你完全没有一点血缘关系，你都那么喜欢她。那么你自己的那一个小孩呢？你和你前妻生的那个小孩是男孩还是女孩，我都忘了问你了（依豪告诉她小孩是男孩还是女孩）。你怎么都不想念他呢？"

"也没什么好想念的。"

"为什么？你不是很喜欢小孩子的吗？"

"是很喜欢啊。但是属于自己的小孩子又有点不同了。"

"当然，自己亲生的应当更加喜欢一些。"

"也不完全是。这就像《鲁滨逊漂流记》里的那几句话。其实《鲁滨逊漂流记》的故事并没有怎么给我留下深刻印象，给我留下深刻印象的倒是前面一两章那些人生的感悟，书中说：在不同的环境下，人的感情又怎样变幻无常啊！我们今天所爱的，往往是我们明天所恨的；我们今天所追求的，往往是我们明天所逃避的；我们今天所希冀的，往往是我们明天所害怕的，甚至会吓得胆战心惊。自己曾经为能升级当上爸爸惊喜开心万分，以为另一个"我"隆重出世。不过这也只是一时的想法，很快就发现，小孩虽然是自己的没错，但他也是另一个人、另一个大家庭的，充其量你的生物基因、社会基因只在下一代里面占据一个很小的分量。而当你发现在那里还被轻视时，你就更觉得他是可有可无的了，而且你的自尊心会要你选择放弃。这就是我对《鲁滨逊漂流记》印象很深的原因，曾经有多爱一个人，现在就有多恨一个人。曾经有多希冀一件事，现在就有多逃避那件事。我虽然对自己的小孩子谈不上恨，但是因为曾经有多希望，如今因之而来的就是有多想遗忘。而且还有一点，对我来说，如果生了小孩，将他遗弃，让他在人生的路上过得很艰难很痛苦，我当然遭人痛骂。自己心里也过意不去。如果他妈妈的经济条件很差，离异之后跟了他妈妈日子不好过，我当然会义不容辞地接过来抚养。但是现在情形完全相反，女儿在她妈妈身边，比跟在我身边，能获得更好的教育条件、生活条件，可以说没有我这爸爸她会成长得更好。在这种情况下，我还有什么挂念的呢？过好一个人的生活，让本我留给自己，也许比还念念不忘过去的舒适时光更合适。"

　　"你说了这么一大通，我一句话都没听懂。可能在成年人的感情游戏中爱一个人时爱得有多深，恨时那恨也有多深，这个我能理解。但是自己的小孩怎么着也是自己的，不管有没有离婚，这种血浓于水的感情是割舍不掉的。"

　　"我说的话你可能不太好理解。我随时可以去前妻那里看望我的小孩。你要不要跟我同去，了解一下我的过去？"

　　"我干吗跟你一起去？"

　　"干吗不能一起去呢？觉得不方便吗？"

　　"有那么一点。"

　　"你还当我是和人家拍拖？你过去只能当灯泡？你陪我一起过去更合适啊。我都带着现任去，说明我已经把过去当成了过往，不再有藕断丝连的可能，只能纯粹是看小孩子。"

　　"哦。我还不太体会得到前任和现任在一起时的感受。不过我不太想去，那种场景可能不太好。"

　　"我知道你怕了，你怕受到怠慢，你怕感到尴尬，你怕被别人比下去你下不了台阶。"

　　"你用不着用激将法激我。不过如果你都无所谓，那我跟你过去也无所谓。"

　　"好吧。我跟小孩子的监护人通报一下。"

　　"嘻，还监护人呢。用不着表述得这么严肃认真吧。"

　　"你这就不懂了，越文明的人表述起来就越严肃认真无懈可击。我先联系一下。"

　　依豪在电脑前一顿操作猛如虎，洋洋洒洒地写了一箩筐文字，讲自己来看小孩的正当性、合法性和急切心情，写时一会儿鼻涕眼泪横流，一会儿哈哈大笑，不明就里的人以为他心律失常大脑供血不足。不过在忙了小半天的文书起草工作之后，他把这些完工了的文字全部删了，只简单地问了一句：

　　"我想和另一位过来看看小孩，方便吗？"

　　很快，对方就回复了：

　　"方便，随时欢迎。"

　　同时后面还附了一个笑脸表情。依豪对着这个小小的表情包感慨不已。

　　两人把小孩子送到托管所之后，就去水果店买水果。陆玟本想就在路边买一点的，可依豪不同意，非要挑水果店去。去了水果店，也没合适的水果买。陆玟是觉得太贵，依豪是觉得水果太一般。两人都不想买。依豪提议等坐地铁到了那里，就到那附近买。她觉得主意不错。两人坐公交转地铁到了市中心最繁华地带，仿佛穿越时空，到了一片楼宇之前，那楼宇不同于一般的只方便居住没考虑到观看的普通居民楼，那些楼宇不仅适合居住，还适合欣赏。一般的房子只有建筑功用，这些房子还有美学上的布局。亭台楼阁，流水小桥，嘉树成荫，好鸟和鸣，非同一般。

依豪带陆玟进了一间不像卖东西的水果店，那里面的水果看上去比刚才在路边或是路边水果店里的水果要奢华大气得多，而且能够认识的很少。她拣那些能认识的水果看了下标价，仔细一察看，不仅标价位数不对，而且出售商品的重量单位也有点不一样。她不知道怎么挑。依豪倒是很随意很快捷地挑了两三样，不重不轻，不大不小，拎到手上很得体。一结账，1600 元。她吓了一跳，问是不是收银算错了。依豪没有吭声，将银行卡拿出来给收银员，密码都不用就直接扣款了，小票显示是扣了 1600 元。

陆玟原先以为看一下小孩也是很方便很随意的事，花几块钱的公交地铁钱，最多一两百块手信，不料一点水果就花了她大半个月的工资，比她小孩的一个月托管费还要多几百块。接下来不知道还要花多少呢。

依豪带她到一幢两层半高的别墅前，她看了看，虽然旁边的别墅看上去要比这幢高大一点，但气势上隐隐约约比不上依豪带她进去的这幢。至于为什么低的气势上要强过高的，她想不明白，也没有去想。

依豪到围墙大门前，摁了两下门铃，手放了下来。马上大门里面就走出一位年纪约摸四五十岁的妇女，依豪叫了声阿姨好。对方面带笑容，说了一句：你来了。打开了门，让他俩进去。两人进去之后那阿姨就自顾忙自个的事儿去了。她还以为要等她回来同他们说话，依豪叫她跟上。两人直接登堂入门，来到一个很大很高的大厅里。这时一位衣着得体、和自己父母年纪差不多，但怎么也看不出有自己父母那般年纪的中老年妇女走了出来。依豪叫了声伯母好，她也慌慌张张地跟着叫了一声伯母好。三人打过招呼，伯母邀请他俩就座。依豪低声跟她说这是小孩的奶奶。

开门的那位阿姨很快端了茶水过来，两人接了，端茶的那阿姨把依豪放在茶几上的水果拿走。依豪和伯母聊天。虽然这幢别墅气势恢宏壮观，但是这里

的人却态度和气，并不盛气凌人，对来客亲切客气，有如对家人一般。伯母问依豪俩，两人有没有小孩，小孩多大了。依豪说有一个，两三岁了，在托管所。伯母叹息着说：怎么不带过来玩玩。她说小孩年纪小，怕过来吵人，所以没带。

伯母说："小孩是这样子的。家有小孩才热闹啊。下次过来记得把小孩带来，让大家认识认识。怎么说也是一种缘分啊。"

这时楼上传来小女孩子的叫喊声："奶奶，奶奶。"旋转楼梯上下来一个十分漂亮的小姑娘，由另一位三十来岁的女子牵着。那小孩子虽然年纪也才两三岁，也和自家的女儿一般奶声奶气，但是看上去怎么着和一般的小姑娘不一样。生长环境不一样，细微上的差别一看就很明显。

小孩子一过来就朝奶奶怀里扑过来，那带小孩的女子也对着坐在那沙发上。陆玟想这就是他的前妻了，正待细细地打量，并且看一看他俩分别后重逢的细微表情，可是她看不出他俩脸上有什么表情，仿佛两人是彼此认识的人，两人的表情仿佛又都不认识。奶奶招呼小姑娘，这是来看你的叔叔阿姨。跟他们问声好。

小姑娘奶声奶气地说："叔叔阿姨好。"

依豪叫她的小名。

小姑娘反应很快："叔叔怎么知道我的小名？我的小名就只有爷爷奶奶妈妈阿姨才叫的呢。"

奶奶说："这位叔叔在你刚出生的时候就认识你，所以知道你的小名啊。"

"这样子啊。"小姑娘又推理了，"那么这位叔叔也认识奶奶您了？"

"当然认识啦。"

"那咱爷爷他也认识了？"

"是的。"

"我妈妈他也认识了？"

奶奶脸上有点不自然，不过很快就没了："是啊，他也认识你妈妈。"

"那他也认识咱家的阿姨了。"说着她学着大人样用她那小小手指朝身边的那位女子戳了戳。大家被她的可爱劲逗笑了。

"好像不认识。"依豪老老实实地承认，"我有好久没来你家了。"

"叔叔，那你是不是都快忘了咱家了？我带你到处走走好不？看看我的漂亮的房间。"

"好吧。难得来一次的，你们就跟着她到处看一看吧。"伯母说，"我去看看厨房里准备了些什么菜。"

来家里的客人不多，所以小姑娘很高兴带这稀有的客人到处转，主要是去她的漂亮的房间里看她的芭比娃娃以及各式玩具，那些芭比娃娃美若天仙，恍如真人，那些玩具城堡洋楼一个比一个可爱大气。小姑娘睡的房间都比依豪现在住的整套房子的面积还要大，玩具比他们现在用的家具用品还要多。她弄清楚了，这个带小姑娘的女子其实并不是她妈妈，而是请来照顾她的看护。

看完小姑娘的房间和玩具，一行四人就下楼了，到外面花园里转一转。花园真是个花园，各种时令的花都有，不仅香气扑鼻，而且有些植物青枝绿叶，高低错落，比花还耐看。而且这花园里清一色的是花草，没有一片菜叶。纯粹是只供赏心悦目的花园。

看看很快到中午了。饭菜已准备在吊着大枝形吊灯的餐厅的大餐桌上，菜的品种不多，才七八个，有碗有碟有盆，各个形状不一，荤素搭配，口味适中。吃饭的人只有小孩和她奶奶，照料小孩的看护，管家，以及依豪两位，小孩的爷爷和妈妈在单位吃，没有回。

小孩子无忧无虑的，在带客人参观她的可爱的房间时连唱带跳，吃饭时仍兴致很高，一边叫嚷着自己来自己来，不让别人给她夹菜舀汤，大人用公筷公勺，她也要用，奶奶说小朋友不用，她才用自己的小筷子小勺子伸进菜盘里又夹又舀，一边还哦哦地接着唱，仿佛信教的人餐前为上帝唱赞美诗一般。

感觉上一个离婚的男人带着现任妻子去前妻爸妈家看望小孩，是一件很紧张很乏味的事情，见面过程中眼神带刺言语伤人都是常态。不料陆玟此次却发现，仿佛只是走亲戚一般，虽然两地分隔，楚汉为界，互不相通，但是只要想见，彼此还都相见，而且见了面也很客气。这其中小孩子是一个不可或缺的媒介，或者说小孩子是一个关键点。看着小姑娘无忧无虑天真烂漫的可爱模样，成人之间的恩怨情仇、无可奈何都化为无形了。

吃过午饭，管家（也就是帮他们开门并端茶倒水做午饭的那位）将依豪带来的水果切成片端盘上来，伯母招呼大家一起吃。小姑娘一边自己吃一边还拿给依豪两个，劝叔叔阿姨多吃点水果，多吃水果对身体好。陆玟吃过之后才知道那水果为什么那么贵了。口感确实比她平日里吃的那些好了许多。只是总觉得那水果贵得离谱，不像是给人吃的。可除了她之外，其他人都只将这些水果

视为寻常之物，大人小孩都没有给予特别的赞美。只怕是她们都早已吃惯。

吃完午餐后水果，小姑娘又玩了一会儿，然后阿姨就带她上楼午睡去了。依豪两人起身告别，伯母从里面出来又陪他俩走出大堂，然后给陆玟封了一个利是封。她推辞了一下，伯母说都是一家人，第一次来图个好彩头，不要客气。下次来把小姑娘也带上让奶奶瞧一瞧。她双手接了。伯母送至大门口，依豪两人挥手告别。正在此时，外面开来一辆私家车，她分不出什么品牌，只觉得如果能开此车，一定很是气派。依豪朝车内的人挥手致意时，她还在想着自己开这车是什么感觉，并没有看清车内的是男是女。车往他们离开的别墅里开去。她才恍然觉察出应该就是依豪的那一位。

在地铁里她把红包拿出来打开，是钱，可是陆玟不太认识，是100一张的，共10张。给依豪看，依豪说那是美元。她问那1000美元是多少人民币。依豪说7000元左右。

陆玟惊叹了一声。也不觉得刚才那水果买得太贵了。两人回到租房里，她在离开之前还觉得自己的小窝很温馨怡人的，只这一去一回之间，却发现自己的小窝好简陋好简陋，简陋得就像路边小鸟随意搭的那个鸟窝，横几根小树枝竖几片叶片，仅能遮蔽小风小雨，既无美感又无舒适感。

她说，"你前妻家那么富有，你离开她家不觉得后悔吗？"

"其实那不是我前妻家，是前妻的爸妈家。我们以前的房子还在旁边小区里。不过那里的房子也值好几百万，里面的家具家电也是好几十万的。"

"你们家真有钱。我是说你以前的家。你不觉得离开那个家有那么一丝丝后悔？后悔没有好好珍惜？"

"那有什么好后悔的。得来的也容易，去时也就不会太伤心。"

"可是有多少人梦寐以求想过那种体面生活，想方设法不择手段地想得到，你一朝拥有，却弃之如草履，真是难以想象。"

"有钱人也烦恼，是神仙也难做啊。"

"我愿意做个有钱人，我想当神仙。说真心话，前面我第一次去你那间连个人都转不过弯来的小单间时，看到那房间又破又小，家徒四壁的寒碜样，我的心都凉了。我都替你难过伤心呢。都认为你白混了那么多年，还是那般穷困潦倒，一副死没出息的样子。现在看法变啦。"

"觉得我像什么？"

"觉得你像一个打落凡尘的神仙，比如说被玉皇大帝贬为猪模样的天蓬元帅。虽然样子傻了点，不过看上去还是很有前途的，哈哈。"

"没前途啊。如果有前途还是现在这样子？"

"可能是你前面算错了一步，结果落拓成这样。这并不代表你比别人差啊。唉，刚才那个开私家车的是你前妻，我刚好没有看清，你能不能找出她的相片给我看看？"

"我哪还有她的照片。都成过往烟云了，还留下那些干什么。"

"你别骗我啊！怎么会没有照片。譬如说你的手机相册里，你的日记本里，或者箱子底下，或多或少都有一张两张前任的照片啊。全家照啊，双人合照啊，单人照啊，都可以。"

"一张都没有。那些全部没留。"

"一张都没留？"

"你就真的那么想看她的模样？"

"是啊。我会看面相，我可以看出两个人感情和不和。"

"那有什么好看的。结果都出来了，还用得着麻烦你这半仙推算吗？"

"那也未必。离婚未必是两人八字不合的原因。也许还有别的呢？"

"还有别的什么原因？"

"或者小人挑拨，或者父母反对。你不是读过古诗《孔雀东南飞》吗？焦仲卿夫妇劳燕分飞，陆游和唐婉生离死别，都不是两人感情不和才离的啊。"

"你倒是很烦呢。我都没有追问你和你前夫的事，你倒是一股脑儿地刨根问底我的前尘往事。"

陆玟笑了，"还前尘往事。我不过是想分析分析一下你经历过的人和事，想看一看你的将来有没有前景。没别的意思。"

依豪把电脑打开，进到学校网页里去，输了一串密码，进入内网。然后点开几个页面，出来一个人。陆玟凑过去看，是一位年轻靓丽的女子的相片，有大头照，有半身相，有全身相，春夏秋冬四季的都有，因为一会儿是一张穿白色连衣裙的相片，一会儿又是职业装照。时间跨度涵盖了大学，初入学校当老师，然后专业带头人、高级讲师、系骨干人才、学校领导层，等等。虽然她已调离了学校，不过那些过往的新闻及资料仍挂在内网里，供学校内部的教职工查看了解。果然除了漂亮，还很有能力。

只是依豪在哪里呢？怎么那么多她的资料相片，你就没有？

依豪用关键词搜了一下，搜出几篇新闻，点开看，里面有一张他在海边游泳的照片，还有两张坐在观众席上的教职工的合影，那是学校做年度总结时拍的教职工济济一堂坐在报告厅的照片，为了烘托会议的隆重而做的特写，都只现个模糊的人头，做甲乙丙丁用。那张海边泳照倒是唯一一张能清楚看出他的整个身材的照片了。

陆玟看完了这些，叹了口气："你们俩的高度差是有点大。有点像姚明和潘长江站在一块儿，有点不搭架。"

"这也不能怪别人，只能怪自己对老师这份职业认识的高度不够，只把它当成一份工作，没有多少热情，所以成不了事儿。"

"你都进了校门，怎么就不想着好好当老师，还三心二意干吗？难道你还有更好的项目，比当老师还好？"

"以前没有当老师时，觉得当老师好，很想当老师。后来进了学校当成了老师，久了，也就没意思了。就像《鲁滨逊漂流记》里面讲的：人的感情又怎样变幻无常啊！我们今天所爱的，往往是我们明天所恨的；我们今天所追求的，往往是我们明天所逃避的；我们今天所希冀的，往往是我们明天所害怕的。以前上初中高中时心地纯洁，被老师的执教精神所感动，觉得当老师也很好，愿意为之努力。及到真的当了老师，所遇所见一些人和事，发现学校也不是一个不食人间烟火的象牙塔，加之我进学校当老师已是三十岁以外，半路出家，半途入行，年少的激动与热情早已化为乌有，就像一堆朽坏的湿木，尽管有火引燃，却是只见冒烟，不见有火，徒惹人厌而已。"

"那你不在学校当老师，又能做什么？"

"这个也是问题。在学校当了几年老师，除了在学校里消磨时日以外，竟然不会做别的活计了。不过我想，你进学校小超市也有好几个月了，你在那里学到了什么？"

"那里有什么好学的。不就是摆货卖货而已。有什么技术可言，有什么知识要学？"

"你知道那些商品的进货价不？"

"当然知道。每次供应商送货过来，都是我来拿着送货单点数。那个送货单上就有单价。"

"小卖部卖的东西利润高不？一瓶饮料能赚多少钱，一包方便面能赚多少钱？"

"一般一瓶零售价三四块的饮料，能赚一块钱，方便面能赚 5 毛到 8 毛，小包洗衣粉赚一块，大包一块五到两块。差不多学生每买一件商品，至少都有 5 毛以上的赚头，10 块钱能赚个 3 块以上。"

"利润率也可以了，30% 以上。那一天能卖多少货？"

"多的有万把块，少的周六周日也有六七千吧。"

"每天就有 2000 以上的纯利润，除掉四个人工，每人 100，计 400，租金水电我知道，交给学校财务一个月万把块，每天是三四百块。这样算下来，开店每天成本千把块，除掉这些成本，一个月有好几万的收入了。这种收入，在学校里算是校领导级别才有的。一般的中层才一万多，在编的老师一万以内，非在编的只有四五千。"

"那又怎么样呢？"

"你也可以自己当老板开小卖部啊！怎么着也强过给别人打工吧。"

"不会吧。要好多本钱呢。"

"本钱要多少？租个档口，买些货架，铺些货，用不了多少钱吧。那些供货商你都认识吗？"

"当然认识了。"

"那就是了，知道了进货渠道，算得出成本，现在要做的就是找个好位置，咱们也不想赚多，一个月有个几千块收入也可以了，小孩子也可以不用上托管，那里省了 1000 多，还不好吗？"

"也是哦。"

"而且你又是一年轻女子，长得也不赖，人也有亲和力，当老板娘肯定不错。西汉时司马相如和卓文君私奔，没有家里的帮助，两人很穷，卓文君就当垆卖酒，也没人笑话他们，生意还挺火的。咱们以史为鉴，你也可以来个当街卖货，不仅可以解决咱们的生计问题，而且还能使生活过得有滋有味。"

"唉，也是的。在人家那里一个月辛辛苦苦上班 26 天，才休 4 天，一天 100 块，工资才 2000 多，小孩去托管就花掉一半了。买点奶粉水果，剩下的钱租房都不够。"

"所以嘛，要创业，要自己干才有出路。不创业怎么能有出路，不创业只

有永远给人打工赚点生活费。"

"你都知道要创业，可你怎么不早做呢？"

"我一个男人，又是单身，怎么做生意？就是想做也没办法做啊。做这个体生意，一般都是开夫妻店。"

"所以你要找个老婆先？"

"所以那天到街上遇到你卖卤菜，就想到这个了。"

"你开车到处逛，是在物色老板娘，哈哈。"

"也不是。到处逛，是逛市场，是找门路，整天待在小屋子里闭门不出，是发不起财来的。那钱又不会从天上掉下来从天花板上砸进屋里来。算我运气好，四处瞎逛，才一天就遇到你了。看到你摆摊时，其实我首先想到的是从你那里讨教怎么做生意。打财的主意是真的，那时还没想着打人的主意。哈哈。"

"想不到你呆头呆脑的，整日生活在云里雾里，却看不出还挺关心人间事。"

"没办法啊，穷极思变啊。不想想办法，不努力拼一把，一辈子就这么过去了。"

"也是的。看你前妻家那么有钱，住别墅，请管家，日子过得像仙人，我这个现任老婆也很没面子啊。不过做生意也难。要能挣到钱，我也不至于进学校小卖部卖货了。"

"你那生意，投入太低，门槛太低，就是能赚钱也所赚不多，而且推来拉去很累人。糊下口短时做做还行，想长期以此谋生就不太现实了。"

"所以我也很纠结，自己做小生意也挣不到钱，给人打工也挣不到钱。想到以后，两眼茫然。"

"如果你愿意开店试一下，我这里还有两三万块钱，咱们可以先开一家小店。"

陆玟当然愿意。于是接下来的日子他们就有事做了。两人下班了，一家三口坐在电动车上四处找档口。以学校为中心点，半径 2 公里范围内找合适的位置。当然是离学校越近越好。因为他想着可以做下学校里的老师学生的生意。如果能够通过网络聊天工具来做成学生老师的生意，雇个勤工俭学的学生送货上门，是不是一个很不错的途径？既可以帮了家庭贫困的学生，自己也有了一个门路，合作共赢。但这样一来，可选择的范围就很小了。学校东向和南向是搜鸡岭和另一所学校，那个学校更是建在山上，除了几栋教学楼和学生公寓之外没别的建筑，既无人流又无档口。往北是物流货运市场及一片简易商业街，档口是有，在以前这里空档口很多，但是现在随着村子物流业发达起来，这些档口都已出租，很少空档，即使有别人不做了转让，那转让费都要十万八万的，没用。而且这商业街上都有了大型超市了，自己弄间袖珍型的小店，除了供人参观当笑话之外，别想赚钱。而且方向和学校大门有点反水，学生及老师进出学校都不会经过此处，所以更加不适合。

唯一的地方就是学校的西方了，正对着校门，学生老师进出有一半要经过此地。另一半是出校门搭公交或校车走了的，留下来的一些，如果要逛街、购物、理发、下馆子什么的，都要穿过校门外的省道往西下去黄庄。黄庄是一个人烟聚集之地，商业气息浓厚，而且公交车线路也多，往来很方便。不过离学校有一公里多路。在这一公里的路上，是叫南边村的小村子，人来人往经过此地，街两边的档口却不多。在不多的档口里还有几家无人租用。因为村子里没什么外来人口，空房子是多，但住的人很少。所以很冷清。虽然房东也贴了旺铺招租，不过想租的生意人并不认为那铺面有多旺。有一家档口门前还堆满垃圾，因为房东好几个月没有开过门，上下的人就把门前当空地丢放垃圾，而清洁工没能及时清走，那前面扔的垃圾就成了后来人示范，人人把垃圾扔在那里，久而久之，就成了一个天然的垃圾堆了。最高时都堆到档口卷闸门半米高。

这个堆满了垃圾的旺铺上面两间铺面，也是出租的，也贴了旺铺出租，上面也贴了手机号码，旺铺前挺干净，没人丢垃圾。依豪打电话问，几分钟房东就骑着摩托车轰隆隆地过来了。是一个很瘦的本地老头。打开一个档口，13个平方左右，四四方方的，后面还有一个铁皮搭成的地方，可以做饭。租金450元，想减50元都不肯。另一间也是他的，长条形，20多平方，要800块一个月。

800块比450块要贵差不多一倍，生意还不知怎么样，先租间小的试下水。于是打算租小的。但是货架、供应商、冰箱什么的都一概没弄，先同房东商量给200元做定金，过两天再来付余款签租赁合同。

一家三口又骑着电动车去十公里之外的批发市场找进货商。那家送货给学校超市的批发商也在那里。那是一个比较大的批发市场，主营日用、零食、酒水、饮料，差不多有上百家批发商，不用出市场，即可采办齐全所卖之物。两人采办好货架、打价器、收银台，问清送货及结算事由，又逛了一会，觉得事情办得七七八八了，一家三口又风风火火地骑行回家。

几天之内，就将开店的所有事情办妥，进货置办货架及铺货，共计花出去12000块钱，月初开张。白天依豪骑电动车带母女俩来看档，他掉转车头回去上班。下午下班之后他骑着电动车来帮忙看店。两人一个白天一个晚上倒班。小店从早上八点，开到晚上十二点。按工作时长来算，依豪一天上16个钟头的班。

本以为过往人群会驻足排队前来购物，学校的学生会踊跃网上下单，脑中想象着两人忙个不停，财源滚滚而来的景象。不料开张过后，一切都和想象的不一样。供应学校学生的网络通道，试着同学生处勤工俭学部的学生聊了下，人家根本没兴趣，因为购物太方便了，学生在学校几个超市购物以及外出购物都一步到位，才没人想着通过什么网络下单，坐等人来送货上门。那种玩法那时还不时兴。而且各种商品价格也透明，你也没法低价吸引人家前来购物，如果你低价，那么无非是赔本赚吆喝，因为档租、人工、水电都在那里等着从利润中开销。

所以开张之后，那销售情况就像是细水长流，每日保证都有那么一点，够开支那几百元的档租，但是多的也没有。多时也就是两三百的营业额，利润八九十块，低时有时才几十块，甚至有一天，一天都是大雨，仅收到12块5毛的销售量，简单计算利润仅够买一瓶500毫升的饮料。

没过一个月，旁边那间长条形的档口也由一对小情侣租了下来卖水果，顺带也弄了个大冰箱卖年轻人爱喝的饮料。下一间档口前的那个巨大的垃圾堆没有越长越大，而是有一天突然间消失了。城管指挥环卫下了很大决心将这散发出恶臭的肿瘤清掉了。于是有时可见那个档口被人打开，很快又关上了。还是没人租。

依豪认为自家的这个小士多店，其实就是定位于街边便利店，平日就卖点饮料及小包洗衣粉、方便面什么的方便四近的人救急。所以那卖饮料的冰箱应该是个又大又专业的展示冰箱，而不是自家厨房里的那种门一合上里面的物品就全都看不见的那种。陆玟以为家里的冰箱放着也是放着，现在开店了拿出来开店，不仅能充分利用上，而且还省了一笔开店的费用。顾客如果想要冰冻饮料，一问即可帮他拿，也是一样的。可是依豪以专业的眼光看，如果开店用这种省钱的思维，而不是从顾客购物的角度思维，这就是个失败的开始。但是买新的展示冰箱，又要好几千块。而且一旦不开店了，这个冰箱将无处可去，折旧又不值几个钱。依豪苦口劝说也不能改变陆玟的想法。于是冥思苦想，就这问题想了几天几夜，以期想出一个万全之策来解决饮料销量提升问题。忽然他想着这些饮料巨头不是可以免费给卖场提供冰箱的吗？这些财大气粗的大公司都在使出浑身解数来抢占市场，找它们投放应该找得到一家。从网上搜索电话，一问果然有。不过实地见了卖场，一看才这屁股大的地方，愿意投放的就基本没有了。依豪好说歹说，说很快就会扩大规模，现在只是临时试卖而已，这才忽悠上一位业务员，同意投放一台。交了800元的押金，签了个投放合同，规定本冰箱只能售卖本公司的产品，不得卖其他与本公司无关的饮料，然后又搭售了一堆闻所未闻的本公司其他难卖的小众饮料，共计十来箱，又是几百块。

合同一签，展示冰箱很快送到档口，勤劳能干的业务员又一一将该品牌的所有产品全部堆进冰箱，将冰箱挤得满满当当，手都插不进，方才离去。其他牌子的饮料只能委曲求全地挤在暗无天日的家用冰箱里默默地等着被人发掘。

天气渐热，温度上升，饮料销量提升了些。但是总的销量仍不理想，不仅靠这发家致富的目标没能达到，就是除掉开支能有个三两千的人工钱都难。因为档口太小了，而且旁边那家水果店的冰箱又比自家的大一个门，他们的是三门冰箱，除了摆了各式水果之外，还能放下一堆各种口味各种品牌的饮料。想想也没有别的好办法。

一个周末，店里门可罗雀，无人问津。正当两人在店里大眼对小眼，来了两女一男，男的又俊，女的又俏，开着小车，说是跑业务的，有些产品要处理，全部两块五的低价卖给他们。开始甩出来的都是些大件的值钱货色，生铁炒锅，两块五，陶瓷电饭煲，两块五，商务雨伞，两块五，公务员保温杯，两块五，等等，都是公司展销用的展品，统统都是两块五一件。负责推销的男子口气很豪迈，仿佛他们不是在销货，而是在广结天下豪俊之士，像《隋唐演义》里的一帮英雄豪杰砸锅卖铁广交天下豪杰之士准备聚众起事，大干一票一样。依豪心想，这学校外面的江湖人士比学校里面的那帮之乎者也的老师们有趣多了，不仅为人亲切，而且行事豪迈，直把人参当萝卜送。当他俩满心欢喜以为财从天降，准备统统笑纳之时，他们中的另外两人从车上火速搬下来一堆东西，摆

在大伙儿面前，说顺带他们还有570盒两块五的牙膏，都是出口转内销的高级货，一般商场都不卖的，380支两块五的牙刷，依靠最先进的工艺适合中国人的口腔精心制成的，都是最新研制出来的，还没来得及上市，兄弟我都带来了，还有300件袋装洗发水，也是两块五一条，都一齐儿兑给你们好了。我们聊了这么久，都已经成了好兄弟了，这个小忙帮一下，就不用数了，这里所有的加起来一共值3780元，兄弟难得相遇，见面就是有缘，就给3500块好了。依豪一听，这好像哪里有些不对，在学校他都是干的固定资产管理的工作，过个一年半载的都要应学校之命拿着密密麻麻的资产登记表一行一行地清点，序号、名称、型号、数量、存放地址等一个不落地查清楚，而且一方清点了，另一方复点，两方核对无误才收工，哪里有一方随便说个概数就让对方过的道理。依豪依照国际惯例提出要点数，他们不肯点，他们说你看咱们都这么有诚意了，你还不信咱们，要点什么数？依豪仍然坚持要点数，为首的说，咱们都是爷们，在外面干事，人要大气，怎能像个娘们婆婆妈妈，拖泥带水！既然你不相信，兄弟我再给出点诚意，我们可以押500块钱到你们店里，先只收你们3000块，行不？你看我们都押了500块在你们这里不怕你们跑掉，你们还怕什么？依豪脑子不灵光，认为原则就是原则，数个数也不要多久，仍坚持要清点。他们见依豪不肯，又说押1200块，给2300块就行了。依豪仍不同意，仍要坚持点数，点清了够他们所说的那些数量的物品然后再减掉1200块再结算。那三个中间的一个女的听了发火了，厉声说前面那么多东西都是白送给你的，你还点什么数？不要就拉倒。依豪傻傻的一听，你一个推销产品的，居然朝买家发火，是不是有点不对劲啊，是不是不想卖了啊，是故意激将自己的吗？他想了想，想了又想，那三个人屏息静看着他。他想了又想，不太放心，问陆玟，人家那么有诚意，你看行不行？她说，那些锅、电饭煲和保温杯还行，牙膏、牙刷、洗发水质量一般，批发市场都比这里的要好。就不要了。依豪于是说，老板娘说了，只要前面那些清点过数量的，牙膏、牙刷、洗发水都不要。那两女一男气得要骂人：你一个大男人，怎么做起事来都要听老婆的，你还有没有男人的骨气啊。依豪说，唉呀，你们这种大男子主义思想不行啊。男人怎么就不能听女人的话呢？男女有别，各有所长啊。女人买东西喜欢挑挑拣拣，东西好不好，她们最清楚，女人又喜欢斤斤计较，东西贵不贵，她们一看就知道。那些进货的事儿我一个大老爷们就不用操心了。那些小事就由女人来操心好了，咱们这些大老爷们就操心美国大选奥运会哪里举办那些大事好了。那两女一男还在负隅顽抗，依豪说了：

"想前面你们这也送，那也送，显得很豪放，很哥们，好像你们不是推销产品，而是以产品会友。可是虽说品种多，但是总数加起来也不过几十来件，也才值几百块钱。后面你们又弄出那一堆数量存疑的牙刷、牙膏、洗发水，都是些三无产品，就是数量对得上，可咱们一个小店，不知要卖到何年何月。兄弟，我口袋里是有3000多块钱，你们看，都是刮刮响的，刚从银行柜员机里取出来的，可是我没法给你们。"

那三个俊男靓女见依豪手里真有一大摞刮刮响的钞票，那可不像点钞纸，而是真的钞票。眼看他们辛辛苦苦费了无数口舌而那钞票距他们仍有数尺之遥，又看着店里另外只有一个还要照看小孩的女人，很有想冲上去夺走的冲动。他们有车，车就停在下面那家没人出租的空档之前。

依豪一时冲动，把钱财露了出来给那三个男女看，看他们一副饿狼见肉的模样，有些后悔，觉得以自己这么高的智商，不该把自己一家三口置于这般危险之地。于是佯装可以买下他们的东西，只是要请他的一帮兄弟过来验一下，这个小店他们也有点股份。

那帮焦躁不安的男女问他："他们在哪里？什么时候过来？"

依豪说："很快，他们就在上面那所学校，他们是学校的保安。你们别急，我打个电话，他们很快下来。"

"哦，那你就打电话好了。我们在旁边等。"

眨眼间他们就把那堆所谓的公司展品搬上车，跟着人退了出去，依豪把钱放好，慢慢地走出来，及到门边，看到那停在空档口前的车尾部冒烟，一溜烟跑了。

过后依豪仔细心想，那帮人就是一帮诈骗犯，利用人的贪便宜心理，随便弄个由头，专挑那些刚开店的经验不足的小店主骗人钱财。自己道行那么高，学问那么深的人都差点信了他们，开始时还真一件一件地同他们清点数量呢。及至后面忽然冒出数量巨大的那三类，且又不给点数，才有所醒悟。可是最后他又把钱掏出来夸示于人，却是不必要的画蛇添足，将危险系数瞬间提高了无数倍。及至后面看清形势，谎称叫那帮学校的教官过来帮他，这才逃过一劫。

他以为这事就这么销声匿迹，那帮人就这么痛改前非，从此不再祸害人间

了。以他在学校的社会经验，却不知道社会上就有这样的一帮人，成年累月地招摇撞骗，以此为生。一年以后，学校的一个同事，见他开店成功，也学他开店。店子开张没多久，他突然接到这个同事的电话，跟他讲有人到他店里推销产品，东西又好，价钱又特便宜，他老婆想要，他觉得不太放心，于是打电话问他，看行不行。依豪此时正在店里逗小孩子玩，听到这事儿又来了，很是激动，在电话里同他传授机宜，要他把那帮人的车牌记下来，同时稳住他们，他马上就过来帮他处理，千万别付款，千万别付款，不然一场好戏就没法看了。电话挂过之后，他骑上电动车以最快的速度飙过去，过去只有一个红绿灯，几分钟就到了。到了那里，依豪看到三个男女，依豪有点脸盲，况且又过了一年多了，不太认识他们。不过那帮男女一见了他，生意也不做了，一声不吭地往车里一钻，油门一踩，一道烟地溜了。同事老婆觉得很可惜，怎么谈好的生意都不做了，就跑了呢。怪可惜的。似乎还有怪依豪好管闲事之意。依豪坐下来，一一询问个中详情，推销产品的套路和他去年的一模一样，先来个展品大甩卖，然后弄一堆数量成疑价不菲的产品塞进去，不经意间那总金额就多了许多。唯一有点变化的是换了产品，不是锅碗盆杯，而是钉书机、篮球、乒乓球拍之类的。

历史总是惊人地相似，而且跳来跳去的小丑似乎总是那一小撮人。以一般情形推算，这帮人两次失手，但是如果他们次次都像这般空手而归，那么他们也不会坚持干下去。他们肯定有得手的时候，而且肯定获利颇丰，斩获不少。听说狮子老虎的捕猎成功率也很低，一般只有百分之十到二十左右，大部分都是失手的。不过即便这么低的成功率，也足以让它们这帮家伙继续生存下去了。

在这一年多的时间里依豪两夫妇艰难度日。

远在天边的梦想一旦变成近在咫尺的现实之后，剩下的只有无聊，摆在面前有两条路，一条迅速放弃，一条苦苦坚守。两人都选择后一条。原因却不同。老婆是舍不得投进去的成本，如果就此放弃，那么前面的投资基本就是打了水漂，依豪是舍不得放弃这条经商的路。因为虽然现在起始辛苦，但是有些商界大佬的鸡血故事还在激励着他，潮汕人说宁做一毛钱的老板，不做一块钱的工崽。浓墨重彩的世界历史故事中有很大的分量是犹太人来主演的，而犹太人一千多年来就没有了自己的国家没有了自己的土地，据说他们之所以能够伟大，一是读书求学问，二是经商求钱财，无论是做小本生意，还是开钱庄借贷给国王，都能获利无数。在那些白天上班晚上开店的漫漫生涯中，依豪两人互相给对方打气，以此鼓励两人继续走下去。

　　不过故事和格言虽然很美好，现实里的时间却是很难熬，有些开手工小作坊的人见了这两位两眼发呆茫然无事可做的模样，觉得他们的商机来了，就鼓动他们做手工补贴家用。女人总是信这些做手工能挣很多钱的故事的，可能她们本来就心灵手巧，适合做那些费力不多却复杂难搞的活计，于是从上面小作坊里拿了十个篮子回来编，说好价钱是六毛钱一个。据作坊老板说有些做得快的大姐阿姨一天能做几百个。当然那都是别人的业绩，是老板拿来做宣传鼓动用的，依豪笨手笨脚地做，一个小时才编一个。怎么掌握要领提高速度，三个小时才编完三个。要她做，可她一会儿要带小孩，一会要做家务，一会儿又要干别的，这手工活拿回来基本上就是给依豪下班看店做了。依豪心里郁闷，又有点累，见顾客来买东西，又有点小小的不好意思，想着自己一个受学生敬仰的学校老师，又是一个年轻有为的小伙子，居然在人前做这些穿针引线编篮子的手工活，都把形象拉低了好几个档次了。几次都想扔掉不做了。不过忍忍也就算了。做着做着他忽然想起三国故事来，当年刘备未发迹时在乡里混日子，四十多岁了还打草鞋卖。小时候他都还见过他爷爷拿着打草鞋的木架子打草鞋，弄些稻草掺些破布片，搓成长绳子，在木架子上穿来穿去，就成了一双简陋难看的草鞋。众所周知，后来刘备借农民起义浑水摸鱼得了一支小部队，又有了诸葛亮辅佐他，抢了些地盘，日子稍稍好过一点。可是东征西讨，了无宁时，心情不好，有一天不知不觉中找出打草鞋的木架子干起了老本行，在军营里打起草鞋来，却招来诸葛亮的批评，说他军机大事都忙不过来，还干打草鞋这种小人物做的事儿，纯属浪费时间。说得刘备的老脸都红扑扑的，像个老苹果，不好意思了起来。依豪想起这些典故来，也说不清他这样做究竟是浪费时间还是坐等时机。不过编篮子的日子真的不好过，又累又还弄不到几个钱。他编完这十个之后，就不许老婆再拿这些东西给他做了。做那些没意义的事，他宁愿呆着脑袋看街上树枝间的小鸟，看那些小虫子用线把自己吊在树枝上晃来晃去。

　　有一个顾客，在他们小店里买了两次东西，大家就把他当熟人了，一天下午他到店来找他们借30块钱，说手头有点紧先借两天工资发了就马上还。虽然大家彼此认识，不过也只是认了个脸，既不知道他的名和姓，又不知道他的居住地址，更不知他的工作单位。陆玟想着生意难做，有人有难，帮下人，过后

生意好做一些。因此把钱借给他了。以为开了一条财路，可是借过之后又有些后悔，想钱没挣到，借出去的可能是肉包子打狗，有去无回了。两人晚上睡觉还为这钱值不值得借而叽叽咕咕。依豪断定那钱是拿不回来的，理由是招摇撞骗的家伙太多了。前面他们不是都差点被骗走3000多块钱吗？可陆玟不相信，仍相信这世上的人都是讲信用，有借有还的。可是随着时间一天天过去，那人却不再出现，于是她也就不再坚持了。虽然不坚持，可是这些天开始她天天伸长了脖子盯着门前的马路看，希望借钱的家伙出现，好问他要回来。可是那个家伙以前天天走门前过的，这两天却像见了鬼一般，不见了踪影。害得老板娘又多了一件心事，天天念叨着那事，盯梢着那人。

过了六七天之后，那个借他们钱的人终于出现了，而且主动把那30块钱还给了他们。这下好像那人是久别重逢的老朋友，那30块钱是白捡的一样，大家都很高兴。

有一天中午下雨，一个学校的同事打着雨伞过来士多店找依豪谈点业务。走到店里问老板娘好，然后问依豪在哪里。老板娘说他在档口里面炒菜，那同事收了伞循着所指的方向从档口里的小台阶上去，只见档口后面比档口高出一米的地方，原来是屋后的走廊，上面搭了个铁皮顶，下面就成了他们的厨房。外面下着大雨，简易厨房下着小雨，依豪打着一把伞将雨水挡在菜锅外面，正手忙脚乱地炒着菜。等同事来找他，菜很快炒好了，是豆芽炒肉末，豆芽倒是看得见有一大盘，肉末可能就需要凭点想象力了。

原来这同事在做日化产品推广销售，想找个实体店摆个柜台做展示，然后好搞产品推广。依豪说他这个地方才十三个平方，冰箱白天都要挪到外面街面上才能将收银台摆正，自己都苦于地方狭窄，想扩大地盘，哪还有空地方给他借用。不过，依豪说，他们隔壁是个空档口，还没人租，前几天他趁房东开门给租客看时顺便进去看过，面积蛮大了，估计有五六十平方。也没多问。如果想合租，可以把那档口租金谈下来租那里。

同事过去，从侧面进出通道边的窗户往里面瞅了瞅，又转到后面，从后面房间的窗户里往里面瞅了瞅，觉得面积还可以。想租下来。于是打那档口卷闸门上贴的旺铺招租的电话。没过一分钟，就过来一个人，老板娘眼力好，一看就看出来他是下面200米远的一家超市的老板，一问，果然是。问他这档口是他家的吗？回答不是，房东在天河区，他帮房东代理一下出租事宜。然后问他们租来做什么。几个学校的男老师，没有一点心机，开口老老实实回答，开超市。那老板一听，就说不租，后面几个人问为什么不租，然后又改口说要租2000一个月，三个人吓得跳了起来，这么贵，怎么租得起。然后就没谈了。

过后三人回到小士多店里，叹息着这些吃人不吐骨头的房东，见人来租就坐地起价，真是黑心。

三个人谈了会，依豪忽然有点开窍，说那人好像是不想租给他们的意思。为什么贴了招租却不想租给他们呢？仔细一想，原因是他们用来开超市，就成了竞争对手抢了他下面超市的生意了，而这档口并不是他家的，他只是帮那房东代理出租事情，最多租成了房东给他几百块的代理费而已。他才不想要那几百块钱的代理费呢。所以，这租金是没有那么贵的，找到真正的房东是可以谈一谈的。

这样一想，事情就有点转机了。只是这房东在另一个区，平常很少过来，也不知他有多少档口，哪天才会转到这个村旯旮察看他这个快被遗忘的投资品呢。总不能再去找下面那家超市的老板问他要到房东的电话吧。人家才不会将这告诉给他们呢。这样事情又卡在那里了。

问这栋楼的其他住户，他们都不清楚，问他们档口的房东，他是本村人，也不清楚，只知道这是天河的投资客，把档口买下来了放租的。这房子建成一年多了，也没见他来几次。事情又卡在找不到房东上面了。大家唉声叹气，叹息了一阵，感觉一个好好的挣大钱的机会白白地丧失了，可惜得很哪。

同事走了之后，依豪一个人还在独自叹息，老婆在旁边冷眼相看，然后依豪问她，看他的眼光怎么那么冷？她说，不租也好，咱们租那么大的档口干什么？现在咱的小档口都没有生意，租大档口就有生意吗？不过是给房东打工罢了。

依豪叹息着说，真是妇人之见。小档口没生意，大档口就一定会没有生意吗？你都没看经济学的书，不懂经济学，不懂经商之道。这叫规模效应。地方越小，越没生意，地方越大，品种越齐全，可供顾客挑选的机会越多，顾客就越喜欢来挑选。人人都是购物狂，只要你有足够多的商品，人家就会前来购物不停。

陆玟一向不太相信他的学问，尤其是不相信他从书本上学来的挣钱的学问。不过她说，如果租金能砍到1000块一个月，她可以考虑换到那里去。

依豪跳起来，"呀，这倒是将房东打骨折（五折）了。房东只怕不肯呢。"

"那咱们就不租。"

依豪盘算了一下，超市老板开价2000，实际上这个档口可能1500就能租下来了。再来找房东好好谈一谈，降个两三百，也不是不可能的。然后同事摆一个展柜，给个两三百的租金，那档租不是就只要1000来块钱了吗？

这样算也对。只是茫茫人海，那个有钱的房东在哪里？听说他们那整个城市有1500多万人口，一点提示信息都没有，怎么能找到他呢？剩下能做的，就只有守株待兔，守着档口等房东了。于是依豪耐心地看着那关着门的档口上蜘蛛不停地结网，结了一个又一个，网破了蜘蛛又耐心地补上，然后就躲在一边去睡觉，等着什么飞虫自个儿撞上去。

环卫工每天清走不知哪些人随手扔到那档口门边的垃圾，随时要清走，不然，前有表率，后面的人就老实不客气地往上面扔垃圾，不出一天就堆成了小山。档口旁边有个通道，后面有几栋出租屋，进进出出一帮懒鬼，都把那里当成天然的垃圾堆放点了。

这一天早上，依豪把老婆小孩送到档口，正准备掉头往学校跑，却听到下面有人大骂，是哪些家伙，把垃圾堆到咱档口。还要不要人做生意啊，有没有公德心啊。依豪回头一看，那档口的卷闸门难得一见地大敞四开，一个很瘦的老头子正叉着腰朝通道后面喊话。

依豪这下反应很机灵，知道机会来了。也顾不得上班会不会迟到，下了车就过去问。果然他就是房东。这次他亲自巡视他的房产来了。他问依豪是不是想租他的档口，依豪说是。他就在上面那里开士多店，想搬来开家大一点的超市。房东说，好啊。档口大，生意才旺。你租我的，算是租对了，生意肯定旺得不得了。

依豪问房东，"租金多少钱？"

房东说，"不贵，很便宜的。只收你1500块钱一个月。"

"哦，前些天我见有人开门，我去问了，说要2000块才租。2000块租你家这档口，有点贵，做生意的不敢租啊。"

"难怪让他帮我租，这大半年了都没租掉，原来他开价要2000，都把别人吓跑了，哪能租得出去。老板，今天我来得正好，你想租下来，我想租出去，咱们就谈成这事吧。1500块，不包水电，我租给你。租了我的旺铺之后包你生意旺得不得了。"

"唉，1500太贵了。我老婆说，如果1000块，她就租下来。"

房东一听，跳了起来，"1500块，怎么可能那么便宜。我的档口我花了十来万买来的啊，1000块我拿来做什么？不够我打一天牌的。我今天过来看我的档口，是因为我天天打牌打累了，今天休息一天，所以过来看一下。你这年轻人，你也太狠了吧，这么砍价。我买这个档口，又不像别人来赚铺面费，我只是拿来投资养老弄点零钱花花，我开的都是实价啊。你对比一下四近的档口，哪家还有我这个档口便宜？"

两人价钱上谈不拢，双方的目标差距有点大。依豪看看手机，时候不早了，再不走就真的要迟到了。今天还是周一，学校有全校升旗仪式，全体师生都要参加的。他问房东要了他的手机号码。然后反拨过去，让房东也存了他的手机号码，跟房东说他是和同事一起合租，他要问问同事的意见，然后就去学校了。

一天下来好忙，其实每天上班都很忙。因为真正上班的时间只有那几个小时，可是处理的事情又特别多。加之工资不高，为了增加点收入，本职工作之外他又是做班主任，又兼了几节无关紧要的文化课，上午几个钟很快就过去了，要赶回档口看档做午饭了。到下午一点多，又要急急忙忙地赶回学校上班。

下午下班过后，学校的那帮老师学生的事情刚处理好，档口他老婆的电话就来了。他知道，电话一接通就会听到，怎么还不回来，我都累死了这类话来。到下午下班他使出浑身解数，才把扑向他的学生老师打发走，不过还是比下班时间晚了半个小时才下班。那些正式编制的教职工早早就坐上校车回市中心的家里去了，他才骑上他的小电驴慌慌张张地往档口去。

回到档口，角色马上转变，从一个给人传道授业解惑的老夫子摇身一变成了柜台后面笑容可掬的生意人。不过也不用怎么笑，因为实在也没有什么顾客上门让他来做出笑容可掬的样子。

回到档口，其实生意没有多少，主要还是生活方面的，老婆守了一天的档口，又带着小孩，身心俱疲，需要用逛街购物的方式缓解一下疲劳。所以他必须要守档口。而且又到了吃晚饭的时间，又必须洗菜做饭。这一次是素炒空心菜。一盘蒸鸡蛋。小孩子吃的。

吃过晚饭，洗好碗筷，有点空了。依豪打电话给那个想合租档口的同事。电话一挂，那同事就兴冲冲地很快地跑过来，快得依豪都怀疑他就住在附近。

过后一问同事才知他就住在学校。一个入了编的专职教师还能住在学校，依豪也一时没想明白。不过这事儿也不关他什么事儿。现在他们俩头碰头，在紧锣密鼓地策划着怎么把房东的租金降下来。依豪说现在有一对矛盾，房东要价1500，老板娘只肯出 1000 块，他觉得这两个价格他都能接受，只是这两个价格都不是他能决定的。怎么样想办法将这价格谈到一块儿去。

同事说，据他了解，这档口 1000 块房东肯定是不会租的，因为附近的档口他都了解过，是有那个价。不过他愿意出 200 块补贴给他们，这样跟房东把租金谈到 1200 块行不。

依豪觉得很好，按他的意思，1500 块都值得租。

老板娘听了柳眉一挑，杏牙一咬，"不行，租金 1000 块，合租补 200 块，我们出 800 块。"

依豪说，"能不能谈到 1200 还是个问题呢。就别想降到 1000 块了。"

"不说到 1000 块，我就不想租。要做你去做。现在 450 块的租金都交不起，你还想整出 1000 块，我看你是书读多了。"

依豪最讨厌人家说他书读多了，说他书读得多还差不多，书读多了听起来总不太舒服。但也没办法，这个店主要还是陆玟来经营，进货，白天看档，主要都是她操办的，自己没那个精力，也没那个时间。依豪和同事两人就如同张飞穿针线——大眼瞪小眼。沉默了片刻，依豪说你口才最好，我听过你上课，在课堂上你讲课很有气势，滔滔不绝，有如长江之水，不可阻挡。那帮下面的小屁孩硬是听得一愣一愣的，气都不敢大声出，话都不敢说。要不，还是你跟房东谈租金吧！成功的几率要高很多。

同事听了眉头一扬，"我的口才是不错的，我有这个自信。降人家档口租金，就是相当于要揭人家档口的短处，挑人家的毛病，可是这档口有什么毛病呢？如果没有毛病，咱们就要凭空想出来一个毛病来批它斗它，他听了不好意思，才肯降租金。"

两人一时想不出来，于是就围着这档口前后转了又转，想了又想，面积够大，租金也不算贵，实在也想不出什么毛病。正当两人你瞪我，我瞪你时，只见档口后面一栋楼里走出一对小年轻，男女两人手上各拎一袋垃圾，出了巷子，走到他们两个旁边，左看看，右看看，没有其他人，两人手一松，垃圾扑哧两声就扔到档口前面，就如同农村里养的公鸡母鸡，走着走着，定下来，两腿一分，就扑哧一声拉出一摊稀屎一样。其实那垃圾筒，档口上下50米就各有一个，这些人就是懒得拎过去扔，看到这里是空地，就随手扔到这里了。

依豪和同事看了看这一对男女，然后又你看看我，我看看你。回想起前面这个档口门前垃圾成山的场景，主意定了。同事说，谈判我最拿手了，只要有了抓手，语气要重，声音要大，从气势上压倒对手，这事就成了。

于是依豪拨通房东的手机号码，切换成外音模式，把手机给同事，由他来谈判。

这同事果然是位谈判高手，电话通了，说了几句，接上了那天几个人在档口前谈租的场景，然后同事单刀直入，问对方要租多少才同意。房东改了口，说1300块，四周都是这个价，没得商量。同事听了扯着大嗓门，噼里啪啦，就开始朝对方开火了，他问房东，这档口空了多久？每个月就按1000块算，总共有多少租金？你租1300块，一分都得不到！租1000块，还能收上万把块钱！你看你是不是亏了？而且，你别看到这点租金，你看看你档口前面又有多少垃圾了！没人租用你的档口，你的档口就成了人家的垃圾场了！垃圾都堆成山高！把你家的档口都堆没了！好好的一个档口，放着有人帮你照看档口又能给你交租你不肯，你定要糟蹋！你看你是和钱过不去！你这老板钱多吗？我们都替你着急啊！我们刚刚在这里，垃圾就一包包地往这里扔，我们都替你难过啊！

一通话，像春季天空滚雷一样，轰轰直响，震得对方耳朵发麻。房东听到他家档口前又扔了一堆垃圾了，气得在电话里大骂那些租客没素质，可是人在天河，又不能飞过来处理。心里权衡了一下，再这样下去也不行。档口也好像确实不太好租，问的人没几个，真有意向的好像就此一家。于是叹口气，说，好吧，年轻人，你们太强势了，你把我这个老头子说得都不好意思不租给你了。只是你们这租金也太便宜了，过两天我过来咱们签合同，能不能再商量一下。

"老板！你赶紧明天把合同带过来，咱们签了！我后天要出差去北京，十天半个月才能回来，你明天不能来，那咱们就只能等下个月了！"

"我明天来，我明天来。只是这合同我还没有写，我年纪大了，看字不清了，写不了合同，你们是老师，要不你们写一个，明天我过来签字就行了？"

"那也行！就这样子了！明天下午5点过来，咱们签合同！"

同事得意地把电话一挂，给了依豪。依豪疑惑地问他："去北京的是蔡校

和王主任，好像没有你啊。"

"咦，年轻人，谈判时真真假假，虚虚实实，要给人造成紧迫感，迫使他跟着你走，你怎么这么呆呢？"

依豪说那也是。事情差不多成了。依豪对同事的谈判口才倾倒不已。依豪说，"真佩服你说话时那咄咄逼人的语气，听你那连吼带叫，又像劝又像骂的样子，真是服了你了。"

"必须的，必须的。"

第二天，房东下午四点就到档口了，依豪和同事下班后赶到档口，拿了连夜从网上搜到的合同样本弄到电脑里修修改改，然后打印出来给他看，房东有些地方不满意，然后三人商量改了几处，算成了。档口下个月起租，这半个月免费给他们做装修期，合同签两年，第一年 1000 块，第二年涨到 1100，如果第三年还租，涨到 1300。交一押二。

差不多这样也行了。

于是依豪就以 1000 元的租金从房东那里租到这个 50 多平方的档口，同事补 200 元每个月，实际上他就只用出 800 元。以两倍不到的价格租了差不多四倍大的档口，还是很划算的。他时常叹息他原来的档口面积实在太小，小得都摆不下什么货物，小得都不好意思当街卖货。现在好了，解决了。

装修也不用怎么装修，地面都贴了瓷砖，四墙都粉了石灰，门窗什么的都有了。本来这样直接搬进去就可以的。只是后面一个无所事事的粉刷工有意无意地撺掇，说什么这墙都变黄了，要粉下墙才好看。于是也听了他的意见，花了 1000 块粉了下墙。结果看他拿着刷子粉了两天，粉过之后和没粉之前也没什么区别。白被他忽悠了 1000 块去。

然后请同事帮忙移两台冰箱，三个档口都是山水相连，同一个过道，同一个平面，移过去也很方便。其余的货架、收银台、货物什么的，依豪蚂蚁搬家般小半天也搬了过去。原来的货架不够用，又去镇上弄了十几组高高低低的货架，老婆嫌新货架贵，找到二手市场买回来一堆二手货架，不太好装，依豪花了一天时间都组装好。然后又是进货。发现冰箱不够用，又想办法申请添一台冰箱。这次找另一家的业务员，他看到超市规模扩大了好几倍，也同意投放一台。为了超过竞品，业务员特地整了一台全新的冰箱。同时算是对以前怠慢依豪两人做了补偿。依豪觉得两台冰箱不够，前面那台家用的冰箱这时已退回厨房去了，只剩了两台专业售货冰箱。增加了许多不同牌子的饮料，感觉不够放。依豪又联系另外两家的业务员，想一家整一台。这样就更有气势了。老婆不肯，说电费又费得更多了，一台冰箱一天要耗多少多少电。只肯再增加一台，于是就只选了一家。

增加两台冰箱后，饮料销售很快超过了隔壁的水果档。

当依豪夫妻俩筚路蓝缕地开店之时，隔壁的那对小情侣，却是经常日上三竿还在睡大觉。女的虽然有心做生意，但是男子喜欢赌钱，经常输得连进货的货款都没了。起先他们还有一台三门大冰箱兼卖水果和饮料。现在依豪他们店大冰箱多，气势上压过了他们。他们冰箱里的饮料渐渐少了下去，买的人少了，也就懒得进新货了。况且进货要钱，而钱已空。

于是在搬过去之后没两个月，那水果档就显出颓废之样。女子还有心要做，也常常跟男子争吵，希望男子能改过自新，不要沉溺于牌桌。只是那男子你不说还好，越说他越不听，反而打牌打得更厉害了。于是争论演变成争吵，争吵演变成打架，锅碗与水果齐飞，眼泪共吼叫一色。然而正如一些人说的商场如战场，不是你死就是我活。虽说这两家，一个水果店一个士多店，生意上小得可以忽略不计，但是亦遵循这条经商之道。眼看着小两口的水果店随着两人志趣不一感情不和开始走向分崩离析，一方的生意做死了，一方却活了下来。

起初依豪先开那间小士多店，水果店随后开。随后开的水果店整了一台三门大冰箱，气势上就远超他们家的家用冰箱，依豪每每看到他们水果店生意红火，就叹息着也要买台那样的大冰箱。可是老婆在知道要那样新的一台要2700元之后打死都不肯买一台。以为买了也没用。依豪没法，每每只能远远对着人家的冰箱无声叹息。虽是同行，有竞争的氛围，但是两家还是像邻居一样，相处久了也像朋友一般往来，依豪每每踱到隔壁水果店在他家赞叹他家的冰箱气派，语气中也有想买一台的想法。

不过更多的时候，依豪是在忙他的事。工作上的事、档口的事都有得做，没多少时间老是去人家店里闲逛。招牌要做了，档口有了那么大，怎么着也要弄个招牌。于是和同事商量着从他公司那里申请免费给他弄个招牌，将他们公司的广告打上去。依豪的老婆以为做小生意，无所谓广告宣传，有个名称也就不错了。于是也就同意两个男人随便起的超市名字。叫广告公司的人过来量尺寸，报了个价。过两天就做好了贴了上去。同事的展柜也从下面二手家具店里

随便整了个以前卖手机的玻璃柜，200块钱，二手连带着免费送过来放在店里。同事过了两个月之后才将产品弄来摆放进去。在这之前两人就摆了些其他商品填空。

一天下午，依豪下班回来，见隔壁水果店来了一帮人，坐在那里聊天，看那阵势，不像是顾客抢购特价水果。老婆悄悄地告诉他，是女孩子姐姐那一边的人过来找她男朋友谈话，要她男朋友好好做生意。结果她男朋友不听，同她姐夫两个打了一架。现在她男朋友也跑了。一帮人在商量后事。看来那水果店是做不下去了。一个女孩子，如果没有男的帮助，一个人怎能开得起来。

果然，一帮人走后，水果店也关门了。过一天，女孩子过来找依豪他们，想问他们冰箱要不要。依豪想要，老婆问要多少钱。那女孩子说刚买半年的新冰箱，2700买回的，发票都有，只要1300块卖给他们。老婆不想，嫌贵了，说1000块还差不多。女孩子不答应，走了。回头去找收二手物品的人，那些人上门来看过，却只肯给500块。然后隔天那女孩子又回过头来找他们，同意以1000块钱卖给他们。依豪有些不忍，想加到1300块。老婆骂他傻，人家都同意1000块卖了，你干吗还给人家涨价？你知道人家为什么肯1000块卖给咱们吗？那是因为二手店只肯出500块给她呢。我都知道这行情，都想还要砍掉200块。你还替他涨300块，你是不是有点傻。书读多了，脑子读傻了。一顿杂七杂八地责怪，就像胡屠夫数落刚考上秀才的范进那样。依豪想想，能够1000块买下她家的，也算是帮了她的。看看那个女孩子，就因为人家男的长得帅，就跟他吃那些苦。帮她买下冰箱，早早处理好水果店的事，两人也可以各奔东西找寻自己的归属了。

给那女孩子付了1000块钱，冰箱就成了依豪家的了。水果店就在隔壁，中间只隔一堵墙，外边还同一个过道，更近，那冰箱虽大，依豪弓着腰一个人也能慢慢推过来。挪过来之后，三门冰箱就放在三台冰箱一起。原来那些东躲西藏只能放在三台冰箱门里层或是上面那些不显眼的位置的，现在也能堂而皇之地摆在门边，顾客一眼就看到了。摆好之后，数不清的饮料行是行，列是列，颇有气势，伴随着四台冰箱的制冷机发出的轰鸣声，依豪就在这饮料阵列前走来走去，仿佛他是一位将军，面前一排排军容整齐的士兵，他来来去去地检阅他们。心里很是得意。

档口外面就是马路，村子里的小街道，两车会车勉强能过，街道和档口之间有一小块空地，够停一辆小货车有余。村子里车多，没地方停，档口后面的住户老是将车停在档口前，影响做生意。劝走了一辆，又停了另外一辆。挡住往来顾客的视线，影响开门做生意，依豪两人不胜其烦。有人劝说你们不如弄张桌球台放在那里，又可以避免他人停车，又可以顺带收点台费。桌球生意还是有得做，街道最上面有个档口专门摆台桌球，顺带卖饮料，供人玩乐。旁边一间小卖部，是依豪的机电系老师开的，由他父母照看。他家也有两张桌球台，生意很好。于是依豪两人商量，买了一张桌球台搁在档口外面。开档时供人玩乐，晚上收档之后把球收进去，桌子就放在那里，用帆布盖上，下雨也不怕。

上面收费 5 块钱一个钟，依豪也照着收 5 块钱一个钟。有人提议，你这里可以收便宜一点，打球的人就会多一点，生意就会好一些，甚至可以免费供人玩，以此带动店里的烟酒槟榔的销售。依豪觉得这建议不错，拿来同老婆商量。可是那球台花了 700 块钱，不把成本收回来老婆不甘心。再说能收钱的干吗免费给人家打，这也是一笔收入。于是还是照旧收 5 元一个钟。开始还有人玩，给的也是 5 块钱一个钟，慢慢那些工地上的男人玩熟了之后，就想省点台费，打了两个钟，只肯给一个钟头的钱。非要同他们争论一番才肯给够。最近工地上的活少，大家闲的时间多，有些男人无处可去无钱消遣，就成天在这桌上玩。有个这档口这幢楼的七楼的一家住户，男的是做挖机修理生意的，因为工地开工少，维修的活也少，老婆管得紧，无处可去，就一个人在依豪家的台球桌旁边站着，看看没人打桌球，他就跟依豪老婆拿了台球，一个人在那里玩。玩的过程中，没水喝了，又拿了一瓶本地产的有名的凉茶喝。玩了个把钟，没意思，就不玩了。然后结账。收了他一瓶凉茶钱，另外加一个钟头的台费。他不肯，说一个人玩怎么能收费。同老板娘吵了起来。刚好依豪下班回来，问清缘由。可是他也不敢出声说到底要不要收费。如果他说了可以不收，过后肯定会招致老婆的责骂，说要收，又好像顾客有理，而且他都是楼层上下的邻居，有时也会帮衬他们，没必要为这区区 5 元闹别扭。所以没表态。最后那人争论不过，扔了 5 元走了。走之前还数落依豪不会做生意，不仅乱收费，而且卖的饮料都是假的。怎么做得长久云云。

依豪自己不喜欢打桌球，对于收不收台费都没太放在心上。倒是那顾客兼楼上邻居说他家的凉茶饮料是假的，他听了心里有些触动。

这人在为这 5 块钱撕破脸皮同他家争吵时，说他家的饮料有问题，哪怕这

话听起来很刺耳，哪怕自己也不愿相信，但是也要把它当回事。于是他去拿那人放在桌球台上的饮料罐，一拿，发现只喝了一小半。还有一大半留在罐里。依豪闻了闻，闻不出个所以然来。然后从冰箱里拿出同批的，打开喝了一罐。也喝不出个子午丁卯来。他自己本来平常也没怎么喝这些，他只喝茶水或白开水。然后他不甘心，又去下面大超市里买一罐回来尝。老婆骂他神经病，浪费钱。人家随口乱说一通，不过是想少给点台费，你还当真。

依豪又开始掉书袋了，他说，书上说，如果有人赞你，你要感谢人家；如果有人骂你，你也要感谢人家。现实生活中，只有对你很好的人才会说出你的缺点，也只有恨你的才会骂你的不是。其余的人往往明知你有错却是不肯说出来的，他宁愿闷在心里，也不愿开罪于你。

说了一通，好像有道理。她也不吭声了。依豪想了想，这凉茶的供应商就是学校下面货运市场对面的批发部，他改去那里拿货，是因为那里近，有一点点货他们也肯送。开始送货时有些货他都报了两个价，一个价高的，一个低于平均价的。以他们的经验和观点，当时想都没想就说要价低的那些。现在他想，可能那些价低的就是假货。他于是拿了一瓶本地产的有名的纯净水和一罐那种凉茶去上面那家士多店找同事鉴定。同事不在，他爸爸刚好在给顾客拿东西。等顾客走了之后，依豪请同事老爸看看这饮料的真假。老人家拿着水，倒过来朝底部一看，说，是假的。依豪问怎么看，他从自家冰箱里拿出一瓶倒过头来给他对比。果然有所不同。他老爸说这水真假难分，如果是冰的，根本分不出来，口感差不多。但是如果不冰，在常温下，你仔细一品，就能品出不同来了。依豪请他鉴别一下那凉茶的真假。同事老爸摆摆手，他都不喝饮料，分不出真假来。不过，他拿货，都是从大批发商那里拿，贵是贵了一点，不过质量有保证。

依豪一听，如醍醐灌顶，连连对老人家说感谢。老人家摆摆手，说不客气。然后也没别的了。

依豪回去将这情况跟老婆报告。老婆这才觉得事态重大。方圆两平方公里以内亡我之心不死的大有人在，有同行，有顾客，有今天这个玩了球却不想给台费的邻居，更有那个忽悠他粉墙的粉刷匠，他老婆就是个八婆，有事没事过来他档口瞅瞅，东西也不买，还老是问这问那，还说本来她想租的，如果他们不租，她就租下来的。问她租来做什么，她又支支吾吾不肯说。

如今他家卖假货了，虽然这凉茶的真假无从分辩，但是那纯净水是假货是板上钉钉的事了。这些货退回去是不可能的了。还好进货不多，每次卖一箱就进一箱。把那家供应商的电话号码删掉，再也不进他家的货了。赶紧从镇上的大批发商那里进一批货，把这些真货放进冰箱，把假的拿出来自己喝。扔了是浪费，喝了也不会死人，自家喝，就当开店辛苦买来慰劳自己好了。以前回家往返车站，口渴了买的那些饮料不也都是些假的吗？

那挖机修理工年轻帅气，又能挣大钱，平日里都是趾高气扬，一副不把个体工商户小店主放在眼里的派头，自从因收费问题争吵之后，他再经过依豪的小士多店，那头就抬得更高了，看他们的眼光也更斜了，表示根本就不把他们放在眼里。换成以前，依豪也是一副昂昂然神气活现模样，虽明知自己在学校只是个十级的教职工，在外面只是个最小的小店主，但是自己比别人有学问啊。不过这事之后，他还真心换了一种眼光和态度来看待对方，发现他也并不是那种可恶之人。只是年少气盛，家有娇妻，又能挣大钱，因此自然而然地表现出这种气场而已。他老婆年轻漂亮，女儿过后刚生了一个儿子，全家都宠着，在家一点家务都不用干，都是她公公婆婆做的。不过人很好，没事也来依豪档口闲聊。依豪要老婆跟她讲明那事，对她家表示感谢，因为他们开店不久，也分不出真假，对此表示歉意。

过后挖机维修老板被他老婆带着又开始往来他家小店，有时买烟，有时买些日用品，关系也好得像一家人了。

陆玫觉得依豪有书呆气，因此不把他这一家之主的鸡毛当令箭是有原因的。陆玫的意思是只要顾客提出要买什么，都要想办法满足，如果店里一时没货，那就补足货物，让他们下次买时能卖给他们。需求产生消费，有消费才能产生利润。当然这个道理都懂。但是当顾客问有没有烟卖，而他们还没卖烟时，依豪两人就产生分歧了。陆玫的意思，一个方便邻里的士多店，怎么连烟都不卖。烟虽然利润不高，但是销量大，每天都有人消费，也是一笔不小的收益。但是依豪自己不抽烟，在学校也是一个中规中矩的禁烟人士，一直希望自家学校就和医院、机场、地铁那样，是个无烟区。但是也只是想想而已，学校各个科室各个学生公寓都张贴有禁止抽烟违者罚款 50 元，但是禁令虽有，违者无视照样吞云吐雾。依豪也不能怎么样。所以当他开小超市时，就认为自己的禁烟理想能实现了，不卖烟，就是倡导禁烟。再说了，学校离他们店铺那么近，来往学生那么多，如果有智商高的男生来他店里故意买烟，想用二难法为难他，

是卖给学生，还是不卖给学生？老师卖烟给学生，那是老师纵容学生抽烟，那是老师的错；老板有烟不卖给顾客，那老板还是个老板吗？不卖烟最好，堂堂正正当老板，认认真真当老师，两不干扰。

可是陆玟的意见是，你不卖烟，自有卖烟的在。钱别人赚去了，你赚不到钱人家就笑话你。只要不违法，有什么不可以卖烟的。你说学校离咱们店近，卖烟不好，可是学校离咱还远着啦，少说有一公里了，离国家规定的学校两百米以内不可以卖烟的禁令还远着呢。陆玟虽然自己很讨厌家人抽烟，依豪有时和同事在一起，神气活现地接过一根烟来抽，她都会像唐僧念经般说个不停，弄得他不胜其扰，最后只能将烟一扔了之。但是在挣钱养家要不要卖烟这种大是大非面前，她是很有原则的，一个字，那就是：卖。如果定要换成反问式回答，那就是：干吗不卖？

所以虽然依豪一开始还反对他家小店卖烟，但是架不住四周顾客老是来买烟，老婆也反复数落他老古板书呆子没开窍，而且别人也笑话他一个小卖部，怎么烟都不卖，他们还在开那间十三平方小店时，只过了一个月，他家就开始卖烟了。陆玟从上面那家小卖部，也就是同事家开的那里，问到了送烟的批发商，进了几条常卖的烟来卖。后来慢慢增加烟的种类，及至搬到下面大档口里，他家卖的烟也有好几十种，品种相当齐全，不比别人家的差了。

虽然没有调皮学生前来买烟给他带来难以应付的问题，但是他自己不抽烟，所以也就失去了辨别烟之真假的难力，仅仅凭借烟盒外包装、烟丝的松紧度、烟丝的色泽，很难一步到位分出真假。现在做假烟的设备更新换代，工艺无分高下，烟叶也容易得到优质货源，几乎能做到以假乱真的地步。你要什么品牌的香烟他都能做出什么品牌的来。但是如果你是顾客，而且又是一个天天烟不离手的老烟枪，你就能从不同的商店买来的烟中区分出不同的口感。那种口感据说比灵感还神奇，你说不清道不明，但是就只要点上一根，只需将烟轻轻吸进嘴里，喉咙那么轻轻一嗯，是真还是假，立马就可以给出答案。整日价抽烟的店主只要一看顾客抽烟的表情动作，联想到自己的进烟渠道，有时会附和顾客的话，说咱店从来不卖假烟，大家只管放心购买。有时会另拿一包烟来换，唉呀，不好意思，可能这烟放在柜子底下，有些受潮了，口感变差了，换一包，换一包。把顾客手里拆过的烟收回，交给顾客手里的烟就基本无话可说了。

但是依豪自己几乎从不抽烟，所以也就丧失了尝试辨别烟之真假的能力，加之自己没有烟草零售专卖许可证，只能仰仗人家二手批发店进货，而那些二手批发店既有烟草专卖局的拿货资格，为了丰富品种，减少配给，提高利润，也会从别的渠道进货。同时根据顾客反馈回来的信息进行改进工艺或是更换供货商。他会根据顾客（包括从他那里进货的小店主，譬如依豪家就是）的分辩能力进行区别对待，供应不同的货物。

所以虽然依豪两口子真心实意地想卖真烟，但是顾客往往并不买账，经常有顾客反映说他家的烟不真。两人心澄如镜，却两眼抓瞎，根本分不出是顾客的疑神疑鬼虚张声势以此夸耀自己同时为难店主，还是那烟真是假的。于是不停地更换供应商，货运市场那家卖假纯净水的早就不从他那里拿烟了，过后从镇批发市场那里拿，但是过一段时间，顾客反映说也假了，然后他们又从上面那同事家那里拿到他们的烟草供货商，送了一段时间，开始顾客反映说还可以，过了一段时间，又不行了。说烟变假了。然后又继续找下一家。听后面那个神气活现的挖机修理老板说，过去四公里到学院那边，天桥下面那家专卖烟酒店，那家老板人很实诚，卖的烟没有假的。于是依豪又骑着电动车风风火火地去那里找货源。

依豪很激动很高兴，困扰他们店很久的问题似乎要迎面而解了，所谓的春风得意马蹄急，一日看尽长安花。说的就是人的精神状态很好，那马到处乱跑也觉察不到。依豪只顾自个儿快点骑过去，却全然没有注意到四近的摩托车、电动车突然变少了变没了，一个中年女人骑着车从他面前逆向而过，口里还冲他大喊："叉车！叉车！"

依豪听了心里嘀咕，什么叉车叉车，有毛病。正在疑惑间，路边一个熟悉的人朝他大喊："依豪！依豪！"这才猛地停了下来。看他呆头呆脑地站在街边的风中，又不像是等人，又不像是等车，总觉得画风哪里有点不对，问他："你待在这里干吗？"

"我的车被交警叔叔没收了。车没了，站在这里望下风景。"

依豪这才想起这段时间街上风声很紧，有交警到处设卡拦摩托车，主要是抓无牌无证摩托车，但是如果摩托车不够抓，那些长得像摩托车的电动车也会被拦下来抓走。他面前的这位学他开超市的同事前面买了一辆摩托车，方便去进货的，结果没骑多久就被交警给拦走了，说是要交800块钱罚款才能开回来，他也懒得去弄。后来他就买了辆长得像摩托车的电动车骑，以为比那种方头方

脑的电动车好看。这都是前面没多久的事儿。

可又给交警拦走了。

他又说："看你很淡定的，还不跑吗，交警都过来拦你的车来了。"

依豪这才看到隐身在小巷子里的制服正快速往他这边移动，他立马掉头，转动挡位，开到最快，一路夺路狂奔，逃出了交警的追赶范围。他之所以能逃出生天，除了一个快之外，主要还有另外一个原因，另外一辆真正的无牌无证的摩托车正毫无防备地自个儿撞了上来，交警也就不想费那个劲去捉他了。他的心跳快得就像他的车速一样。到了档口才慢了下来。

车停下来，依豪搂着胸口笑眯眯地一个劲地对自己说："好开心，好险，好开心，好险。"

老婆看到这模样，一脸的疑惑，问他什么事吃错药了这般，烟的事弄好了没有。

哪能顾得了这事。刚才只顾逃命要紧。

问是什么事。依豪一五一十地讲了，同时还提到他同事的电动车被交警拦走。他说他一年多都没被交警拦过一次，同事才两个月就被没收了两辆，一个劲地猛夸自己运气好，好运气。

夸了一阵也就过了，但是事情没办的还得要办。老婆催他快点去找到那家。依豪想了想，学个韩信打仗来个千里大迁回，先南下学校，经学校围墙绕道老年公寓，然后折向东经后山高速路高架桥下，高架桥折向北经村蔬菜水果市场，再过去 500 米，绕行十来公里，花了 40 分钟，到了。老板果然和蔼亲切，一副忠厚长者模样，一口烂牙，一看就知道是个老烟枪。

老板弄出一套功夫茶具来，在店里玻璃柜台上盛情款待依豪，两人聊得甚欢，走时还极力邀请他吃饭喝酒。他家档口，一半是香烟，靠墙叠放，像堵墙样，一半是各种品牌的白酒红酒，档口过去一个仓库，各种啤酒堆成山高，像个酒海。

回家时走直线经大路，原先设卡的地方又恢复了人潮如织的景象，摩托车电动车撒着欢儿来回奔走，不下百十千辆。

经此一家，从此买烟卖烟之事天下太平，买烟的人也不再抱怨烟又不真，卖的人也不再赔着笑脸应付顾客了，只需每日收档之后关起门来安心数钱。一包烟虽然只赚块儿八毛，但是销量可观，一天下来，也能卖个百来包，那就是好几十的利润，相当于学校加班一天的加班费了。学校加班一天 8 个钟，也只肯给 80 元，节假日都一样。

晚上一家三口吃过晚饭，两个穿着治安服的男子过来，操一口某省的口音，带了七八条烟，加起来五六百块钱，要依豪家帮他们卖一下。两人左看右看外包装，也分不清真假，当然拆包也不方便，人家是整条的。找不到毛病拒绝人家，因为他们说他们就在附近协助管理地方治安。是村治安队的。最后老婆机灵，买烟就像买食品一样，要查看生产日期，一看编号，已经过了四个月了，于是说这烟他们不要，日期太久了，他们店都是只卖当月日期的烟。这两个神秘莫测的男人才悻悻而去。

生意做久了，也懂了些，这些来路不明的东西都不会要了。估计八九成都是假货。

一个周末，老婆带小孩去逛街，女人就好这一点。依豪独自看店。这时来了两个男的，不认识，不是附近的，说要买 4 条好烟送人。依豪拿出几种烟来给他们挑，他们挑了 4 种最贵的，付了钱，520 块。付了钱后这男人才说，如果他们没把烟送人，能不能退回来。这个，如果是他老婆在场，一定会和银行的柜台那样，要求顾客把钱当面点清，出柜台概不负责，因为这个，大家都懂的。但是依豪做生意，一会儿聪明，一会儿很傻。如果没有老婆在场，有时会显得更傻。经常收了假钱，到了晚上清点营业额时才发现真钱里混有假币，一天都白干了。依豪理亏，知道是自己干的好事，就想拿来夹在书里做书签，提醒自己，时时鞭挞自己。但老婆不肯，她就想依样画葫芦去菜市场把假币用掉。依豪想着那些卖菜的老太婆小女孩卖个菜也不容易，心中不忍，劝她别去了，这点损失自家承担得起，没必要转嫁给比自己还穷苦的人。老婆不仅不听，还一顿痛骂，像胡屠夫骂刚考上秀才的范进一样，把依豪骂得找不着北。依豪无可奈何，只得依着她去。有时能用掉，回来就高兴，有时用不掉，被人识破了，回到家里又把依豪痛骂一通。依豪一向心胸宽广，不太看得到人生的阴暗面，虽然是在做生意，但是总是相信人心是善的。即便对这些现象他早就从古文诗词里了然于胸，譬如元曲里的那段"争名利，何年是彻，看密匝匝蚁排兵，乱纷纷蜂酿蜜，闹嚷嚷蝇争血"，又譬如"天下熙熙，皆为利来；天下攘攘，尽为利往"。但这也只是从诗词古文的韵味体会到一点，而实际上那些不择手段的一面他是向来不太相信的。所以过后，又会收到一张假钱，过一段时间又会

收到一张。他虽然也一时伤心难过，但是过了也就没当回事，不就是100块钱嘛。弄得老婆每每周末外出逛街，都不敢去，生怕一去，回来又看到依豪犯了一堆的事儿。

依豪不太相信自己的呆傻，反而有时当陆玟数落他时，他还奋力为自己争辩，认为自己是很聪明的一个。这不，当这两人买了4条烟，做成了一笔大生意之后，他有点自鸣得意，心想，哼，你不在，我还不是一样能干好。而且还能干得更好。

可是当他听到顾客说想退烟时，他没联想起银行的那句经典台词：钞票请当面点清，出柜台概不负责。没有听从老婆的规劝，卖烟要看人，如果是不熟的顾客，谨防人家调包。以为这事也好办，他拿起笔来，在外包装上奋力写了一通，将自己的名字和日期写得鬼画桃符般使人家无从辨认，然后给了人家。说，不拆外包装，可以退。拆了外包装，退不了。然后那两人走了。

他收了500多块钱，将进货单找出，盘算着这一笔生意能赚多少钱，越贵的烟，利润越高，这4条都是比较贵的，一条能赚20到40元，4条下来，有100块钱的利润。

那钱放进钱包还没捂热，下午两三点那两个人又来了，说他们送人，那人不在，烟没送掉，要退。依豪虽然心有不甘，但也无法，只好收下。将烟拿到手上，左看右看，看自己鬼画桃符写在上面的签名，却怎么也分不清是自己的亲笔签名还是别人仿签的，看上去都是一样。只是尽量将辨认的时间拉长，以期能找出破绽来。可是看了半天，也没能分出真假。而且当初他在上面鬼画桃符时也没想着会真的退回来的，只是在上面装模作样乱写一通，想吓一吓人家。可是现在他们退回来了，而且上面仍有一堆无可辨认的字迹，模仿得像不像不知道，反正自己认不出来。

看了半天，虽有不甘，也只能退钱给人家。烟放进烟柜。

四五点钟老婆高高兴兴地逛街回来，他也没把这事讲给她听。生意没做成，有什么好夸耀的。

第二天下班回来，老婆跟他讲，顾客买店里一包烟，说那烟是假的。她还不相信，顾客把那包烟给她看，烟拿出来倒立着，那烟丝就自己往外掉，用手止都止不住。她起初还不相信是自家店里的烟，那顾客让她从同一条烟里拿出一包来，拆开那包烟，就跟退回来的一模一样，烟丝不停地往地上掉，止都止不住。这也太假了，好吗？你做假烟还是要把那烟做得真一点吧，没有这样连烟丝都卷不紧的道理。你这不是存心向人宣告我这就是假烟，如真包换的假烟吗？

依豪起先还没想起来，当老婆打电话给送烟的那老板，老板骑着破电动车急急忙忙地赶过来，看了下，说不是他家的烟。他问依豪两口子，是不是从别的地方进了烟。依豪老婆说没有啊。这些烟都是从你家进的货。老板又问有没有顾客退烟回来。

依豪这才想起昨天之事。白天上班，在学校做事，干的都是教书育人这种天底下最纯净最阳光的事业，一下子还没有切换过来，只把自己当老师，都忘了下班其实是老板了。于是才想起来昨天老婆外出逛街，他看了一天的档口，是有顾客买了烟又退烟的事儿。他拿起那条烟，看了一下外包装，那鬼画桃符的字迹还在上面，也不知是他写的还是人家写的，历历在目。于是他才讲出昨天那事。事情才恍然明了，送烟老板的冤情才得以昭雪。老板问，昨天只退了一条烟吗？依豪说，还有。拿出一条底部鬼画桃符签了字的烟，打开，拿出一包，再打开，里面的烟丝不需用手弹，自个儿就止不住地往下掉，就像几天没洗头的人那样头皮屑止不住地自个儿往下掉一般。老婆看到眼里，急到心里，脸都变色了。老板又问，还有没有。依豪哆嗦着大手，又找出一条，打开一看，又是那样。老板问，还有没有。依豪哆嗦着大手，从柜子里又找出一条。打开一看，又是一个样。老婆气得要命，厉声问依豪，到底人家退回来多少条，你就直说好了，我受不了了。依豪苦着脸，哆嗦着大手，从柜子里找出一条，说没有了。就4条。

老婆一看气得眼睛都绿了："还就4条！这4条是咱店最贵最值钱的4条，进货都要400块，你全给我报废了！你这个败家子！我好不容易休息一天，才逛一天街，你都不让我好好逛一逛，整出这事儿来！你让我开开心心过上哪怕是一天，好不好？！"

依豪说："你昨天逛街回来，你说你好开心啊。"

"唉，我以后都不敢去逛街了。那个开心今天看来都是假的！"

第九章　清者浊者

当初依豪开店，想着是通过网络聊天工具做学校的老师学生的生意的，开了之后才知道那都是自己的一团不成熟的梦，开了之后才知道上面离学校近一半距离的地方也有一个学校老师开的便利店，才知道进货渠道不同，货物的品质也会不一样。不过他们俩边开边学，殚精竭虑，起早摸黑，慢慢地也上了道。一句话，也能盈利了。而且随着时间的流逝，利润也越来越可观。虽然市场几乎都是透明的，每样商品的利润率差不多都只有那么高，进货价就是那个，你不能低，一低要不人家不发货，要不就是假货。但是利润总在不断上升，因为营业额在不断上升，前来购物的顾客越来越多了。

前面他们租那档口时，上下街道还没有多少档口，有的也是空铺，四周的出租屋里住的人也不多。街边空地不是拦着养鸡就是用来种菜，景象不像是城里，城中村也不像，倒像是个鸡鸣狗吠的村子。虽然村子里的人毫无美感地胡乱建房子，也有了些出租屋和小产权房，但估计违建的不多，应该都是有合法的手续的。而且好像管得挺严的，通知说不给建，那有一年多两年就真的没见有人新建房子。

大概离此地十五公里到二十公里的市中心正在搞旧城改造，把那些破破烂烂影响市容的老房子整片整片地征收了，推高了四近的房租，租金不仅涨上天际，而且无房可租，那些住在城中村的衣着光鲜收入尚可的白领金领无处可住，只好四散开去，找偏远的地方租住。如潮水的租房客沿着地铁线、公交线往偏远的郊区涌来，势头一波波减弱，最后到达依豪所在的村子里时，已是最后一波人潮了。几个线路的公交车的终点站就在附近。即便这些小小的最后一滴人流，也给村子里带来了人气和财气。邻街的和不邻街的出租屋，四方的或是不四方的小产权房，隐藏在村子后面的村房，都迎来了难得一见的出租客。这些出租客，早上从依豪超市前匆匆而过，看到店里有早餐面包和奶茶，还有戴着眼镜的斯斯文文的老板，也会停下来买上一包一瓶边走边吃。依豪早上七点开门迎客，那时街上已人流如织了，做到八点，老婆带着小孩子下来店里接他的班，随便吃点自家店里日期不那么近的新鲜面包，八点十分或二十分就骑着电动车上班去。

中午两个钟，赶回来做饭吃饭卖货，午休半个钟，两点之前去上班。下午四点半下班后五点回档口，或五六点，要视工作情况而定。下班回来之后除了吃饭就是守店了，一直到晚上十二点。档口又增加了一个雪糕冰柜，供货商免费投放的，从他们那里铺货，卖他们的产品。加了热奶器。店子外面又摆了摇摇车，投币式的，供四周的人带着小孩来玩，增加点人气，顺便挣钱。摇摇车新的要1000块钱一台，两台要2000，但是陆玟有一次同依豪吵架，她赌气去下面商场坐着，却发现那里的摇摇车转卖。晚上气消了，回来同依豪商量，一台500，一台300，两台不花一台钱把它们给捡了回来。摆在店子前，白天放在卷闸门外，晚上收进卷闸门内，小朋友经过见了就要坐，坐在上面一边不停地摇一边还能听儿童乐曲，店里热闹了不少。收入每天也能增加二三十个硬币，这玩意儿耗电不多，那二三十个硬币基本上都是利润了。只是两人的小孩还小，有时她要跟坐在上面的小朋友争抢，仗着是摇摇车的小主人，不给别的小朋友坐。有时一天少收好几个硬币，弄得妈妈很是气恼。不过坐多了坐腻了，她也不跟人抢了，摇摇车生意才恢复正常。

依豪没什么娱乐活动，也不怎么去跟人家搞什么娱乐活动，基本上是两点一线，学校一个点，档口一个点，小电驴每天将他拉来拉去，将两点连成一条弯弯曲曲的线。

住在学校没有做生意之前，有时他还被同事拉去搓麻将，他虽然对此兴趣很大，觉得这玩意儿也很好玩，无奈学会搓麻将的时候太晚，当他二十多岁之

时才学会，还是自己的一个十来岁的小表弟教的，入门太晚，领悟力太低，即便自己兴趣很大，有时也跃跃欲试蠢蠢欲动很想同人大干一场，无奈水平有限，牌技很烂，干不过人家五岁入行长年累月在此摸爬滚打十几年几十年的老行家，每每输得很惨，即便是5毛钱的最低玩法，两个钟头下来也会输得只剩底裤，而对家还兴犹未尽。久而久之，他对麻将就只剩下一点兴趣，只同那些不会玩的小屁孩和无事可做的老太太玩一玩。同小屁孩玩，是秉承老师的传道授业解惑的义务教教他们，同老太太玩是陪老人家消磨时间，尽点小辈敬老的义务。都不带有功利目的，没有多少钱财上的输赢。

他每天骑电动上下往来学校和档口之间，在车上都能听到一些村民的屋子里或是进深较长的档口里有哗哗的麻将声传来，越过开着的大门或是窗户窗帘，就能听到看到男女老少坐在麻将桌前兴致盎然地搓着那玩意儿。沿途到处都有，做生意的茶馆，居家的客厅，都有这类情形。到了学校，下午放学，或是周末放假，一俟大小领导离校回家，住在学校的教职工就会将门窗关紧，一堆人躲在里面搓啊搓的，你看不到他们在干什么，但是你知道他们在干什么，并非密不透风的门窗会将声音从里面传出，走漏了风声，知道他们玩得不亦乐乎。

有一天，依豪走过学校操场，去学校物业拿点什么物品，听到物业里面的宿舍里传来熟悉的麻将声，除了麻将的哗哗声之外却听不到与之相伴随的人的欢声笑语，情形有点诡异。依豪问学校的百事通，一起进来的涛哥，涛哥说你还不知道，这是物业的花王买了台麻将机，在那里搞抽水拿提成呢，都开了好久了，你到今儿都还不知道？抽水是麻将馆行话，老板提供麻将机及场所，找人玩麻将，以每场收钱或是每半天收租钱，就叫抽水。在别处有些地方是按每和一场收5元台费，不过在他们这里，没有那么猛，每半天，也就是四个小时内收50元。上午算一场，下午算一场，晚上上半夜算一场。差不多四个钟的样子，不包吃住，只提供茶水，茶水或是一瓶矿泉水或是饮水机的开水，有茶叶，自己弄。这个花王弄在物业宿舍里，也是按50元半天收的台费。

涛哥说："每天生意好得很，一天三四场，忙不过来，花王都乐开了花。"

依豪随口说："我档口里面有一间房子，空在那里的，我也可以弄台麻将机给大家玩啊。"

涛哥一听，大加赞赏："果然是生意做久了，有生意头脑。到处都能发现商机。你开了麻将馆，我带一帮学校的兄弟帮你捧场来。"

"其实你早就应该弄台麻将机给兄弟们玩玩了。有时我没地方去打麻将，就跑到宾馆里开台，一晚下来，房租都要五六百。你弄的那些摇摇车啊，雪糕柜啊，桌球啊，都不是爷们玩的，想去你档口里玩，都提不起精神。"

依豪一听，很高兴。想自己真是越来越有生意头脑了，这么好的商机都能发掘出来。真是太厉害了。

回去同老婆说，陆玟听说一张麻将机要2000多块，一百个不满意。说投资太大，"没人来打怎么办？那可是2000多块钱呢。"

依豪说："咱这档口，外面做生意，里面那间房，又不住人，又不做别的，做仓库也没有那么多货要放，空在那里太可惜，都是要租金的，干吗不充分利用起来，弄台麻将机收点租呢。你看人家花王，多会做生意。在学校里干活，又弄台麻将机抽水，租金都不用出，就用物业的宿舍。你看咱档口上面那家本地人，家里摆了六台麻将机，每天人来人往，财源滚滚，比开超市还赚钱。"

"这个好是好，不过你又不会打麻将。你看人家上面那家，老板娘自己会，老板也会，老板娘的儿媳、儿子都会。一到三缺一，家里随便什么人都可以上去顶一下。人就好邀一点。你又打不来麻将。"

"我打是会打，只是水平有限……其实开麻将馆的自己未必要会打麻将啊。就像咱们卖烟，也不用我来天天抽烟，咱们卖酒，我也不用天天喝酒啊。"

"哼，你别以为你晚上喝酒我不知道。你趁我上去休息，你喝啤酒，一天一瓶。我都清楚得很。"

"那个也就算了。咱们开麻将馆，也不用我会打麻将啊。赌王家里开赌场，可是赌王自个儿从不上场。你哪里听说赌王还在自家赌场里同人赌钱的？"

道理虽然说不过依豪，老婆却仍是不赞同开麻将馆，理由是本钱太大了。想想也是，他家这个档口，没有什么值钱的货，没有几样是自己花了千元以上买的。冰箱四台，三台饮料公司免费投放，一台低价买的人家水果档的，一台雪糕柜，是雪糕批发商免费投放的。那1000块的装修粉墙费，有一半还是房东付的，因为老婆认为1000块太贵，如果都要她家出，她就宁愿不租。那个装修工眼看着挣不到钱，和着他家那八婆好说歹说，劝那房东出一半，才接下这活来干。招牌是那个做项目的同事从公司拉来赞助，200块的玻璃展示柜虽然弄来了，可是产品总是不到货，结果就成了他们摆放其他产品的柜台，后来拿来放烟和做收银台了。桌球台是收的人家的旧的，几百块收回来，再找做桌

球的店重新铺一块布上去。货架三分之一是新的，其他都是二手店淘回来，都不值几个钱。连同货物，总共投资 2 万块钱不到。还是把自己上班用的电动车也算了进去的。那电动车都值 1800 块了。当然后来规模扩大了，货物也越进越多，但那是由开店利润进行的复投，不算最初的开店成本。

现在一下子来个 2000 多的麻将机，以陆玟的眼光，却是一笔大投资。真是贫穷限制了想象力，看着一个好好的项目就要黄了。依豪有些气恼。听了她的，不甘心，不听她的，到时生意不好，她闹将起来，又如何是好？

经过几天几夜的苦苦思索和涛哥的极力鼓动，也不管老婆同不同意，就和涛哥两人去镇上，找了家卖麻将机的店，弄了一台崭新的麻将机回来。怕老婆心理上承受不了，2000 多的麻将机没有买，挑了一款 2000 来块，两个爷们咬着牙砍掉一只角，只肯给 1950 元，包送，将麻将机弄了回来。

坚决要干的事，做成之后，反对的人也就不敢再发表什么反对意见了。反正木已成舟，一台麻将机已送到档口，想退也没可能退回去的了。

依豪把里间房间里的杂物清走，清扫干净。弄得一尘不染，然后又想弄回四张新椅子，好配上那台新麻将机。老婆舍不得，不肯买新的。没办法，麻将机买回来了，买椅子这些小事就由女人做主好了。晚上收档之后，想将小孩哄睡着去二手家具店里看看，小孩却哄不着，习惯了同她一起晚睡（所以长得很瘦小，一双眼睛大大的），于是一家三口骑着小电驴去淘货。淘了两家，很快弄回来了，因为人家也要收档了。依豪给了钱，人家却嫌买得少，不肯送。一家三口先回家，想第二天再去取，老婆不肯。只好把娘俩先送回家，反身再去驮那四个椅子。四个椅子不好一次性搬走，想分两趟搬。二手家具店叹口气，说，你多加 10 块钱，我帮你送回去好了。你这来来回回地跑，我还想着要睡觉呢。依豪觉得是个好主意，同意了。路上那家具店的人说你老婆讲价太厉害了。弄得我都一分钱没得赚。如果多 10 块钱我早就帮你们送了。依豪说，女人嘛，有时没办法。椅子送到档口之后，依豪把它们摆在麻将机桌前，感觉那椅子都是东倒西歪的。本想弄全新的，新项目，新气象，开门红，将事业弄得红红火火。

没办法，有时候只能将就。

等弄好上楼到租房，洗澡睡觉，一看时间，已是凌晨一点钟过后。小孩子好像仍没睡着，在小床上滚来滚去。

第二天电话请涛哥过来打麻将。涛哥开了一辆黑得发光的小轿车过来，车上载了三男一女，连同他五个人，来打麻将。外面地方窄，他的车就随意地斜停在那路边。有点阻碍交通。依豪拿了他的车钥匙，将车远远地开到村子池塘那里，才找到地方停好。

　　回来时打麻将的早就上桌打了几圈了，开头起场和，和一场赢家就拿出10元放在一边做台费，和一盘又拿10元，等他把车停好回来，桌上已整整齐齐地放了50元台费了。涛哥见依豪回来了，大叫，老板娘，水钱拿走。陆玟笑眯眯地把钱拿走了。5个人，本只用给4个打牌的人送水的，因为朋友过来，5个人手里都一瓶矿泉水。大家也就接了。那个椅子是二手的，虽然看上去还算新，但是比较精致小巧，涛哥心宽体胖，个头也大，坐在椅子上，椅子发出咯吱咯吱的声音，看上去坐在屁股底下的椅子很不好受，坐在椅子上面的屁股也不好受。大家兴致还是有，不停地和牌洗牌。麻将机是涛哥挑的，品牌还够老，工艺不错，洗牌上牌都很顺。一会儿，涛哥要烟，于是给他们拿最好的烟，一会儿他朋友要拿水，于是将功能性饮料摆过来，一摆就是5瓶，女子不喝，换成奶茶。打了两三个钟，没到点，就撤了，一结账，消费了100元，利润30元，连同台费除掉5瓶矿泉水的进货成本收45元，本次打麻将共计收入75块钱。很不错了。

　　第二天，打电话邀涛哥他们过来玩，涛哥说没时间，于是家里的麻将机停在那里，没水抽。第三天，又打电话，仍说没有空，麻将机又停在那里，没有收益。老婆见了，不高兴了。嘴里嘀嘀咕咕地尽是些本钱收不回来怎么办本钱收不回来怎么办。依豪听了不耐烦，大声地斥了几句，吓着了小孩，小孩在那里哇哇地哭，老婆见了，说你看女儿都知道你凶我，我天天跟着你，吃没好吃，穿没好穿，跟着你受苦受罪，你现在又不听我的，乱花钱，把钱都糟蹋了，那几千块钱，你不花了，留给我们母女买点奶粉衣服也好啊。说着说着也跟着女儿样哭了。两个女人，一大一小，拖长了声音在那里哭，闹得一晚睡不好，依豪没办法，内心有悔改意，于是入校寻二吴，涛哥不在，正见嫂子，具以情告，说老婆在跟他吵，买回麻将机又没人打，本钱收不回来，怎么办？

　　涛哥老婆叹了口气，说这事她也知道，老吴也跟我说了。只是你要知道开麻将馆有些同别的不同的。一个人去工地上做工，工地再苦再累，人家也不会太讲究的，能挣到钱就行了。但是人家去麻将馆，是去玩乐的，你还是要把行头弄好一些，让人家舒服。人家觉得舒服开心，才会再来玩。这么多年你又不

是不知道，咱家老吴是个好吃好玩的货，心里不想事，腰也粗，屁股也大，你弄那样的椅子给他坐，不是让他坐电椅受罪吗？他在你家打了两三个钟牌，回来尽说腰痛屁股痛，你还要他怎么来你家玩？是别人今天我是不会说这些话的。但是咱们认识这么多年，都是一家人了，老吴也时常叹息你为人太本分太老实，只知下苦力，在学校做那么多活却得不到学校重视，只知做事，不知做人。你现在在外面开档口做生意，自己省点没问题，做生意就要精打细算，能省则省，才能存到钱。咱们老吴以前也是做生意的，虽然他能说会道，能吃会玩，会结交朋友，也挣到些钱，但是就是不知道节俭，赚一个钱花两个钱，同一帮狐朋狗友吃了玩了，所以也存不到钱。你们肯省吃俭用，能存钱，是好事。但是待顾客，还是好一些。

听嫂一番话，胜读十年书。依豪心存感激，想起开店后的种种辛苦，眼泪却有些止不住。每天晚上十二点多一点才睡，早上七点用闹钟闹醒，一天睡六七个钟，中午虽说可以休息，但是睡在档口里，却也没个安静睡着的时候，炒菜打着伞，街上水流成河自个儿推着电动车上班，一年搬8次家，只为找一间又便宜通风又好又方便又适合一家三口的小屋子。想着停电之后雪糕融化之后的着急，想着又收到一张百元的假钞，怎么向老婆交代，想着学校里的种种不如意。真是感慨万千。一个人低着头在那里兀自不语。

嫂子看了也有点难过。说，明天我同老吴去你家档口同你老婆说一说吧。依豪说好。

第二天两口子果然去了他家档口，骑着一辆电动车。涛哥到了档口，打了一通电话，过后就来了一桌人，在里间打麻将。嫂子将陆玟拉到一边，俩女人嘀嘀咕咕说了好久。

打完了牌，涛哥说，我比较忙，不能经常过来你这里。不过学校那帮教官和物业的那帮家伙都是喜欢打牌的，你可以邀他们过来打。花王虽然在学校里整了一台机，不过经理经常骂他们，不同意他弄，去他那里打的人也不多了。这些人没地方去，你都可以打电话请他们来。

依豪恭恭敬敬、真心诚意地点头称是。

麻将收了场之后，依豪老婆果然又去了家具店，重新买了4把结实大气的椅子回来给打麻将的人坐。同时又买了一套茶具茶叶一次性杯子，买了个饮水机，订了桶品牌响本地很受欢迎的桶装水，供客人饮用。

　　涛哥将花王的手机号码给了依豪，依豪下班后打电话给他，邀他过来打牌。花王问他这里有几个人，依豪说一个人都没有。花王听了，说一个人都没有，还打什么打。依豪以为没戏了，不过过了没多久，花王骑着摩托，带了一个人下来，过一会，又来一辆摩托车，又有两人，都是学校物业的同事，有个依豪认识，叫良哥，是个很好的人，四个人过来打牌。打了一场。第二天，良哥没空，另外来了一个学校教官，外号叫小鱼儿，姓余，过来打牌了。小鱼儿在学校做了很多年，一直都是教官，最近有点努力，想升副队长，结交得比较勤，而且自己也喜欢这一手，所以也来这里打牌来了。最近花王在学校的麻将事业受阻，物业发了终极命令，再也不许他开麻将馆了。物业之所以这样，其实是受了学校的压力。而学校之所以知道这事，要取缔这台麻将机，是因为有人眼红花王开馆抽水不少，想分红而不得，于是向总管物业的学校总务打报告，总务报给学校领导，学校才最后一个得知此事。从学校教书育人的角度出发，领导一直希望下属个个都是为人师表好学深思为万世楷模的模样，包括屡屡想外包出去而不得的安保队伍，一直属于学校的教职工行列，包括早已外包出去了的物业公司的几十号各级职员，虽然物业公司名义上已不归属学校，但实际上从公司老板和股东到下属员工，都和学校有着千丝万缕的联系，所以学校领导与物业老板沟通一直很顺畅，打个电话说一说，这要求就落实了。于是脾气温和很少发飙的经理找来花王，将其痛骂一通。花王一看情势不妙，见好就收，赶紧叫来经常出没于学校的那个收废品的三轮车，将麻将机从物业员工宿舍搬走。这都是不多几天前的事儿。如果仔细推算，应该和依豪买麻将机，准备进军麻将馆事业是同步进行的。

　　这都是冥冥之中的天意，有时无论你如何努力前行，费了九牛二虎之力，看看都已上路，不料一颗小石头卡在车轮上，令你行程受阻，最后半途而废；有时前面危险重重，关山难越，却总有一股若有若无的微风，让你避开倒地不起的厄运，最后成了点事。当然这些比喻拿来用到依豪这个上不了台面既非阳光事业又不能令行禁止的项目上有点不伦不类，不过话糙理不糙，道理上是那样的。

　　万事开头难，初始动力所费巨大，一旦车轮艰难起动，再来负重前行，就相对容易了。学校那边以物业花王为一端，以教官小鱼儿为另一端，各自带领一帮兄弟，前来依豪麻将馆玩，组建一桌人马就容易了。依豪上班没空，因为

物业和教官的工作时间与他们真正的教职工不太一样，教职工是以学生的教学任务为服务对象的，学生上课，教职工上班，学生放学，教职工收工。但是物业有些岗位是两班倒的，而教官队伍则是三班倒，每8个钟头换一班，每一周倒一次班，早班的倒晚班，中班的倒早班。那么有些人就上午休息，有些人就下午休息，有些人就晚上休息，不一而足。依豪没空拉人组建麻将班子，就让他老婆——存上前来打牌的人的手机号码，一俟午饭吃过，到开始打牌之前，就打电话请他们前来。有些是前一场就说好了，下一场会接着打的，如果前一场提前约好的人数不够四人，则电话叫来相应的打牌人来凑数。够了四人，就可以开牌。而依豪就坐等收租了。

做过那一行的人，都知道干那一行的难处。倒是没做过的，隔着远远观望，就会觉得来钱很容易。

服务行业讲究的就是服务质量、服务态度，顾客是上帝。用接地气的话来说就叫来花钱的都要当爷来供着。桌子椅子这些是硬件，没得说，要好，茶水要好，有人要喝茶，就得有茶叶，有人想喝矿泉水，就要给瓶装水（当然其中也有界线，茶水可续，瓶装水只有一瓶），因为档口离学校也还有一段距离，大概有大半公里到一公里的样子，骑车是很快的，走路是很慢的，尤其是现今的人，超过200米都不肯走了，你请他来打牌，他有摩托车或电动车还可以，如果没有，那么你可能就要骑上你的小电驴去接他，一趟不够，还得两趟。这是其一。其二，喜欢打牌的人往往身无余钱，等每月发工资就像靠天吃饭的玉米地红薯地等下雨一样，而且即便身上有点余钱，人也往往不是很爽利，有些花花心肠的人就没钱想着借钱，有钱仍要开口找开馆的人借钱。学校责令物业清理花王的麻将机，花王也较为配合，很快将麻将机搬走，也是有点原因的：找他借钱的人太多了。有关这一点，他一直都没跟依豪讲出来。

开店一年多近两年，依豪去汽车市场胡乱买了一辆国产神车，花了五六万块，本意是想用自己的车将开车技术练熟，毕竟开人家的车的机会是非常稀少的，而且还有很大的心理负担，万一把人家的车开坏了，怎么搞，对依豪这种讲责任讲担当的人来说是个很大的良心问题，当然对另一些人则完全不会有，这个又当别论。考了个驾照，其实对大部分人来说，只是取得一个开机动车的资格，以当下驾校的教学和收费模式，他只保证你取得一个开车资格，技术则是另外的了。当然话又说回来，开车也没有太多太难的技巧，只要你胆够大，掌握了一些最基本最起码的技术和规则，再狠狠地买个几千块钱的商业车险，也就可以大胆上路了。出事了，有保险公司。这样，保险公司又有活干了，这个产业链才会做得长。依豪做事，往往和人相反，他怕麻烦保险公司，所以自己买了辆国产神车来苦练技术。同时想着，万一教书教得不好，误人子弟，被学校干掉，则可以凭借开车技术给老板或领导开车谋生，也是一条不错的生路。开车是一种基本的技术，也是一种基本的谋生手段。而且自己有了车之后，有时进货拉货也方便，想去哪里玩，带上一家人，就可以随时出行了。

买来之后，却发现没有多少用处。当然现在开了麻将馆之后，可以用来拉那些前来打牌的人了。

一桌四个有时还差一个人，好不容易从学校的众多牌客里打电话约到一个人，而这个人却没有车，怎么办？这个就要依豪骑车去接。两点钟之前他都是干这接客的事儿。一般下午一场，晚上一场，开场之前刚好他都下班在店有空。如果是两个呢，有时勉强用电动车一次性驮过来。三个大男人总重两百公斤以上，压在一辆载重九十公斤的小电驴上面，摇摇晃晃地开下来，也不是很气派，尤其是当有年轻女子经过，更不幸是她们又刚好认识的时候，男人的面子就不太过得去。这时牌客就有些不高兴，说你依豪又不是没有小汽车，怎么不开那车来接咱们，尽弄些这玩意儿丢咱爷们的脸，下次还这样，咱们就不来了。

顾客就是上帝，依豪心里有点发慌，跟老婆讲了。老婆说，这有什么，你就用小车去接他们好了。

所以后来如果有 2 人及以上牌客要从学校接，依豪都是用小车来接。接来之后，就不管了，怎么回去，他们自己想办法。这个可以不用管，即如有些装了自动扶梯的商场，为了省点电，就只运行上行的电梯，让顾客轻轻松松不费力气地进去，出来时那电梯就不开，顾客就得自个儿走出来。道理是一样的。

除了有时接牌客，那车基本上就放在学校的车库里，紧靠校领导专用小车旁边，没怎么开。车钥匙办公室放一把，备用的那一把则放在出租房的箱子里，没用。平日上下班，依豪仍是骑小电驴。

有一天，牌友已经有了三位，就缺一位，电话也联系到了，小鱼儿过来。依豪准备骑小电驴去接，牌友已等了有好一会儿了，陆玫催他快点去。依豪说快也要时间啊，去一趟要几分钟，回来一趟要几分钟，你总不能要我飞吧。陆玫说，咱家的车不是在学校吗？车钥匙也在学校，你告诉他到哪里拿，他自己

把咱们的车开过来就行了，就不用跑来跑去跑两趟了。依豪认为让那个家伙开有点不放心，因为小鱼儿的人品好像不太靠得住，虽然是天天在一起的同事，却不是同一路人。听学校另一同事说起小鱼儿的事儿，小鱼儿有时借他的摩托车用，借时有一满箱油，还回来时油箱是空的。有一次，借出去有两块反光镜，还回来只剩一块了，摩托车还有摔坏的地方，问他他还说不是他摔坏的。可明明只借给了他，摔坏了不仅不帮人修，还不承认。这些依豪没跟他老婆讲，不过他讲过借车如借钱，有时借着就没得还了。可能更有甚者，借车如借命，人家撞人你担责。陆玟对开车不感兴趣，对开车引起的一系列因果关系自然也不感兴趣。依豪跟她说了也当白说。情急时也不管那利害与否，只是想快。说，就借一回给他开有什么关系。难道就那么巧吗？借一次，就出事了？

小鱼儿会开车，这个依豪也看到过，他老婆也看到过。自己没车，有时就开了人家的车耀武扬威地到处跑，弄得人人皆以为他买了车了。所以车技是不容怀疑的。老婆认为给他开一次也没什么。依豪想了想，自己也懒得跑来跑去，也只能听她的了。然后告诉小鱼儿车钥匙在办公桌的抽屉的第几层，办公桌抽屉的钥匙又放在哪里，办公室没关，要他自个儿去拿车钥匙开车过来。小鱼儿很高兴，很快就把依豪的车开过来了。

然后打麻将的打麻将，依豪拿了钥匙，又把车开回学校，入进车库，和校领导的公车并排停放。车钥匙仍旧放回原处。

白天学校上班，下班在档口做生意，日子一天天过去。有天下班，依豪骑电动车出校门，在门口遇到老乡值班，感觉很久没同他说话了，于是就停下来同他聊天。老乡说，你是不是经常借车给小鱼儿开啊？依豪说没有啊，就前面有一次，他去咱店里打麻将我要他开过一次车。他说哦，好像他经常开你的车。依豪说不会吧。聊会天就回去档口了。但是晚上他左思右想不得劲，你不认为别人私自开你的车，那只是你的认为，人家那么说一定是亲眼所见才会同你说，人家不会胡乱说话的。况且他们是老乡关系，真正的一个县的。而他和小鱼儿在同一个部门，相处有好多年了，彼此的底细人品都一目了然了。老乡这话是暗示自己别借车给那个家伙吗？可是自己才借给小鱼儿开过一次，老乡怎么就说经常看小鱼儿开依豪的车呢？

第二天上班之后，他看了下车钥匙，还在。但是他把它拿回来了，放在档口收银台抽屉里。这样更加方便自己用。

老婆弟弟没事做，过来帮他们的忙，算是请了个帮手，每月开 3000 块的工资，只当是给他分了点红。那天他把学校的人用小车接过来打牌之后，就把车钥匙挂在收银台后面的网上，那网是挂货物的。然后就外出办事了。档口有两个人了，他就不用怎么看档了。到晚上回来，他本来没想着要去开车的，但是心里没来由地想找车钥匙，却怎么也找不着。挂车钥匙的地方和没挂车钥匙的地方都找个遍，没找到。问老婆，说不知道。问老婆的弟弟，也说没有动过。他想是不是放回学校了，然后回办公室去找。却也找不着。然后他去找车，校园麻雀大一点，他找了几遍，却了无车的踪影。他这才有点慌了。想车钥匙不见了也就算了，车也不见了，那可怎么办？他回来同老婆讲，问他弟弟，下午有没有人想借他的车。老婆弟弟才说，小鱼儿下午想要借咱家的车，他没有答应。后面他也就不知道了。依豪这才想起老乡说的小鱼儿经常开他的车的事来。然后马上打电话给小鱼儿，问是不是开了他的车。小鱼儿说没有开。依豪说放在档口里的车钥匙不见了，放在学校里的车也不见了。小鱼儿说不关他的事，不是他开的。依豪这次不相信他的话了。跟小鱼儿说，如果半个钟头不见车钥匙和车回来，他就报警。

半个钟不到，有人将车钥匙送了回来，不是小鱼儿送的，是另一个保安。送回来之后，依豪语重心长地跟妻弟说，档口是我开的，不是你开的，如果有人借钱借车，你只管推说你做不了主，不要借给人家，不是很方便的事吗？妻弟一脸不耐烦，我根本就没答应借给他。他跟我借，我都没同意，是他自己看到了车钥匙拿去了，你怪我干什么？

声音比他这个姐夫的还要大。

车钥匙是回来了，但是车有没有回来还需要亲眼确认。依豪骑着电动车去学校，一看，车神奇地完好无损地停在那里，像是前面自己眼瞎没看到一直就停在那里一样。不过摸摸车头盖，还是热的。绕车转了一圈，没有撞坏的痕迹。发动汽车，发动机也正常。只是记不起最近一次开车时那油表显示在哪个位置，汽车里程表开了多少公里。这些事他都没有刻意去记，也就无从知道在这半天时间里车跑了多远，用了多少油。不过这都是小事，只要车能完好无损地回来，半个月内没有交警寄来的违章通知就行了。他慢慢骑车回家，出学校时经过校门，老乡换岗了，刚好在门口，停下来同他聊天，问他，刚才是不是小鱼儿把他的车开回来的。老乡说是的。依豪于是一五一十地把今天发生的事讲给他听。

老乡听完淡淡地说，他就是那样一个人。

回到档口，老婆问他去哪里了，他说他去学校看车去了。车还在。她说看车要看那么久吗？他说他和当教官的老乡聊了会儿天。老婆说，你责怪弟弟，他发脾气了，不想做了。依豪说我有责怪吗？我不过是跟他讲道理，告诉他别人借钱借车怎么找理由推脱而已。我有怪他吗？陆玟说，他说他没有答应把车借给人家，你定说成是他借的，他受不了。

依豪说："好的，即便是这次错怪了他，认为是他把车借给了别人。但是这也只是基于一直以来的事实，那就是他经常自以为是，只按他自己的想法行事。我不是经常跟你和他说，借钱时人家当你是大爷，借出去了要时人家是你的大爷，千万别借钱给人家。可是他就是不听，他不听也就算了，他还经常拿了档口的营业资金自作主张借钱给人家，自己过当老板的瘾，让我去求爷爷告奶奶地讨账。那个姓吉的学校保安的事不是那样的吗？来咱档口打了两次麻将就要借钱，你弟弟讲都不跟我讲就借钱给他了，他讲了我还可以问下学校其他保安对他的评价再做决定啊，都不同我讲就借了。钱借出去了，个把月都不还回来，工资都用掉了也不还。我好不容易逮到他，逼着他把钱还回来。他倒好，没过几天又借给那人 800 块钱。你说我气不气，我气都给气死了。这几天传出那个保安要离职的事儿，我去打听了一下，他借了不止万把块。学校上上下下，里里外外，除了几个校领导没敢借之外，差不多他认识的都借了。我慢慢讲给你听，你耐心点听我说：咱以前所在的部门也就是他现在所在的部门学生处，从主任开始，他从主任那里借了 1000 块，从负责学籍的同事小钟那里借了 3000 块，从经常打牌的那个特种兵连长退役的史助理那里借了 5000 块，安保部老蒋那里借 1000 块，小蒋那里 1500 块，物业花王那里 3000 块，良哥那里 2000 块，他老乡那里 1000 块，一饭堂老板那里 3000 块，二饭堂老板那里 4000 块，宿管部七号楼楼长那里 2000 块，六号楼楼长那里 2000 块，生活指导老师万老师那里 2000 块，人家可是吃斋念经的佛门弟子，每天省吃俭用的，饭堂做饭的大厨 2000 块，学校二饭堂超市那里，也就是你从前做事的那里借了 3000 块，还要我念不念，还可以念下去。他才进学校半年不到，认识的人都借了一个遍，没有人能问他要回来的，学校里我是第一个。借不到之后，从咱家开始第二遍了。咱家的那 800 块还是最少的了，都没上 1000 块，是排在最后的。可是你知道学校安保部上面的学生处主任为什么不批他离职不？他的那点离职工资根本不够还一个人的账的，可还有那么多教职工等着他能按时领工资。你还想问他要回咱们的那 800 块钱不？"

"怎么不要？那是咱们借给他的，又不是白给他的。"

"差不多就是你弟弟给他的，还问他要回来？"

"你怎么又怪上我弟。不把他叫过来，那天三缺一，去哪里找人凑一桌打麻将的？"

"为了那 50 块钱的台费，就要丢掉 800 块？我都跟你弟说了，人家找他借钱是很好拒绝的，一句话，店子不是我开的，借钱你问我姐夫去。他干吗老是做老板充大方借钱给别人？而且那些买东西赊账的，上下经过买过一次就问要借三五十块钱的，他都只见过一次面，干吗那么爽快地赊账借钱给他们？他能保证借出去的钱都能还回来吗？没名没姓没家庭地址的，一份工作都是临时半年的，离职了把手机卡号一换你去哪里问他要去？"

"平常你不是说你很厉害，学生家长都怕你的吗？你还怕人家姓吉的不还钱，你去找他啊！"

"人家口袋里没钱，你要我怎么找人家还钱？把他卖了？这种人还没哪家敢要呢！"

"我不管。人家这两天就要离职走了，你想办法找他把钱要回来。要不回来咱家就亏大了。要 16 场麻将的台费才收得回 800 块啊。"

"你弟弟这次算是给我出了个很大的难题。我虽然特别喜欢找人讨账，但是也没信心要回来啊。"

"15 号只有三天了，这三天晚上就不给你安排别的事了，你就负责去学校问他要钱。不管你想什么办法，要到钱就是好样的。不管白猫黑猫，能要回钱就是好猫。"

"如果是我的亲弟我就要暴打他一顿，然后发配他去要账了。是老婆你的弟弟，就算了。告诉他下次别再充老板派头借钱给人家好了。"

"没有下次了。他都不打算做了。"

"唉，你就不打算留他一下？你这个老板娘，又是他的亲姐姐。"

"我都不想留他了。他和咱老爸一样，也喜欢打麻将。前面他还能赢钱，从咱家档口把钱拿去，还能把钱还回来，现在他老是输，一输三五百，一输三五百，要他别打了，他还不听。说他不打一桌麻将打不起来。"

　　"唉，我都跟你和你弟说了，咱们弄张麻将桌，一是为了充分利用里面那间屋子，出了档租空在那里不用可惜了，二来是多少增加点人气，有人就收点台费，没人空在那里也没有损失。你们不听，非要斤斤计较每天收多少台费。够四个人就打，不够四个就不打。干吗一定要自己上阵呢。人家打牌的可是打了十几年几十年的老手了，你弟屁大一个，还逞什么能同他们干！"

　　"他十岁就学会打了，都学了七八年了。"

　　"天哪，你弟就我和那表弟一样，十来岁学会打麻将天天找人打，那年我二十三四岁，在他家玩没事干，他逼着我陪他玩，我说不会玩，他定要教我，花了个把钟教会我，定要我陪他玩了一晚上，赢了我八块钱才肯放我走。"

　　"都是原生家庭带出来的，家里大人喜欢打麻将，小孩子有样学样，也跟着玩。从小到大我就看到我爸就喜欢打麻将，挣钱的事都不上心，打牌倒是很起劲。有人请他做事他就去做一做，挣了几个钱就自个儿打牌。从不想着多存点钱，把家里的条件改善一下。咱家的房子还是爷爷手上建的那种土砖房，修了几十年，都快倒了，墙壁都裂开许多大缝，我都生怕它倒，瓦也很旧了，檩子也烂了，下雨家里到处漏水，妈妈和奶奶就用脸盆水盆水桶四处接水，他看到家里满地摊着盆盆罐罐当没看到一样，反正下雨也干不了什么活，照样打他的牌。妈妈很气愤，经常同他吵架。可是家里钱都是老爸拿着的，老妈又挣不到什么钱，吵架也没用。邻居家里都养了肉猪卖，养母猪产猪崽卖，老妈也跟着养了三五头，辛辛苦苦一年下来也挣了几千块，可是卖了猪后，那钱就被老爸放进口袋里，不拿出来，老妈来年想捉几头小猪的本钱都没有，还要找亲戚借。所以我自小就穷怕了。就想着自己能挣钱，能挣很多很多的钱，不受那没钱的苦。"

　　"想挣钱想挣大钱本也无可厚非，可是人生在世也不仅仅只是想着挣钱吧，也不用那般急切吧？再说，你弟和你都是一个家长大的，怎么他就像个公子哥儿样，挣钱的能力没有，花钱的能力有，大手大脚地花钱，衣服要买品牌鞋子要买品牌，吃水果都要拣最贵的进口水果买，不像你买最便宜的而且还时常捡些打特价的快烂的水果买？"

　　"他比我小七岁，家里有两个女儿了，好不容易才生个男孩子，从小被家里宠惯了，也没办法。想要什么家里就要给他买什么，看到别人有他也要有，不给就满地打滚。家里有点好东西吃都是他一个人的，别人一口都不能吃，除非他吃腻了吃不下了才给别人一点。家里人就这样，你有什么办法，老爸喜欢赌钱，老妈又挣不到钱，家里是农村，又不会教小孩，都只能这样了。有时想想自己命苦，家里能把自己养大，也就感激不尽了，你还指望家里能给你什么？所以你能明白我要我弟过来帮忙看店了吗？因为他不想做事，又要花钱，家里没钱，只好要他过来咱们这里。好歹他还能帮咱们看下档口，多少能做点事，也能学着做下生意。"

"那他不在咱店里做了，又去哪里做？总不能在大街上混吧？"

"他说他同学那个公司不错，他去他同学那里。"

"那也行。"

"你要想办法这两天把借给那姓吉的保安的钱要回来。咱家借给那些打麻将的人的钱越来越多了，现在进货的钱都没有多少了。"

"借出去了多少？"

"有 13000 多块了。"

"那么多！"

"没办法。不过大部分都是学校的那帮人借的，除了那个吉教官，其他人都是长期在学校做的，应当不会赖账，这个月不还，下个月发了工资也会还的。"

"有些家伙还账未必那么爽快，他就是有了钱也未必还给咱。"

"所以咱们想办法讨账呀。"

"我都成了讨账专业人士了。"

"你又邀不来打牌的人，又不会在店里做生意，守下店还老是收到假钱。你也就只有做下收账的粗活了。如果收账都不会，账都收不回来，那你还有什么用处？"

"算了，我去收账好了。你和你弟就放账，我就去收账。哪天我收账收出专业水平来，我也可以去收账公司帮人家专业收账了。这种活少有人做，应该大有前途。"

玩笑归玩笑，账是要想办法收的，能不能收回来是一回事。但是依豪认为以他的口才收到账应当是没多大问题的。他本来有些拙于说话，他是知道的，但是前面他同事同房东砍价那事，他本以为是不可能砍到 1000 块的，然而同事用那咄咄逼人的语气，似是而非的观点，加之不知从哪里来的那副跟人吵架理论的激情，一通夹七夹八的怒吼，倒也成了事儿。如果同事不能劝说房东把

档租降下来，自己又怎能劝老婆把档租加上去租下这个档口。如果没租下来，现在自家这零售事业还能不能继续下去真还是个问题。所以，知其不可为而为之，明知没有成功的可能，但仍不放弃。套用名人的话说，理想还是要有的，万一它实现了呢？

讨账还是要的，万一讨回来了呢？

于是依豪就给自己打足鸡血，晚上下班之后也不待在档口，而是去学校大门保安室那里蹲守。因为那个家伙平常都不在学校，怕人家找他讨账。

老乡这几天都上中班，从下午两点到晚上十点，十点之后他就下班休息了。依豪到宿舍里找姓吉的不着，然后就守在学校大门口，同老乡聊天。

依豪说："我就想不明白，他一个才来半年的家伙怎么就能从那么多人那里借到那么多钱。"

老乡反问："你不是也借钱给他了吗？"

"那都不是我借的。第一次是我老婆借给他的，过一个月我厚着脸皮找他要说进货没钱了，要了两次他才还，第二次是我老婆的弟弟自作主张借给他的。开麻将馆没办法,有时人家开口借钱,你还不得不借。可是你干吗要借给他呢？"

"他那人脸皮厚，又爱说假话，被他骗了啊。他才两个月，就找我借，说家里出了点事，老妈生病了，急着要钱住院。他刚进学校，没多少钱，所以找我借点。因为我们同一个部门，是同事，又经常在一起共事，又架不住他低三下四地求我，说下个月发了工资就还给我。想着人也有困难的时候，就算是做好事帮下别人，所以把钱借给他了。可后面发现根本不是那回事，他拿了钱就去赌钱了。你没开麻将馆之前，他在物业花王那里，后面大家见他牌品不行，赢了台费不肯出，输了就欠账，欠着欠着就不还了。后面大家都不肯同他打了，他就去你家上面那家麻将馆打。可是人家那里才是真正的赌场，花王和你那里不过是小打小闹而已，几场牌下来就输掉几千。没钱了，可是打牌的瘾又很大，别人是有钱就打牌，没钱就戒赌，他是有钱没钱都要赌，是滥赌。然后就到处找人借。借钱的时候装得像个孙子，又可怜又善良，而且还装出品性良好信用不错的样子，接你的工作的小钟中了招，也借钱给他了，因为他们是老乡。学校饭堂的几个老板，学校超市的老板也中招了，他们也是老乡关系。开始时不知他的人品，听了他的，也就借了钱给他，反正他们也不缺那点钱。后面见他是那样的一个人，也就懒得理他，钱也不想问他要，当是烂账了。"

"可是学生处主任老陆怎么也借钱给他呢？他们级别不对，又不是老乡关系啊。"

"你都不知道人家老陆也是个好赌之人，好赌好吃好抽烟，怎么好玩怎么来，喜欢和下属以及供应商玩。家里有钱，自个儿工资也高，只要人家肯找他借钱，他也挺大方的就借，更何况这个家伙是他的下属，只要还想在学校做下去，就不愁他不还钱，所以想都没想也就借了。现在这个家伙借了学校这么多人的钱，就只差学校的领导他不敢借了。你听说的其实也就只是学校里的，你还不知道他在学校之外借了多少。那些借的钱连咱们这些人都不知道。只是现在隔三岔五地有校外的人过来学校门岗找他，问他什么事，说是这姓吉的欠他几千块的账还没还。来问的也不止一个两个了。也没人问他在校外到底借了多少钱。反正校内的账都还不清了。学校教官的工资你是知道的，咱们来了十来年的也才三千多块，他一个才来半年的又有多少。一个月下来又要抽烟又要吃饭，发的工资都不够他日用的，哪还有钱还账。你那 800 块钱是最少的啦，人家个个都比你借的多，人家都没奢望他还钱了，你也就省点力气，不要问他要了吧。你守在校门口也没用。他没有深更半夜是不会回来的。就是回来了，他口袋里空空如也，又拿什么东西还你？"

"这个也难说。别人的钱他不还，未必我的钱他就不还。"

"你人大一点？还是钱大一点？"老乡本是个忠厚之人，不太说讽刺的话讽刺人，这次他也忍不住对依豪的自以为是挖苦了两句。

"不是人大钱大，而是恰恰相反，是我人小钱小，所以有还的可能。工资才两千，你们个个都欠了上千，他还了还怎么活？而且老话说得好，虱子多了不痒，账多了不急。你们那些欠账，他还不着急还你们呢！就是不还，你能咬他一口？你不好意思咬，他老乡不好意思咬，他主任也不好意思咬。所以他也就不急。但是我钱小人小，我就脸皮厚，天天缠着他，找他，在他耳边不停地嗡嗡地叫，我又不打他，打人是犯法的，我又不骂他，骂人要费气力，我就天天找他，我就不信我这几百块钱他不还。他人再傻，知道只要几百块钱就能解决他生活工作上的大问题的，怎么会不想着去解决。"

"这个，道理好像有一定的道理。只是他老是不还，你弄久了也没那精力去弄了。换成别人也懒得去要这几百块钱了。"

"反正下班了我也没别的事，我就当没事找事做，加之我老婆下达的任务，

不完成也不好意思回家啊。开麻将馆是我要开的，我老婆都不想做。现在开起来了，大家都来捧场，也能挣几个台费，就缺账收不回来，我这时只能狠下心来收收账。只要能把钱弄回来，怎么弄都行。"

两人聊了许久的天，把一些陈谷子烂芝麻都翻出来了。老乡把值勤的时间消磨了过去，依豪把守株待兔的等待时间消磨了过去，两人都得其所哉。10点老乡下了班依豪还陪他在操场上走了一段路，他不放心，那姓吉的会不会有学生公寓一楼的钥匙，从老年公寓那条街偷偷地溜回宿舍睡，老乡说应该不会有，那个门的钥匙只有几个宿管部的楼长才有，那几个楼长并不好赌，他们弄不到一块儿去，所以也不会把钥匙给他。虽然这样，依豪仍去了宿舍。宿舍里除了门是四敞大开的之外，和他前面见到的情形一个样，并没有人影。

出来仍然守在大门口，听另一个到岗值班的夜班教官瞎聊，不过没机会再聊他堵在门岗的原因，因为那教官只要他当听众就行了。大门口进进出出的人并不多，学生没有班主任的放行条平时是不能随意进出校门的，所以想外出的男生女生想办法骗门岗外出，拿着不知道是谁签名的放行条，或是拨通鬼才听得出来是谁的声音的电话，以此证明是得到班主任的同意的。认真一点的门岗对这些小伎俩施行三不主义：不看，不听，不理。学生见骗不开门，悻悻而回。不认真的门岗或是同那些不三不四的学生混得很熟的门岗，就随意多了，见了放行条就放，听了电话也放。次数多了，学生跑出外面的多了，班主任反馈回来，怎么他并没有签放行条、接电话通知，跑出外面喝酒打桌球的学生却那么多，喝得醉醺醺的回来宿舍生活指导老师投诉、家长投诉，第二天到门岗一查放行条，见那签名签得歪歪扭扭像蚯蚓，松松垮垮像火柴棍，知道是学生偷拿了空白放行条，自个儿在上面乱签乱画，门岗也不看，乱批乱放。班主任弄到学生处安保部长那里，部长叫了当班的教官，一通乱批。批了教官，那帮想外出的兔崽子自然就没那么容易再混出去了。所以前几夜开始晚上大门口比较安静。这个值班的夜班教官就是被批的人之一，他正怀着一肚子的怨恨之情，并不问依豪为何整夜无所事事地站在门岗听他唾沫四溅地诉说，还自以为他的口才很好，依豪都听得不想回家了。

守到十二点，不见人回，依豪回去了。

第二天一早，他还没开档，就跑去学校看了一遍，宿舍里有人，跟依豪说他刚走，也不知去哪了。想去学校各个饭堂找，也没去。出校门时问了下当班的教官，说他出校门了。看来自己起来晚了。

早上他要开会儿档口，等老婆带小孩下来档口后他要去上班，中午要回档口做饭，叫打麻将的人，下午上班，晚上下班后才有空守株待兔捉那兔崽子。

晚上又在学校门岗值了一晚的岗。老乡劝他不要守了，没有用的，他都知道个个在找他还账，都躲到外面不知哪个地方去了，晚上很晚他才会回来。回来也只睡几个钟头的觉早早又跑了。依豪说不是说没人问他要账了吗？老乡说，除了你之外，还是有个别两个想要回钱的人，也并不是个个都那么大方。不过，你不是也在问他要钱吗？

守到十二点，没等到。又回了。老婆看看两晚无功而返，劝他，就别守了，这样守下去要守到何年何月？而且守到他了又有什么用？他又没钱。

依豪说还坚持两天吧。俗话说事不过三，咱才守两天呢。再多守几天又何妨。

我看没什么用。那 800 块钱咱别别要了，就当买了个教训。借钱要小心，不要随便乱借。

第三天晚上，值夜班的那个教官也知道他晚上守在门岗的用意了，就笑他，借钱给那姓吉的就是一个笑话，借了之后又问他要回来的更是一个笑话。什么时候见进到他口袋里的钱会吐出来的。你就别想了。

依豪说："可我就想不明白，他那么一个可恶又装可怜的人怎么就会借得到那么多钱的呢？我是很少和他打交道。他什么时候开始到咱店里来打麻将我都不知道。还是欠了钱之后，我才知道他是咱学校的人。"

"其实他也不是那种坏透顶的人吧。他除了好赌之外，为人是很大方的。一有了钱，就买东买西，请这个抽烟，请那个喝酒，不把钱当钱。可是老兄，你说，咱们这些做工的人，哪能像他那样吃喝得起啊。买烟就买王烟，喝水就喝功能饮料。那钱还不很快就用完了吗？用完了就找人借，可是借了之后又还不出来，还不出来他还不想办法，却是烟照抽水照喝，最后账越欠越多。大家也越来越讨厌他。现在他在学校混不下去了。想走可是欠了人家老陆的钱，老陆又不想放他走。所以就这么拖着。他现在班都没上了。只是住在学校睡个觉而已。"

又说了一通。正说着，依豪看见大门外走进来一个人，身形不高，和目标人选接近，近了仔细一看，不是他是谁？

　　侧门开了，他走了进来。依豪就站侧门不远处的校道树下，那两排树参天耸立，历史比这学校还要久远。依豪叫他到面前来，那人也乖乖听他号令，走向前来。到了面前，依豪开宗明义告诉他，等了他几个晚上了，赶紧还钱。他说他知道。但是他没有钱。不信？银行卡在这里，旁边招生办墙上就有柜员机，一查就可以得知。我要查你银行卡做什么？把钱还给我，咱们就没话说了。不还，说什么都没用。

　　"但是，我真的没有钱。"

　　"我知道你会有钱的，你马上把钱还给我。"

　　他们两个大男人，就在这参天耸立的大树下，一个要钱一个没钱地反复了几个回合。依豪想起了同事跟房东砍档租的咄咄逼人豪气冲天的语气，不由自主地提高了嗓门，反正树下校道也没人经过，这时已是十一点左右，学生都被赶进宿舍，在宿舍里熄灯睡觉了。

　　依豪拿出在学校从思想政治老教师那里学来的那一套，跟他认真讲一个人树立正确三观的重要性，又跟他讲一个人在现代社会立足，信用是多么的重要。信用这两个字，不仅仅在经济学、金融学上具有重要意义，现代社会的各种经济活动，金融机构的各种借贷活动，无不建立在信用二字之上，没有信用，现代社会无从谈起。同样一个人，生活在社会之中，处在一个人际关系之中，不讲信用，那就只有自寻死路，那就是社会性死亡。你现在的情形，离社会性死亡不远了。你为什么要自绝于人民，自绝于同事呢？看上去你还那么年轻，不太像是成了家的人。不过如果你成了家，以你现在这德性,也离家破人散不远了。可是你为什么要这样子呢？你家很有钱吗？（不是）你家很穷吗？（不是）那你为什么要这样？拿着两三千块的工资，一个月要花掉七八千，万把块，你用得着这样大手大脚吗？你懂不懂量入为出的道理？你懂不懂有多大的碗就盛多大量的饭？你当别人是你的提款机？可以随时取用而不用还账？你年纪轻轻，别把自己的名声搞臭了。你别以为你在这个单位骗了一拨人，然后离职去另一个地方骗。你别想多了，这个城市说大也大，有上千万的人口，说小也小，弄不好低头在公交车地铁口就遇到了。俗话说的，做人留一线，日后好相见。你年纪轻轻，还有好几十年活，别把你后面的路给全部堵死了。

　　你欠别人的钱还不还，什么时候还我管不着。但是你欠我的钱，你是一定要还的。你就是离开这个学校了，我还是会想办法找到你的。除非你不在这个城市里混了。你别看我是一个不起眼的人，在学校里当个十级行政教职工，在外面做个小店老板，没什么本事。可是我告诉你，别惹我发火，我发起火来，后果会很严重的哦。

一顿杂七杂八半通不通的痛斥，就像班主任训犯错的学生一样，轻轻松松地就骂了一个多钟头，只骂得对方无话可说（本来他也没怎么说话）。在给学生开班会时依豪都没有这么慷慨激昂激情满怀地训斥过。现在他过足了瘾。知道对方今晚是拿不出钱来的。也就放他回去了。他自个儿也骑着小电驴回了家。

第二天下午下班时，依豪经过学校门岗，看到他坐在门岗值班室里，旁边有一个小包。依豪将电动车停在路边，进到门岗。问他怎么样了。他带依豪走出门岗，到外面柜员机前，取出 800 元来，还给了他。他接过那崭新百元大钞时乐了，都不敢相信这钱还能回到他手上来。这个姓吉的人就这样离开了学校，除了把他的钱还了之外，其他人的钱一概没还。不是不想还，而是根本还不出来。他走了之后，学校里的人还经常提起他。过了一两年，也就渐渐淡忘了。那些烂账也渐渐地像被风吹日晒雨淋过的户外广告，时间长了，也就失去了色泽，再后来就被人撤了下来，丢进了垃圾桶。

这件事对于依豪的意义，远比烂账盘活更为重要。说到底，那才不过 800 块钱，就是没收回来，也没什么，况且他老婆都提出销账处理了，要不回来也不会引起家庭纷争。

主要意义在于，增强了他的自信心，增强了他与人谈判的勇气。

第十章 关门大吉

　　依豪陆玟开的那家档口所在的村子，在厉行禁止违建民房两年之后，放松了管制，结果村民开始大肆修建民房，有钱有地的本地人叫上施工队就干，有地没钱的就拉人入伙合伙建房，事先谈好，建成之后，下面四层归地主，上面四层归出资人。地主拿了房子就出租，出资人拿了房子就开卖，所得收益又投到下一个项目中去。村子街道上下里外，只要是空地，不管那空地是四方形还是长方形，是梯形还是多边形，只要是块地，也不管那地有200平方米还是只有50平方米，都以地表面为基准，以他人的房子为边界，尽可能最大面积地建楼，建筑面积越大越好，楼层呢，越高越好。据说现在民房最高只能建三层半，古时这是皇帝才能建的高度，一般老百姓只能建一层，可是这里一般都是七层八层。为什么不建九层十层呢，好像上了九层就要安装电梯，即便房东不装电梯，一般人也不愿意迈动双脚爬那么高了。所以极限是八层，这是从人体学角度上考虑的。

　　于是在依豪陆玟安安静静地做了两年生意之后，村子里的大街小巷就成了一个个工地，整日价不是打桩机发出嘭嘭的打桩声，就是混凝土车发出输送混凝土的咯吱咯吱声，吃饭时听到那声音，感觉碎石子都跑进嘴里那般难受。灰尘满天，档口玻璃柜一天不擦就落下一层白灰，货架上的货物都成了从地底下挖出来的古物。一下雨，街道上污泥四处横流，车辆经过，就能刮起一阵沙尘暴。

楼房很快蹭蹭蹭往上长，听说长得快的竹笋一晚能长五六米高，这民房建造的速度可比竹笋。而且数量也多，一场雨过后，遍地都是，真如雨后春笋。

就这样，一番野蛮生长之后，村子大街小巷凭空而出许多出租屋、小产权房、档口。出租的，卖房的，旺铺租售的广告红纸贴得到处都是。虽然又引来了一拨租客炒房客，但是一楼档口也引来许多做生意的。一番讨价还价之后，餐馆、理发店、五金店都开起来了。最令依豪和陆玟不能释怀的是，在他们家档口上面二十米不到，也就是上面那有六台麻将机的麻将馆家，她家临街建了一栋很大的房子，一楼四个门面全部租给一个老板，一个门面每月租金1000元，那老板弄了家这么大的超市，直接盖过依豪陆玟家的生活超市。据麻将馆老板娘说，那超市老板投资了20万。依豪算了下，是他们当初投资的10倍。人家是干大事的，不屑于找饮料公司合作，给他们免费投放冰箱，嫌饮料公司规矩多要求多，所有冰箱都是自己买的全新的，六个大冰箱，个个又大又气派，里面的饮料，举凡市面上有售的，他家都有。陆玟上去观摩了一下，都吓傻了。那老板也很年轻，是个帅小伙，老板娘也年轻，两人也是开夫妻店。不过此夫妻店非彼夫妻店，人家的超市才是真正的超市，依豪陆玟家的真只好算是本地人所称的士多店了。老板开店之前，这上下四周的情形是打探清楚了的，所以陆玟他一眼就认出来了，知道是下面士多店的老板娘，然后大大方方地同她聊天，讲了他家投了多少钱，装修花了多少，一五一十讲了。走时还留了彼此的聊天方式。那情形不像是同行之间互相打探，而是彼此交友。

看到原来那些到他家的顾客都往上面超市跑，自家店里日渐冷清，除了打麻将的还是原来那些人之外，其他顾客少了很多了。陆玟依豪心有不甘，想自己凭什么要败给上面，咱们也可以多进些货，多摆些货架，把原来空的地方都利用起来，同他家拼上一把。

两人同心同意，真的干起来了。又去批发市场买回几组货架，又进了万把块钱的新货，把品种弄齐整些，以前没卖的那些日用品都弄了一堆回来。鼓足干劲干了两三个月，没有多少效果。人家新店新气象，什么都是新的，规模又大，品种又多，人家都愿意往上面跑，依豪陆玟干不过人家，哪怕是做了新的灯箱，墙上加了闪光招牌，又买了小广告板，每日更新特价商品，和人家大超市那样，学得有模有样。只是没效果。上面的老板看着他们做垂死挣扎，很神

气地在自家超市外的街道上踱来踱去，自信满满地看着下面依豪陆玟家的档口。

两人正要发誓想方设法也要干掉他，设想着去他家档口上去杨家祠堂那里开上一家，从上面把顾客截流过去。还只是设想，没有实际行动。这时传说那家投了20万的超市上面30米远的地方，又将有一家更大的超市入驻。陆玟上去打探，看他们装修，真是超市的模样。没过多久，一家更大更气派的超市又破壳而出闪亮出场，陆玟一问，人家投了60万，档租1万块一月。难怪那气派，那阵势，盖过了下面那家20万的超市。原来在陆玟档口前耀武扬威神气活现的超市，在这横空出世的60万的超市面前，只不过是个小弟弟了。这时轮到刚投了20万的年轻人垂头丧气了，因为顾客又从他家跑去上面那家啦。只见上面那家60万的超市，里面灯火辉煌，人头攒动，都是些似曾相识的人。自家超市门可罗雀车马稀了。

依豪陆玟看到风头正健的20万超市的老板开始垂头丧气，心里有种快意恩仇之感，虽然自家生意仍不见起色，但也没有当初那么难过了。

但是上面那家60万的超市老板也没得意两个月，在他家上面30米的地方，又开了一家更大的大超市，这可是连锁超市，老板轻易都不来这里的。来这里打理装修布置的都是经理，开业之后店里都有好几个营业员，专门收银的都有两个，而且还分两班。陆玟这下子打探不出这家超市投资了多少，因为房东也不清楚，他只管收租，租金是24000元一个月，其他就不知道了。问经理，经理不会说，问店员，店员都是些傻傻的工仔工妹，哪里弄得清开店要投入多少资金？陆玟也推算不出来，她虽然也开超市，但是都是个体的，夫妻店形式的，那种连锁超市她哪知道除了一般的投入外，还要哪些其他投入。叫依豪上去看了看，回来估算了一下，不计货物，光装修超市货架机器设备投入都要200万以上。货物都是总部采购，与供应商采取月结或是季结方式，不是他们这种小店，一手进货一手给钱的那种。

这下子，那60万的超市老板没有神气多久，又像当初依豪陆玟，后面那20万的老板那样，垂头丧气了。陆玟闲来无事，问那20万的超市老板，他家生意怎么样。老板唉声叹气地说，没得搞，一天才收七八百，好时都不上千。除掉档租，人工都没有。老板问陆玟生意怎么样，陆玟说，还能好到哪里。比你家还要少。两家唉声叹气，成了同病相怜的难兄难弟。

看看坚持了大半年，生意不见好转。人虽然多了，但是超市更大更多，没法搞。仅仅靠两台麻将机维持，也不是个办法，货架都积了厚厚一层灰，依豪上班没空擦拭，陆玟成天守在档口见没生意，也没心情擦。两人商量一下，觉得与人家拼规模争客源，以自家的体量，只是个笑话。起早摸黑辛辛苦苦开了三四年店，挣了个二三十来万，如果像别人那样投进去，只怕水花都不会有一个。

是时候收场了。

但是那些货物设备怎么处理？

直接关门大吉太可惜了，看能不能学别人那样来个旺铺转让找个下家来接盘，把他们的这些投资盘过去，回收点本钱出来。

起初两人觉得自家店还开着，就在门外弄个旺铺转让有些不好，怕把仅有的顾客都吓跑了。于是就从网上发布转让消息。可是打电话问的有，来看的却没一个。也有可能背地里像卧底那样来过，瞅了瞅四周的情形，然后悄悄地走掉也说不定。总之，网上发布，有上文，没下文。

看看时间又过了一个月，事情没有进展。两人商量大胆用广告板，写旺铺转让，放在档口外面。

这下当面问的人就多了，一个二个问，问了又看，在店里转来转去看。陆玟讲这档口的好处，面积多大，房东好说话，租金便宜，想接盘的人就压价，说转让费太贵，生意不见得会好。能不能少点转让费。

开始时转让费开价 5 万元，连同货物、货架、冰箱、麻将机等设备，以及档口押金、冰箱雪糕柜押金。基本上是以货物的进货价及设备的采购价来算的。

可是人家嫌贵，说用了那么久的麻将机还要那么贵，货物价钱怎么那么多，他们不想要货物，因为不想开超市。于是陆玟就想办法把货物降价清掉。烟是大头，有一万多块钱的货，而且人家也不清楚他们的进货渠道，不放心烟的真假，所以那些烟只卖不补货，卖了一段时间后，烟的价值就只有几千块了，其他货物打折处理后，也少了些存货。

然后转让费少到 3 万。

有心的人还要砍价。陆玟就列分清单，告诉人家包含了哪些。基本上都是实价，没有多赚一分钱的。

几家人问过之后，转让费又少了几千，成了 25000 元了。

这其中就有一个年轻的女子，带着一岁左右的小孩子，说是没法上班，想开个店赚个零花钱。这情形正和陆玟相似，她是因为小孩没人带，没法上班挣

钱，所以才开的这家士多店，现在开了几年，钱也赚了些，小孩也带大了。

两人说得很投机。女人好的时候都是那样的。那女子仍是觉得转让费太贵了，没那么多钱。陆玟说你要开店，有些货也是要的，货少了顾客怎么挑呢？我把货清走一些，你接手了也还是要进货的，这点货转给你有什么关系。

人家还是犹豫不想接手。陆玟没法，又只好清货，有些好卖的饮料卖断货了也不去补，以此来降低存货。这样过了十来天，转让费又可以减到 22000 元了。陆玟同她交涉，同时给她鼓吹做生意的好处，自由，挣钱比上班多，而且有发展前景，人家大老板说的，宁做一毛钱的老板，不做一块钱的工仔。挣一块钱永远都只有一块钱，做一毛钱，久而久之，就会变成十块钱百块钱，生意越做越大，钱也越来越多。

说了又说，女子心动了，晚上过来，同陆玟好好聊了一晚。说想转她的店。不过她现在没那么多钱，明天才能把转让费给她。陆玟说，你想转就转，一天拖一天可不行，我这店不止你一家在问，还有其他人也想要，我是看到咱们都是带小孩子的，不容易，所以才想着转给你的。如果你真想要，就今晚交 1000 元的定金，把它定下来。然后你再过几天把其余的钱给我也行。

那女子呆呆的，想了下，也行。反正是要给的，早一晚也没关系。于是给了 1000 元给陆玟做定金。陆玟给了她一张收据。有时顾客要开收据，可能是小工厂里报销用的，陆玟也给人家开，所以档口里也有收据本，就是那种没有单位名称，也没有公章的那种。陆玟开了个转让档口 1000 元定金的名头，写了她的全名，给了人家。

两人本以为弄这么久，终于找了个接盘侠，事情就这么完美落幕了。不料第二天一大早，那女子就抱着小孩子来他们档口，说她不想转让了，她老公不同意做。能不能把那 1000 元退还给她。

陆玟问了她情况，又鼓励了她许久，那女子仍是不肯接盘，只是恳求把那钱退给她。那钱还是她悄悄找亲戚借的。

到手的肉怎舍得吐出来。陆玟不同意，只是劝她接手。没办法，那女子抱着小孩子回去了。

晚上那女子又过来同依豪陆玟商量。依豪觉得人家可怜，劝陆玟把钱退还给人家。都是带小孩子的妈妈，你也知道很辛苦，咱们也不缺这 1000 元，何不还给人家呢？陆玟不肯，那女子抱小孩子走了。再也没有回来找过他们。

私下里依豪还在劝陆玫，劝得陆玫不耐烦，骂依豪，她带小孩辛苦，难道我就不辛苦？是她自己蠢自己笨好不，怪我什么？说好的定金，给出去了哪还有要回来的道理？打官司都没用的。你就只知道可怜人家，也不知道挣钱容不容易。做生意能不心肠硬吗？心肠不硬怎么能挣到钱？

这个做生意都是做的邻里街坊的生意，又不是同敌人打仗，要心肠硬干什么？如果面对的是坏家伙，就像我要账那样，问那个姓吉的保安要回咱们的800元，当然心肠要硬，痛骂他一通，不管人家有没有钱，把自己的那份要回来再说。可是这……

别说了。她耽误咱们转店那么久，收个1000元也是应该的。

其实除了她想转之外，也没有其他人要转咱们的店了……

我才不管那么多。反正钱到咱们手里就别指望给人家。

咦，你的眉毛怎么弯弯曲曲像两条蚯蚓，我瞧瞧，我瞧瞧……

别乱碰……

就这样转了四五个月，将近半年，想了许多办法，都没转成。依豪想是不是他们的这种混合经营，又是开士多店又是开麻将馆，又挂着什么日化品牌的招牌，弄得人家接手都不知道要做什么好。继续开士多店，以现在的情势，上面三家超市，一家比一家大，一家比一家气派，随便一家都可以碾压自己这个具体而微的小店，人家吃肉，自己喝汤的可能都没有。如果继续开麻将馆，人家上面六桌麻将台的大麻将馆比自己的也要大，你也搞不过人家。而且关键是那些牌客是认老板的，他来你家打牌，是因为他认可你这老板，如果不认老板，他随时都可以去别的麻将馆。而依豪的麻将馆之所以能生存，是因为他占有部分优势，一个是学校近，他的同事可以过来帮衬，那帮喜欢打麻将的同事有七八个，轮流着来可以撑起四条腿的一桌，还一个，档口后面的施工队，有一百多号人，施工队的老板是他老乡，里面做事的人大部分也是他老乡，还有这上面一家小一些的施工队，也是他老乡弄的，这些人里面也有一些喜欢打麻将的，又可以撑起一桌。下午两桌，晚上两桌，每桌抽水50元，一天200元，一个月近6000元，除掉一些水和电的开支，又加上他们买烟买槟榔买功能性饮料的消费，这麻将馆都有好几千的收益。但是如果换了老板，这些以前来打牌的人还来不来这里打牌，接盘的人还真不放心。虽然陆玫说了开始时她可以帮他们邀集打牌的人，把那些喜欢前来打牌的人转给他们。但是人家也未必相信到时真有那么多人来打。士多店不能产生收益，麻将馆的收益也难保有，所以都不想接。

这样分析之后，侬豪想，咱们何不把这两项业务分开，自己在这档口附近找个小门面，把麻将桌搬过去，由陆玟单独经营麻将生意，一个月也有好几千，比上班强多了，剩下的士多店由人接手过去，人家做士多店也好，一边做士多店一边开粉馆快餐店也好，都可以。这样拆分之后，接手的人应当会多一些，接手的可能也大一些。

侬豪这么同陆玟一说，陆玟觉得可行，专门开麻将馆，只需要打电话邀人，而且那些人又是现成的，中午打半个小时左右的电话，晚饭过后打半个小时的电话就可以，其他时间自由支配，比成天守着士多店强多了。于是马上行动，改变转让条件，只转让士多店部分，麻将桌搬走。陆玟找原来他们租的档口的房东，问他家有没有一楼房间，刚好档口后面他家一楼有一户人家最近搬走了，还没人住，可以租给他们。打开进去看了下，除了墙壁要刷白之外，其他都不用，房间也够大，摆两台麻将桌也行。租金400元一个月，也不贵。一押一租，也只要800元。交钱给房东之后，房东把钥匙给他。侬豪买了桶石灰，买了把刷子，自己做起粉刷匠粉墙，比花1000元请那家粉墙也不会差到哪里去，自己弄还只要100多元。

弄好之后，请人帮忙试着搬一台麻将机过去，效果还不错。另一台暂时放在店里，等转掉之后再搬走。

这样一来，转让费又少了，只要万把块就可以了。而且那里面一些货物也还可以卖或自家用，其实如果人家接手做别的，开粉馆或是快餐店或是别的其他什么店，这档口里的冰箱什么的都可以用起来。

问的人多了，有意向接手的人也有。果然有人想开别的，除了不想做士多店和麻将馆生意之外其他的都有，想开牛奶店的，奶茶店的，粉馆的，快餐店的，水果店的，等等。但是想接手的都是老江湖，知道侬豪是铁定了不做的，所以还在杀价，恨不能免费送给他们才好。但是转让的人一多，陆玟也有了谈价钱的底气，仍在等候观望，看有没有出价高一些的。那种白菜价给别人，一点转让费都没捞到，不甘心。即便是没收到转让费，把冰箱货架按原价卖掉也好啊。

就这样弄了几天，上面那家施工队的经理的老婆同陆玟闲聊。说其实他老公想接手这店给她看。她带着小孩可以看店，她老公又喜欢打麻将，早就和她家那帮打麻将的人弄熟了，可以邀到打麻将的人，正好可以做。问 12000 元可不可以连两台麻将机和士多店一起转给他们。

陆玫说，那麻将桌自己还要，开在后面，一个月也可以有几千块收益，不想转。那阿灵说，她老公看上开麻将馆有收益才想接手的，如果只是弄那个店子，他家的不想。

陆玫晚上同依豪讲这事，依豪说，咱们开了一两年的麻将馆，也开腻了，而且打牌的人借了咱们 20000 多元钱，不早点趁机收回来，只怕会成为烂账，而且现在开麻将桌的人家也多了，一家一台，放在家里，有人打就抽点水，没人打就放在那里，只怕以后如果风声紧，城管严抓，这种经营模式的还不给弄了。

陆玫想了想，不开麻将馆，自己再去找份工作也行。

于是第二天，陆玫同阿灵商量，可以连麻将桌和那些打牌的人都转给她，但是转让费要 20000 元，一分钱都不能少，少了店子分开转，自己开。

又过了两天，阿灵说，18000 元行不行。

依豪觉得少 2000 元也可以，但陆玫不同意。

两家僵在那 2000 元上，没了进展。

还没三五天，给他出租做麻将馆的老板过来跟陆玫依豪说，村里不允许在出租屋里开麻将馆，他要把那房子收回来。依豪陆玫猜测是受了上面那家 6 台麻将桌的本地人的施压，不让他弄了，人家麻将馆有后台，你也没办法。人家是本地人。想想现在有人接手，就转了。

于是马上同意，打电话给阿灵，同意 18000 元转给他家。

对方要清点货物也行，烟酒百货清点一遍，还有多的。阿灵老公抽烟，依豪不抽，烟就转了，啤酒还有好几十箱，阿灵老公不喝啤酒，太肥了，不想要那么多，依豪热天喜欢喝一瓶两瓶，所以依豪搬走 50 箱，每箱按进货价 30 元计，有 1500 元有余。

人家房东不给租，那些押金房租如数退还给依豪，虽然用了十来天，也没有算租金。只可惜依豪下班辛苦粉墙的力气了，粉墙水平有限，弄得那几天浑身是白石灰。好在也只白费了些气力，而气力是不用钱，也花不完的。

设备货物清点清楚之后，陆玫把档口两个卷闸门的全部钥匙给了她家，同时也把换锁的师傅的电话告诉给她，想换锁也很方便。阿灵先付了 12000 元。过了几天，陆玫催她，才将剩余的 6000 元给齐。阿灵老公也不是个爽快的人。

　　就这样，当初两人开士多店投进去的 18000 元又全部收了回来。三四年下来，开士多店连同麻将馆，除开那辆几万块钱的国产车之外，两人存了 30 来万块钱。

　　士多店麻将馆转手了，但是与之相关的事情还没结束，还有 20000 多元钱的欠账和借款没收回来，这个还要费上几个月时间以及费上不少精力。

　　有 3000 多元是小鱼儿欠的，姓吉的那个保安的 800 元早就要回来了，不在这 2 万多块钱之内，还有其他几个学校做事的保安学管人员，总共欠 8000 块，这 1 万多块钱，基本都能还回来，只要你有耐心，拉得下脸，都不成问题。像小鱼儿这种人，除了在学校里继续做之外，也没别的地方可去，每个月发工资时你就去找他，口气和缓一点，都是同事，他就是有点想拖账不还，但是还不至于烂账。4000 多元是小成欠的，后来陆玲生了儿子之后，他们一家三口又从老家省城搬回来住，仍是住在档口二楼。下班了没事干，仍是打牌过日子，没钱就借，陆玟认为他是亲戚，所以也没在意他借多少钱，不想借来借去，他成了最大的一单债主了。依豪劝她别再借钱给他了，这种人不行，就是成了亲戚也不行，陆玟这才停止借钱给他，可是前面欠下的账，以他的工资收入和开支，只怕半年难以还清，还需要时时盯着他工作和打牌。剩下的几千，就是上下三个施工队的工仔借的钱了。其中又有一大部分是他档口后面那家大施工队的工人借的。这老板人很好，虽然施工队能挣大钱，但是人低调和气，虽然好玩，但不是那种富二代式的除了玩之外就不管不顾的家伙，虽然也抽烟，也喝酒，也打牌，但不像学校那帮上班混时间下班混日子的保安那种狂打乱赌，那些玩乐只是作为生活工作之余的调剂，不把那些当回事，显得很有分寸。这徐老板知道依豪小本生意，挣个钱不容易，依豪关门大吉之后，徐老板发话了，欠别人的钱他不管，但是他手下的人如果欠了这蓝老师的钱必须要还。不还就把工资扣下来。就是有人离职要走，在走之前，都要到依豪家清账才能到财务那里结账。所以他手下没一个人欠依豪的钱没还的。剩下的只有两家，一家是接手他家档口的阿灵老公那个施工队的人，借的钱不多，阿灵老公是施工队经理，现在又接手依豪的店，跟下面的人说一说，也都还了。

　　只剩下另一家施工队的人欠的钱了。那家施工队老板其实人也很好，只是有些管控不了手下的那帮工人，知道自家的那帮家伙都是些不讲信用的乌合之众，所以早早地在陆玟开始赊账或借钱给他家工人之时，他就派他儿子跟他们两个说明了：账收不回来，别找他们。意思也再明白不过：那帮家伙都不太可靠，能不借不赊就不要借钱赊账给他们。可是陆玟禁不住那帮家伙的软磨硬泡，又想着做生意总要担点风险的，精明如银行的都有烂账呢。所以也还是借钱赊账。

有个家伙就赊账，有个家伙就借钱。

赊账的那个家伙面相还可以，见了老板娘也还笑笑的，像是可靠的那种男的。开始找陆玟赊账，是说工钱还没有结，先在店里拿点货，也不多，二百来块钱，过半个月工钱结了给。态度很诚恳，语气很和善。陆玟赊了，一条烟还有日常用品什么的。赊账的人也多，并非他一人。过了半个月，没等陆玟提及还钱，他就主动过来把账清了。陆玟家的赊账是记在一个小本本上，秘而不宣的，不像咸亨酒店把账记在黑板上，给进进出出的食客看。账清了就在本子上把这一笔划掉。

过了一段时间，他又开始赊，一两百，两三百那样，赊过之后没多久也就还了，然后陆玟把账划掉。

再后来就是一赊就是几条烟，其他物品，加起来共计780元。陆玟也赊了。依豪下班看见这么大一笔赊账，问陆玟这人怎么一下子赊好几条烟。陆玟说没事，这人信用还可以，前面赊的后面都还了。依豪说这前面还了并不等于后面会还，他前面那是在布局，骗你相信，这一次就未必还了。陆玟不相信，说那个地方的男人都还可以。依豪说这也难说，每个省的人上千万几千万，有好有坏，不能用你这刻板印象概括的。你去问问那少老板，看那人还在他家做不。陆玟白天看档，那家少老板从她档口上上下下，一问，果然这男的辞工结账走了。陆玟打电话给那人，那人还不承认，说只是回家了，过段时间会来的，你放心，你的钱会还的。

然后就没下文了。到依豪陆玟把档口转给阿灵家，别的账都清得差不多了，他这账还挂在账本。每过一个月，陆玟就打电话好言催账，对方没说不还，只说要她别急。拖了一个月又一个月，最后依豪没耐性了，亲自出马打电话要账。那他打电话要账，就没有老婆说话那么动听了，前有姓吉的保安，被他训了一个多钟，世上的名言警句他都说了个遍，励志鸡汤文都掉了好大几袋，人生在世的大道理他都说完了。当然那是在面对面的情况下，打电话就没有这么从容不迫讲大道理了。电话接通，开场白一过，依豪就单刀直入进入主题，告诉他做人不是那样子的，赶紧把钱还了。可能说话语气硬了些，也可能人家就是想

找个借口赖账而已，他对侬豪说你这样子问人家要账，人家会不高兴的。侬豪才不管人家高不高兴，还账就行了。说了一通，人家懒得同他说，直接把电话挂了。侬豪大怒，又打电话过去，人家只是不接。于是他发了条短信：出来混，迟早是要还的。除非你回了老家，不在这方圆一百公里范围内做事。发给对方。对方没动静。再打过去，关机了。

　　这账就这么黄了，那些小账一笔一笔地清掉了，就剩这最后的几笔，应当是烂账了。过了半年，侬豪开车去瘦鸡岭的另一边，经过一个人车稀少的新建的公交站台。那地方侬豪几年都不会去的，虽然很近，却因为是在山的另一侧，工作生活都没有关联。那一次他去了。经过那新建的公交站台时，因为正在施工，封了两条车道，只有一条了，车速降了下来，一堆戴着安全帽的施工人员三三两两地在那里，有几个在干活，更多的人坐在旁边休息。侬豪下意识地在这人堆里找寻，忽然他看到了一个熟悉的面孔，是那个欠账不还的家伙。他马上打双闪，把车停在前面路边，走下车。那个家伙也认出他来了，想把头偏过去不让人家认出来不可能了。侬豪问他，你在这里做事？那家伙点点头。侬豪问：我的电话号码你还有没有？没有了。侬豪问，你们这里的负责人是谁？他不肯说。侬豪走过去几步，问别人。别人告诉了他，侬豪于是找到那负责人，跟他说，他施工队里有一个他的熟人，他找他有点事。你的手机号码能不能告诉我，抽空我来你们施工队宿舍找你们。那个负责人都懂的，不方便拒绝人家，把电话号码告诉了侬豪。侬豪谢了谢，回过头来跟那欠账的人说，你自己约个时间打我电话，是我来找你，还是你去我那里找我。我还在老地方。那人点点头。侬豪开车走了。

　　过了半个多月，那人打电话给侬豪，说发工资了，把账还给你。侬豪问是去你那里，还是来我这。那人说来你档口吧。侬豪于是在那档口等他。差不多约好的时间，他到了。给了780元。侬豪点点头，说了一句，做人留一线，日后好相见。送给他。

　　陆玟那密密麻麻的账本上，又有一条大账划掉了，没有划掉的屈指可数了。

　　有个叫阿艳的女人，据她对陆玟说，她家有三姐妹，有一个在坐牢，靠她来每个月送钱花，有一个在吸毒，她自己整日无所事事，就经常在上下几家麻将馆打牌混日子。陆玟晚上讲给侬豪听，侬豪说这些坐牢吸毒之事也不算什么好事儿，俗话说家丑不可外传，这人怎么就自己讲出来呢？陆玟说女人之间熟了就藏不住话了，有什么就说什么啊。你要女人守住秘密可是很难的。依豪听不明白。

自从高妹过来她家打麻将之后，高妹拉来这阿艳过来打过一次，这阿艳也就隔三岔五地到陆玟家打牌。只要打一次牌，陆玟就和他们很熟了。陆玟是天生做生意的料，逢人自来熟，不管是三教九流，见面一次就能聊成亲朋好友。不像依豪，认识了一年半载的人，性情不相投的，见了面都不会跟人家打招呼。

不过即便是为了生计而开麻将馆而需要同这三教九流乱七八糟的人交往，依豪仍同这些人保持着心理上的距离，不同他们太亲近。可能是古话说的，水至清则无鱼，人至察则无徒。依豪看这些人看得实在是太清楚了，所以没办法同他们用心交往。而且他是刻意看出人性的丑恶的一面，好让自己保持与一般人的距离。

依豪劝陆玟不要同这阿艳有太多往来，这种人少接触为好。陆玟说，要挣钱呢，你以为钱那么好挣。依豪说，话是没错。只是这种人人品一般不怎么样，小心提防一下。别钱没挣到，反倒贴了。

"她不会是这种人吧。同她聊天，发现她还是不错的。"

"你是谁都聊得来，谁都不错。没有鉴别力。"

"我做事自有分寸，不用你来教。"

话虽然说到这份上了，但是到他们的档口转掉之后，依豪对着账本一条条地清账，才发现这阿艳的名字也赫然在列，借了600元。在清理账本上的账单时容易清的陆玟都清了，不能清的，就交给依豪，这阿艳的600元账就是留给依豪处理的。

依豪前面没怎么同阿艳说话，现在是见她一面就问钱的事，对方也是说现在没钱，等有钱了再还，一次拖一次。

如是几次，依豪有点不耐烦了。什么情况下才会有钱呢？天天打牌天天玩，哪会有余钱还账？分明是不想还了。只要你不提及账，她肯定是不会还的。这就看谁的脸皮厚，谁的耐性足了。依豪以前还对这讨账的活不是很感兴趣的，觉得很难做，不想去做，后来发现讨账也是一门学问，需要很好的口才、耐力、谈判的技巧，所以对这讨账很有信心，讨起账来锲而不舍了。

这阿艳不还，那么他就反复问她烦她，一直到她还账为止。

这阿艳虽然没钱还账，但是麻将还是要天天打的。自从阿灵接手依豪家的

麻将馆之后,这阿艳就天天到这里来玩了。以前还只是过几天来一次。可能这阿艳和阿灵老公交往不错。因为阿灵老公也是抽烟打牌好吃好喝之人,不同于依豪。依豪就每天下班之后到档口转一转,见了阿艳就提及欠账之事。当然前面都是私下的,没有在大庭广众之中讨要,给了她面子。但是阿艳好像不当回事,牌照样打,钱照样不还。依豪无法,只好一步步逼紧她。这一次他放了大招,在她上牌桌时当着众人提及这事,要她还钱。她不高兴了,说牌都没打,就要她还钱,把她的运气都弄没了,还打什么牌?

依豪反问:"打牌之前不能还钱,打完牌后也没钱还,那你什么时候才能还?"

"你能不能让我好好打场牌,别在我耳边叫来叫去好不?"

"你把钱还了,我就不会找你。你不还钱,我天天烦你。"

"我不还钱又怎样,你咬我不成?你打我不成?"

"你当我不敢动手打你是不?"

"你打啊!我怕你打!"

依豪想,如果你赌我不敢打你,而我真不敢打,那这钱永远要不回来了。我今天就摆出打架的姿态来吓吓你。于是他趁着怒火,操起旁边的扫把,就要挥舞着过来打她。吓得阿艳从椅子上站了起来,其他打牌的人坐在桌前看热闹没有动,但是阿灵老公在旁边,怕真的打起来对他家的麻将事业影响不好,赶紧夺下扫把,劝依豪别动手,有话好商量。依豪说,今天咱们就来个了断。你要不报警说你被人打了,要不把钱还了。

阿灵老公见状,劝阿艳把钱还了。这借人家的钱,迟早要还的,有钱干吗不还给人家呢?

其他人催着赶紧打牌。阿艳没法,从她小挎包里拉出600元,往地上一扔:"还给你!"

钱被扔得到处都是。众目睽睽之下,依豪不想弯腰去捡,他本来是带着小孩子来的,他要小孩子帮他把钱捡起来,小孩子怕,不敢去捡。依豪无法,费了那么多功夫那么多口水好不容易见到钱了,这钱离自己就有一步之遥了,这时候不放下面子把钱捡回来,前面费的功夫都白费了。没办法,只好自己弯下腰去,一张一张捡起来。一手拿钱,一手牵着小孩,回去了。

这一笔清了。

每个月月中或是月末发工资，陆陆续续那些有工资拿的人分批分次把钱还了回来。

最后还剩一笔 1800 元的欠账，老陈借的，没有还。

对于这个老陈，依豪算是彻底没辙了。他也不消失，不像那个赊几条烟就跑路的家伙，那样做明眼人一看就知道成心骗吃骗喝的，一副欠揍的样，但是他不跑，在依豪陆玟把档口转走之后，陆玟去市中心卖保健器材之后，他仍天天出现在原来的地方，没想着要挪下窝。你问他要钱，他也不说不还，但是你就是要不到一分钱，因为他确实一分钱都没有。他可以在你面前主动把身上的几个口袋全部倒个个儿，里面空空如也。前面见他抽烟的，他也不抽烟了，也不买烟抽。前面他打牌的，他这欠依豪的钱就是陆玟邀他打牌时借的钱，他现在也不打牌了。自己不主动来打，别人邀他打他也不打，如果真要他打，反正他事先讲明，他口袋里没钱的，赢了他要拿走，输了他是没钱给的，于是几次之后，真见他只进不出，打牌的人也不要他打了。于是他也不打了。

其实在最早之时，依豪就劝过陆玟，这种没钱打牌的人别强拉他去打。他没钱，你借钱给他，赢了他还本钱给你，输了借你的钱就挂在账上。越挂越多，有啥意思。前面他还给施工队开工程车，有份工作，有份工资。后面施工队活越来越少，工资越来越低，他也懒得开工程车了。就天天玩。有钱没钱他都玩，反正就维持在不把自己饿死的状态，坚决不做事。

他曾经跟依豪和陆玟讲过他的过去，他说他也曾发达过，混得最好时，也有一帮兄弟，家里有上百万的存款，老婆对他也好。后来生意垮了，亏得倾家荡产，身无分文，老婆也跟着别人跑了。所以他出来帮人家开工程车混下日子，过着一人吃饱全家不饿的单身生活。不过档口后面的施工队的徐老板却说，你别信他的鬼话，他哪曾有钱过，他就是那种懒得要命的人，不想做事，不想挣钱，结果老婆气不过，离婚了。

老婆到底是因他没钱跑的还是因他懒而跑的，别人一时难以断定，不过这人倒是脾气很好，不气不闷，天天与人无争。没钱他也不打，别人借钱给他他也乐意上场赌。依豪说，这个钱我不想问他要了。你想要回来你去要。因为当初他根本就没找你借钱，是你为了凑够四条腿，想方设法借钱给人家让他打的。人家没有主动找你借钱的意思。现在他还不出来，你好意思找人家？

陆玟才不讲这些，她觉得钱借给别人，依豪就有义务把它要回来。依豪说人家要有钱还才行，如果人家没钱，你能拿他怎么办？你真揍他一顿？你就是揍他一顿也没用啊！你揍人家一顿，人家报警，警察不仅不会帮你要账，说不定还以违法开赌场之名罚你，以打人为名拘留你。而且人家老陈，你就是为欠账打他，他也不会还手，这种打不还手的人你打得好意思吗？

陆玟仍不甘心，半年之后仍在时不时问他要。其他人的账，包括小成的，他也想办法通过跟陆玲沟通，把钱还了回来，学校的小鱼儿，就是不情不愿地，每个月还一千，每个月还一千，也还完了，那个恶意赖账不还的，依豪开车偶然遇到，也想办法要了回来，那个做小姐的阿艳，依豪临场发挥，当着众人猛地拿扫把砸在地上发出啪啪之声吓得大家以为他真要打人，拉的拉，劝的劝，也把那600元要了回来。唯独这个老陈，你骂他也没用，他不还嘴，打他也没用，他不还手，问他要钱也没用，口袋翻遍找不出一分钱，找他老板也没用，他根本没上班了？陆玟问得厉害了，老陈把他的身份证拿来，让她拿去复印，说等以后回家了，再到他家找他要吧。

这个陆玟还真相信了，把他的身份证复印件拿着，过年时依豪回老家，要依豪去老陈家问他要。那时老陈不在这边，已经回家了。依豪不肯。虽说是老乡，也有一两百里路的路程。又不同意开车回家，坐火车回家，然后绕行去他家，来回三四百里路去到他家，他没钱给又怎么样？钱要不回来还要费你人力路费，得不偿失。

后来这事就不了了之。在档口转走之后一年，把那些欠款基本要回来之后，这老陈的这1800元作为最后一笔未收欠款，成了烂账。

当然也还是有小笔的欠账没还的。譬如有一个口音很重的家伙，在依豪陆玟把档口搬到下面之后，他有次晚上到他家档口要了两瓶啤酒半斤花生，就坐在档口前的小桌子旁边，一个人边喝边吃，吃饱喝足之后，说没钱给，先欠着。依豪也没法，只好先记着账。过两天他又过来，要吃要喝，依豪让他把前面的账清了，他说还没钱，先吃吃喝喝欠在那里。依豪很反感这种没钱还要吃吃喝喝的家伙，觉得不是个人。对着他做金刚怒目状，没有再赊给他了。然后以后总见他骑了个三轮车从档口上上下下，依豪也懒得问他要，他也没有停下来还钱的意思。后面也就慢慢地忘了。几年之后那账本都有密密麻麻两本了，翻出来看，他那笔12元还挂在上面，没有划掉。

在依豪陆玟把档口转成功过后没多久，上面那家机电系老师家的档口也要转，因为生意不好做了，附近超市越开越大，四周的士多店纷纷关停并转，做不下去。他家起初也想学依豪家那样转给下家，但是房东不同意，因为他接手在那里开士多店之后，自己掏钱在前面空场地上搭了一个大棚子，花了一万多块钱，于是档口经营面积大了许多，房东不想让他得转让费把搭铁棚的本钱弄回来，想独吞那铁棚子，谈了很久，谈不妥，同事无法，也只好交还给房东。在关档之前，依豪去他家档口同他老爸老妈聊了会儿天，问他家大人，他家有没有人赊账的，那赊账怎么要回来。

老人家听了唉声叹气，说有一个顾客，三天两头在他家吃吃喝喝，过后又不给钱，都欠在那里，现在都欠了1000多元钱了。那账只怕要不回来了。

依豪问老人家那人什么模样，老人家说是一个胖子，年纪五六十岁了，口音很重，北方人。依豪听了，知道就是那个曾经在他家赊过一次的家伙。依豪说这种人，打过一次交道就知道他是什么人了，怎么还肯一次又一次地给他骗？

老人家没说话。依豪又问他，那些中奖的饮料盖啤酒盖有没有找送货商承兑？老人家说还没有。老人家说那些送货商说先别急，等他把档口的货物卖完清空之后再兑也不迟。依豪说你应当在人家供货商知道你关门之前想办法把这些奖盖兑回来的，你现在让他们知道你不开了，他们发现送货没钱赚了，他们是不会给你家兑的。老人家不听，很老实地听那帮供货商的话。过了一个月之后老人家再去找人家兑，人家说厂家提前停止兑奖，你那些奖盖都失效了。折算成货物，那些不能兑奖的奖盖，估计有2000多元钱。白白浪费了。

阿灵和她老公接手依豪陆玟家的档口之后，花了2000元把厨房卫生间的下水管道改造了一下。因为那里经常堵得厉害，依豪曾经要改造，陆玟以别人家的档口应是别人来出钱改造为由拒绝自己掏钱改造，依豪无法，只得经常自己用铁丝疏通，弄得又脏又臭。不像是为人师表。转走这个档口，这也是一个原因。

接手之后，这档口就几乎一天到晚人声鼎沸，比依豪陆玟经营时热闹多了。阿灵老公是一个大胖子，看上去就像一个很有钱的大老板，而且他又故意装成一个大老板的派头，其实不过是一个施工队的经理。但是即便这样，也很能吸引一帮人马来捧场了。他虽不怎么喝酒，但喜欢抽烟，喜欢嚼槟榔，而且抽王烟，依豪陆玟开时卖的最贵的那种，25元一包，一条要230元，进货价要190元一条。为人又豪放又大气，自家卖烟，所以无所谓，拿一包王烟，打开抽一根，剩下

的就放在麻将桌上，大家你一根我一根取食，一天下来两三包，以此招待客人。槟榔也是这样，开了一包，放在档口里，想吃的自己动手。这种广交天下豪俊之士的做法，大概从古到今都有，喜欢读《隋唐演义》《三侠五义》的人都知道有钱的庄主都喜欢这种派头。但是依豪知道，像他们这种小本经营的士多店，那种派头是弄不起来的，如果想挣钱，只能是事事节俭事事算账。果然热闹了没三个月，每天挣的台费都不够进烟进槟榔的钱，档租其实已经涨到2000元，这是房东依豪阿灵三家当初协商的结果，除掉开支，那档租都弄不回来，还要倒贴。阿灵又是一个只喜欢做家务，把家里弄得干干净净，把小孩子打扮得漂漂亮亮的居家主妇，不喜欢清扫满地的烟头槟榔渣，对她来说看着都恶心。但是让一个形状派头都像大老板的大胖子老公干这活儿，她老公也不愿意做。在公司他可是个指挥手下做这做那的管理人员。

于是这档口又转给下一家想开麻将馆的人，以阿灵和她老公的风格，当初付给依豪陆玟的转让费应当是没有转回来的，说不定是白送给人家，不然也不会那么顺利地脱手。脱手之后他们就搬回老家去了，再后来听陆玟说这个阿灵的老公走之前找档口后面的徐老板，也是个大胖子，借了5万元，没有还，然后一走了之。这是很久之后陆玟才听说，讲给依豪的。

转给下一家之后，也是夫妻俩，他们就想大干一场，把档口从中间用三合板间开，后面增加两台麻将机，变成四台，档口前面还是摆上依豪陆玟开士多店时买的货架，货架上摆些从那时进过来后来转给阿灵再后来转给他们的那些陈年老货。也不管过期没过期，反正只是聋子的耳朵，装装样子。然后专门经营麻将馆业务。

接手还没做上一个月，有一天夜里，麻将馆里生意火爆，人头攒动，热闹得不得了。突然来了一百多个穿制服的城管和治安队的人，把这档口包围得水泄不通，将这里面打牌的看热闹的全部抓了，有些在里间打麻将的还想把后面窗户的防盗网砸开从窗户里逃出去，但是人家既然想要抓你，肯定是事先做足功课，前前后后，里里外外都察看清楚了的，趁你们在里面打得热火朝天之时穿着便服不动声色地看了个一清二楚，在抓捕之前早就派人在后面堵住漏洞，严防逃走一个。

结果男男女女几大车，都给逮去村治安队，男的一间房，女的一间房。女的问了一下，除了老板娘之外其他女人都当成看热闹的放走了，男的全部扣下来，开麻将馆的老板也在其中。

被抓的那帮赌徒之中，学校里面做事的很少，除了小鱼儿之外，另外三个却是以前从来没在依豪陆玟开时去玩的，去玩的那次除了小鱼儿之外，其他人都没去。可能当初去依豪陆玟档口打麻将只是冲着帮他们捧场的，两人转给别人之后他们也就渐渐地少去了。档口后面的施工队的抓走了几个，除了其中的老王以前有时去依豪那里玩过外，另外几个都没去过。总之，这之后，这档口再也没人开麻将馆了。那老板出来之后就不做了，把档口还给房东。再后来就开成了粉馆，8 元一碗的那种。而上面那家，以及上面那家的那些家，依然可以听到哗哗的麻将声，其实不用去到里面，从外面大街上都可以看到里面摆的麻将机，一桌一桌的人在桌前玩得不亦乐乎。

麻将馆被城管治安队查抄之事还是过去了好些天，从陆玟那里听说的。依豪在学校里听人说是在半年之后。他们都说你依豪面子好大，开了两年人家都不敢抄你家，别人才开一个月就抄了。依豪不承认，说他们不抄他家并不是给他面子，而是他家开时并没有动上面那家的人，并没有影响到那家的生意，所以也就没有动手整他家的意思。这也是为什么在街上接二连三地开了超市，他家士多店没有生意之后，陆玟想再增加两台麻将机，将士多店完全转行改成麻将馆而依豪不同意的原因。树大招风，动了人家的奶酪，人家肯定会想办法搞你了。

学校里的人说，想不到你依豪在外面做了几年生意，也懂得不少东西了。

第十一章　波涛汹涌

　　古人所言，水至清则无鱼，人至察则无徒。但是这句话还有另外一层含义，那就是水清才有鱼，人察才有徒。水太清或是太不清，不会有鱼，人太察或是太不察，也不会有人信服追随。换成做生意上讲，如果只是高大上的理想主义，则根本没法挣到钱。开始依豪认为自己在学校里工作，学校是倡导禁烟的地方（虽然也有许多领导和教职工不把这禁烟当回事，在自己办公室照抽不误），那么自己也不应当卖烟。自己不卖烟，抽烟的人没烟买，那么也没得烟抽，自己响应了政府禁烟的号召，为禁烟做了点贡献。但是陆玟一句话就把这美好的想法击得粉碎：你不卖烟，人家去别的地方照样可以买烟。人家卖烟挣到钱了，你不卖烟就只有西北风喝。依豪想想，这话也对。当然学校里的超市禁止卖烟是对的。在坚持了几天之后，一旦陆玟找到进烟的渠道，也就是从上面那家机电系老师那里问到烟草批发商，就马上进了些烟来卖。依豪也就听之任之了。过后卖了一段时间，发现卖烟的利润虽不高，但因为量大，每天也能带来可观的收益，开支了相当一部分的房租水电，尤其是冬天酒水雪糕卖不动时，那卖烟的收益在萧条的生意中就更加凸显了。

　　吸烟有害健康，这个道理大家都是能懂的。陆玟虽然热衷于卖烟，但是却严禁依豪抽烟，就是知道抽烟不好。但是小卖部里常卖的物品，又有多少是有益于人的身心健康的呢？和烟并列的槟榔据说就是个一级致癌物，但是那东西能提神醒脑，打牌的人都喜欢嚼食，有麻将台的小卖部这槟榔也能和香烟一样贡献相当的营业额和收益。啤酒白酒又对身体有多少好处呢？每学期学校组织教职工体检，不管你喝不喝酒抽不抽烟，体检报告一律都会劝你少喝酒不抽烟，依豪一年都不抽几根烟，体检报告是那样写的，天气热时他每天趁陆玟上去休息时也偷偷地喝上一瓶冰爽可口的啤酒，体检报告上也会写上尿酸偏高，劝你少喝酒。

其实体检报告里会写上一大串不宜或少吃的食物饮料，烟酒是一类大的，其他的什么动物内脏，高热量的脂肪物，海鲜，豆类及豆制品，等等，如果你能按医院里指导的过那种健康饮食生活，你基本上就可以称得上居家的佛教徒了。如果真能那样，那你还用得着每天辛辛苦苦地上班挣钱吗？这话扯得有点远了。

所以小卖部常卖的烟酒槟榔就不是个好东西。但是其他的热销的就有益身心健康吗？那也不是，譬如说饮料，喝多了就对身体不好，常喝碳酸饮料，高糖分吸收容易导致肥胖。根本没有常温的白开水或茶水有益身心健康。雪糕呢，也一样，糖分高，温度低，增加体重，刺激肠胃，都不好。方便食品，工业食品（各种薯片酸辣食品），除了能给店家厂家带来收益，使得顾客大快朵颐或是偷懒省事之外，好像也没有什么特别正面的好处。

陆玟禁止自家大的和小的吃这些垃圾食品，一方面是从身体健康方面着想，另一方面也是为了减少花钱。那些吃的喝的越少越好，当然对顾客又是反过来，前来买这些的人越多越好，自家的这些货物卖得越火越好。

虽然老板娘主要是从开源节流方面禁止家人消费自家店里的物品，但是也要自家的大的和小的配合才行。自家的小孩和依豪算是比较配合的，虽然也趁她不在时偷偷地喝点啤酒吃点零食，但是不多，折算下来每天自损的金额很小。但是别人家就未必会有这么好的老板配合。譬如后面接手的阿灵一家。接手依豪陆玟家的，也是开的小卖部，但是大的一天到晚拿好烟抽，拿槟榔嚼，一包槟榔十块八块，一包烟进货价十多块二十块，几包就去了几十的本钱了，要挣回自家食用的一包烟或槟榔的本钱则需要卖掉七八包才行。这是大的。小的则一天到晚找零食吃翻雪糕吃，什么好吃就拿什么。打开吃了一口两口，如果不吃了就扔到一边。大人或者帮着吃掉或者不吃就扔掉。每自家消费一件物品，

则需要其他顾客买去好几件才能回本。

所以阿灵一家接手陆玟一家的档口之后，虽然看上去生意很火爆，但是很快就转手不做了，其实就是源于自家消费的太多。打麻将也是一样，三缺一之后阿灵老公顶上，或者本来她老公就算上一条腿，因为她老公也是个爱打麻将之人。一场牌抽水 50 元，扣除成本可以挣到 45 元左右。但是自家人打上又不能这么算了。老板自己也打，赢了还好，输了可是台费都得不到的。而且老板一旦打上，就容易成为其他牌友算计的目标，往往非得有高超过人的牌技和运气才能赢到钱。一句话，输的几率更大一些。

依豪开麻将馆，深知个中缘由，虽然自己也会打，但是从来不在自家场上打，哪怕是三缺一，他宁愿不要那 45 元的台费也不上场。这一点陆玟想得不如他。

不过挣不到钱只是一个方面，主要是依豪很讨厌赌牌。他深知好赌对自己的一生都会产生不可估量的负面作用，所以很清醒地在这方面与一般人划上一条分隔线。亲戚朋友家喜欢打牌的太多了。逢年过节去哪里都能邀到一帮打牌的人。

自从依豪开上小超市之后，学校的一个同事也跟他学，也在离学校几公里之外的地方开了一家超市。自从依豪弄上了麻将桌搞起了麻将馆的生意之后，学校的一个教官也跟他学，也在另一处开了一家麻将馆。不过他们都没学到依豪陆玟家的。老板娘没有陆玟节俭勤劳，老板没有依豪那样自律清醒。那教官在另一个区开麻将馆，自己下班之后日以继夜地打，输了又赢，赢了又输，没上三个月，就把自己的本钱亏了二十来万元，后面转掉了，不干了，依然老老实实地上他的班。这个阿灵的老公还是在后面接手依豪的麻将馆，一样的输，一样的做不上几个月就倒闭。这都是自己的定力不够所致。

所以说，陆玟开小超市卖货是为了挣钱，依豪开始极力要开麻将馆是为了生计，却是同这些有点格格不入的。陆玟不喜欢这些物，依豪不喜欢这些人。这些物包括但不限于槟榔、烟草、啤酒、白酒、雪糕、饮料、零食、麻将……当然顾客前来消费她是很喜欢的，不过要自己（或自家人）消费就不高兴了。依豪对这些物的反感不是很强烈，倒是对这些购物和消费这些物的人生些怜悯或讨厌之心。譬如说，附近一对年轻夫妇喜欢过来依豪陆玟店里大量采购零食给他们的小孩子吃，依豪骑着电动车在四处转时看到，他是开洗染店的小作坊主，好像是专门给酒店做那些白床单白枕套之类的布物，租了村里很偏僻的靠山的一幢烂尾楼的一楼，弄了些机器，请了些人，在那里日夜不停地洗染，污染了环境的同时也挣了一些钱。手上有些闲钱，小孩子喜欢吃零食，依豪店离他家很近，所以就经常前来成批成批地买回去。他们轮着前来采购时依豪都想劝他俩，少给小孩子买零食吃。一天到晚吃这些零食对小孩子的身体不好的。但是他只在心里讲，没有真的对顾客讲出来。倒是晚上同老婆聊天，讲了这事。陆玫听了骂他，你是个傻子，人家顾客来买东西你倒劝他别买，天底下哪有你这样做生意的。依豪说我又没有真的劝他们。我还以为你书读多了读傻了，劝顾客别购物了。明天他们来咱店里时，你又推荐他们这种零食小孩子喜欢吃，那种零食吃了对小孩子好。知道了没？

　　虽然依豪嘴里嗯了一声，第二天第三天那对年轻的夫妇前来批量采办零食之时依豪仍然没怎么同他们说话。实际上从他们第一次前来购物到最后一次前来购物然后他们转去别家店里，依豪都不怎么同他们聊天。好像也没有什么好聊的。依豪知道他们档口前面的被做了暗沟的小水沟里，每天流走的工业污水一定有他们家的功劳。过后村里整顿三无小工厂，他家搬走了，依豪也没再见到他们。

　　其他前来消费的顾客依豪也没怎么招呼，不过只要有吃的有喝的，有些人自然而然就会前来。前面那个在他档口消费2瓶啤酒半斤花生的家伙，吃饱喝足之后说记账的，依豪第二次很不客气地拒绝再次消费。依豪也是很不待见这类人的。只是他不知道那家伙也去上面机电系的同事家开的士多店里骗吃骗喝，如果他知道，他一定会跟同事的父母讲一讲，也不至于最后被骗走一千多块钱的酒水零食。

　　一般士多店档口前都会摆上桌子凳子，方便顾客休息聊天。当然也是为了方便顾客消费。晚上九十点，天气热时爱喝几杯的人士就会在店里叫上几瓶啤酒称上一两斤花生，坐在那里和人边喝边聊。这种顾客就只如咸亨酒店里站着喝酒的顾客一样，不是有钱的人，不仅没什么钱，有时还没什么信用。

　　依豪记得那个人是第二次在他家档口喝酒了，看上去很豪爽，喝了一轮又一轮，和另一个人边喝边瞎吹，空瓶子就前后左右地立在桌子底下，时不时地被弄倒，发出叮叮当当的声音，而且那瓶子还会滚到街面上去，对来往车辆行人也是个危险物。依豪于是起身把那些空瓶子捡回来，索性一同把那些摆在桌子底下的也拎走，放在靠档口的台阶下。两人4瓶4瓶地拿，喝完一轮不够又叫一轮，看看时间已是半夜12点了，喝酒瞎聊的人仍没有收嘴的迹象，他倒是想要收工了。他于是客气地问，喝完这些不喝了吧？因为他的档口也要打烊了。请人喝酒的那位听了不高兴："谁说的不喝了，再来两瓶。"

依豪无法，只好耐着性子又拿出两瓶。放在桌上，由他们自己打开。开瓶器就放在桌上，一直都是他们自己动手打开的。

"老板，会不会做生意啊，把酒打开啊。"

依豪见状，问同他喝酒的人，要不要再喝？

那人说，不喝了吧。

依豪于是把酒和开瓶器又放回桌上，没打开。

请人喝的那个不客气地拿着开瓶器呼呼两声打开啤酒。两人又喝了半个来钟。

依豪不吭声，也不问他们也不请他们。两人都喝得不想再喝了，那人就提出结账，问多少钱。依豪早就把账算好了，告诉他一个数字。

那人一听扯着嗓子大叫，"什么，我们喝了那么多，老板，你别蒙咱们吧！咱有喝那么多吗？"

依豪说，"你们喝的空酒瓶放在台阶下的，你可以自己数。"

"你是不是趁咱们喝酒的时候弄了些空瓶子摆在那里的啊？你想坑咱的钱吧？我都看到你拎着瓶子走来走去，你以为我不知道？"

"那都是你们喝的，我不过是把它们摆好放好，放在一起而已，哪会为多收你们的钱弄些空瓶子放在那里。"

"你就是弄了，我都知道。你别以我喝醉了不清楚。你想坑咱，我今儿个就不给钱。"

依豪说，"你别趁着酒喝多了在这里发酒疯。你不给试试？"

那人真个发起酒疯来，操起一个空酒瓶用力往街上砸过去，砸到对面小区的围墙上，酒瓶发出呼的巨响，裂成无数碎片，深夜的巷子里很有一股怪异感。不过依豪不为所动，说："你就是把这些空瓶子全部扔了砸了都没用，该给的你还是要给的。别以为发酒疯我就会少收你的酒钱。"

那人操起酒瓶想再扔，被同他一起喝的人拦下了，说算了算了，把钱付给老板算了。那人才没发酒疯了，数出钱来给了依豪。依豪接过10块10块的一把钱，数了一下，够数，没少一块钱。

依豪拿着扫把把碎瓶碴子扫进垃圾筒，把空瓶子捡进啤酒箱，关门睡觉了。没时间生气。也懒得理会这种人。这种酒囊饭袋不是依豪喜欢的人。

即便是那些成天在他家打麻将的家伙，有一多半都是他不喜欢的人，见了面也都不怎么打招呼，好在陆玟对钱比较热爱，认定他们是前来消费的金主，对他们的前来比较热情，在很大程度上弥补了依豪这个不称职的老板的待客方式。

前来打牌的赌友虽不至于像那个姓吉的家伙那样滥赌又四处借钱赖账不还，但是以依豪的人生观来看待，多数都是些好吃懒做好赌成性的家伙，在家不是个好丈夫好父亲（母亲），在工作单位也不是个好职工，对国家来说，也不是个好公民。虽然里面也有些只是工作之余消遣娱乐一下，但那是少数，大多数都把赌牌当成生活的主要部分而不是次要。

不仅打牌之时抽烟嚼槟榔，而且群居终日往往言不及义，不仅污了空气，而且污人耳目。世说里面的人听了言不及义的话，往往过后拿水洗耳朵，依豪也有洗耳朵的想法。

只有少数的几个牌友，如他老乡，也是在安保中心做教官的那位，依豪还比较愿意与之交往。陆玟也是每日电话邀他前来打牌。有天依豪人和电动车还在校门口，教官老乡的老婆，依豪和陆玟都称之嫂子的那位就打电话给依豪，依豪一接通手机，仿佛接了一个火警电话，家里老房子着火了一般：老易在哪里！他人在哪里！快点把他叫回来！邀人打牌是陆玟的事，依豪白天上班并不太清楚有哪些在他家打牌，只有回档口了才知道。依豪说他并不清楚老易在哪里，是不是在他家。嫂子仿佛自顾自地说，老易在哪里！他人在哪里！快点把他叫回来！依豪强调说他不清楚老易在哪里。嫂子像是未卜先知：我知道他在哪里！他就在你家！你赶紧把他叫回来！赶紧叫他回来！叫他回家有什么紧要事吗？你别管什么紧要事，你赶紧把他叫回来。不然我拖把刀过来砍死他！快点叫他回来！快吃饭了他都不回来吃饭！打电话也不接，你看我不拖把刀砍他！依豪这才知道她气急败坏地打电话给他是不满老易老是在他家打牌之故。可是不满归不满，你也不能说得这么凶，说要拿刀砍上门来吧。依豪打算不理她的，以他对她的了解，好像几十岁的她不是那种喜欢家庭暴力的女人啊。依豪有些诧异地接着电话，语气仍是不紧不慢，淡定依然。对方可能是听出了她的恐吓没什么效果，然后更加气势汹汹地吼叫，快点叫他回来！不然我拿刀砍上门来了！然后电话里听到菜刀剁菜板的噼啪声，应该是在家里，在灶台前打电话。依豪说我现在还在校门口，我只有先挂了电话回到档口才能传达您的懿旨。我先挂电话，行不？

还没等他挂电话，对方就挂了。依豪骑着电动车，一个猛冲从学校下到档口，果然发现老易在他家打牌。依豪跟他讲，嫂子打电话给他了，催他快点回家去吃饭。老易手上拿着一个白板，正准备打掉，听了他说，眉毛抬了一下，说知道了。依然很淡定地打着。过了十多二十分钟才散场回去。过两天依豪就他们俩男人在场时私下里对老乡说，如果没空去咱店里打牌也不要紧的，别为了给我捧场弄得和嫂子吵嘴也不好。老易说这个知道，家里没事的。过后老易请依豪上他家吃饭，菜是嫂子做的，四菜一汤，有肉有鱼，人也很热情，并没有拿刀上前砍人的模样，看来她也只是一时冲动，嘴上说说而已。老乡虽然也比较喜欢打牌，但是能够很好地处理打牌和家庭、工作、同事之间的关系，依豪因此而觉得比其他老乡更加亲切一些。

除此以外，即便是陆玫娘家的那帮亲戚，依豪也不太喜欢与之交往。结婚前后依豪也曾去过陆玫老家，春节时也回老家给陆玫父母及她亲戚拜年。一者因为语言不通的缘故，相隔三五百公里，必得用普通话才能交流得了，而老家的那些年长的不会说普通话，年轻的又处在不用说普通话的环境中而不愿说，所以见面寒暄几句之后就无话可说了。而且每每去一家亲戚家，那亲戚家不是一台麻将机，就是一副纸牌，男女老少围坐在一桌，玩得其乐融融，挤得桌子水泄不通，每每去走亲戚之时，除了那家亲戚的女主起身倒下茶水之外，其他人都不会挪动一下椅子上的屁股的。嘴里倒是十分热情，来，抽根烟。不抽烟，那来只槟榔，槟榔也不呷？来，那玩一把。会不会玩？

其实抽烟嚼槟榔打牌他都能来，但是依豪就是说不会。其实他说会打牌又怎样？他也不会想着拨开众人上桌同他们玩，如果你要上桌同他们玩，就非得要拨开一个人或两个人才能上桌，人生地不熟，何苦做这些得罪人的事。所以他说，他不会玩。你们玩你们的好了。

有年长的亲戚就问，那你喜欢玩什么呢？

依豪说，我喜欢看书。

一听到喜欢看书，就是年长的亲戚也无话可说了。于是依豪就一个人孤零零地坐在一边,陆玟则同女眷一起,聊得热火朝天,虽是大冬天,火炉子都不用。

过后陆玟数落依豪,去她亲戚家,又不打牌又不抽烟又不同他们聊天,开口就说只会看书,弄得自己很清高的样子,亲戚都不喜欢。

依豪说,你要让你家亲戚喜欢我也容易啊。你让我天天抽烟吃槟榔打牌弄得和大家一样就行了,一到你家二话不说,就能和你家亲戚打成一片了。你愿不愿意呢?

陆玟听依豪这么一说,觉得为了取悦亲戚,这付出的成本也太大了。如果像大家一样天天抽烟吃槟榔打牌那得要多少钱。所以陆玟过后也就没话说了。亲戚不喜欢就不喜欢。反正一年也见不着一次,平时也用不着他们帮忙。

所以在陆玟的老家,依豪也是个远远观望的人,同大家都有一定的距离。

其实在他自己老家,情形也差不多一样。不过有些长辈,那些高寿而健谈者,只要有空,依豪倒是很愿意听他们讲一讲过往的时代所经历过的一些事。有一些是历史书上不曾记录下来的或是容易忽略的东西,依豪比较感兴趣。

档口转让之后,陆玟没有了事做,小孩子又到了可以上幼儿园的年龄,把小孩白天送去幼儿园之后,一个人待在家里也无聊,于是想出去找工作。她一个人在四周转了转,招聘文员的工作是有,不过都是些家具厂、超市货仓这些单位,面试了几家,没被录取。她喜欢去市中心逛街,在一个叫什么圣地广场那里见有招聘推销员的工作,面试过了。就去那里上班,早去晚归。依豪问她是什么工作。陆玟说是推销医疗保健品。待遇不错,提成很高。

培训一天,第二天就上岗了。

上班之后,晚上下班回来陆玟就把白天推销的事情讲给依豪听。圣地广场是一幢十多层楼高的商业大厦,从一楼到顶楼都是各种各样的商铺和办公室。他们公司在十楼。所谓的公司就是租的一间楼上铺面,堆了一些产品。他们一帮推销员就在广场路口散发传单物色相应人群进行推销。

他们三五个一组,有男有女,有小组长有组员,都是二三十来岁的年轻人。人人打扮得衣冠楚楚,时尚动人,对人亲切有礼,关怀备至。尤其是看到一些年纪比较大,衣着还可以,不算太土气,也不是那种太洋气,带着一种无所事事的表情闲逛消磨时间的,或是脸色不好,心情也不好的,然后上前搭讪,给他们送温暖送关怀。跟他们说咱们公司现在做活动,有免费礼品送,要不要来体验一下公司的产品。或是弄张小桌子,摆上血压计,给人免费量血压,然后

进行产品推销。

依豪说："你会量血压了吗？"

陆玟说："量血压其实很简单。只是这量的结果随便你说了。"

"这话怎么讲？"

"量血压只是个引流工具，结果不重要。反正你给人家量过了之后，不管正不正常都可以说，您老人家身体很不错很正常。"

"那不是没事干吗？"

陆玟说："这只是开头的话，过后他们都会说，不过您的血压有点偏高偏低，这个偏高偏低根据血压计上的数据随你说，然后你就可以说，如果不注意身体，没有进行保健治疗的话有可能会恶化。这样就把人家吓到了，那些手上有点钱的老人家最怕死了。然后你就说咱们公司专门销售治疗血压高低的产品，现在公司推广新产品，给顾客进行免费试用，可以试用几天，是不用您花钱的，如果您觉得合适也可以买回家给家人用。然后有些老人家闲着无事，又觉得免费试用，不试白不试，就跟着推销人员上十楼公司写字间去了。"

这就叫引流。他们每天在下面街面上就是做这个。

这个生意可好做？

好像还行。有很多老人家都被引上十楼去了。他们每成交一笔，下面做推销拉客的都有相应的提成。她新来的最少，小组长是来得久的老员工，提成又高一些，最高的是十楼写字间里的那帮人。但是要做到上面十楼去很不容易，没有一两年的工夫做不上去。

到了下个月，工资发了，还可以。比以前在学校超市里工资还要高。

依豪一向不太喜欢这种推销工作，觉得他们往往夸大其词，胡说八道，不管人家有没有需求，不管产品有没有效果，反正只要自己能挣到钱就不管别人死活。周六周日不上班，小孩也不用上幼儿园，他就带上小孩子去市中心找妈妈。一找果然就在人来人往的人海中找到了，正同其他两个男女同事笑嘻嘻地拦住路人推销。在一个不熟悉的人潮人海的街道中看到日夜相见的人，也有一种异样的亲切感。虽然去时已对小孩子说是去找妈妈，可是到了那里，小孩子却被眼前的各种各样的商品玩具弄得眼花缭乱，被各种各样的声响弄得两耳几乎失聪，结果是又失明又失聪，也就失了找妈妈的初心，只顾东张西望地看她喜欢的玩具，没有发现她妈妈与平常不一样的身影。前面走来一位老人家，陆玟她们又开始工作了。依豪得以在旁边观摩她们的工作。结果发现情形和他想的差不多。可能从陆玟心里来看，作为局中人，觉得这也就是一份养家糊口的工作，放在太阳底都是无可指摘的。可是以依豪的眼光来看，这份工作和欺诈无异。前面她堂姐过来治病，到了军区医院的门诊大楼里都被人家骗去黑诊所，弄了一堆没用的药，是一样的。人家有病没病不重要，人家有没有这种需要不重要，重要的是你能从他们身上挣到钱就行了，所以就花言巧语，胡说八道，利用年轻人青春靓丽的笑容欺骗老年人。

老人家被引上气派宏伟的商业大厦去了，陆玟闲了下来，小孩子也终于发现了她妈妈，母女异地相见，有种他乡遇故人的喜悦之感，母女俩开心地抱在一起。依豪心情却不太好。聊了一会儿，三人作别，陆玟继续推销，依豪父女俩原路返回。

晚上两人在床上聊天，依豪问陆玟能不能不要做这份工作，这份工作有点伤天害理，对不起那些无知善良的老人。年轻人做什么工作不可以，干吗要做那样的工作呢？陆玟说那有什么，反正那些老人家有的是钱，用他们几千万把块也没什么啊。你不挣他们的钱，反正他们的钱也要被别的什么人挣了去。不挣白不挣。

"可是你挣他们的钱，也要凭良心呢。明知对他们没有效果没有作用，你们干吗还要骗人家？"

"反正那些治疗仪器又不会治死人，买回去就当安慰娱乐好了。"

"你们那些东西也都是些很普通的东西，根本不值多少钱。在一般药店或医院里才卖千把块钱的降压仪什么的，你们非要把功效吹得神乎其神，说什么比医院里的强十倍百倍，骗老人家掏上一万两万的钱干吗呢？"

"一个愿买，一个愿卖。这有什么？"

"老人家买是因为他们不懂，你们明知那东西不值那么多钱却要卖人家那么贵，那就是欺诈。你堂姐上年来咱们这里治病不就是这样吗？道理是一个样。"

"那，那，你要我怎么办？"

"可以找别的工作啊。不是非这种事才做不可。"

"这份工作我做得蛮开心的，工作又轻松，工资也还可以。你要我去工厂做去超市做，还没有现在这工作好。"

依豪一时还劝不过来，时间晚了，也懒得说了。

陆玟依然去圣地广场推销那些医疗保健器材。

一天晚上陆玟同依豪讲起白天工作的事儿。她说前两天一个老人家在他们公司花了2万块钱买了一台理疗器回去，儿子发现了，被他儿子一通骂，要他拿回来退货。公司不肯。结果那人的儿子找了几个人在公司里闹，差点同他们打起来。最后那人威胁着要报警公司才同意退货退款。

依豪说到手的2万块钱岂肯送回去？到嘴的肉岂肯吐出来？如果你们公司正当合法还怕人家报警吗？

陆玟说，想想也是的。其实上去花钱买产品的基本上都是被忽悠上去的。就像春节联欢晚会上的卖拐卖车那样，人家明明腿没病，非要给人家整瘸，然后骗老人家花大价钱买回一堆无用的东西。把老人家的棺材本刮得一干二净不说，还弄得人家家里鸡飞狗跳父子成仇母女成仇。

"你明天去公司提出离职吧。"

陆玟明天上班，到下班时依豪问她她又说忘了提了。

过两天又问，仍然是那句话。再逼问她，说公司不给离职，因为现在招不到人，缺人手。

依豪说这话只怕有点假。想做轻松又钱多的工作的年轻人多了去了。哪里招不到人。是你不想离职吧。

陆玟不吭声。

又过了几天，陆玟又说起上班的事儿，说又有人上门闹着要退款。办公桌都被人砸了。

依豪说弄不了多久，警察就会找上门来找你们一个个谈话了。

陆玟说那就不做了吧。这事做久了也累。一天到晚做人说鬼话，专骗那些老人家的钱，做多了也没意思。

于是她第二天提出离职。公司也很随意，跟着就帮她结算了工资，以天计算，一分不少，也一分不多。陆玟又回到麻将馆后面家里没事干。

没几天，下面路口超市那里，有家小物流公司招办公文员，陆玟随便面试一下，却面试上了。离家很近，走路三五分钟就到。工资不高，2000来块。朝九晚五，也很轻松。陆玟就在那里帮人收货发货。

做了一两个月，原来同她一起在圣地广场推销理疗器材的女同事跟她网上聊天，说那里被工商查封了，因为有人投诉，说卖三无产品，卖假冒伪劣产品，老板被抓了起来，下面的人关了几天放了。同事讲给陆玟听，陆玟才相信依豪所言不虚。

依豪说，其实很多时候他的观点都是正确的，他的想法都是没错的。譬如前面他买回一台麻将机摆在档口里增加点收入，他认为可以做，后面生意还行，她提出还要买一台回来，他也没反对。但是后来不开超市了她提议再买两台麻将机，档口专门用来开麻将馆，依豪就不同意了。说那样做有风险。依豪对陆玟说，当时你还说我胡说八道，你看阿灵之后的那个老板弄了4台麻将机之后，没多久就被城管和治安队给查了。

可是大家都说是上面那家开麻将馆的本地人搞的事啊，人家抢了她家的生意，她儿子又在治安队做事，所以公报私仇给查了。并不是你说的麻将机摆多了有风险。

这样夹在国法和地方既得利益人之间，风险就更大了。但是这样说起来，话越说越长了，只怕一个晚上也没法跟你讲清楚。不讲了，睡觉。明天我还要上班。

作为学校的老师，或者说作为学校的教职工，以学校那一套用人评价标准来说，依豪不能算是优秀的，个中原因，不言自明。依豪也觉得自己不怎么样，每学期或是每学年的述职报告里的自我评价都是良好，不评优秀。评了也没用，人家也不认。但是即便这样，他也觉得自己已经超越了一众屡屡被评为优秀的同事，在境界上已经达到了王国维所说的"昨夜西风凋碧树，独上高楼，望断天涯路"这一层。虽然他认为自己不怎么样，别人也认为他不怎么样，但是这并不妨碍他给自己划一道或数道红线，时时告诫自己，别迷失了自己的本性。不敢妄为些子事，只因曾读数年书。虽然严霜烈日年年月月日日都在体验，次第春风也不知何时才能吹来，但是并不能因此找理由胡作非为。

虽然在下面小快递公司上班离家又近又很轻松，但是工资不怎么高，做的是一般文员的工作，拿的也是一般文员的工资，在自己开过店，月收入上万的陆玟看来，那2000块的工资实在是有点毛毛雨。陆玟在嘀咕工资时，依豪劝她，上班就是那样，你能给公司带来多少收益，你就拿多少工资。你的能力越大，给公司挣的钱越多，那你拿的工资也越高。如果你想拿一份高工资，那么你先得把自己的能力提高才行。做普通文员的工作，当然只能拿普通文员的工资了。如果你有会计资格证，去大一些的公司做会计，那么你的工资肯定比做文员高啊。

"我又没有会计资格证。"

"你可以考啊。前面你做产品推销的圣地广场那里,不是有家职业培训机构吗?那里就可以学啊。"

"是哦。那里是有一家培训机构,可以学会计。你怎么知道的?"

"我去过那里一次,带着小孩过去找过你。"

"才一次,就知道。"

"去一个地方,你看到什么,知道什么,全凭你心里在想什么。心里想着美女的男人看到的全是美女,心智未成熟,心里想着玩具的小孩子眼里看到的全是玩具,爱美的女人看到的都是服装店、化妆品店,搞咱们这一行,时时想着提升自我的人,眼里看到的能记在心里就只有那些教育培训了。当你的能力有限,收入较低时,你能做的就只有想办法提升自己的能力再来提高挣钱的能力。"

"那个不会很难吧。"

"我认为难倒是不难,别人能做,你就不能做?尼姑的脑袋和尚能摸得你就摸不得?难道你比别人傻一些笨一些?学会它考个证不难,可能难的在于坚持。因为学一门东西不是三两天就能学会的,考一个证也不是三两个月能拿到的。如果那么简单那么容易,那会计个个都能做,那会计工资也就很低了。"

"那我去那里学一下。和我一起做事的那女孩子,她也在学会计。"

"是啊。人家都在求上进。你怎么不能呢?"

"那我等周末不上班时去一下。"

等到没上班有空时,陆玟就把小孩扔给依豪,然后怀揣 500 元"巨款"去圣地广场那里的培训班去报名。约好了和以前一起搞理疗产品推销的女孩子一起。

从早上八点吃过早餐坐公交车去算起,中午在外面吃,一直到下午四五点钟才回来。回到家里,依豪问报名了没。

陆玟含糊其辞地说了几句。依豪没听明白,又问她报了名那就有教材发,那教材怎样,给他看看,看内容难不难。

陆玟才明确地说,她没有报名。

"为什么。"

"因为报名费不够……"

"500 块钱不够? 也没问题啊。可以先交一部分,过后补交啊。"

"不是的。那 500 块钱弄丢了。"

"好好的 500 块钱,怎么弄丢的呢? 不是放在包里的吗? 难道坐公交时被小偷扒了? 可是咱们这里公交车上很少有小偷啊。"

"不是在公交车上弄丢的。"

"那是在哪里弄丢的? "

"在服装店。"

"那是怎么回事? 你不是去报名考会计证的吗? 怎么会去了服装店? "

"因为我和那女孩子去那里,发现时间还早,就先逛了下服装店。"

"名先不报,先逛服装店。小猫钓鱼,鱼不去钓,去抓蝴蝶。逛服装店怎么钱被偷了呢? "

"在服装店里试衣服,把衣服和包放在试衣间里,结果被人偷了。跟服装店的老板讲了,老板也处理不了,然后报警,警察过来了,登记了。"

"报警又有什么用? 警察叔叔天天忙着干大事,你那几百块钱的盗窃案人家才没闲工夫追查呢。自己不小心,还害人家警察瞎忙。你说你去报名学会计的,干吗不先把正事给办了,把名给报了,为什么本末倒置,轻重不分,颠三倒四,正经事不办,先去玩呢? 读书考证不比买衣服试衣服重要吗? "

一通教训的话语像江边琵琶女弹琵琶那样,嘈嘈切切错杂弹,说得陆玟哑口无言。说过之后,又问陆玟既然一早去逛服装店学费被偷了,那干吗不早点回来,要玩到下午才回来呢? 陆玟说反正学费被偷了,名报不成了,难得去逛一次街的,她们又继续逛下去了。

依豪问,"那逛一天街,试了一天的衣服,买回来的衣服呢? "

"衣服没买。"

"那你逛一天,买回来了什么? "

"买了三双袜子。我两双,你一双。"

依豪简直要倒地不起了。

"你带 500 块钱去报名学会计,名没报,先逛服装店,钱被偷,报不成名,然后继续逛街,一天逛下来,买回来三双袜子。你学东西能不能用点心? "

"我不学了。"

"干吗不学？丢了 500 块钱就不学了？那你以后不是亏得更多？人家工资拿 5000 你拿 2000，你不是亏更多了？过几天你再去报名，只当是多交一倍学费。"

"唉……"

"其实，如果你拿出逛街一天逛下来都不觉得累的精神气来搞学习，考个会计资格证根本不成问题。"

"唉，你就别挖苦我了。逛街是我的爱好，虽累不厌，哪里能同读书学习相比。"

"身上一分钱都没有，也不知道逛街有啥意思。东逛逛西逛逛，这里摸一摸，那里试一试，不能买下来，光看光试有啥意思？搞不懂你。"

过几天依豪拿出 500 块钱，要陆玟再去报名学会计。千叮咛万嘱咐，要她先把名报了，再去逛街。这一次，果真把名报了，回来时包里装了几本沉甸甸的教材。

这样陆玟平日里就上班，晚上就学一下教材，周末去培训学校听老师讲下课。长日无事，学点东西也是好的。

学了没几周，后面施工队的徐老板偶遇依豪，笑眯眯地问：你老婆呢？多日没见，开口就问人家老婆，如果换成别人问，依豪一定心中大怒，质问该男人是何用心。不过因为是徐老板，平日既无染指他人老婆的恶迹，而又多有乐于助人的古道热肠，所以这一问也很平常，即如一般北方人见面就问吃了没，在厕所里见面也是问吃了没，虽然老套，但也没别的意思。于是依豪告诉他，陆玟在下面小快递公司上班，周末去培训班学会计。陆玟的弟弟陆武没在她家士多店做事之后，徐老板看他为人聪明可造，每月开 2000 块钱的工资上他公司学习绘制工程图，学了两个月学而有成之后就派他去公司的另一分部上班，工资比照技术人员的工资，比依豪在学校上班的工资还高。

徐老板听了依豪这么说，对依豪发感叹说："现在还有谁学那玩意儿。我有一个好项目，挣钱又快，挣钱又多，比你老婆学会计挣那点工资强多了。"

"是什么项目，那么好，说来听听？"

徐老板正待说，忽然想起来了，说："不跟你们这些当老师的说。你们这些当老师的古板不开窍，说了也白说。"

"今儿你怎么对咱老师有负面评价了？平常可不是这样子的啊。难不成被人洗脑了？"

"你才被人洗脑了。你们当老师的，就和……就和……做什么的一样，不开窍。做咱们这项目的是不跟你们搭上架的。"

"难不成你是说当老师的，做律师的，做医生的，这三类人都不适合做你所说的那个项目？"

"对，对，是老师、律师、医生这三类人。你怎么知道的？"

"我肯定知道了。因为这三类专业人士做事有学问做人有底线，一般不会被人洗脑上当受骗。如果我猜的没错的话，你所指的那好项目一定是传销了。"

"哪是什么传销，那个玩意儿现在谁还做？"

"那就是直销了？"

"是的，是的。咱们卖的是产品，不是那个传销只是拉人头发展下线。"

"在我看来，那些直销就和传销差不多。只不过是换了个新马甲，弄了个新名称而已。"

"咱们可是有直销牌照的。"

"那都是挂羊头卖狗肉而已。个中情形一个样。"

"你还说这话，所以说跟你们这些当老师的没法谈了。新事物新项目被你们这些老古板一说，都不值一文了。不跟你谈了。我打电话给你老婆。我有你老婆的电话。"

"你有我老婆的电话号码，我怎么没有你老婆的电话号码？"依豪开玩笑地说。

"你还好意思说，自从你家买了麻将机，你老婆知道我喜欢打麻将之后，天天给我打电话，一天打几个，要我过来你家打麻将。我烦都烦死了。我老婆老是骂我，正经事不干，天天给人家麻将桌子凑一条腿。我都不想知道你老婆的电话号码呢。你想要我老婆的电话号码吗？我告诉你多少，13……"

"算了，我要知道你老婆的电话号码做什么。我又不和你家公司有业务往来，又不请你老婆吃饭。只是我说，你干大项目可以，别把咱们给扯进去了。你亏个三五十万百来万你亏得起，咱们这些升斗小民亏个三五万都要家破人散了。"

"唉，你放心。咱们认识都好几年了，我是什么人你还不知道吗？兄弟我是想帮你，咱们有财一起发……"

"你说前面那些我还相信，可是你越往后说我越不敢相信了。"

"那就不说了，我早就知道你是老师，不该同你说这些的。秀才遇到兵，有理说不清啊。"

"你还把你当成秀才，把我当成兵了。是不是弄反了啊。我是老师，我才是秀才，要讲道理的是我才对。"

"唉，讲不过你，我先撤了。"

过后依豪发觉这徐老板同陆玫在下面档口见了几次面，依豪估计都和徐老板所说的大项目有关。虽然有点不喜欢，但是想着自己除了静观事态发展之外，也别无他法。你总不能下发文件下达指令要求陆玫不能同这些人往来吧，虽然她是你老婆，但是她也有社会交往的自由，你不能随便限制的。而且事情才开始，你也无法拿出真凭实据来指证他们做的都是那些事。虽然你嘴里跟徐老板说人家干的是传销的活，可是你也没见过他们的人，也没听过他们说些什么，弄些什么，怎么一个运作模式，你不能凭你想象就断定人家在干坏事。不过人家真要是挂羊头卖狗肉，依豪也不用太担心，因为他和陆玫这几年做生意挣的钱都在他银行卡里，存在陆玫那里的也不多，也就三五万。即便那真是传销，即便她真要做，那点亏了也就亏了。

不过事先还是多了解，多防备好一些。所以依豪晚上问陆玫，徐老板找她谈了些什么？陆玫起先还不肯说。依豪说这事就这么神秘，对老公这种天天同枕而眠的人都要隐瞒的吗？咱俩可是多年同呼吸共被子半夜听闻彼此的如风如涛的鼾声的两位。人家徐老板虽然人好，虽然真心秉承有钱兄弟一起赚的良好用心，但他毕竟是外人，不是家人。难道真有瞒着家人才能挣的大钱吗？

陆玫听了没法，只好将徐老板讲的那个项目的运营理念讲给他听。交钱加盟成会员，会员发展下线拿提成。依豪说这就是传销。陆玫说人家都有产品。那产品都是很不错的，市面上都还没有出现的新货。

依豪说那不是和你在圣地广场搞的理疗产品一个样吗？一千块拿货，把老头老太忽悠上去，经过一番吹嘘洗脑，然后卖一万八。只不过现在你们成了被洗脑的人，他们成了洗别人大脑的讲师了。

我也明白，不过徐老板说买产品的钱他来帮我出，一份产品4000块，可以有一个会员资格，他买三份，自己一份，他家人一份，给她一份。然后给她一个会员资格。她来负责帮他把学校以前打麻将的那帮人拉过来听课。反正不用出钱，就当学习一下吧。

依豪还是不想让她加入。陆玫说，你这人也真是的，又不要咱们花钱，又有什么？何况以前咱们开店，徐老板也多有帮助咱们，我弟的工作都是他帮忙弄的，花钱请我弟学技术，学到技术之后又开高工资请我弟做。现在他要我帮忙，而且不用我花一分钱，我难道有什么不可以帮下的。

这么一想，好像也真不能拒绝。开士多店时徐老板鼓励下面的员工多到他店里消费，带头到他家麻将馆打牌，公司员工欠了账又叮嘱财务结算离职工资时提醒人家务必把依豪家的账还清，帮妻弟学技术安排工作。等等。要说帮他们，也只是如此了。

依豪也只能听之任之。

徐老板想到附近弄个工作室，于是租了间三房两厅的房子，2000元一个月，押2交1，一年合同。房子是空的，装修的还可以。徐老板又听从陆玫的建议，去家具店淘回来一张大红布艺沙发，几张椅子。买了台小冰箱。

开讲第一课那天，徐老板那边的一帮兄弟姐妹来了好些个，依豪学校的教官宿管也来了好几个，都是陆玫约的以前经常来店打牌的。徐老板力邀依豪参加，依豪不去。

依豪说："我天天上课，我还用得着听人家上课吗？"虽然他一周才六节课，也就专职教师一天的课时量，学校规定行政人员兼课每周的课时不能超过六节，但是他对外号称天天上课。不过徐老板也分不清真假。

徐老板说："你天天给学生上课，你也可以听听人家怎么上的啊。你们当老师的难道不用听人家上课的吗？"

"像我这么有学问的老师还用得着学人家讲课？"

徐老板见依豪耍人来疯，也就不劝他了。依豪没去。

过后陆玫听课回来，跟依豪讲起讲课的盛况，说是工作室里人挤人，站都站不下。

依豪说："我不去还是对的。那里不差我一个。"

陆玫说："你不去，是不差你一个。如果你去了，可能就真的多出来一个了。"

"那也对。"

过两天依豪下班经过学校门岗，在门岗一个值班教官把他拦了下来，强行

同他聊天。几个巡视校园的教官也在。几个人见了依豪,都说依豪你老婆好厉害,当起经理来了。依豪不明白什么是经理。一问才知道,就是徐老板拉陆玟做的那事儿。给陆玟买了一个会员资格,然后要陆玟帮他拉人,对外宣称陆玟是他的一个经理。好在是他老婆,不是他本人。如果那天他也去了,那帮家伙岂不是也把他当成得力宣传干将了。虽然他在学校不是什么重要人物,但是比成天在他麻将馆打牌抽烟嚼槟榔的教官宿管的形象还是要高大上许多,起码他还算是学校里的教书育人的老师,虽然学校也是不把他当老师,但以他一身正气毫无吃喝嫖赌的江湖气的气质还是让学校围墙外的老百姓认可他的老师资格。如果那天他在徐老板的宣讲会上露面,徐老板一定会把他当成重要人物大肆宣扬,估计散场之后这事儿很快就传到学校领导那里,很快校长就会安排副校长,副校长通知系主任同他谈话了。因为他没去,因为去的是他老婆,不是他本人,所以这事儿只在学校基层里传播。

聊天中依豪基本只当受众,只听不说,更不提问。因为即便你不发表观点,但提问人也会据此了解你的态度,所以不提问最好。但是不提问又没办法把事情弄清楚,在他听他们讲之前,很多事他们就已聊过了,如果他不问,一般都不会重复说一次,人家也以为陆玟都把这事说给他听了。所以说了一会儿之后,依豪不问,话也就到此为止。依豪所得的信息极为有限。除了略带嘲讽地恭维陆玟的高光时刻,艳羡徐老板的大手花钱之外,也没听出个所以然来。陆玟在单独听了徐老板的上线的讲话之后,有些关键信息也不会对依豪说了。这也是搞传销的一种基本特征,凡是隐瞒关键家人而去搞的赚钱项目,十有八九都是传销。

如果依豪多问几句,可能事情会知道得更多。但是一来平日里不太喜欢同这些教官往来,虽然自己在开土多店麻将馆时需要仰仗他们去消费去撑场,但是他都交给了陆玟,由她来找这个叫那个,那个拉另一个地建立人际网络,他自己并不介入,有些新来的教官甚至陆玟都比他先认识,譬如姓吉的那位,以及另外好几个。所以并不想太多地问他们。二来,很多事情的认识上,他与一般人都想得不一样,不想同他们聊。西班牙智者德拉西安在《智慧书》里所提倡的心随精英口随大众,可能在那时依豪只能做到前者,而没办法做到与一般人载波浮沉人云亦云。

但是毕竟陆玟是他生活中最亲密的人,与他关系最密切,有着最重大的切身利益，这比在学校里同校长的关系还要重要。如果你并无野心，只是想着干一份活挣一份工资，校长也不能对你有多大影响。但是枕边人却不一样，对你的人生影响却要大得多，也无处不在。可能有人并不认为那样，但是对依豪这种工作上无心上进的人来说，枕边人的角色就几乎完全占据他的生活和工作的全部了。

所以依豪仍试探着同陆玟交涉，想了解这事儿的真实面目以及性质，然后采取行动。陆玟见依豪慢慢地转变了对这事的抵制态度之后，以为依豪在慢慢转变观念，接受那一套，于是也讲了一些个中情形。徐老板虽然大把花钱，他前面放言说要花 20 万弄个区域经理当当，过后也就花了 10 万，这 10 万在一般人眼里也已经不是个小数目，但是效果一般般，学校里去的那些人，能加入的不多，想捡便宜的不少，但是要他们掏真金白银出来就没多少人肯干了，半个月下来，有意向的人中付款的还没。徐老板的亲戚朋友那边，倒是有好几个交钱成了会员了。有一个还被徐老板雇为专职负责人，全职在工作室里接待宣讲。

过了半个月，依豪提出想去徐老板的工作室里看看，陆玟同意了，一家三口去了那里。工作室很近，骑着小电驴三五分钟就到了。是一幢民房，不过建得还算气派，楼高九层，居然还有一台电梯直通上下，而且很新。坐电梯上到五楼，出来是一个比较大的公共区域，杂物也比较少，显得宽敞整洁。有一家居户大门开着，可以看见屋子里堆满货物，和居家用的沙发、餐桌、小孩用品混为一体。大约是开网店的人家。旁边就是徐老板的工作室。门开着，事先已联系过，所以工作室里的人也知道他们的到来。接待依豪的是一位三十多岁的女子，长相也还可以，穿着也是近似于职业装的那种，只是接人待物像是居家那般，把他们的到来当成亲友来访，而不是业务投资。

客厅墙上一面大的牌子，有公司名称及标志，客厅里摆有会客桌椅及茶具，有文件柜，柜里摆有几样简单的东西，估计是产品介绍及公司资料。厨房里有冰箱，房间都弄成书房模样，摆有沙发。那沙发模样颜色和依豪家里的一模一样，都是大红的布艺沙发，可以知道那是陆玟挑选来的，格调不高。

陆玟同她比较熟，进来就说上话了，然后从冰箱里拿出水果给小孩子吃，烧茶水给大人喝，边喝边聊，情形并不太好。没什么人加入，她还有两个小孩要养，都在老家，这份工作挣不到什么钱，估计再过一两个月就不做了。

聊了半个来钟，依豪陆玟一家人起身离去，对方送至电梯口。一家三口下到一楼，两台豪车开进大堂，停在电梯口外面。出来又是弯弯曲曲的小路，路面坑坑洼洼，路两边杂草丛生。

回到家依豪同陆玟说，这事就到此为止了吧。反正你也没投什么钱，也没花多少精力。大概就采办家具时帮徐老板给了个参考意见，买了一张品位不高的沙发，其他事都没怎么做。结果也看到了，投钱当会员的人把钱投进去水花都没起一个，而徐老板的那十万块估计最后就只剩下那点家具了。

陆玟没吭声。

陆玟一边上班一边抽空看书，周末去听下课。到考试前查下考场，被安排在几公里外的一家职业学校，转两趟公交才到。早上早早起床，吃了早餐就出门了。下午回来时说很多题目都不会做，考过有点难。

没过多久，成绩公布出来了，50多分，离60分还差几分。依豪要陆玟再报名考一次，陆玟不想考了，说再看书再考试也还是考不过。同她一起考的那同事都考了两次了，都没及格。依豪想着自己的普通话考了两次，都不能达到自己专业所需要的分数，过后也没有考了，他知道这是兴趣点不够，吸引力不够。他自己也是半途而废，也就没多加劝了。

她上班的小快递公司是两个年轻人合伙开的，业务量不够，一个人不想开了，另一个人想再扩大，结果谈不拢，这个小公司就散了。陆玟又失了业，周末依豪骑着电动车载着她四处找工作，看贴在招聘栏和公司大门上的招聘信息。也面试过几家，不是人家看不上她就是她看不上人家。最后在物流园那里看到一家物流公司新贴出的招聘广告，说要招一名会计及数名跟单，工资面谈。依豪说你不是刚学过会计吗？可以去应聘做会计呢，刚好你也在快递公司做过，快递物流差不了多少。你可以面试一下。

陆玟有点不自信，会计证都没有，考试也不及格，人家不会要的。

依豪说一个会计，多大的事儿，不就是入账出账吗？把账做平就行了。人家小公司看重的不是文凭看重的是经验，你有学会计的经验有做快递的经验，怎么不去试一下？理想还是要有的，万一它实现了呢？

经过依豪一番掸掇和鼓励，陆玟大着胆子去那家公司面试，经理接待了她，刚好老板那会儿心情很好，正唱着小曲在办公室无所事事，直接面试陆玟，听了陆玟讲了个人简历，马上就同意录取了：会计就那回事儿，有没有证不重要，你会做账，能把我公司的进账出账做平就行了。

就这样录取了。

月工资还不低，是 4000 元。

不过是两份活，会计出纳一起做，而且还要外出请款（说直白一点，就是讨账）。

早上也是 8 点半上班。有三四趟公交车直达。但是要去到物流公司，首先要从原来档口那里出发，走上几分钟到公交站台，然后候上四五分钟不等才坐上公交车，当然有时一去到公交站台自己要坐的车就来了，不过一般都是要候的。然后坐公交车经过 7 个公交站，经过一个路况复杂，有着众多红黄绿三色交通灯的三岔路口，公交车往往要停三两分钟才能通过，到站之后又还要在没有任何树荫的烈日下走上两三分钟才能到公司。反过来回家时间就更长了，因为要通过人车汹涌的主干道才能到返程车的站台，中间要绕很长的隔离带。

上了几天陆玟就嫌累了。因为一直以来都下楼就到档口，或是走几分钟就到公司，即便去市区上班的那会儿，也很方便。没有像这又是坐公交又是走路的。

依豪说这个问题很好解决，每天他骑电驴来接送。不过是多花他点时间而已。所以早上他把小孩送到幼儿园，然后骑车载着陆玟去物流公司上班，虽然红绿灯三岔路口那里经常有交警设岗查车，但是，一般没那么早，人家也要 8 点半之后才上班。依豪 8 点送陆玟上班，到她公司是 8 点 10 分左右的样子，然后倒回来学校上班，也是十来分钟的样子，到学校差不多就上班了。周一全校升旗要早一点，那就早一点把陆玟送去公司。下午下班也是去接小孩，然后在家做饭炒菜陪小孩子吃，陆玟下班比较晚，在公司吃，七八点钟下班后就骑车去把她接回来。

这样，住的地方，小孩上学的幼儿园，陆玟上班的公司，自己上班的学校，四个点可以组成一个等边三角形，物流公司是最长的那个点，都在依豪的电动车的续航里程范围内，依豪每天就干着接送的工作，并且乐此不疲。

但是陆玟上班之后的交通问题就不好解决了。她所在的物流公司是在一个超大的物流园里，估计在全国都是数一数二的大物流园，各物流公司有着业务往来，你接的货由我公司的车来运，我公司接的单给你来做，这样减少成本，增加收益。不然一趟从起点到终点的大挂车，光往返的运费成本都要一万左右，

油费 4500 块，过路费 4500 块，还有其他，最高运费才接到 18000 块，高了客人就不给你做。货物调运除了各家物流公司的跟单员要相互往来交流之外，各公司的账务人员也要同对方公司进行资金结算。按公司需要一个月一结或是提前结算。陆玟就要往返于各个物流公司之间。物流园超大，方圆好几平方公里，各物流公司成百上千家，陆玟公司很小，老板也很小气，除了自己用自己开的小车之外，没有给员工备有公车及司机。陆玟去各物流公司结算就要凭走路。天气又热，物流园又大，走来走去很累。依豪可以想象陆玟打着伞在长长的大货车车流中行走的情形，也能感受到她的累和无趣。

依豪想给陆玟买辆小电动车，她会骑自行车，骑那轻便的小电动车应没问题。这样她每天上下班及出差请款都可以不用那么麻烦了，尤其是上班去各物流公司请款，方便很多。但陆玟不肯，说买那车也贵，而且也不知道能做多久。依豪说贵也就十多天半个月的工资而已，又不是买不起，而且买来之后工作顺心舒畅很多，那不就能做长久了吗？

陆玟还是没想明白，觉得那钱就不应该她出，而应该由公司出。依豪说虽说你在为公司做事这些东西公司应当配齐，但是现在工作是你的，你花点自己的钱来解决一点工作上的问题，难道不是也在为自己吗？花点钱让自己顺心一点难道不对吗？陆玟说工作是为了挣工资，挣工资是为了养家，而现在却把工资用在工作上，那不是白挣了？挣那工资还有什么意义？两人为这翻过来翻过去地争论，没有结果。

依豪叹口气，想女人发起呆来真是不可救药。可是不处理陆玟又时不时地同他抱怨，说工作很烦，请款很累。依豪反将她，说那就换份工作吧？陆玟又说换什么工作？别的工作又没有这工作工资高啊。依豪无语了。

想了几天，同陆玟讲，要她去跟老板提要求给她配一辆电动车方便请款。理由呢，要冠冕堂皇一点，说没有交通工具，每天走来走去花费时间多，工作效率不高，而且自己骑车比租摩托客的摩托车也相对安全一些。走路累不累的就不用提了。

陆玟也觉得跟老板提一下好一点。可是老板不在，而且这事也不好绕过经理直接给老板讲，于是就先跟经理说。经理听了不同意，说以前的会计是骑自己的车上班的，而且公司也有摩托车，如果你要去请款，可以安排男同事骑车送你。

公司的摩托车是男式的，陆玟也不会骑。听经理那么一讲，也不好说什么。于是请款时想要经理安排人一同去。经理安排了几次，那些男同事嫌烦，这种没钱的活干吗要帮人家做？以前的会计都没有麻烦他们，干吗她要麻烦。而且她又是结了婚的。安排了几次之后，陆玟见人家推三阻四不肯载她去请款，也就不想叫了，仍然自己走路，远一些的就打摩托车，然后找老板签字报销。可是仍不方便，去时容易叫摩托车，回来仍基本是靠走路。摩托车只集中在物流园外面的街上，里面基本叫不到。存了几个摩托客的手机号码，有时打电话给他们，他们又不得空。

做了一段时间老板请大家聚餐。老板挣得到钱，喜欢请人吃饭。依豪都在被邀之列。大约是因为依豪在那所学校当老师的缘故，老板想交往一下。

去到镇上一家辣味比较重的土菜馆吃饭喝酒，总共十来人，老板和老板年轻的女朋友，这是依豪后面从陆玟那里听到的，以及老板的两个小孩，都有十三四岁了，以及公司的其他员工。陆玟依豪一家三口。公司不大。有些员工没参加。

老板五十来岁，看上去还有帅哥的痕迹，穿着打扮都是往年轻帅哥方向靠，可惜岁月不饶人，脸上皱纹很多，估计不完全是岁月的错，而是烟酒槟榔给弄的。席间老板心情很好，同大家不停地喝酒。依豪本不想在这场面喝酒的，不过转念一想，陆玟在这老板手下干活，老板请他喝酒自己只顾吃饭也不太好。人家有喝酒的兴致而你只顾埋头吃饭，弄不好以后陆玟做事都有点难做了。于是也同大家一起喝了起来。喝着喝着心思就喝开了，想着何不趁老板高兴，当面把买电动车的事儿提一下呢？以老板的财力，这点小钱是可以出的。只看他想不想出。酒过六巡，大家都喝得很欢快，依豪跟老板敬酒，感谢老板对大家的关怀，陆玟虽然到公司不久，但是经常提及公司的事儿，说公司对员工不错，大家做事也很努力。然后提出陆玟的困难和要求。老板正在兴头上，说没问题，哪天有空自己去买一台回来，找他报销。

确认老板没有醉酒，在座的各位也都听到老板说的话之后，依豪将杯中酒一饮而尽。

两人周末没上班时去车行看车。陆玟看中了一款女式电动车，价格也不贵，1800元。

依豪试了试新车，还称手，想让陆玟也试一下。不过好像她从来没有骑过

电动车的，觉得她似乎不太会骑，他自己天天骑的这台，是男式的，那种又老又丑的款式，陆玟从来没骑过，让她骑，她不骑，说不敢，不会骑。但是她说她会骑自行车，所以那种像自行车样的电动车她会骑。在买之前，他想看看她到底会不会，如果不会，他还可以教一下她。有骑自行车的基础，这小电动车是很容易骑的。但是陆玟不让他来教，她很自信地说她会，自己来。结果她骑上去之后，那小电车走还是能走，只是不听她的使唤，不知道怎么控制车速，想要它停下来却手忙脚乱不知道怎么停，直撅撅地往前冲，直到撞上树了才倒地停了下来，那后轮还兀直朝天不停地飞转。这些都是小事，只是那车身倒地时有点被刮花，而陆玟又有点怯于骑电动车不想买了。车行销售说这车被损坏了，不买不行。于是两个女人僵在那里，一个不买，一个说不能不买。依豪夹在中间，想劝陆玟买而陆玟不肯买，站在陆玟一边统一战线想劝销售放弃强迫他们购买，而销售的道理也说得通，你们不买也可以，但是要赔款 200 元。这车坏了，所以得赔钱。僵持不下。最后依豪劝陆玟还是买下来，反正钱又不是他们出。不会骑不怕，他先骑回去，教她骑两天就会骑了。陆玟说一辆烂车，干吗要买回去。依豪一听陆玟蛮不讲理，就有些生气。不想管这破事，骑上自己的电动车带上小孩就想走，陆玟也想走，销售拉住她，说坏了不赔别想走，一边想拨电话报警。依豪要陆玟不要走，先把事情处理好。陆玟这才给销售200 元，说是买车的定金，过两天再来提这车。然后这才走了。

回到家里，依豪把陆玟痛骂一通，不会骑耐心听人家教一教，也不会有问题，干吗自以为是不听人家教？把车骑坏了，就不买了，想开溜跑掉，人家也不是傻子，干吗放你走？你把它买下来，虽然有点损坏，但是也是你造成的，你嫌弃什么？而且那种小刮痕，新车到手骑几次都会有的，又有什么紧要的？你就是不会骑，买回来之后在人少车少的地方学一学也就会了的，干吗一摔就怕一摔就不想骑了，一件事好不容易开了个头，人家老板都点头同意公款买车了，就因为那点小问题又临阵退场，一件事还怎么做下去？真是头发长，见识短，没道理可讲，没逻辑可言。

陆玟同他对吵，吵得小孩在旁边都哭了，依豪不忍心，不吵了。

第二天上班依豪把小孩送到幼儿园去之后就自个儿骑车如飞去了学校，也懒得管陆玟上班怎么去，下班之后也窝在家里，七八点钟该去接陆玟回来的也懒得出车接她。于是陆玟下班回来怒容满面。依豪说做人谦虚一点，不会骑让别人教一教也就会了，有什么不好意思的。这种基本的生活技能自己不会，工作生活都要仰人鼻息依赖他人，何不痛下决心把它学会，把这问题解决了呢？现在是个机会，老板出钱给你一台电动车，老公出力教你学会骑，机不可失，时不再来。过了这个村，没有这个店了哦。

没有就没有！

话不能这么讲。机会是没有了，可是你每天上班的麻烦事还是会有，你何不认真考虑一下我的建议？我把那台电动车买回来，好不好？

要买你去买回来，我不去了。我不想看到那个卖车的女人的嘴脸。那女人好坏。

听这话有了转圜的余地。依豪于是当着她的面数了数钱，然后坐公交去那车行，半小时后就把那台带有刮痕的新车骑了回来。

骑了回来之后，有空时就带陆玟在前面村子的古老祠堂前的大空地上教她骑。骑上去之前把龙头把手上的各个按钮教给她，还把后轮支架撑起来，让车后轮原地转动，她骑上去之后感受一下那动力开关刹车手柄是如何操作的。一番装模作样的教与学之后，陆玟小心翼翼地骑了起来。她本来就会骑自行车，骑在车上能够很好地平衡自己，只是这电动车的动力来自电机驱动而自行车的动力来自两腿用力踩而已。原理弄明白之后，加上小心，很快就能骑了。教了五分钟，学了三分钟，一旦克服了害怕心理，那电动车骑起来就和自行车一样的滑溜，而且比自行车还要顺。因为电动车不用人来做动力。

陆玟骑在车上围着祠堂前的空地转了几圈，心情很好。骑了几圈之后，小孩子凑热闹，吵着要坐在车上玩。依豪叫陆玟停下车来，把小孩子扶上车之后教她抓紧妈妈的衣服，母女俩开开心心地骑着车转来转去。

又骑了半个多钟头，也差不多会了，依豪叫陆玟骑着车先回去，他跟在后面走。一家三口一前一后地走，依豪担心路上人多车多，叫陆玟小心点骑。这可不是模拟骑车环境，而是真实的骑车环境，没有试错一说的。

后来陆玟骑车上班，依豪不放心，还陪着她去过几次，因为那条路上实在是车多人多，和港台歌曲里唱的人海翻滚的情形一模一样。陪了几次之后，觉得没问题了，才不陪了。

依豪说，他也是从文章中听别人说的，一个人如果完全凭两条腿走路，他的活动范围最多三五公里，如果会骑自行车，那么活动范围可以扩大五倍以上，

达到十多二十公里，骑电动车、摩托车又扩大了许多，如果会开车，那活动范围又扩大好多倍达到几百公里以上。所以一个人的活动范围是跟他的活动能力相关的。交通工具能极大地提升人的活动范围及质量，让人更加自由自在。

陆玟说你这一套长篇大论听得人好困，不过我现在总算明白了，仰人鼻息是不好过。如果自己不会而去求人，真是没办法的啊。以后我不会再依靠你了，我要处处依靠自己，不能事事靠别人。

依豪说，你这话说得有点言过其实了。夫妻之间就是要互相帮助的啊。你依靠我，我依靠你，风雨同舟，相依为命，才是对的。不然还要结婚干什么。

你还好意思说，你教我骑车，明明是不耐烦天天送我接我上下班，想给自己减轻负担而已。看我不想学车，你就不高兴，你就发牢骚。你还说是在帮我。你明明是嫌弃我。

依豪经常在生活中遇到这种不讲道理的场面，当时想着难过，过后又慢慢淡忘了。只不过这事他久久不能忘怀。古人有言，夫妻本是同林鸟，大难临头各自飞。依豪有时觉得这话太残忍，不太想相信这些话。有时夜深人静想着一些生活上的小细节，不由得叹气。

骑了几天公司购买的电动车上下班，老板不高兴了，要经理跟陆玟讲，这车是买来给你上班请款用的，不是给你上下班代步的。如果想用公司的车上下班，就要出一半的车款。陆玟不想出那车钱，依豪却是想着这车都弄成股份制了，产权不清不楚，以后扯起来麻烦，也觉得没必要出那一半车款。于是依旧每天骑着自家的电动车带陆玟上下班，虽说每天四个来回要多跑十多二十公里，风里来雨里去，不过能增进夫妻感情，而且又能在烟火人间里穿梭往来，观看人来人往，这么一想，也乐此不疲。陆玟刚不满于依豪强制她学车，以为把她当包袱甩，现在也只当自己前面没说过，再也不提及。

陆玟是拿着公司的钱买的电动车，她做会计出纳，多少会有公款，所以即便当时用的是私人的钱，过后也可以把公款截留下来填补私款费用，然后再行报销，找老板签字。老板见陆玟没再骑车上下班了，每天下班之后那车都停在公司，也就没再多说，把字给签了。但是到下个月月中发工资时，老板又发话，说公司购买电动车，基本上都是给陆玟骑来办事，虽说提高了工作效率，但是也减轻了她的工作难度，所以那费用不能全部要公司承担，而是受益者双方都要承担一半才合适。依豪想公司的车不能私人拿来上下班，那当然无话可说。

但是公司购买车辆给工作人员工作用，而要工作人员掏自己的腰包，却是闻所未闻的。如果公司下属自愿购买车辆工作时间用，那个是下属的自由，他们愿意自掏腰包减轻工作上的不便。但是现在老板已经同意公司出钱给下属配备车辆，而还要下属出资，就有点说不通了。

依豪说，这公司没有章程，成问题，这老板言而无信，也成问题。

没什么好说的。给钱就是，老板在公司里想怎么样就怎么样，你只要还想做，又还能怎么样？除非你不想做。但是为了这 900 块钱而放弃这 4000 块一月的工作，又觉得因小失大，所以依豪劝陆玟还是考虑清楚。陆玟闹了几天情绪，心情不好，过后也就算了，每天照样上下班。

依豪开始带陆玟来物流公司面试，就觉得这个老板年纪有 50 岁开外，人也想必经过一番阅历才能挣来这么大一个家业，在物流园最旺地段开家物流公司，应该是有点见识的。但是一谈话就觉得此人不是很靠谱。当他得知依豪在上面职业学校当老师，了解到该学校也有物流贸易专业，有专门的物流班级，他就提出来要去依豪学校讲课做报告，学校给他付 5000 块的报告费，低于 5000 块他是不会去的。依豪觉得这人真是夸夸其谈，自以为是。一个小企业的老板讲课就有那么高的含金量，非要花 5000 块才能请得动。那学校的物流专业的老师一节 40 分钟的课才三四十块，四五十块的课时费，都显得是在打发乞丐了。而且学校上专业课，要求有系统性、专业性且要符合教育学规律，不是你在行业里有点小成就就可以上台胡说海吹一通的。

很多年后依豪听见一个中学毕业的人，三十多岁模样，说她想考个心理咨询师，然后去大学里教书。这都是外行人说的外行笑话，和这物流公司的老板一个样。

那老板一再郑重地向依豪提及他可以去他们学校给学生讲授物流专业知识的话题，依豪都只能含含糊糊地拿话来推却。

不过可能就因为他的这种见识，陆玟一个根本没有会计从业经验，仅学过一点会计知识的人才得以应聘会计成功。小公司不重视学历，不把能力当回事，有时也给人提供上位的机会。

过后陆玟白天上班，晚上回来就跟依豪讲述这老板的人品性格和人生故事。这老板每天烟不离手，槟榔不离口，在办公室吞云吐雾大嚼特嚼，他是老板没人能管，所以每天老板的办公室都是一团乌烟瘴气，一股槟榔气味。陆玟去他办公室签字很想戴上口罩。每次回家都说老板一身好臭。

依豪一直都没怎么抽烟，开始同居时陆玟不相信，每次回到家她都要在他身上闻一闻，然后闻出了烟味，然后说依豪抽烟了。依豪说那烟味都是办公室里那几根老烟枪给喷的，她还不相信，说他也是共犯。不过从嘴里闻不到什么烟味之后，陆玟也没多说了。可能真的如依豪所说，并不是他在抽烟，而是同事在办公室抽烟之故。

这下在物流公司上班，老板一个大烟炮，每天在办公室烟熏火烤，烟臭味传出几百米远，陆玟这才相信依豪所言不虚。

老板好吹嘘，所以没多久依豪就从陆玟那里得知，他有几栋房产，一栋修在涉外学院旁边，租给涉外学校用，价值1000多万元，每年租金都有上百万，一栋修在村委后面巷子里，可以卖到一两百万，都是六层以上的宅基地房，有土地使用证、产权证的。另外还有一栋，给了他老婆。

他有两个小孩，一男一女，十二三岁，半年前同老婆离婚了。小孩子归他老婆，一栋房产归他老婆，另两栋归他，这物流公司归他。他老婆在旁边另外开了一家物流公司，同他一样跑长途。

这老板虽然五十岁上下，但是人还是很风流花心，老婆痛恨他这人品坏，所以离了。现在这老板找的女朋友二十多岁三十岁不到，是附近另一家物流公司的财务经理，大学本科毕业。

也不知这老板有什么魔力，或是那女人怎么鬼迷心窍，把自己上班挣的三十万都交给这老板。这老板拿来填公司的窟窿，不再还给她。

陆玟讲给依豪听之后，两人在床上不胜叹息。都在叹息这女人一糊涂起来，不知道能成什么样子。

过后公司聚餐，依豪获邀，在席间见识过这花心老板的年轻女友，身材相貌也还可以，举手投足也不是那种神魂颠倒之人，但是就是令人不解，为什么会对这样的人献上自己的青春又献上自己的银行存款。

大约以前没离婚时这物流公司的业务往来都是他老婆在打理，所以这公司才能兴旺发达，挣不少钱，购置那么多的不动产。而他就应了男人有钱就变坏一说，成日里花天酒地攀枝折柳，不停地换女人如换衣。年纪越大越恬不知耻。结发夫妻终于忍无可忍，大半年前同他离了婚，拉了一帮下属另找地方单干了。

所以才不停地找会计招跟单员。自己对业务对财务半通不通，却自以为是，以为自己无所不能，在那里瞎指挥乱发号令，公司业务每况愈下。老板嫌会计出纳事少人多，把两人都炒掉，另外招了一个财务，会计出纳一起做，工资却只有两份工的三分之二，以为可以省一笔钱。那财务没做几个月，嫌累，离职走人。陆玫找工作，刚好看到，面试进去了。陆玫进公司之后没过两个月，原来的经理就离职不做了，老板也不再请经理，卷起袖子亲自干，以为又省了一个经理的工资。而他原来的物流客户，一点一点地被他前任老婆挖走，公司的业务一月少过一月。陆玫每个月去别的公司清账结的钱多过公司从客户手结算的钱，都是以前的旧账。

　　陆玫在公司里才做了两三个月，就把公司的情形弄得一清二楚了。大部分都是办公室的闲言碎语，老员工如数家珍讲给陆玫听的，少部分是口无遮拦的老板自言自语讲出来的。过后依豪心想，如果这公司真是他这老板自己筚路蓝缕创建出来的，断不会在一个第一次见面的人前吹嘘自己有多厉害，学校都有必要花 5000 块钱请他去做演讲。

　　公司经营每况愈下，开始有入不敷出的光景了。老板指示陆玫把房产挂出去卖掉，套点现金用度。涉外学院那套不卖，因为同人家签了十年租赁合同，人家可是财大气粗，学生上万教职工都有大几百的大主顾，想玩他们是玩不过的。所以只能考虑放卖那套小的。陆玫跟依豪商量怎么弄，依豪说这好办啊，市场经济，咱们想办法帮老板卖掉，从老板那里拿不到佣金，咱们可以留咱们的电话，事先同买房的人讲好，收他 5 万一笔的中介费啊。

　　陆玫说好。

　　然后两人在家里上网把卖房消息挂在网上，然后坐等愿者上钩。或是那网站虽然是免费帮人挂售，但是可信度不高，而且消息太多，没过两天就被别人的新消息覆盖，没有什么用。过了一两周老板在催，怎么没有人来问。陆玫跟依豪商量，依豪没法可想，只得放大招，学老中医专治肾功能障碍那样打印了些小广告，下班了在各个路口显眼的地方或是公共张贴栏里贴售卖房产广告。鬼鬼祟祟地贴了几晚，生怕被往来的学生人等看到了不好意思。

　　以为是在做绝望的挣扎，以为是在坚守理想主义，学人家有钱人说的，理想还是要有的，万一它真的实现了呢？结果没几天还真有人打电话给依豪，说他想看房子。

　　钥匙陆玫那里有一套，两人在打广告之前早就去过现场打探清楚了的。那房子像个大隐士一样，隐藏在无数的已建成和未建成的民房之中，虽然外面阳光灿烂，那房子也有六层半之高，但是整个楼房一天到晚都处在阴暗之中，虽然外面车水马龙，街道整洁车流顺畅，但是要到那幢房子里去，要七弯八拐像走迷魂阵样走上好长一段路，有一段还是野草齐人深两旁垃圾堆成山的泥土路。小车可以开到房子楼下，但是建议用皮卡或是越野车为好，底盘太低，只怕车没到房前就扒窝了。那房子虽然建在一排房子中间，地基是个四方形的，但是上楼之后却发现每层楼的房间格局个个稀奇古怪，有如一辈子在一个地方待惯了，然后去一个陌生的地方，见到那些不同地方的土著人那样，眼睛不是眼睛，鼻子不是鼻子。那房间也不是房间，没来由地房间中间都有柱子。有一个房间小得连一张床都摆不下。也不知道当时是哪个大师设计的。

依豪也是见过世面的人，也见过一些稀奇古怪的房间，即如他自己曾经住过好几年的学校宿舍就是由公共厕所改造而成的，要说有多不舒服就有多不舒服。但是这个楼房房间的格局或舒适度比那公共厕所改成的宿舍还不如。

但即便这样，人家老板提出要卖房，而陆玫又在他手下做着事拿着薪水，像过河卒子那样只好努力向前。何况人家大老板说过，理想还是要有的，万一它实现了呢？

有老板打电话要看房，虽然明知没什么看头，但是工作还是工作，所以依豪也就推出自家的小电驴带人家看房去了。

电话里约好在公交站台见面。依豪去时那白色的小车果然早早候在那里了。依豪在前，小车在后，一前一后，去了现场。依豪开始以为此事黄了，路况不好，小车进不去。不料今日过去之时，那有如炸弹炸过的泥土路居然有人拖来一车车煤渣，把路给填平了。真是沧海桑田，才过去几天，只能跑皮卡或越野车的路也能跑小轿车了。

到了楼下，中午的阳光把四周的楼房劈开一片一片的空地，居然也显得这拥挤不堪的民宅光明磊落起来，没有往日的阴森鬼气。

依豪带老板上楼，每层楼每个房间都看过。货就在眼前，只要不是瞎子，好坏一眼就可以看出来，不用他像一般的房产中介那样，把一个鸟窝都可以吹成一幢视野极佳的观景别墅，所以依豪也就没夸奖这房子有多好有多值。

看完之后，看房的人也没挑这房子的毛病，直接问依豪最低能出多少价？

依豪说，就是187万。这是老板的房，老板定的价，没得谈。中介费5万，如果你觉得贵，也可以少一点。

中介费给 5 万太多了，给 3 万行不行。

你看着办。

好的，那等你跟老板说过之后咱们再谈。

于是两人各走各的，散了。

等依豪打电话给陆玟，说买房的差不多看中了房子。问中介费可不可少点，只给 3 万行不行。

陆玟说当然不行，难得做一次房产中介卖一次房子，有人主动找上门来不赚个盆满钵满怎肯放手。依豪说你别高兴得太早，你问下老板看那房子还卖不卖，怎么个卖法。

陆玟说，怎么不卖，老板都委托我来卖房，前几天都还在问房子的事，他怎么不卖房。打电话一问老板，老板果然不卖了。

第二天上班，陆玟当面请示老板，说有个人看了房子，想买，问他怎么样，要不要联系他来办公室谈一下。

老板心情不好，说了不卖，还啰嗦什么。

弄得陆玟一头雾水，不知老板哪根神经出了毛病。

那边买房的人过几天打电话问依豪，什么时候和老板当面谈。依豪说，老板最近有点忙，出差到国外去了，要过段时间才回来。含含糊糊中把中介费提了下，搞得人家误以为是中介费低了不想联系房东的样子。买房的人好像明白了一样，马上说中介费好说，5 万就 5 万。你帮我联系房东先，咱们这两天见见面，我把一半中介费给你，事成之后再给另外一半。依豪陆玟和那买房的人在附近一个小餐馆里见面，依豪把自己的工作证给对方看，对方不胜敬仰，原来是老师，果然一看就是有素质的人。失敬，失敬。接着问依豪要银行卡，他把 25000 块转给依豪。依豪没法，只好实说，老板原打算委托他们来卖房产的，但是不知最近怎么回事，他不想卖了。不知是嫌出价太低还是不打算卖。

买房的人说，如果觉得价格方面不想卖，还是可以谈一谈的。要不你再跟你们老板说一说，看他的意见如何。

过几天，陆玟找个老板心情好的时候问房子的事，老板一下子心情就变不好了，没来由地把陆玟痛批了一通，还把房子的钥匙收了回去。陆玟晚上把这事讲给依豪听，两人想想也只得作罢，眼看着辛苦个把月，事情有了眉目，5

万人民币在向他们招手，最后却发现一切都是假的，都是老板朝三暮四朝令夕改在信口雌黄。

每个月出账多于进账，大伙儿的工资也开始不能准时发放了，从月初拖到月中，又拖到月底才发上个月的工资。下个月又是这样。而且福利越来越差，前面请了个老乡帮忙做饭，那大姐很会做，把菜炒得像自家老娘炒的菜一样好吃。虽然那厨房就在公司一楼旁边的过道里，两面通风，旁边又是满是污水的臭河沟。但是菜里大蒜、辣椒、蚝油、生抽、老抽等调味一样不少，油水又厚，分量又足。大家都很满意。但是老板不知何故，一天把她痛骂了一通，让她结账走人了。然后公司里没了做饭的人，本来公司包一日两餐的福利，被砍为不包吃住了。而工资仍是那样。结果过一个月，又走了两个跟单，业务量越来越少。

听业务员跟大伙儿说，前面的老板娘把公司的业务都抢了过去，所以导致公司没活干。不过依豪的观点是，这公司的业务可能本来就是前老板娘拉过来的。以老板一天到晚无所事事的状态，以老板目前管理公司的种种情形来看，以前这公司应该都是老板娘全权经营打理的，如果是这样，她只是换了档口把业务收回去了而已。老板想的却跟依豪完全相反，认为是他前任老婆在搞鬼。带了公司硕果仅存的四个男下属，开着他分期付款买的豪车去他前任老婆那里上门闹事。前老板娘开的物流公司就在附近不远的地方，去时老板娘不在档口，老板带着几个男下属走过场。全场都是老板在动手，把办公室的资料往地上扔，痛骂从他公司转去他前妻公司上班的前下属，带去的四个一动不动，只是出个工壮下声势而已。

闹的动静也不是很大，等老板娘回来，那个臭男人已得胜凯旋，不在公司了，扔到地上的资料也被员工捡起来收拾好，只有砸坏的饮水机一时没有更换，倒在角落无声地诉说它曾经遭遇的不幸。老板娘见了怒从心中起，恶向胆边生。想这么多年受够了，同你分了你还不罢手，还要打上门来欺负老娘。老娘是可忍孰不可忍。拉上全公司的员工，把档口大门一拉，就打回去。

打回去时老板这边的员工正在垂头丧气地吃盒饭，盒饭很难吃，完全没了女老乡在时的那种味道和那种其乐融融的居家气氛。老板也在吃盒饭，一副虎落平阳的落魄样，却还显得很傲气，以为乃天亡我非战之罪也。

吃到一半，听到外面人声鼎沸。一看，好家伙，人家打上门来了。

　　老板娘事先安排好了，男员工做什么女员工怎么做，事前注意事项事后怎么奖赏，都一一说清楚道明白了。这边老板家的人都各怀各的心思，没人讲怎么做。

　　双方做得久的员工彼此都认识，有些以前都还是一家人，在同一个公司做。所以虽然兵戎相见，彼此都还很客气。老板娘家的男下属同老板的男下属打招呼，拿到了两台叉车钥匙一台小货车的钥匙。老板娘家的三个男下属过去开叉车小货车，大概目的是想把它们开到老板娘的档口去。老板不肯，要下属去拦，他那帮下属你看我我看你，没人动。老板很生气，自己上前去阻止可是又放不下那脸面，叫人又没人肯动。没办法，只好报警。警察骑上警车一分钟就到了现场。一看又是那一家子的破事，心里很是生气，但碍于执行公务，没能发作，只是不耐烦地问："程老板，你家今天又是什么事啊。"

　　"那个婆娘抢夺我公司的财产，她把我的叉车小货车都抢走了。"

　　"那你想怎样呢？"

　　"我要报警，要你们警察把我的财产抢回来。"

　　"程老板，我说您在这一带也算是个人物了，怎么做事越来越不靠谱了。你说你前妻抢了你的财产，在我的印象中，这公司就一直是你前妻在打理的啊。你要我怎么分得清是是非非？"

　　"警察兄弟，你们非要等到人家打得头破血流才肯出面阻止的吗？"

　　"话不能这么说，不过你们吵下架用不着报警吧？"

　　"今天这事的性质很恶劣。那丑婆娘都带了一帮人来上门闹事来了，你们警察都不管一管。"

　　"你这个恶人先告状，你刚才带人去我店砸我家的东西你怎么不说？"

　　"唉，你们吵架的事我不管，你们的财产分割我也管不了。你们关系不和去找妇联，财产有纠纷去找律师吧。没我的事，我要回去了。"

　　"老李，老李，如果这里打伤了人呢，你管不管？"

　　"伤人事件当然我管啊，但是现在这里没有伤人啊！"

　　"那你看着，马上就有伤人事件了。"

　　老板叫他的下属准备向对方发起进攻，可是他那帮下属一个二个无动于衷，在那里打呵欠。老板没办法，只好亲自上阵，拿着棍子往前冲。可是老板娘那边早有几个男下属上前进行护驾，拿着木块铁棍（这些都是货车上装货的

工具）挡在前面，要想伤到老板娘，首先要放倒那几个男保镖才行。进攻受阻。老板估摸着自己这边失道寡助，对方老板娘那边得道多助，干不过人家，也就不打算干了。

小货车在前，两台叉车在后，老板娘带着一帮男女同事殿后，那帮人在警察、老板及员工等人众目睽睽之下，扬长而去。

走到一定距离，事情算是圆满解决了，老板娘高声呼喊："今晚公司聚餐，小龙虾大家尽情吃个够！"

众人高呼："耶！耶！耶！"

第十二章　四海神游

　　陆玲第一次见姐夫依豪就跟他倾心长谈，说她很喜欢小孩子，结婚之后一定要生五个小孩。依豪一直疑惑她这五个小孩怎么个生法。生了五个小孩怎么养法先不说，有没有经济能力养好五个小孩算不算问题先不谈，首要的问题是，她怎么能生五个小孩子。她是省会城市人，她爸在很小时就离开家里去省城打拼，到她出生及长成时她肯定已是城市户口，按当地计划生育条例来说，如果是城市户口结婚，是只能生一个小孩的。但她在家是独生子女，又是个女儿，那么按当时的计生政策可以生两个。如果再想多一点，如果她生的两个小孩都是女儿，可以按最宽松的计生政策，还可以再生一个，那么也只能生到第三个，已是她生育小孩数量的极限了。当时还没有放开二胎政策，只是有限放开二胎，离完全放开二胎还有好些年，而取消生育限制，允许自由生养那更是多少年之后的事儿了。

　　可是她当时就发出豪言壮语，要生五个小孩。

　　其实那时她男朋友都还没有。还要她父亲亲自打电话过来给依豪，找这个从未谋面的亲戚帮他宝贝女儿解决终身大事，还要她亲自从这特大城市的某个依豪根本没去过也没法想象的角落，乘坐公交车，不知辗转几趟才到这里，出现在这素未谋面的姐夫家，想要他帮她在学校或是附近物色一个如意郎君。又要有本地城市户口，又要有房产，还要有相当于铁饭碗的稳定工作。以她的实际情况，这些条件的设置都是很可笑的。在这个卧虎藏龙物价腾贵居大不易的一线城市，一个外来人，自身条件不够强，想通过婚姻市场来个龙门跃，除非是找个非对称婚姻关系，否则以婚姻市场规律里的等价交换来计算，她自身条件根本无法达到。

不过她很快调整标准，无法通过这个素未谋面的姐夫在学校或者类学校找到心仪的男士之后，她认清现实，主动出击，迅速找了一个男朋友。就是小成。然后以迅雷不及掩耳之势结了婚，然后以同步或是提前预订的方式开始怀孕产子。

虽然快是快了点，但一切还算正常。

但当小孩呱呱坠地，她开始尝到生养小孩的艰辛之后马上开始哀叹起来：养小孩好累啊。我好后悔啊，我不该生小孩子的啊。

等她猛然发现养小孩比生小孩更辛苦更无聊，像祥林嫂般逢人就诉苦时，小孩子呱呱坠地脐带已剪，没办法再缩回到她肚子然后消失得无影无踪了。情爱是种族抛出的甜蜜的诱饵，让你甘心为种族繁衍吃苦受罪，如果你懂得生物学常识也能理解。或者你一点都不懂生物学常识也没关系，生活常识或是父辈祖辈教给你一些人生道理也会让你明白真实的生活并不是童话世界，公主和王子整日无忧无虑生活在幸福之中没有一点痛苦烦恼。

这大概就是说的人的情商的问题。

这位堂妹已是成人，可是情商还只是儿童。这个巨大的成人婴儿拖着一个巨大的婴儿，坐在曾经生意兴隆的堂姐的士多店兼麻将馆前，逢人就诉苦，带小孩好累。

因为她自己个子高大及能吃能睡的缘故，小孩生下来时已有九斤左右，按一般标准已是巨婴了。加之小孩又遗传了他妈妈的能吃能睡的天性，所以很快那体重就上到十多斤二十多斤，而婴儿却仍只是婴儿，不能走又不能爬，只能成天由大人怀抱，像小袋鼠挂在大袋鼠妈妈胸前的口袋里一般。她妈妈自己都像个儿童需要别人的照顾，无法帮她带小孩子，而婆婆虽然心智体力正常，却不能忍受这一对年轻夫妇的行为习惯，带了很短一段时间也不肯带回老家了。而这小孩的老爸，又是一个赌鬼，一天到晚只知赌，根本不愿意带。

陆玲小成又搬回档口二楼居住时，小孩已霍然半岁有余了。之前他们怎么订婚，怎么结婚，怎么生小孩，陆玟一概不知。

　　陆玲坐在那里唉声叹气，抱在怀里的小孩子大概是因为抱得不舒服，在妈妈身上不停地乱动。依豪悯其劳累，接过小孩，替她抱一会儿。可是一抱上身，他就有点后悔了。小孩子又重又笨不说，而且身上气味难闻。依豪本来是很喜欢小孩子的，只要不是那种天生的傻笨小孩都自带有一种童趣童真，令依豪这种拙于成人世界的人可喜可乐可亲可玩，但是这个小孩子除了沉重呆笨之外，似乎找不到别的优点，婴儿到了半岁左右差不多能站立片刻或是行走几步，可是他不会，你努力地像插一根棍子那样把他立在桌子或是柜子上，他就是站不稳，你一松手他就倒，你不松手他还是会倒，无论你把他两腿立着或是让他坐着，都不会给你减轻多少负担，和把他抱在身上一样的累。如果你把他放倒在柜台上或是桌上，他就会翻来滚去，让你时刻担心他会不会摔到地上去摔个一命呜呼。他身上的婴儿衣服似乎很久没有换洗了，小孩子虽然下面不会时时喷射排泄物，但是小嘴里时不时地流口水，虽有围兜却毫无作用，所以换洗婴儿衣服很重要，可是这婴儿的衣服似乎都不怎么换洗，四五天，一个星期都有可能。虽然你不相信他是从垃圾堆里捞出来的，但是也恍然觉得他就是一个从垃圾堆里捞出来的。阿灵也时常把她的女儿抱到档口玩，两相对比，天壤之别。

　　依豪心怀怜悯，贸贸然地伸手去抱那小孩，接过来之后就后悔，如同小孩的妈妈生下来之后就后悔一般。好不容易装模作样地带了几分钟之后，赶紧找个借口还给人家。

　　带这样的小孩确实很累。依豪感同身受。于是跟她讲，你何不把婴儿车也带下来，推着他走？陆玲说，家里有，可是上下楼梯不方便，抱着小孩又要拿婴儿车没法弄。而且好不容易弄下来之后，回去又要搬上二楼，反反复复更累。依豪说你可以再买一个婴儿车，放一个在档口。这样就方便省事多了。婴儿车也不贵。

　　古人云，文章齐颈，要人提醒，经依豪这么一说，陆玲豁然开朗，果然很快就又买一辆婴儿车回来，放在档口。于是她就成天推着婴儿车四处走动。小孩子坐在车里，随他玩。

　　母乳很旺盛，小孩子吃得很欢快。又因为大个，所以时时要吃喝。柜台里面放有凳子，柜台也能遮挡一部分视线，陆玲要给小孩子喂奶，陆玟就会让她去那里，她站在旁边，依豪就去另一边或是别处。大家都是过来人，条件又有限，这样做也是没有办法的办法。

但是档口一到中午吃过午饭之后或是下午吃过晚餐之后就会有牌友聚集，男男女女都有，以无所事事的男人为多，买烟的买饮料的也多，陆玟就站在柜台后面不停地拿烟或是收银。小孩子要吃奶，陆玲随便坐在旁边凳子上，撩起上衣，就开喂。偶尔一次两次，也就算了。大家虽然惊讶于做妈妈的如此随意，但是也没怎么吭声。但是似乎是因为无人指出，陆玲也无所察觉，也就习以为常，有人没人，方不方便，小孩子想吃就吃，大人也就想喂就喂。依豪有些看不下去，要陆玟跟堂妹讲一下，避一下人。虽然给小孩喂奶也不是什么见不得人的事，但是也不至于这般无所顾忌，成日在大庭广众之间当场展示母乳喂养的好处吧。而且上衣又撩得那么多，整个上身都几乎露了出来，坐的地方又那么显眼，没想看的人也没法合上眼不看（因为要走过路过）。陆玟没有明说当众裸喂不好，只是委婉劝说可以去别的地方。可陆玲懒得动，自己也觉得无所谓，仍然我行我素。依豪一气之下，就要开赶，要她别来档口，把她的婴儿车推出去，别停在他家档口。陆玟彼时还站在女人的立场上，认为陆玲当场喂养虽然有点不雅，但也不至于嫌弃成那样，非把她赶走不可。旁边徐老板也刚好在。替依豪说陆玟堂妹做得不对。虽然给小孩喂奶不是什么丢人的事儿，但是这般无所顾忌地当众喂奶实在有点不舒服。那样子实在不好看。有夫有妻的，何苦如此。

其实喂奶真的很方便，回去自家就一两分钟的事，又不是在外面，何苦那般随意呢。

因为像祥林嫂那样反复地悲叹自己的苦而自讨无趣之后，陆玲就不在档口逢人悲叹了，多少她还是知道反复悲叹之后给人的感受，只是反应来得不是很迅速来得不是那么敏锐而已。于是她就常常下楼，到档口把婴儿车推出来，放小孩子进车，然后推着去外面的世界发展了。在路上遇到认识的人停下来聊个不休，反复强调带小孩的苦，在公交车站台等候公交车时，同任何一个想同她聊天的人聊天，一聊就聊个不停，不到公交车来不会罢休。在上公交车之后同任何一个与她招呼或是搭手帮她的人聊天，搭上话之后就大倒苦水，倾诉带小孩子的累和苦。去到人多的广场和人多的商场，婴幼儿用品店、服装店、零食铺，凡是她感兴趣想去逛的什么店铺、广场，都可以找到猝不及防的听众，听她唱悲苦咏叹调，尔后找个机会或理由逃之夭夭，老死也不同她相见。然后，她又寻找下一个目标。

下班之后依豪就从学校移防到店铺，把陆玟解放出来，由她去外面的菜市场或超市放风轻松，往返走路和坐公交车时她就可以时时看到陆玲在公交站台或是路边或是随便什么地方同陌生女人聊得热火朝天，主题只有一个，无非就是悲叹人生悲叹婚姻不幸。

时不时她从外面回来，到陆玟的档口，向陆玟展示她从外面采购回来的宝物。有时是二手用品店里不要的儿童玩具，譬如简陋不堪的木马，小孩子坐上去可以一前一后地摇晃的那种，那是古老的儿童用品，可以追溯到二三十年前物质匮乏的年代，有时是9套同样款式的小孩子的内衣裤，尺寸之大，要到小孩子长至七八岁上小学才能穿的地步，而她小孩彼时离一岁都还很远。陆玟问她为什么一次性买9套，陆玲说买得越多越便宜呀。陆玟又问，干吗又买那么大？陆玲说，别的尺码没有了，就只有这个码的。陆玟没话可说了。

第二天小孩就穿上了那新买的衣服，裤腿长得根本就看不到脚，本来不会走的，因为裤脚缠住脚而更加不会走了。陆玟跟她指出这毛病而对方不以为意，天天给小孩穿着这一身衣服四海游荡，也不知道给他换洗了没有，因为同样颜色同样尺寸的有9套。可能是她嫌给小孩换洗麻烦，特意买了相同的9套衣裤，别人如果问起她怎么不给小孩换洗天天给小孩穿同样的衣服，她也可以分辩说换过了。因为她自己的衣服都是好些天不换洗的，东一件西一件地扔在家里随便床上椅子上桌子上铁丝网上。陆玟偶尔去她家，知道个中情形。洗衣机很大很气派，机盖上却是堆满杂物，十天半个月不曾动过的样子。

又过了几个月，到小孩一岁之时，那小孩仍东倒西歪地站立不稳，依豪怀疑这小孩的身体是不是有毛病。陆玟同陆玲讲，陆玲不信。可是依豪越看疑心越重。因为陆玲还在怀孕之时曾经问过陆玟，女人怀孕期间感冒了能不能吃感冒药。陆玟不懂，问依豪，依豪无师自通地严肃地跟陆玲讲，没有经过陆玟转述，而是亲口跟陆玲讲，别随便乱吃药。感冒如果不严重就让它自然而然地痊愈，或是喝点姜茶之类的东西。千万别乱吃西药。陆玲这人，不懂好问，但是问了之后，却自以为是，不会听从别人的意见，尤其是亲友长辈的意见的，往往是问了人家之后，特意反其道而行之。过后她说她去药店自己买了些感冒药吃了。为了能很方便地买到感冒药，她没能同药店里人讲她怀孕一事（只要她不讲，以她的腰围，一般人看不出她怀孕与否）。她就是这样，一方面喜欢问人家超出她智商范围的不明白的事，一方面又得意于并不按人家的意见或建议行事。

陆玟虽然也怀孕生子过，也知道那样不妥，但是更加紧张的却是依豪，他认为有必要强烈建议这个老婆的亲族去做下 B 超，检查一下胎儿是否正常。胎检陆玲是愿意去做的。她曾为了提前知道胎儿的性别而去做过，虽然结果不了了之。但是她过两三个月就去街道医院或是妇产科医院做检查。到第五个月还是第六个月时，医院告知她，小孩子可能有残疾，是否终止妊娠。去另一家医院，得到的报告也是如此。但是虽有可能，也不是必然会有。这只是医院根据仪器做的分析报告做的预判而已。依豪建议陆玲不要冒险，宁肯另外生育而不要这个。陆玲不听。过后生产，小孩母子平安，是个带把的超级大胖崽。

现在小孩近一岁了，还是不能直立，扶着他都东倒西歪，没法迈出一步。过往的一些事又浮现在依豪脑海。依豪要陆玟劝陆玲带小孩去医院检查一下身体。陆玲听了，去医院一查，果然小孩两腿发育不良，一只腿更甚。如果小孩马上治疗，花上两三万块可以治好。如果不治，三四岁之后将终身残疾，走不了路。

陆玟自己怀孕之时，生病了不敢乱吃药，因为过来人都这么说，医院的医生都这么强调，她不敢不听，但是她不知道真会这样，一次随意的不遵医嘱的乱吃感冒药就会导致小孩有残疾。还在怀孕之时医生不就说了胎儿有可能不健康吗？陆玟说医生也只是说有可能，并没有说一定会不健康啊。依豪说这事医院和医生都不会把事情说得很绝对，一切都是病家自行决定，后果也自行承担。

陆玟劝陆玲弄点钱早点把小孩的病治好。可是这要花掉两三万块钱，数额巨大，陆玲不仅不想听她堂姐的话，而且也不想听从医生的建议及时治疗。彼时的小成，已彻底地沉浸在麻将牌之中，家中一切大小事宜悉数交由他那智商情商堪忧的老婆处理，老婆说行则行，老婆说止则止，行行止止，悉听尊便。

但是陆玲虽然不想花钱给小孩子治疗，但也并不打算隐瞒此事，而是把这事当话题说于天下人知之。此时她的话题又多了一个小孩子的残疾，内容更加丰富而深刻。没多久，远在千里之外的亲生父母知道了此事。很少打电话过来的叔叔打电话给陆玟，询问这事。陆玟讲了。叔叔电话中嗟叹不已。钱虽有点多，但也并非多到不能负担。只这个宝贝女儿，似乎心疼钱财更甚于心疼骨肉。而小孩父亲，以及小孩父亲的父母都不表态，他一个做外公的又能怎样？此事重大，做父母的话她已是早就不听了，万望堂姐妹一场，以同龄人身份劝她一劝，兴许还能使她回心转意。

依豪觉得此时劝他女儿治病比当年替他女儿说媒要来得有意义，于是要陆玟跟陆玲反复劝说治病的重要性（经过多次横眉冷眼之后，陆玲都不敢同依豪说话了）。陆玟架不住依豪的劝说，再一次同陆玲和小成讲，小成依然是将一应大小之事一推了之，像当年后主刘禅那样，陆玲却是听得不耐烦了。因为在她多嘴多舌之下，小孩的残疾一事已是弄得两方亲戚朋友无人不知无人不晓了，而其中有近亲之人就像陆玟那样反复劝说她改变主意，她早就听得不耐烦了。凡是亲人（尤其是长辈）反对的她一律赞同，凡是亲人赞同的她一律反对。她就是这样喜欢同家人反其道而行之。陆玟劝得紧了，陆玲也把她当成长辈一样反感之极，再劝时，她大喊大叫：

要我花几万块钱给小孩子治病，那不是要了我的老命吗！我才不干！

其实认真算一下，那两三万块钱的治疗费，换算成他们夫妻俩的工资收入，半年就够了。

此事便不了了之。

但是即便两三万块钱的治疗费出不起，那买个小支架绑在小孩腿上，起个补救作用还是可以的。没多久，小孩子就一只腿上绑着支架一摇一摇地学走路了。一条腿有毛病，另一条腿还算正常。时不时陆玲带着小孩出现在陆玟档口，时不时又不见母子踪影。

一日，叔叔给陆玟电话，说家里给陆玲打了一千块钱，要她陪陆玲给小孩去看下病还是什么。陆玟跟陆玲说叔叔的意思。陆玲柳眉一竖，一脸嫌弃地说，这一千块给做什么用？小孩的病能治好吗？

陆玟说这只是大人的一点心意，其他的你可以想想办法找下小孩的爷爷奶奶啊。

陆玲不想找。然后她想了一想说，她在网上看到一个旅游广告，说澳门一日游只要600块钱。她可以拿这钱去澳门看一看，购下物，放松一下。

带小孩太累了。我也该开心一下了。陆玲说。

陆玟把这讲给依豪听，依豪失笑，说600块澳门一日游，只怕是从远处看一下澳门而已。

陆玟中学地理学得一塌糊涂，地图都不会看，虽然知道澳门是咱们伟大祖国不可分割的一部分，却不知道澳门在哪里。

但陆玲却知道。因为她家条件好，她高中之后读过大专。

某一日陆玲开开心心地同对方联系，同一帮同样头脑简单却热爱旅游的人一起去一日游了。回来之后跟陆玟讲她去澳门了。陆玟问她澳门好玩不？陆玲说也就一般般。

依豪说是不是因为他们坐在船上，那船根本就不能上岸，只围着澳门转了一圈就回来了？

陆玟惊奇地问依豪，你是怎么知道这澳门一日游只是围着澳门转圈圈而已。

依豪说，因为陆玲并没有提起要办港澳通行证的事儿啊。

陆玟说，我都不知道去澳门要办什么港澳通行证呢。

依豪谦虚地说，其实我也不知道。但是从那旅行费上我知道，就600块钱，怎么也上不了岸的。那点钱，只够在海上享受一下吹风的感觉。

陆玟撇撇嘴说，就你什么都知道。实际上她的澳门一日游不仅去到了澳门，而且还可以在里面自由购物。陆玲她爸给的钱根本就不够她花，她另外又花了1000块钱，买了一大堆东西回来。连我她都送了一样。你看这就是她送的。

陆玟打开给依豪看，是一件白色的连衣裙。看还好看。但估计穿在陆玲身上就有点显人大衣小了。依豪拿着衣服，左翻右看，东找西瞧，发现掉落在包装袋里的衣服吊牌，翻出来一看，就是本地产的。

好像除了给小孩治病没有钱之外，陆玲用在其他地方上的钱都不缺。另一个方面，除了家务活不想做之外，如洗衣做饭带小孩，其他的事陆玲都愿意做，譬如跑腿逛街，走来走去一天都不累，与人闲聊八卦，一连几个钟头不停地说都不累。另一个方面，花钱的能力比挣钱的能力强。钱到她手，不花掉根本睡不着。

就在她小孩一岁多，没钱治腿瘸的毛病的时候，小成收到一笔8万块的政策补助金。陆玲开心了。她现在为小孩子将来上学的学位操起心来了。

小孩要能在本地上学就要有本地学校的学位，要有学位就要有本地户口。如果你没有本地户口，有本地房产加持也行，但是这仅限于郊区。而即便是本地郊区，以这一线城市的房价，也不是一般人能买得起的，更何况陆玲小成这类无固定工作，收入又不高的外来人群。

买本地郊区房买不起，市区学位房更加不可能。入本地户口入不了，陆玲不具备入户本地的条件，小成也不是本地户口。所以这本地大都市虽然繁华，但不是想怎样就能怎样的。

都市不行，但是都市圈呢？

往北是号称都市圈的核心地，离本市仅30分钟车程（这个30分钟车程有待仔细测算），买房便宜，入户也容易。基本上你只要有个房产，不管是100平方米的还是20平方米的，不管你是本地人还是外地人，只要你买了本地的房产，都可以迁户口到房产名下。在小成收到8万块的补助金之后没多久，陆玲就从网上把这买房入户所必备的学问都弄得一清二楚了。而且还找到了一个卖家，出售本地的20多平方米的房产，完全符合她的要求。

但凡在做一件事之前，陆玲都要同这个堂姐陆玫说一说。陆玫知道了说给依豪听。依豪觉得陆玲这种天马行空的想法不可思议。如果真是为小孩上学之事，可是现在离她小孩上学还早得很呢。如果买房是为了想有个本地户口，可是都市圈户口根本就不是都市户口，那个地方的户口根本就不是这个城市的户口，两个是不同的市好不？如果是为了自住，你们在这里工作生活，却把房子买到八竿子打不着的另一个城市，住又住不上，又有什么用？而且还只是20来平方的单间，一家三口或四口怎么住？家里大人怎么住？

陆玲说，家里大人想同他们住，也可以在旁边另外租一间房子啊。

这日子是什么过法。买个单间，让父母在旁边租房子住。说起来都拗口。

但是人家陆玲想要做的事，是谁也拦不住的。小成拦不住，她父母拦不住，小成父母也拦不住，她陆玫一个堂姐，更加拦不住。虽然她怕依豪，不敢同他说话，但是她想做什么用不着征求这个凶巴巴的堂姐夫的意见。她同陆玫讲她想到那个市里买间房子，也只是把事情讲给她听而已，并不是想听她的意见或建议的。

依豪觉得买房兹事体大，还是不能头脑发热，一时胡思乱想乱买一通，虽然是别人买，但是他们好歹也还算是亲戚，有义务向他们反复建言。于是依豪把小成拉过来，两个成年男人，都是做了丈夫，又做了父亲的两位，很认真地分析这事的对与错。摆在眼面前的刻不容缓的小孩子的病不治，却天马行空地谋划几年后小孩子上学一事，怎么想都不是正常人想的。即便在本地上不了学，小孩回到省城，去外公外婆家上，或是回爷爷奶奶家里上，都可以啊。老人家可以照看，又是国家免费义务读书，怎么想都好。干吗买到爷爷奶奶外公外婆老婆和自己上班都不靠的另一座城市？

说了一通，费了依豪很多口水，仿佛是花了他依豪的辛苦钱一般着急，小成听了之后却是无动于衷，说这事就由她去做好，你不按她的想法做，她会吵得你不得安宁的。

依豪说你就只求现在得到片刻安宁吗？

那又能怎样？

依豪无话可说。只好放他去麻将桌上去搓他的麻将。

没多久，陆玲小成真的去了那里，拿着8万块钱以及相关证件，买了那间20多平方米的房子，户口也挂了过去。

因为小孩还小，两人也没在那里工作，所以那房子就拿来出租，租那房的那个人就是以前住在那房子里的人。换了新房东之后那人又要家具又要热水器，两人买了家具装了热水器，每个月收他200块租金。那个租户在那里住了一年，交了一年的租金，慢慢悟出点门道，于是找各种理由问陆玲小成要维修费，今天说水龙头坏了，明天说热水器不能用，两人也没理，那人也就不交租，陆玲小成也没去买的房子里找那人讨要，又过了一年，两人离婚前去了一趟那房子，那租户知道他们要来了，于是闻风而逃，逃之前把他们买的家具席卷一空，把热水器也拆了搬走。给他们留下一间空荡荡的垃圾满地的房子。然后那房子就一直空在那里，不再出租。

买房过了两年，一部分是两人厌倦了彼此，一部分是小成父母实在不能忍受这陆玲，从中点拨，两人离婚。小孩子归了小成，那个谁都用不上的房子仍在他们俩的名下。陆玲想把房子卖了把钱弄出来花，小成不肯卖，也有可能是懒得跑流程，房子当初是挂在两人名下的，一人不同意，另一个人就无法卖。所以一直挂在他们名下，直到地老天荒，那房子自然塌掉。

小孩子归了小成，陆玲甩掉了这个沉重的包袱，很开心，都懒得去小成老家看小孩一眼。倒是小孩的外公外婆，心里挂念这个骨肉，有时还把小孩接到省城住。看到小孩一天天长大，而腿部毛病仍没有治，外公就拿出自己的棺材本替所有人把小孩子的病治了。当初医院里查出小孩子腿有毛病，劝陆玲小成两口子治，说三岁以内治，两三万就可以治好。大约是一岁一万块的治疗费，每长大一岁，那手术难度就增加一点，费用就相应增加。等到小孩外公心痛小孩的将来，掏出自己的棺材本来治时，小孩已是快上小学了，结果治好那病花了6万块。

小孩的腿病治好之后小孩仍是姓成没有姓陆，仍由爷爷奶奶接回他们那里去。外公外婆只留个想念。

有必要继续讲一讲陆玲和小成的事儿。据陆玲讲，他们的婚事是受了她婆婆的影响，她那恶婆婆受不了她，她也受不了恶婆婆，于是离婚了。小孩子归小成。小成在家是独生子，回到他家小镇后，他老妈马上给他找了一个女的，结了婚。那女的也离过婚，有一个女儿。过后他们结婚后又生了一个。这大概是因为小成的儿子有残疾，然后二婚老婆带来的又是一个女儿之故，所以他们又能生一个。或许这第三个罚了款也说不定。

陆玲离婚之后在陆玫所在城市的旁边那个城市（但不是买房的那个），也是都市圈里的一个城市里工作，然后找了一个有固定工作的男人，结了婚。在陆玲眼里，有固定工作，那就是说在企事业单位里的有编制的工作，以这种标准来评判，依豪都算不上。因为依豪上班的单位虽然是国家公办的学校，但是他是编外，一直是，所以不算有固定工作的人。那男的三十多岁，一直未婚。结婚之后，单位给了他二十多万的安家费，工作仍旧。陆玲就鼓动他老公买了一套房，她也出了两万，首付二三十来万。这下子，陆玲终于实现了她最初结婚时的目标：有本地户口，有固定工作，有房产。三样一样不缺。

陆玲为此在陆玫面前炫耀了大半年，房子是现房，装修也很快，不久这一对新婚夫妇就高高兴兴搬进新房去住了。陆玲极力邀请陆玫，顺带也是邀依豪去她的新家玩，其实是想让他们看看她的最新成果。陆玫以工作忙为借口不去。陆玫不去，依豪更加不会去了。所以陆玲只能发些图片给他们看，以此炫耀一番。

但是没过多久，陆玲又开始向陆玫诉苦了，她说她老公原来是个阳痿患者。他之所以有那么好的条件而没结婚是因为没有哪个女人愿意同他结婚。而她，从结婚前到结婚后都没有发现，到现在她才知道。

可是他们已经结婚一年多了。

依豪哑然失笑，同陆玫说，你堂妹可真是一位不食人间烟火的修女，结婚一年多还不知道她老公的真实情况。陆玲和小成在结婚之前好像都已同居了的啊。他们结婚之时陆玲都怀孕了吧。

陆玫说这倒也是。

陆玲继续通过电话，有时是亲自来找陆玟讲起她的不幸的事儿。第一次婚姻不幸，自己没有经验，遇到了一位恶婆婆，逼她离婚。第二次婚姻不幸，找的老公是个阳痿者。

依豪通过陆玟安慰陆玲，反正你想通过结婚达成的几个目标都实现了。老公阳痿也算不了什么啊。如果真要算，也只能说是付出的代价吧。以她的条件，找一个不阳痿而能三条都具备的人结婚是不可能的了，要么三条具备而阳痿，要么不阳痿而三条不具备。鱼与熊掌不能兼得，舍鱼还是舍熊掌，得熊掌还是得鱼，只能是二选一，不能兼得的。

陆玲一直孜孜以求地找三个条件都具备的老公，找了那么多年，小成都不算，现在总算找着了，可是她又失望了，因为虽然三个硬件都已满足，可是老公身上的软件却一直都不达标，这算不算成功了呢？按依豪的想法，求仁而得仁，求三个硬件而得三个硬件，死而无憾矣，当然算成功了。

按陆玲的说法，开始时她也觉得算是成功了，工资收入高，有房产，本地户口。可是她怎么没想到男人会阳痿呢？

陆玲身体粗壮，嗓门也大，无论是在电话里还是面对面，那嗓门都大得骇人。尤其是她普通话十分标准，咬字清晰，吐词准确，不像依豪这种，说着说着就发音不准，有时吐词含糊，让人听不明白。陆玲说起她老公的无能来可是字正腔圆，比播音员还能让人听得清楚。更关键是那嗓门巨大，又不能将一般人难以启齿的词语通过隐语曲折委婉地表达出来。

于是依豪又不得不通过陆玟告诉陆玲有些事情不能大声嚷嚷弄得全世界都听到的，一如给小孩喂奶用不着大庭广众之下喂一样。可是效果不是很明显。有时陆玲不知从哪个角落辗转多少趟公交车过来找陆玟聊天，开口说上三句，三句不离本话，只要是依豪在场，依豪定要她闭嘴或是另找地方说话。

第二次婚姻仅仅维持一年，陆玲就提出离婚。离婚也就离婚，但是陆玲结婚之时两人共同买了新房，陆玲也出了钱的，那房产过了一年涨价了，陆玲想把房子卖了分一半房款给她。但是对方不同意卖。光离婚对方也不反对。只是对方不同意卖房分钱。而且就是分钱，也不可能分那么多。

但是陆玲以她大无畏的精神去找律师，律师表示没有办法。然后她以家属身份勇闯机关单位，将对方阳痿之事大白于天下，弄得机关单位的人无人不知无人不晓。最后闹得没办法，同意付 10 万元离婚费，只求解决此事。

　　陆玲以两万元做杠杆撬得 10 万元，也心满意足。但她不会算，当初他们买来作为新房时，那房子才值 50 来万，到他们离婚时那房子已涨到 90 万有余了。这样一折算，她拿 10 万房款是亏了的。她倒是无所谓，有钱赚就行了。但是她老爸不肯，所以虽然事情已经了结了，但是他仍去女儿前夫单位同他们据理力争，硬是又从对方那里拿回 10 万，给了女儿。

　　这样陆玲钱袋里有了 20 万现金。更加自信了。

　　于是她满世界去寻找她的真爱。她有时在电话里对陆玫讲，说某某省的婆婆也不错，因为她遇到那个省的中老年妇女，一个有儿子的妈妈，对她很好。然后又跟陆玫说，其实某某市的男人也不错。她去他家，待她很好。但是后面没了下文。

　　后来陆玲除了对找老公这件事感兴趣，孜孜以求地遍地寻找之外，还对另外一件事发生了兴趣，那就是买（炒）房。以依豪对陆玲的了解，他一直没明白为什么她老爸帮她多要回 10 万房款之后，不留在老两口身上替陆玲保存，而是又给了那头脑至简的陆玲。不过过后一想，以陆玲个性独特自我任性的性格，她父母就是架得住她一时的无理吵闹，只怕也架不住她长时间的吵闹，而最终只得将好心替她保管的那 10 万房款乖乖还给他们的宝贝女儿。

　　大道至简的陆玲，现在怀揣 20 万巨款行走在泥沙俱下的江湖，不仅脑子一分为二，而且人生目标也一分为二，一为找老公，二为买（炒）房。经过无数次的检测、试验、考察，寻找了十位数以上的目标之后，终于找到了一个彼此都还算满意的对象。虽然目标明确，一为找老公，二为买（炒）房，但是这一次她把找老公和买房这两个目标弄错了优先顺序，结果导致悲剧再一次发生。

　　这一对各怀心思的男女先考虑到买房，于是各出 20 万，一共 40 万，到另一个城市买了一套 100 多平方的大房。仍是在陆玫所在的都市圈范围内，只是方向又往南偏了十几度，距她第一次结婚第一次买房买的那个单间的那个城市 80 公里，离第二次结婚第二次买房最后得了 20 万房款的城市 40 公里。以陆玫这种地理盲来看，都分不清哪里是哪里了。但是陆玲不用担心，她大专学历，这点地理知识难不倒她。

　　两人合伙买了房子之后，收了楼，带装修。住进去之后，准备同居试婚。不料陆玲却发现，她又遇到一位阳痿患者，没法同她行房。买了新房又有啥用呢，不能行房，那新房也就不成为新房了。

　　这其实就是做一件事，要讲究流程重要性的原因所在。流程不对，或是流程弄反了，方向就是再怎么正确，结果也可能很糟糕。

　　但是这时，陆玲可能也想通了，鱼和熊掌不能兼得，所以必得舍鱼或是熊掌，或是舍熊掌或是鱼。所以这一对各怀心机的男女和平商量，各睡各的房间，各做各的事，各走各的路。她现在人生的目标已实现了一，房子买了，现在她要实现人生的目标二，也就是找老公了。既然你不能成为我的老公，那你就睡在一边房间去，别碍着我继续寻找真爱。

　　依豪对陆玟说："你这堂妹，到底在做什么事儿啊。"

　　陆玟撇撇嘴："我也不知道。其实在她同小成同居之前，我们有很多年没见过面。还是上小学时，我们倒是一年有一两次相见。她从省会城市来到老家乡下，身穿漂亮的城里服装，老是有吃不完的好吃的零食，宠得不得了，娇得不得了，任性得不得了，比得我这种乡下穷亲戚的小孩子灰头土脸。"

第十三章　渐行渐远

　　自从刚开始做生意开士多店那一年，在一年之内频频搬家达8次之多之后，依豪陆玟住在他们的那小窝窝里一直没挪过窝，达三四年之久。开始他们租房时没想到要做生意的，只是简单地以依豪单身时租的单间为圆心，往四周辐射，同时将上下班的路程考虑进去。过后开起了士多店，这租房因为距离档口有点距离，陆玟去档口不方便，所以就想着以档口为中心，在附近找房子住，因为目的很明确，限制条件又多，可选择的地方太少，所以一直搬来搬去。一会儿是单间，一会儿是套间，一会儿又远离档口。有个渐渐懂事的小孩子，一家三口挤在一间房子里是不合适的，所以单间只是暂时的，可是搬过去的套间黑漆漆的，窗户也没有，晚上两个房门一关，屋子就像两口棺材，密不透风。所以租金虽便宜，但是也住不下去。然后搬去别处，每天开工收工又很不方便，尤其是本地上半年多雨水，本地人为了抢占地方多建房，把雨水沟全部做成暗渠，结果水流不畅，街道往往成为河床，山上的水直流而下，都能把女人小孩直接冲到五百米开外的公交站台上去。在搬来搬去，折腾了大半年之久，搬了7次之多，东西越搬越少，便宜而破旧的家什渐渐扔光，如简陋的花盆，不值几文的玩具，摇摇欲坠的鞋架等，家的气息也越来越淡之后，终于等到一个机会，搬到一处楼层较高，为五楼，有一个小小的阳台，惨淡的夕阳快要落下西山之

际，将没有多少热度的光线洒进来，可以晾晒衣服，房间虽然没有窗户，但是客厅里有，而且私密性较好，窗户外没有别的楼房与之握手，那样陌生的眼光不会直盯盯地看进来，仿佛将头伸进来了一样。

租金也不贵，在开始做生意，收益有限，前程茫茫之际，这点租金还是付得起，不会成为一个沉重的负担。虽然后来生意日渐兴旺，这套小小的一室一厅看上去有点寒陋，但是因为住久了习惯的缘故，也不觉得有什么不舒服，所以也一直住了下去。在整个士多店及麻将馆开张营业的那几年一直住在那里。后来将这档口转让给阿灵之后，仍住在那里，后来陆玟去市中心销售理疗产品时，仍住在那里。后来去下面快递公司上班做文员，也是住在那里，再后来去物流公司做财务，还是住在那里。

出租房外墙是本色，砖是砖样，水泥框架是水泥框架样，从外面看就是一幢烂尾楼模样，旁边的两幢七八层高的水泥框架就是烂尾楼，但这幢勉强没有烂掉，外墙虽然没有粉刷，但是里面经过简单装修，粉了石灰墙，装了窗户，安了门，就成了出租屋。租屋的楼道很窄，上下租客需要侧身才能会让通过，就像乡村小道的水泥路一样，不把双方车子的后视镜掰一掰就过不去，上下租客至少要有一人需要侧身，如果不是双方都要侧身的话。

楼道的灯是那种几瓦的灯泡，楼道里没有窗户，靠着这很古老的照明装置指引租者上下行进，有点路漫漫其修远兮，吾将上下而求索的心境。如果是青年人，而又想有所作为的话，这景象正好给他提供了奋斗的压抑感。但是陆玟感觉不到这压抑之情，可能是因为她的原生家庭的生活环境比现在更为原始和古老。而小孩子除了因黑暗而害怕之外，也想不起其他什么原因来。但是依豪能感受得到这种环境给人带来的压抑感。

自家住的在五楼，和其他所有房间的门一样，都是暗绿色的铁门，外挂锁头。一梯四户，有单间，一室一厅，两室一厅三种户型。依豪陆玟一家三口住的是一室一厅。但这一室一厅的户型其实就是一个单间改造而来的，房子中间砌两堵墙，装个门，就是一个房间，有个小阳台，阳台一侧用瓷砖搭了个台子，就是厨房，炒菜之前必须把晾晒的衣服收起来，不然油烟上升，和老家厨房灶台上熏鱼熏肉一个样，可以把衣服熏成各种各样的味道。里间一间暗无天日的卫生间，最多两个平方，兼做出恭和沐浴两用。有排气扇。除了小得有点吓人之外，没有别的可说的。整个屋子里就所谓的客厅有可以向外推开的玻璃窗，推开通往阳台的门，阳台也可以当窗户通风之用，其他地方是没有窗户的。

客厅靠墙角里摆着一台小电视，挺胸凸肚的那种。当然那时的电视机都是那样子的，不过已有了变小变窄的趋势，正如有钱人越来越讲究身材和健康，那肚子越来越没那么凸那样。有钱人的身材越来越平板平直，而没钱的人依然挺胸凸肚。那时的电视机和人的身材一样，胖瘦都和金钱与地位有关。而依豪家的那电视依然是个啤酒肚模样。电视台也有十来个，都是房东弄的本地台，如果想看多点台，就得另外拉有线，每月付费若干。依豪几乎只有晚上睡觉时回租房才可以一见，但那时也很晚了，一般都要到十二点以至凌晨一两点，有一段时间还必得夜夜睡在档口守店，更是连回去的机会都没有。陆玟晚上七八点回租房带小孩时可以看几个钟头，但是她也舍不得拉有线，说有那些台就够了。晚上看到十一二点才睡觉。

一个两百来块钱的布沙发，大红色的。后来徐老板弄挣大钱的大项目，要开工作室，请陆玟去布置，买回来放在客厅里的沙发，也是那种大红的布沙发，两百来块钱。一模一样，依豪一眼就看出来就是自家的那种。

几个整理箱，一个书架，一张小床，连同挺胸凸肚的电视以及明星般大红大紫的沙发，几乎就是客厅的全部。房间就一张双人床，一个小床头柜，一个简单的衣柜，舍此别无他物。

当然小孩子的玩具及用品有一些，但那些，都是用过之后可以扔弃之物，不值得多费笔墨。

陆玟觉得这些都差不多可以了，虽然也不值得夸示于人，但是身边的大家都是这样子的，也没什么好说的。但对依豪来说，却无时无刻不感到压抑及不舒适。有时周末待在家里，芳邻炒菜，油烟味不请自来，从窗户或阳台飘然而进，如果是炒辣椒，大人和小孩都立马做出反应，大人可能觉得味道还行，小孩子可是受不了，不停地打喷嚏咳嗽。一家炒辣椒，上下人家闻风而动。那是厨房没有排烟装置所致。隔三岔五，半夜被不远处的屋子里的女人的声音给吵醒，那有规律的持续的声音从深夜里传出来，搅得人七荤八素，夜不能眠。白天依豪说及此事，陆玟却浑然不觉，不知此事为何事。但是一到深更半夜，那声音又时不时地传来，吵上半个钟头以上。这时叫醒枕边人以证实此事又觉得不太合适了。

有时窗外树林里传来鸟的怪叫声，有些像老家的那些鸟，虽然难听，但是

因为四周上下都有成百上千的人类，也就不觉得害怕，不像小时那般住户稀少而树木森然。不过有时闲来没事，依豪也会骑上电动车带上小孩子四处无目的地游荡，一者家里狭小无趣需要向外拓展生活空间，二来四处闲逛了解风物行情增长见识。不期然绕上一大圈转到租房后面，到了山的另一边。那里不是人活着时的生活居住地，而是人往生之后的遗骸留存处。当然那遗骸已经处理过，变成一小盒一小盒的，搁放在石碑后面的小格子里。那是一处公墓，很有些历史年头，所以密密麻麻地占据了大半个山头，成百上千，成千上万。虽然能进里面的条件很高，要信某一教的信众才有资格进去，所以新住户一年比一年少，但是里面的老住户受到的保护很周全，估计上百年来都有专门人士照料，所以一点都没有被风雨侵袭雷电摧毁的迹象。一边是生的世界，挥汗成雨，摩肩接踵；一边是死的世界，静穆庄严，无边无际。中间就隔了一座山岭，那山岭就是一道分水岭，或是两个世界的分界线。依豪就在可以感知的那一边。

奇怪的是分界线那一边的人很少提及这另一边依豪看到的那个世界。各自过着不同的生活，彼此没有一丝毫的干扰。依豪回去之后也没有向陆玟提及此事，担心她一旦知晓个中情形，晚上睡不着，而小孩子，虽然同他一起看见过，却是不明其意，只要依豪不讲明此事，小孩子也是看过了就看过了，不会有太多不安。

另一个世界的人们并不存心打扰这个世界的人们的生活，可能是彼此虽然相隔很近，也能相安无事的原因。但是这同一世界的人，彼此干扰彼此伤害的地方就有点多了。

四楼同一位置住着一位单身女青年，五楼两房一厅和另一套一房一厅的房子里住着这女青年的同事一家人，这一家人有点多，有父母两人，小两口两人及一个娃。所以分租了两套，两房一厅的房子里住一家三口，小夫妻一间房，小孩子一间房，老两口在旁边住另外一房一厅。

这大龄单身女青年块头也比较大，上下楼梯如果和依豪相遇，依豪必得松开牵小孩子的手同小孩一前一后，而他必须侧着身子很小心才不会碰着她的玉体，衣服和手上拎的大小袋子和肩上挎背的包如果发生碰撞或接触，那是在所难免的。

依豪每次见她两手不得空、双肩不得空拎着挎着大包小包地上上下下，像头负重的骆驼一样，还时不时地在依豪陆玟的档口前停下，同他们聊聊天，进来买点小物品，百思不得其解，怎么天天上班都要带上那么多的东西？怎么她都不嫌累？怎么就不想个办法存在家里或是另存他处？

不过很快就有答案了。因为陆玟也看出其中的不寻常，心中也有了疑问。而一个女人如果对另一个女人有疑问是很容易直接开口问出个所以然来的，不像男人总是顾虑重重，不是担心怕问得不得其所，就是担心怕别人以为自己问得别有用心，而更多的时候，男女之间本有一层天然的防线，不方便彼此直截了当地沟通的。所以有一天，陆玟就利用同性的优势毫无心机地问她，你怎么每天上班都要拎上大包小包的？难道你家的金银首饰太多太贵，放在家里不安全？

"不是的，"当陆玟问起她来时，她很用心地给她解释起来，仿佛她一直等着她问，早就想好怎么回答她一样：

"你看我这大包小包里装的都是些不值什么钱的饰品，有手镯，有吊坠，有发夹，都不是什么真货，都是在十元饰品店、精品女人店里淘回来的，十块钱二十块钱就能买得到的东西。"

"这些东西放在租房里还怕人家偷吗？"陆玟不解地问。

"偷倒像没有人偷，但是租房里老是进去人，趁我不在家里上班去时，老是有人进我租房里翻东西，每天进去之后翻啊翻的，也不知道要翻什么找什么，也不知道偷走了多少东西，但是每天下班回租房，我总觉得有人进去过。我跟房东讲了也没用。房东保证说他根本就没进去过。除了每个月来收一次租查看一下水电之外根本就不会进人家屋子。可是我总是不相信。我买了三把挂锁锁上房门，可是还是觉得有人能进去。可能是从窗户外面翻进去的，我每天出门把窗户关紧，把阳台的门锁好，可还发现有人进来翻动过。实在没办法，我只好每天把这些东西带在身上，每天带去上班，下班后又带回来。"

依豪陆玟每天上上下下看到四楼同一位置的那套租房非常显眼地挂着三把大锁，依豪有天还特意停下来研究了一下那挂锁怎么锁门的。有两把是把门锁上了，还有一把因为插孔不够大，锁头插不进去，只能挂在不相干的地方，结果成了聋子的耳朵。所以每天该租客只是用两把锁锁门。原来那个租客就是她。

有时周末依豪同陆玟去楼顶天台晒被子，却发现顶楼通往天台的铁门锁上了，问顶楼的那家住户，才知道不是房东锁的，而是四楼的那个女青年锁上的，

因为她要晒被子，如果不锁上，会有人偷走她的。但是，她这样一锁，其他人家不是晒不成了？这个她不管。为此顶楼的住户过上三两周她来楼顶晒东西都要吵上一架。但是吵也没用，跟房东讲也没用。人家就是有权在楼顶晒被子衣服，就是防止被偷要把铁门锁上。这样看来，出门前把家门挂上三把大锁是理所当然的了。而每天像只骆驼样驮着大包小包地上班不累吗？

陆玟问她："每天背来背去不累吗？"

"没办法啊。每天都有人进去我家。跟房东讲也没有用。报警警察上门来看了也用。所以我只好每天背来背去上班了。好在这些东西不重，我还背得动。"

陆玟依豪也曾听说租房失窃的事，有个年轻人把笔记本电脑放在租房里，晚上下班回来发现电脑不见了，被小偷把门撬开偷走了。又有一个年轻人把台式电脑也放在租房里，下班回来台式电脑也没了，被人偷走了。所以派出所下发通知，要求每个出租屋都要装门禁，每个租房要去派出所登记交门禁管理费。每个月10块钱，两人就是20块。但是依豪陆玟家里从没有失窃过。从没有小偷光临过，也许是小偷早就看出他们的清贫无物，不值得光顾。也听说过档口失窃的事，但是那时他们家档口还没有发生那两桩失窃案，那两桩失窃案要到依豪买了一台麻将机，档口里弄起打牌抽水的生意之后。

这个每天拎着大包小包（还是用的大黑色胶袋，和垃圾袋一样黑，但比垃圾袋要大，是那种去批发店里拿货，批发店里用来给零售商家装货用的包装袋）不辞辛苦地来来回回的女青年跟陆玟讲出她的苦恼和困境。陆玟把这些话又讲给依豪听，依豪才知道这女人不为人知的另一面。于是不禁动了刨根问底之念，当房东前来收他家的租金抄水电之时，依豪跟房东问起这个女人的事。房东还以为依豪质疑他家出租房的安全，不太高兴地说，没有人进她屋，是那女人脑子有毛病。她都报警报了好几次，弄得警察也烦我也好烦，想把她赶走，不给她租了，她又不肯搬走。

依豪彼时正在读心理学方面的书，什么心理学入门、变态心理学、犯罪心理学、儿童心理学，只要挂着心理学之名的书他都拿来看，弗洛尹德、荣格、柏格森等等，只要是有名有姓的心理学大家的书，能不能看懂都拿来看一通。弄了一年半载之后，居然有了点心得体会，看人也能以心理学专家的眼光来分析看待了。他其实知道身边的人都多多少少有心理上的问题，但是问题大到非要挂几把锁才肯出门，非要整日把全部家当背到身上的，还是很少的。眼前这个就是非常少见的一个特例。

依豪想学以致用，想深入了解这位女青年的情况。于是在有意跟她打几次招呼同她聊下天之后，在一个周末没上班的时候，那时是上午十来点钟，陆玟带小孩去下面档口看店，依豪带着一丝小激动下到四楼，轻轻地敲那扇紧闭的门。门里传出那位女青年的声音，问："是谁？"

依豪捏着嗓子，用不大不小的声音报出自家姓名和身份。然后里面又问："找我什么事？"

依豪有点不想回答了，可是事情做到一半就放弃不像是他的风格，于是只得从喉咙发出声音："方便不，找你聊聊天。"

这次不再问了，如果再问，惊起楼上楼下的其他住户，他一定就走了。里面沉默了一会儿，门后面再次响起打开挂锁的声音，看来这位女青年从里面用插销把门关上还不放心，还要用锁把门锁上。只是不清楚锁了几道。开了锁门被慢慢地从里面打开，那女青年把头伸出来，看真是楼下正义凛然从不同女人说说笑笑的戴着眼镜的士多店老板，这才放心了。依豪生怕她还要用警惕的大嗓门问这问那，于是主动地说明情况，他从房东那里知道她因为家里老是进来陌生人而报警，他作为楼上的住户，想了解一下情况，帮她分析察看一下。女青年很高兴有人站在她那一边同她说话，于是热情地邀她进屋里。依豪强调，我能进来吗？

女青年很高兴地说："进来啊，没问题的。进来看看我家。"

于是依豪郑重其事地跨了右脚又迈左脚，于是整个带有明显男性气质的身体进了她房间。因为是楼上楼下，所以格局完全一模一样，都是一房一厅，房间是从一间较大的四方形里面砌出来两堵墙弄的隔间，客厅一个对开的玻璃窗户，一扇通往阳台的铁门。房间的简易木门关着，不知里面的摆设，但是客厅里的物品是一目了然的。除了客厅有一两把小矮板凳之外并无其他座椅，没有电视柜及电视机，甚至连陆玟聊以自慰的挺胸凸肚的电视都没有。几包天天提来提去的黑袋子就放在墙角地上。但是很醒目的是不大的客厅里居然有好几块穿衣镜，依豪快速地数了一下，连一块破了的算在一起有7块。依豪不禁说了一句，你家的穿衣镜蛮多的。女青年含糊地说都是同事不要的送给她。穿衣镜统一的形状，统一的大小，统一的颜色，摆在客厅的各个角落。依豪陆玟家里就一面小小的镜子，搁在卫生间的架子上，每天洗脸梳头用一下。家里再无其

他镜子，因为家里有小孩，老一辈的人说家里有小孩就不能把镜子乱放，怕晚上吓着小孩子。依豪却不知道单身女青年家会有如此之多的能照出整个身子的穿衣镜，但是对方不想在这事上多说他也就不好多问，于是就开门见山地提及屋子里进陌生人的事。对方马上话就多了，说她出门时把东西摆在这里，摆在那里，明明是那些位置，可是下班回来之后就发现它们都换了地方了，不在原来她放的位置了。依豪说："那有没有东西少呢？"

"不太清楚，我的东西太多了，有时记不清。但是有人翻动过是一定的。我锁了三把锁都没用。"

"那你关好家里门窗了没？"

"我都关好了。你看我是这样把窗户关上的。"

依豪这才发现，她家的窗户是关上的，他家是一天到晚，有人没人都是开着窗户通风。然后她又说，阳台的门也是关着的。她说着把通往阳台的铁门打开，依豪发现，阳台上还有两面穿衣镜。这样子她家就有九面穿衣镜了。只是房间的简易木门是关着的，不知道里面还有几面镜子。卫生间的木门也是关着的，但因为里面和他家一样很小，估计放不下一面穿衣镜，但房间里只要想放一定可以放上好几面穿衣镜的。依豪注意到她家四楼的阳台和窗户都装有防盗网，他家因为在五楼，比较高，加上这幢出租屋一个烂尾楼模样，房东因陋就简没有装。房东租给他们时一再强调，注意小孩的安全，别让小孩从窗户阳台上摔下去了。

依豪说，你家都装了防盗网，而防盗网又没有被撬开的痕迹，应该不会有人翻墙而进了。他家什么网都没装，也不见有人进来。

女青年没说了。依豪还想同她聊，于是就问能不能坐一会，得到同意之后，他拿起一条矮胶凳，搁在门边，就坐在开着的房门处，问她在哪里做事，做什么工作。她说在物业公司做管理。依豪说不错，物业公司待遇不错，工作又轻松。

女青年模棱两可地回答，还行。然后主动说起，五楼他家旁边的那一大家子人是她同事的。她同事同她爸妈老公小孩住在一起。

依豪说一家子那么多人，一套房怎么住得下？

她说她们租了两套房，一套他们住，一套父母住。

"难怪，我说一家那么多人一套房怎么住得下。"

"你和他们住在同一层楼，你觉得我同事她爸人怎么样？"

256

"虽然住在同一层楼，但是也没什么往来，不太了解。不过有时上下楼梯遇到他们，看上去还挺有素质的。"

"还有素质？我跟你说，她爸人很坏的。他年纪一大把了，老是偷窥我。是一个不正经的家伙。"

喜的小板凳不高，依豪还能坐得稳。依豪说："不会吧，看上去很好的一个老人家呢？"

"看上去好有什么用？他就是那种人。"

依豪说："她爸天天跟着她妈住在一起，又住在女儿一家隔壁，应该不会做那种不堪之事吧？"

"是那样子的。我跟我同事都讲了，她爸妈还骂我，不承认。"

依豪想，自己虽然坐在进她家里的房门的正中间，倚靠在门框上，你可以不承认进了她家，但是如果她想找来警察要你承认你有进到她家，你一张嘴只怕也讲不太清楚。看这情形，还是赶紧溜之大吉。不然他天天同陆玟同床而睡，都保不定要被她怀疑对她有所企图。于是他迅速而果断地结束此次访谈，逃之夭夭。

依豪为自己的假公济私，为自己的鲁莽提心吊胆了好些天，生怕那个女青年向房东向他老婆向人民警察嚷嚷他那不可告人的私闯行为。

好在过后风平浪静，一切都像是没有去过她家一样，她依然大包小包地出门，出门之后家里依然是挂着醒目的三把护门大将军，依然是有住户抗议楼顶铁门被锁，无法去天台晒被子衣服。

一天晚上七八点，依豪不知怎么要回租房，带着小孩正走往楼上走，到四楼时忽然发现楼道里聚集了一大帮人，计有该单身女青年一枚，精明能干的男房东一条，身穿制服威风凛凛的人民警察两位，五楼的该女青年同事及她老公及小孩三口，还有可敬可爱的老夫妇一对，似乎在七嘴八舌地争吵着什么。一看依豪带着小孩上来，像屋檐上的麻雀一样忽然莫名其妙地全不发声了，一齐儿看着他们父女俩。依豪心里有鬼，马上心想糟了，自己的丑形败露了，那个女青年将他的一切都报告给人民警察，然后警察在弯腰驼背的房东的带领下来到租房，然后扯上同事一家五口替她作证，女青年要声泪俱下地控告自己性骚扰她。

小孩子天然地怕警察，依豪虽然已是成人，但是儿时的恐惧之心还没有消

散，一大一小的父女俩怀着相同的怕警察的心小心翼翼地往上走，步子轻轻的，生怕惊到这一干人。既然人家没有问到他，那他就还是装做什么也不知道赶紧走人吧。

正待行进之时，那女青年忽然发声了，她对依豪说，老师，他们都对我胡说八道，老师你说，你那天都来我家同我聊过天，你说是我不正常还是那个男人不正常？

依豪听了马上释然，此事不关他事。然后停下脚步，简单一问，原来是女青年仍在控告女同事的老父亲偷窥她，女同事也想拉依豪到她那一阵营替她家说话，大声说，老师，您都住在我家隔壁，天天见着我父亲，你说我父亲是那样的人吗？这一下，焦点全集中在依豪一人身上了，两位警察也同大家一样盯着依豪看。依豪觉得自己此时责任重大，可是不管他是真心的还是违心地替一方摆明他的观点，他都不可避免地会受到被他否定的那一方的怨恨。站在女青年一方说假话，自己当然是良心上过不去，但是站在她同事一家人那一方说出真话，又有什么用呢？不仅于事无补，自己反而成为他人攻击发泄的目标。何苦。依豪想着各人自扫门前雪，休管他人瓦上霜。管好自己的事吧，有困难找警察叔叔就行了。依豪于是说，警察是第三方，是客观公正的，他们既然都来了，我看还是让警察做判断吧。

依豪把这球又踢回给警察。于是双方（女青年及其同事）以及第三方（房东），一齐向第四方（警察）请求判断。女同事一方四口分辩说一个老人家怎么可能干那些无聊之事。女青年反驳说就是天天偷窥她，想要非礼她。这是事实。房东心里虽然偏向女同事一家，表面上还保持中立，但是他的立场正一步步向女同事那边靠拢。因为警察也不好马上判定事实真相如何。于是一如传言出租屋不安全有失窃案件发生一样，派出所给的解决方案是要房东安装摄像头。这事儿也可以通过在走廊楼梯安装摄像头来解决。彼时摄像器材很贵，而且只能从由政府机构指定的供货商那里采购安装，所费不赀，有目共睹。房东一听又要装更多的摄像头，花费他更多的钱，心里在滴血。但是因为有警察在场，不好发表他的观点。于是争吵了一通，却是无果而终，事情的真相如何，各人各执一词，没法说服对方。

一直吵到无话可说，警察也累了，于是众人才各自散去。

事后楼梯走廊也没有安装摄像头，房东私下里赶那位女青年走，但是人家女青年底气充分，拒不承认自己有错，却说房东你把我赶走，不让我住这里，那你要我住哪里。房东虽然有几栋出租屋，但是也无法帮她解决离开此地之后的住处，只好瞪大眼睛气呼呼地走了。而且以前面的经验来推断，如果房东强行驱赶租客，可以预见警察又会如期而至，为这女青年，几乎各开自家门各修自家行的警察和房东，都成了老熟人了。

何立从东来，我往西方走。既然你不走，那么就我走。女同事一家见女青年没有搬走的意愿，那么他们一家就拖家带口，搬去别处。他们一家搬走之后，依豪那层楼的那两套房子空了很久，都没有租客来租。本来房多人少，租的人就不多。因为租客自相火拼，一方离去，房东损失了两套房子的租金好几个月。直到后来才有人来租这。

这些都是依豪上班挣工资下班开档口挣利差之外的生活场景，彼时他和陆玟的士多店生意才刚有起色，将店子搬到下面大一些的档口之后他们把家安在档口后面的出租屋里，一住就是好几年，直到后来搬离此处。

一楼住的是巧如簧舌鼓动依豪陆玟将承租过来的新档口重新粉刷一遍的那对公婆，因为对那两公婆的粉刷效果很不满意，揽这活之前那对老公瘦得像竹竿老婆肥得像水桶的公婆信誓旦旦地说粉完之后档口会焕然一新，墙壁白得像鸽子那样，而实际上粉过之后档口和粉过之前没有区别，依然四处发黄，就像一个经年累月使用而又不清洗的马桶一样。所以陆玟在给工钱时没那么高兴，嘀咕了几句，结果那对做粉刷匠的公婆与这对开士多店的夫妻就成了生死仇敌。尤其是那女人，成年累月不上班不做事，前面四周档口都空着时不租下来开店，等依豪陆玟两人租来开店之后，她却时不时说本来她想租这档口的。言外之意是现在他们抢走了她发财的机会。开始士多店门可罗雀生意不旺，这女人就面带鄙夷不屑的表情大摇大摆地从这档口而过，从不进去买东西，她老公还偶尔买包烟抽，被那肥婆娘发现之后一通骂，于是也不进去了。而当这士多店生意日渐兴旺之后，这肥婆的面部表情就成了另一种了，上下过往之时两眼眼白上翻，做出一副愤怒的样子。表情也够滑稽的。

出租屋上下楼道的另一边，住着一位年长的女人和她年幼的女儿。看她那一副饱经风霜生无可恋的模样，以为她年过五十之外，但是从她的小女儿的年纪和依豪陆玟的女儿年纪相仿来看，其实她比陆玟年长不了几岁。她在附近商场里做清扫保洁的工作。小孩没上幼儿园，一个人在家里及四近四处游荡。陆

玟听信传言，说有人贩子偷小孩，平常都是两眼盯着自家女儿，一刻也不曾离开，生怕被人抢走或用零食哄走，抑或不是担心这个远虑，每时每刻来来往往的无数大小车子这种近忧也够她担心的了，生怕出意外。而这个整日一副生无可恋模样的女人却每日放心大胆地将小孩扔在家里，在陆玟看来是任由她自生自灭。

农村里把牛放在外面让它们吃草，是有人跟在后面的，这就叫放牛或看牛，老人小孩青壮年都有，牛在山坡上，或是在田埂边自食其草，是不需要费你太多手脚功夫的，只要你时不时地盯着看牛那么一眼，牛们就老老实实地吃着草，而不会把旁边稻秧、花生苗或红薯叶误为野草吃下去的。但是，如果，你只自顾自地玩，不盯着牛的动向，牛往那些作物靠近而你不去制止，或是也跟着牛往那些作物靠近，那么牛眼就会往你那方睃几眼，瞅着没人发现，就会低头猛地啃上几口作物，如果你心里还有放牛一事，听着牛嘴里嚼咬的声音不对劲，抬眼望去，那稻秧或花生苗或红薯叶就被咬掉一大块，你大吼一声，或是扬手一扔装作扔石头样，那牛马上就乖乖地低头啃起草来，仿佛是刚才自个儿不小心认错了草和农民朋友的农作物一般，如果你还没发现，那么它就肆无忌惮地大吃特吃起农作物来，就和一个人很久没有下馆子面对一桌子好菜那样怀着欢快的心情低头猛吃一样，估计那牛要啃掉几分地的农作物才善罢甘休，你一整天放牛或看牛的意义基本上就没了。有些更狡猾或是叫更灵便的牛在你牵着它走在两边都是水稻苗的田埂上，因为少有牛被牵到那里去，所以那里的草长得很茂盛，你走在前面，手拿着牛绳，牛老老实实地走在后面低头吃草，你走牛也牛，牛走你也走，如果你嫌牛离你太近，把牛绳放长一些，然后自顾抬头往前看，不看牛，那么牛吃着吃着就会在不经意间朝香甜可口鲜嫩多汁的水稻苗咬上一口，等你听声音反应过来，好大一把稻苗就在牛嘴里了，你看着那强壮多穗的稻苗在牛嘴里被咀嚼你夺下来也没用，夺下来的稻苗你也不能原样把它复原到田里去让它们继续生长结稻子，而且你一生气不让它吃在田埂上的草了，你又无处可去，只得瞪眼怒目地呵斥它一声，继续让它吃草。如果你还不吸取教训，那么牛就会每隔一小段时间把头抬起来用又长又有力的牛舌头拼命伸长，猛地一卷，一株或是两株稻苗就成了它的嘴中之物，等你把一长条田埂走完，把牛牵回家去，你才发现你和你的牛走过的那条田埂，两旁的水稻苗都呈等距离间隔被牛吃掉的痕迹，田埂上有牛的脚印，两边有被吃的印痕，稻田的主人按脚印索牛找上你家，其结果是父慈子孝，鸡飞狗跳，被大人一通暴打是免不了的。

人类的好朋友好帮手牛们就是有这么聪明，它其实能分辨出野草和农民朋友种的作物的区别，当你不注意之时它会对着这些农民伯伯辛辛苦苦种下去的，有些还是在自己的帮助下辛辛苦苦种下去的农作物大快朵颐，被人类朋友发现之后还装出满脸无辜的模样。心地善良的农民都说牛有人类的智商和情商，它们就是一个没长大的人类小孩，却年年做着耕田耙地的苦活，所以要善待它们。

说这么长一段无关的牛的事情其实是想反过来说，人类的小朋友其实就是一头牛。所以也有大人们反复说咱家有头牛，我要天天放，我要天天放牛看牛，说的其实就是带小孩。

但是这个整日一副生无可恋的模样的女人的小孩却没人带没人放，整日处在无人看管的状态，所以附近人家就有些遭殃了。

首先遭殃的是陆玟依豪的档口。为了吸引客流也为了开拓财源，陆玟学别的超市的揽客伎俩，弄了一台小孩子玩的摇摇车，插上电，只要大人肯花上一块钱，将硬币投入进去，小孩子坐在上面就会开开心心地摇上一阵子，小孩子开心，放牛带娃的大人也轻松，开档口的老板娘也开心。起先陆玟的小孩仗着是自家的，口袋里装上一口袋硬币坐在上面不停地摇啊摇，弄得别的小孩子也不能坐，钱也收不了，陆玟很是恼火。费了很大力气才成功地将自家小孩哄下来，让别人家的小孩子也玩一玩。这个小孩子起先一个人站在旁边，怯怯的孤苦伶仃的模样，陆玟问她是谁家的小孩，这小孩咬着手指头往后面指指，陆玟想起来，是后面一楼那家住户的。然后问她大人呢，怎么就你一个人？她又咬着指头说，家里就她和她妈妈，妈妈上班去了，就她一个人。

陆玟很是惊骇，这么小的小孩，大人放心把她扔在家里随便她到处跑，不禁起了怜悯之心。然后想着自家小孩没有伴，有个玩伴也不错，于是要她上摇摇车同自家小孩一起玩。开始小孩还没觉得什么，可是这小孩一熟了之后就乱动乱搞起来，惹得自家小孩不高兴，不让她玩。她又想玩，可是又没有钱投币，于是别人家的小孩投币玩的时候她不请自来，也要上去玩。结果投币的人家不肯，我花的钱干吗老是给别人家的小孩玩，而让我家的小孩玩得不高兴？于是这小孩就只能在旁边呆呆地看人家玩。中午和下午大人回家带饭或是做饭给小孩吃，小孩子可能是跟妈妈说了。等小孩子再出现在档口时，她已是有钱之人

了，她高高地举起小手，远远地说，我要坐摇摇车，我要坐摇摇车。陆玫接过她的钱，是一块钱，换给她一个硬币。小孩子拿了硬币自豪地投进摇摇车里，却不让别人家的小孩子坐，一个人摇啊摇的很是得意。一首动听的歌放完，摇摇车停了，快乐结束了。小孩子却不肯下来，要继续待在上面。可是别人家的小孩子等在旁边，也要玩呢。陆玫见到手的钱也挣不到，生气地上前，把那小孩拉了下来，摇摇车业务才得以顺利开展。

等下一次大人回家带饭或是做饭，小孩子问妈妈要钱坐摇摇车，却是没了。再要，屋子里就响起大人打小孩的声音，一个吼叫，一个啼哭，了无宁时。

等到小孩再一次出现在档口，人又比前面呆了一些，站得离摇摇车更远了。陆玫也懒得理她。

小孩子嘴馋，看见别人吃什么她也要吃，面包、方便面、雪糕、棒棒冰什么的，只要她发现能吃，她都要咬上一口，如果你不给，她就像地里的牛那样，趁你一不注意，自个儿就吃上了，包装撕了，上面留了牙齿印，你想复原放回去卖也无法卖了。大人只好自个儿吃掉。一日三餐都在档口吃，大人怕小孩吃得少，营养跟不上，总是追着小孩子喂食。可是小孩子有更重要的事情做，如坐摇摇车，和别人家的小孩玩，没有时间帮你吃饭。所以每次吃过之后，总会剩下一些食物，牛奶、面包、面条、红薯、鸡蛋，以及别的食物，小孩吃不完，大人也不想吃，就放在那里。

在给自家小孩喂食物时，那小孩就站在远远的地方盯着看着，陆玫没在意，可是等自家小孩吃过了还有剩下的，那小孩还呆呆地盯着那食物看，陆玫就想与其丢掉，还不如给这小孩。叫小孩过来，把食物给她，小孩子接过食物时说谢谢，然后拿到一边去吃。

看到小孩子这样，陆玫时常把剩下不吃的小孩子的食物留给她。同时禁止她跟着别的小朋友坐摇摇车，以免影响她的生意。小女孩也明白，在坐摇摇车和得到食物之间，只能选一样。所以她选后面那一样。

但是剩的食物不经常有，而这小女孩却是天天感觉好饿的模样，一见陆玫家给小孩喂食物就会站过来盯着人家手上的食物，有时也甚为讨厌。

一日，陆玫从里面卫生间出来，看到档口里有人匆匆而出，她跟着出来，发现那小女孩手上拿着她家档口的面包往家里跑去。才知道她经常发觉好像有人私自拿她家档口东西的情形不是幻觉，而是真实存在的。依豪下班回档口陆玟把这事告诉给他。依豪说这个算不上偷拿，小孩子分不清自家的和别人的，也不算什么太大的恶。不过还是要跟她家大人讲一讲，告诉她这事儿，免得这小孩不懂，以后长大了还这样。于是在那女人上班去经过档口时，陆玟把她叫停，跟她讲事，本来陆玟是想按依豪的意思把那女人请进档口没人的地方，私下跟她讲的。但那女人一副不耐烦没有空的样子，直橛橛地站在那里问她有什么事，却不肯轻易移步。陆玟没法，也不管旁边有没有人听得到，只得跟她如实讲过。那女人一听，勃然大怒，却是不肯承认她小孩子犯了错："我小孩吗？她怎么会偷别人的东西！老板娘，你别乱说！我小孩不是那样的人。我家虽然穷，但是从不偷人家的东西！"

陆玟好言相劝，说："我并没有说你家小孩子偷东西，我只是说她拿了咱家档口的货。"

"我小孩子不是那种人，老板娘，你这是血口喷人！你是欺负别人！"

"唉，老乡，我是跟你说事儿，你别这么大声，弄得好像是我的错一样。小孩子有时分不清，拿了别人家的东西也不是什么大事，教育教育一下就好了……"

可无论陆玟如何解释，那女人总是一副别人冒犯了她的模样，一副她就在现场双眼圆瞪看到小孩子并没有偷拿东西，而是老板娘故意污蔑陷害她女儿一样。

这事也就算了，根本没有想着人家赔偿，只是好意提醒她一下而已。过后小女孩子被她妈妈限定不许进档口，陆玟也看着她，只要她出现在档口外面就盯着她看。往事不可谏，来者犹可追。虽然前面的丢失的物品不指望人家付钱，但她还是很在意档口里的其他货物能不能收到钱。毕竟在她眼里，随便一样东西，都是一两块钱以上的，那可是有 80% 的本金在里面的。

小女孩子不能来档口之后，她就同后面其他人家的小孩子玩，很快就玩上了。那些小孩子都是有女人老人看着守着的，有些站在档口前同陆玟及其他顾客闲聊，守住这个路口，不许小孩子在车来车往的街上乱窜，里面巷子、出租屋、办公室、围墙下，随便他们怎么玩。因为有其他大人看，所以另一个大人就到陆玟家的麻将馆里玩牌，忽忽也是小半天。

小女孩突然拿着一张 100 元的大钞到档口来，拿到手上向老板娘炫耀："你看，你看，我有钱了，我有好多钱了。"引得陆玟很是惊讶。

　　过一天徐老板的又瘦又高的老婆到店里买东西，公司不是很忙，就同陆玟聊些家长里短，陆玟讲起前一天那小女孩手拿百元大钞一事，徐老板的老婆恍然大悟，我昨天放在办公室抽屉里的 100 块钱不见了，我就说去哪里了，问我家小孩，我小孩说没拿，问别人，也说没看到。原来是被这小孩子拿了。昨天一帮小孩子钻进办公室玩捉迷藏，弄得办公室鸡飞狗跳东西翻得乱七八糟，却没想到是她拿的。

　　陆玟就把前面她看到这小孩拿档口的东西跑的事讲给她听。徐老板的老婆听了，这还了得，现在就开始拿钱了。再大一些，都不知道她会干些什么了。那要跟她妈妈讲，别让她这样，把其他小孩子带坏了。

　　结果却是令人不可思议，那女孩的妈妈不承认她小孩拿了人家的钱，她说她给过她小孩 100 块，这钱根本就不是从她办公室拿的。看她振振有词拒不承认的样子，好像这是人家见她女儿有钱，想借机诓走一般。可是这董事夫人下辖 100 多号员工，年营业收入上千万，又怎么可能看得上人家小孩那手中的 100 块钱而要用如此手段抢夺呢？

　　董事夫人在公司里再怎么受下属尊敬，可是在外面遇到这样一个不讲理的女人，她也只能独自生闷气，不过从此以后，她给她两个小孩以及其他员工讲明，不许无关小孩进到公司办公室。这样一来，那个小女孩就真的成了一个不受欢迎的人，四近的邻居都不待见。于是她只好远远地去别处发展，上到上面那家颇具规模的麻将馆里闲荡，下到公交站台附近玩耍。一天中午，她妈妈下班回家，怎么也找不到她女儿，四近上下都找过喊过，不见女儿踪迹，吓得她午饭也没做，下午班也没去上，四处找寻，找了两三个小时，才到公交站台后面的深巷子里找到。那里也有一群小孩子，小孩子有吃的，有喝的，一群在那里玩得不亦乐乎，都忘了回家。

　　大约经过这一吓之后，小女孩子的爸爸出现在这屋里，壮实的身躯，脸上胖胖的，见了邻居面带开心和气的笑容主动打招呼，作为搭载乘客为生的摩托客成日进出摩托车不离屁股，有事无事嘴里叼根烟，手握摩托车手柄没得空去弹烟灰，冉冉上升的烟熏得他两眼时常眯成一条缝。他不仅时常到陆玟依豪店里买烟，还给他女儿买这买那，满足小姑娘的小小要求，闲时就把女儿放在摩托车前面带着她四处兜风，忙时就给三五块钱给女儿，要她自己买吃的玩的，别到处乱跑。小姑娘一个人拿了零钱，高高兴兴地买回一点吃的喝的，坐在档口和租房四近的台阶上，安安静静地独处。同龄的小孩子都上幼儿园去了，放学回来都学了许多懂礼貌讲卫生的行为习惯，知道要在家要听爸爸妈妈的话，做一个懂事的好孩子。唯独她没有上学，一眼看去，和一般的小孩子有明显的不同。

徐老板无事之时喜欢在档口陪依豪，他说他不喜欢读书，但喜欢同喜欢读书的老师聊天，能增长一些学问。说得依豪哈哈大笑。徐老板说，你别笑，书读得多，是和一般人不一样，我就喜欢书读得多的人。依豪说，你是这么多年来第一个说我书读得多的人，有很多不喜欢读书人的人时常用你书读多了来说他，意思相近，而态度相反，实际上这书读得多和书读多了是两句截然不同的话。依豪很讨厌别人说他书读多了，但是包括陆玟在内的很亲近的人都爱用这话来编排他的不是。令他很是生气。

徐老板说读书是很重要的，我虽然不读书，但是我知道这个道理。你看那个小女孩，家里不给她上幼儿园，其他人的小孩子都上了，这上幼儿园的小朋友和没上幼儿园的小朋友一对比，就能明显地感到不一样。所以上学很重要。不仅上学很重要，而且上到一所好的学校更重要。所以我给我儿子送到前面的贵族学校里去读书，一学期10万块的学杂费我都出。附近的小学水平太差了，我不想要我的小孩子去那些地方。

依豪知道那所贵族学校在哪里，就在前面三四个公交站远的地方，那里的房价一平方要花掉依豪这种没出息的老师一年的工资，当然过几年之后，那房价更加高到要花掉依豪两到三年工资才能买到一平方的新高度。那里都是有钱人聚集的地方，所以那里的私立学校收费贵是有道理的。

他这个儿子是他与他前妻所生，小女儿是他与现任妻子所生。他说他前妻的家里很有权势，是一个县级领导干部，但是不喜欢他，嫌他没文化没出息，最后逼着小两口离婚了。情形和你依豪有点相似，所以咱们是难兄难弟，都有着一段不堪回首的过去。

依豪骂他："你就别胡扯了。你拿咱店里的镜子照照，看你这一身胖得像个猪八戒，要长相没长相，要身材没身材，哪有官家小姐看上你。难不成如今天下的美女都爱上猪八戒了？"

徐老板大声反驳依豪："你别看我现在人长得这么胖这么丑，其实我以前很瘦很帅的好不？你笑什么笑，你不相信？你看你脖子上挂的工牌上的相片，

就是我以前年轻时照的相片。你看，呐，是不是很帅很瘦？"

依豪接过工牌看了看，相片是大一寸的大头照，身材虽然看不出，但是那相片里的小伙子一身制服，浓眉大眼，确实英姿潇洒。

"看见了吧，我以前长得还不错吧，比你还要帅那么一点点。不过虽然我和她离了婚，但是我也弄了个项目，开起了公司，也挣到不少钱。只是我没读过什么书，吃了没读书的亏，所以现在想让我小孩读个好书，让他长大了有点出息。不像他老爸那样，结了婚还被丈人老倌看不起。"

"你儿子聪明有余，读书不足，不是个读书的料。你就别为难你儿子了。"

"我儿子怎么不是个读书的料，我儿子聪明得很。"

"你儿子是很聪明啊，但不是读书的料。就像你一样，你也聪明啊，但是你和儿子一样，一读起书来就犯傻。你儿子上小学二年级了，26 个英文字母都背不全，要你背，你也背不出来。你还好意思拿着竹条抽你儿子，你自己连那点学问都没有，还逼着你儿子成为一个有学问的人。你儿子是太调皮啦，仗着他奶奶宠着，每天像飞天蜈蚣一样，到处捅娄子，欺负你家工人，一个屁大的小孩把你家二三十岁的工人整得打又不敢打骂又不敢骂，你儿子还在旁边哈哈大笑。想买什么东西，把 100 块钱往人家柜台上一扔，也不会算账，也不要人家找钱，拿了东西就走，一副公子哥儿的模样。"

"唉，你不知道。我要的就这个效果。他胆子大一些，长大了就不会被人欺负，花钱大方一些，这样才能多交些朋友。你都不懂。像你这样每天斤斤计较，抠门抠到脚趾缝里去了，怎么会结交到朋友。你知道我为什么花大价钱把我儿子送到贵族学校去读书吗？我并不是想着他考个状元出来，我家真没有读书的传统，我老爹年轻时也不读书的。我只是想能进这种学校读书的人，家里一定不简单。我儿子从小在这里面读书，跟着这一帮同学混，长大了再怎么没用，靠这些读书的同学都能弄出个名堂来。你明白我的意思不？"

"不明白。"

"人感情最真的是读小学和中学这些年，在一起读书长大，意气相投的话，一辈子都是铁哥们，怎么着都会互相帮助。就如在部队里一起扛过枪一起打过仗的战友一样，感情是可以维持一辈子的。不像后来上大学和工作之后认识的那些人，都只是些为了利益结交的狐朋狗友，只晓得互相利用，有困难时不会出手相助，在生死之际更加不会舍命相救了。"

"这个我倒是能理解。只是一般情况下还是要靠自己努力吧。像你儿子，每学期花 10 万，一年花 20 万，我上十年班都存不到 20 万，花了这么大的价钱，你儿子都不用心读几本书识几个字，都可惜了。看你儿子上二年级了，几加几都不会，字母表都念不全，比咱家小孩上幼儿园中班都还不如。还好意思提你儿子上贵族学校。"

"字母表我是真的不会，小时学的全都交给老师了。不过两位数的加减法我和我老婆都会。不过他不肯学，打他也不学，也没有办法啊。一学期下来，期末考试，我儿子语文考了 25 分，数学考了 18 分。班主任打电话给我，要我不是请家教把小孩子的成绩补上去，就要我把小孩子转学转走。没办法，我只好花了几千块请家教周六周日来帮他补课。看看能不能补上去一点。如果补不上去，只好再花点钱给班主任封个大大的红包，请她多多包涵我的儿子了。不管成绩怎么样，我儿子在那学校一定要读到小学毕业。"

"我看你儿子的班主任，因为有你儿子这样的学生倒了大霉，学校董事会收了你儿子这么一个有钱的金主，却教出这样一个成绩的傻学生，传出去都要黑了他们的贵族精英学校的金字招牌啊。"

"其实说真的，你们学校的校长不是经常教导你们，说没有教不了的学生，只有不会教的老师。我儿子成绩考得那么差，关我儿子什么事，又关我什么事？我只要每学期把 10 万块钱一分不少地交给他们，他们就应该给我教出一个科科都是 100 分的儿子才对啊。又怎么能劝我把我儿子转学转走呢？"

依豪听了大笑："没有教不了的学生，只有不会教的老师。这是咱们学校的校长经常说的话。不过你又没有在咱学校上班，我又没有同你讲起这些鬼话，你是怎么知道的？"

"我三天两头同你们学校那帮教官、学管打麻将，他们说的啊。"

依豪笑得更厉害了："你们这些人，玩麻将就玩麻将呗，干吗还讨论这么没味道的教育理念。这些教育理念只配在气势恢宏的大礼堂里领导拿来训下面的老师，怎么能由你们这些不学无术的家伙在这满地烟屁股槟榔渣的麻将馆里说呢？"

"我同你们学校的人一边打麻将一边接受你们教育专业人士的熏陶，也了解到一些教书的道理呢。你说你们校长讲得没道理吗？你说我是不是应该把你们校长讲的这话讲给我儿子的班主任听？"

"应该讲，一定要讲，明天就讲，不，现在就打电话讲。昨天你儿子的班主任不是还打电话给你老婆了吗？你老婆当时就在咱档口，你儿子班主任狠狠地向你老婆告你儿子的状，说在学校怎么调皮，怎么不读书，家长再不配合就转学。"

"也是也是。这班主任也太欺负人了。我现在就给她打电话。"

徐老板掏出手机，一边翻号码一边嘴里嘀咕太欺负人了。翻了一会儿，又对依豪说："你说我把这话说给我儿子的班主任听，会不会产生负作用，她会不会骂我，会不会对我儿子更凶呢？"

"这个不好说。"

"那你说一说，你也在学校里当班主任，当你听到这话时你心里是怎么想的？"

"我只想说，学生教不了，把责任全部推给老师和班主任，任由个别不读书的学生把老师累得呕心沥血，这种领导要不是从来就没当过班主任做过老师，要不就是二十年前教过学生。唉，今天咱们是怎么了，话题怎么越谈越严肃，能不能谈点别的啊。我上班在弄这些，下班了还要说这些。"

"不是你在学校当老师嘛。人家家长有疑惑，请你帮忙解答一下，也是一件有功德的事。"

"观点并无绝对的对和错，有时依人的心念而定。像你家儿子进的那贵族精英学校，本来就是借教育之名来弄的一桩好生意好项目，你还指望些什么呢？"

徐老板还想问，依豪却不想再讲了。正好这时老板夫人过来叫他回家吃饭，这才把这无聊的话题打断，结束了这无聊的谈话。

以上就是多年来依豪陆玫以及小孩子一家三口的居家生活场景，谈不上不好，对陆玫来说，她的现实生活就是这样子。除了那一天陪依豪去市中心他前妻家的别墅，惊鸿一瞥地见识过什么是有钱人的高品质生活之外，身边的亲戚朋友过的都是和她一样租房子住坐公交车或骑电动车上班购物的生活，都习以为常了。也可能她觉得依豪前妻家的生活也就那样，无非是房间多一些安静一些，水果价格贵一些口感好一些，钱花起来大方一些随意一些而已。而她从一开始到后来，认识和了解以及一起生活的依豪都不是过那种生活的人，甚至第一次去他的单身租房时的所见，比她以及她周围的拖家带口的人家还不如。所以根本没有把他划为他前妻那一类人中去。

但是对于依豪来说，或许是因为与他的生活阅历有关，或许是与他的读书人的心境有关，或许是他的别的什么原因，总之现实的生活和他的理想的生活是很有差距的。或者说他想过的不是现实中过的这种，想见识的人也不是身边的这些人。

但是他知道这也没有办法，他也习惯了现实的这种生活。

依豪同陆玟商量，这几年两人开店，也存了二三十来万块钱，也没法弄别的投资，不如就把这钱拿来买套房，加上这些年的公积金没有提取，也有十来万了，市区的房子买不起，在郊区买一套百来平方米的房子，首付三四十万也够了。余下的就贷款。这是两人在一起生活四年以来，首次规划以后的生活。

陆玟也同意，于是依豪开车带着陆玟小孩，一家三口去郊区看房。往北是山水旅游度假区，房价不贵，4000多一平方米，有依豪的同事买在那里，三人去涛哥家的那个小区看了下，然后又去另一位同事的那个楼盘看了一下，一期卖完了，入住了，现在要买的是二期三期，总价40来万，差不多全款都买得起，如果首付三成月供，也只需要一两千块。但是陆玟觉得贵。于是又去南边的郊区看房，房子很多，也不贵，但是交通不便，陆玟不会开车，依豪可以开车，坐公交地铁出行，要转好几趟，而且费用也要十多块。依豪的单位离那里有40公里之遥，开车都要一个钟头，如果走高速，一天往返，过路费都要好几十。所以依豪不想买在那里。于是往东。根据市政规划，那里要建地铁，接驳市区各地铁线路。如果现在买那里的房子，等交楼入住之时，地铁也建好了，往返市区单位很方便。两人都觉得满意，价钱比往北那个山水旅游度假区贵1000多块钱。不过也负担得起。两人商量，是买大三房还是小三房，是买大两房还是小两房。以依豪的意见，是在大三房和小三房里二选一，大三房空间大一些，但是总价贵一些，小三房总价便宜些，但是空间小，住着没有大三房舒服。为什么要三房，因为除了自己两人一间，小孩子一间之外，还要预备老人家一间。家里父母总有年纪大，大到在农村里不能自理的时候，那时他们来城里投奔儿女，有间房给他们住。但是陆玟却不想那些，父母老？还不太可能。需要照顾，还没列为考虑范围。两房绝对可以了。如果大一点的两房，一家三口住着就舒服一点，如果是小两房，那就不用找银行借钱啦！找银行借钱，银行的利息可高了。

依豪说，银行利息高不高，自己负担得起就行了。又不是负担不起。现在小孩也可以上学了，两人都在上班，那点银行贷款不是什么大问题。

但是陆玟不喜欢贷款，也许是还不习惯买房贷款。两人就这么商量着，没有达成共识。

陆玟的弟弟陆武虽然年纪比陆玟小了好几岁，不过也成年了，到了法定婚姻年龄。家里心疼这个晚出的儿子，怕他找不到老婆，早早地就给他定了一门亲事。女方就是老家那边的。男女过年时见过面，双方彼此都还满意，于是家里摆了酒席，美其名曰定亲酒，弄得热热闹闹的。老家离依豪的工作的城市有两千里之遥，又是上班时间，依豪说也只是订婚酒，只封个大红包，就不用亲临现场了吧。但是家里人不满意，以为亲弟弟，又只有一个，婚姻又是大事，怎么姐夫不闻不问都不回家热闹一下，让对方家庭也觉得咱家也很重视这门婚姻。陆玟父亲把这话说给陆玟母亲，陆玟母亲又电话中讲给陆玟听，再由陆玟转述给依豪之时，依豪都觉得这事他不去都不行了。不去陆玟家都会对他有莫大意见，以后都没法去了。

没办法，依豪只得找老师调课，找领导调休，弄出两天时间，连同周末两天，共4天时间往返陆玟老家和单位。

仗着自己还年轻，依豪早上五点多天刚亮时吃了点早餐就开车出发，中午在高速服务站吃点东西，休息了半个钟，然后又全速往前开，到下午五点多天还没有黑，就到陆玟家了。在回老家之前，依豪就同陆玟商量，小弟订婚，封多少钱的红包，3000块钱够不够，5000呢？陆玟心疼钱，说不用那么多，500块就够了。反正是家里人，左手给右手，多少给点。依豪说，这500块，太少了点吧？怎么着也要上千块呢。不然还叫封红包？陆玟不同意，不过最后加到800块。800就800，你的弟弟你做主。

依豪虽然奋勇开车，平安到家，但是熄了火停好车下车之后还是像喝醉了酒那样，走路有点歪歪斜斜。车就停在自家房子前面的路边，二三十公里之外的叔叔伯伯姨妈舅舅早就到了，吃饱喝足在家门前休息聊天。见依豪陆玟三人过来，那婶婶就大刺刺地走上前，问依豪准备封小弟多少红包，依豪笑笑，说红包在他姐那里，我还不知道多少呢。

陆玟在旁边，急急忙忙把红包拿出来塞到依豪手里。依豪还没拿稳，婶婶就把红包抢了过去，打开看：哟，才800块，太少了吧。你这个姐夫，在大城市里当老师,姐姐也在大城市里做生意,每个月大把大把的钱进,怎么小弟定亲,才封几百块钱的红包? 那不行,你这姐夫不够大气。要多封点。起码要2000块才行。

　　陆玫听了,又急急忙忙地拿出200块,塞给依豪。可是婶婶不放手,扯住依豪的外套不放。依豪是个读书人,不习惯别人拉拉扯扯,何况这个封红包,是你情我愿的事,你这样拉着扯着不放,是不是有点像拦路抢劫的意思? 人家千里迢迢开车回来,都没休息一下,你就拦着人家不给进门,是什么意思? 依豪不太高兴。觉得这婶子太粗俗太势利,恶心。但是碍于人家是长辈,自己又还是个名不正言不顺的亲戚,只憋在心里没有说出来。婶子扯着依豪的外套不放,依豪勉强能弄懂那帮人的话,可是不好说出自己的观点,只得求助于陆玫。可是陆玫皱着眉也不说。衣服老是被人扯着也不太舒服,依豪一边往前走一边想挣脱人家的手。可是那婶婶不肯罢手,这边一边走,那边紧拉着不放,衣服禁不住两个成年人的针锋相对的拉扯,只听得扑哧一声,衣服就在众目睽睽之下撕开很大一条缝,从胳肢窝那里开始一直开到底部。这个情形的出现,也不知是不是因为婶子用力过猛,死死地拽着衣服不放的结果,还是陆玫给依豪买的这件外套太过于关注价格而忽略了品质,或者两者都有之,总之在众目睽睽之下,那衣服就扑哧一声地扯烂了。

　　衣服一烂,婶子的手马上就松开,依豪就摆脱了她的用力拉扯,只是虽然身体轻松了,可是神情却轻松不起来,那么多或见过或没见过,或是见过又忘了见过的亲戚亲见他因为小气而被长辈扯破衣服,这个在婶子嘴里口口声声地说他这个来自大城市的有钱的姐夫却因为小气而这样扯破衣服,怎么着也有些尴尬。破了的衣服他也不穿了,脱了下来,给了后面的陆玫,把打开了的红包给了手端红托盘的年轻人,径自进去了。

　　陆玫家是一幢有两层的小砖房,一楼是厨房,大厅(吃饭会客)和她父母和她奶奶住的地方,二楼中间一个大客厅,两边各一房,她和她弟各一间。第二天亲戚朋友过来聚一聚,吃午饭聊天。二楼客厅的茶几上摆了一些糖果坚果等零食及水果。从大城市里来的依豪听不懂陆玫老家的话,所以待在二楼客厅的多。依豪正同小孩看电视,那个扯坏他衣服的婶婶从一楼摸了上楼,看她那神情,好像并没想到二楼还会有人的,上来之后顿了一下,打了声招呼,然后自言自语地说,这细伢子,好懒,家里都不收拾。然后也不管不顾,主动承担

整理茶几上的零食，沙发上的杂物的事情。依豪看她在整理家务，不想碍着她做事，于是带着小孩下楼去了。等过半个钟头，在外面路上闲逛够了，估摸着二楼客厅的整理事务也差不多弄好，然后带着小孩上楼继续看电视消磨时间。等上楼到客厅，发现茶几上的零食，主要是比较贵的坚果类基本上被席卷一空，只剩下一些花生瓜子这类家家户户天天都能吃到的东西，而那个整理客厅的婶子早已如黄鹤一般一去不复返。等下午那帮亲戚吃过晚饭一个二个骑着摩托车回家时，依豪发现婶子坐的那辆摩托车的后备厢里塞了满满的吃食，都塞不下，盖子都半张着，像是一个人张开了大嘴一般。依豪想，那二楼客厅茶几上的那些不翼而飞的吃货，差不多都在这后备厢了。

家里买了这些零食，本意是招待亲戚朋友的，陆玟家一家人劝大家别客气，多吃点，这个是应该的。但是依豪想不明白的是这个婶子干吗打包走。难道这就是传说中的吃不了兜着走？

陆玟父母懦弱无用，身体又差，在村子里人家个个都是修的三层的大瓦房，她家还是政府帮忙出一部分资金修的两层的小房子，虽然有两层，房间却仅四间，仅够一家人住的，没有多出一间客房，并且每间房都不大。陆玟家的那帮如狼似虎精明能干的叔伯家都是两幢三幢房子，每一幢都比她家的大。所以他们在陆玟家如同在自家一样随意妄为也是能理解。但是依豪有点不能接受。按说亲戚家谁家穷，大家就应该帮谁家才对。可是相反，情形却损不足以补有余。那些亲戚不仅把她家的茶几上的坚果水果私下打包弄走，奶奶和父母给他们打包的肉蛋都老实不客气地全部收下，不管是生的还是熟的。凡是买来招待客人而没能吃完的，家里都分给那些最先来而最后才走的所谓的至亲，一一分发完毕，打包带走。这个倒也没什么。只是令依豪不解的是，过后两天他和陆玟三人还在她家，可是一日三餐尽吃的是前些日没有吃完而剩下的汤汤水水，没有一块完整的肉，就着青菜下饭。依豪想，陆玟家人也太把那些叔叔伯伯至亲当回事，而太不把他这个大城市里来的女儿女婿当回事。陆玟毫无察觉也没有一点觉得不舒服，依豪有所感受却不想跟陆玟讲。好在在老家的时间很短，很快就要回去了。临走时陆玟的奶奶又弄了些鸡蛋鱼肉来相送，依豪想着如果他将仅有的这点食物带走，不知她家还有什么可以下饭的菜。于是不肯收，将它们归还给老家的他们。

在陆玟老家，陆玟同她父母奶奶以及一众亲戚在楼下叽叽呱呱地说个不停，这种没打算让他这个外人听的话，依豪真是一个字都听不懂。所以几天他都是带小孩看动画片或是四周闲逛，也不知道她同她家人交涉了些什么。不过回到城里之后，这内容是渐渐地为依豪所知了。因为陆玟在一五一十地同他讲。

主要意思是陆武准备结婚，但是女方家提出要在老家县城买套商品房才同意。可是陆玟父母拿不出钱来买房。于是亲戚就怂恿陆玟父母，要陆玟依豪两人出钱给他们买，不是首付，而是要全款。也不多，带装修才 20 万。

依豪以为红包都不封上千的陆玟会不把家里人的意思当回事，却不料这次回家才三两天，家里用家乡方言和家里人观念同陆玟说了一大堆，居然把陆玟的心思说转了。她想替父母着想，帮她弟出钱买婚房。

依豪心里一惊，想不到事情和观念转变得这么快。依豪说，我都快四十岁了，才准备买一套房给自己住。你弟二十岁多一点，为了自己结婚，却要抢夺人家买个房有个家的愿望，是不是太把自己的事当回事，而把他人的事不当回事？他们都很年轻，完全可以把结婚这种喜事化为动力努力挣钱给自己买房，何必把自己的幸福建立在别人的辛苦之上呢？

陆玟说其实她也不愿意。但是看到她父母那么没能力，而弟弟又那么任性而为，以这种逼父母出钱买房才肯结婚的方式要挟家人，她又有什么办法？她如果不肯帮忙，家里那帮如狼似虎的叔伯，又该怎样每天在自己父母面前叽叽歪歪个不停了。

依豪虽然在学校上班并没有多少体力上的辛苦，但是在休息时间守档口打理档口却是一件十分辛苦的事。虽然现在没有开店了，但是开店的那一幕幕仍时不时地浮现在眼前，一年搬八次家的体会，撑着伞炒菜的情形，在雨中踟蹰彷徨的苦痛，都能感受到挣钱的不易，而对钱有了与从前不一样的感受。钱不是不能碰的阿堵物，碰了它也不会弄脏手，钱也不是离了它万万不能的万能之物，有时过程也是一种财富。适当的资助是可以的，但他看不惯那种逼父母掏钱帮他们准备好过幸福生活的一切的思想。那种剥削家人而毫无内疚之心的人他是看不起的。

没了那二十万，依豪陆玟他们仍能在大城市里买房，首付低一点，贷款多一点，房子买小一点，都可以解决因为帮小弟买婚房而增加的资金缺口。但是有必要这样帮那些不懂事的年轻人吗？为什么不可以借给他们五万，他们自己再想办法挣个三五万，凑个首付，然后分期贷款？这样他们工作也有动力，而

别人也没有因此而降低生活水平？

陆玟将依豪的想法跟家里讲，家里不同意。他们觉得买房找银行贷款利息太高，不划算。依豪听了，很是生气："难道把我们的钱拿去买房就划算？当然用人家的钱很划算了，又不用出利息，又不用还本钱。平白无故地就有了一套房子住。换谁谁都开心。可是咱们的钱是捡来的吗？是花2块钱买彩票中奖来的吗？是大风刮来的吗？这种只要别人努力自己不肯出力的家伙为什么要帮？就因为他是自己的弟弟？

"你叔伯那么厉害，挣钱那么在行，修了一幢三层楼的房子还不够，又修一幢三层楼的房子，不为别的，只为炫耀摆阔。可是你父母能力差挣不到钱，家里房子又破又旧，他们为什么就不帮一下这个没用的兄弟忙出钱修？非得要政府扶贫，出上三五万，才修出这么一座矮小的房子？你家那帮亲戚为什么就不帮点钱，修得再大一点，住起来稍微宽敞一点，而不是现在这样一看就是政府扶贫修的扶贫房？自己不讲兄弟情谊，却要一个外来的姐夫讲兄弟情谊，而且这个姐夫，还是……"

"还是什么？"陆玟捡过来追问。

依豪觉得自己话说过了，不想再说。可是陆玟却不想放过，一再地追问。

依豪叹口气："咱们同居了这么久，都还没有领证呢。"

"咱们各自都领过一次证了。这个证还要不要都无所谓了。就那么回事。"

"可是领了证，就相当于政府给了一个保障，有了合法性了。"

"政府给了保障？保障不会出轨，不会再离婚？"

"这个倒没办法保障。政府保障的是双方经济上面的。"

"你就这么无情无义，只顾自己，不顾年幼的弟弟？"

"那也不是一点都不帮不顾，只是感觉帮得太多了，只怕会成为仇人。我想如果年轻人真想结婚体面一点，弄个婚房，也可以。只是花掉别人那么多钱是不是不太应该。而且他们两个都不在老家县市做事，在那里买个房结个婚，平常不住，岂不是浪费？要不咱们在这边买个现房，布置成新婚，给他们结婚时用一下？过后咱们也可以住，他们两个也可以住。结婚又得了体面，我们一家和他们小两口也得了住，不会浪费那几十万块钱。你看可不可行？"

陆玟把依豪的方案讲给家里人听，家里不乐意，用别人家的房子当婚房结婚那有什么意思，不就相当于租个房住租件衣穿，有什么面子？小弟也不高兴，住别人家的房子哪有住自己的房子自在？

依豪说："这就摆明了要夺人房产才开心了。有必要吗？又何苦呢？你知道我为什么想着买套房住吗？虽然我住那种出租屋也不是很自在，不过咱们一把年纪，忍一忍也就过了。只是小孩子还小，她跟着咱们住这样的房子过这样的生活，对她的性格形成和个人成长不是一个好事。前段时间，小孩子在家里，看着窗户外面有老鼠爬来爬去，大喊着叫爸爸，爸爸，你看，那上面好大一只老鼠。我抬头一看，果然一只大老鼠，在乱如蛛网的电线上爬来爬去。我在想，有条件给小孩一个好的生活环境，却非要住那样的地方，对她会不会太残忍了一点？虽然她不是我亲生的小孩，和我没有一点血缘关系，但是她从小跟我长大，咱们也有感情，总觉得让她有个好一点的生活是自己的责任。不然也对不起她的童年了……"

"你自己的小孩不操心，倒是很操心别人的小孩……"

"我的小孩不操心，那是因为不需要我操心。有人比我更能给她一个好的未来。这是一个。第二个，一个小孩属不属于你，有时不仅是血缘，你只要对她（他）付出了感情，那个小孩即便不是你亲生的也会认你是亲生的。动物里有种刻板效应，一只刚出生的小鸭子或是其他小动物，如果它是你完全一手带大的，那么它就一直认为你是它的父母，一直认你跟着你恋着你，而不管你是两脚的人类还是两翅的鸭……"

"你这么关心我的小孩子，你怎么就不关心我的弟弟呢？本来我们是有能力帮他的。"

"不帮你弟，因为你弟已经长大了，他不能再依赖别人了。"

"可是农村里都是这样子啊。儿子结婚，父母给他们准备新房。我父母没能力，所以只好找我们了。不然结不成婚人家会看笑话说闲话的。"

"我看你弟的那德性，只怕仅仅出钱帮他买新房还不够，以后有了小孩，只怕奶粉钱都还要咱们出。"

"奶粉钱不会再找咱们要了吧。"

"难说。如果找我们要，而我们不给，只怕还会恨我们不帮他。一碗米养个恩人，一斗米养个仇人。老人家都是这样说的。如果真要这样，我看还不如咱们打个结婚证，我们再生一个小孩。帮别人养小孩，不如养自己的小孩。"

"嗐，我才不会再生小孩了。我有一个就够了。你想生找别人生去。"

"想找别人生，一时半会也确实有点难。"

"那就是了。"

就这样，两人为了弟弟的婚事起了争执。可能在陆玟父母亲戚之间，他们觉得依豪陆玟两人挣钱很容易，所以应该帮家人。可是陆玟是亲身经历开那士多店的，她怎么也会觉得做小生意挣钱容易呢。或许她在想，作为姐姐应当帮下弟弟，所以自己辛苦都是应该的，而依豪与自己在一起，那是因为爱自己，爱屋及乌，所以也应该对她的小弟有所帮助。但是她可能体会不到，依豪曾经是闲散随意惯了的，在认识她同她同居之前，他的生活根本就没有那样起早摸黑过。他之所以改变，是因为情形有所改变他不得不改变，同以前的生活进行切割，离了达依，找了陆玟，都是进行天崩地裂天翻地覆的转变。可能他愿意为陆玟吃些世间苦，但是他并不想为陆玟的弟弟吃苦。为陆玟和为陆玟的弟弟是两码事，虽然他们是一家人。而且按依豪的理解那完全不必要。

自此两人的感情日渐淡漠，陆玟认为依豪为她做得不够，而依豪认为做得太够了，对她的女儿视同亲出，尽心尽力地照顾，想给她一个超出母亲能力范围的未来。而对于其他亲族，尽点心就够了。

自从他搬离市中心搬离学校集体宿舍另外租房子住以来，他的日子并没有别人想象的那般顺意。只是他不愿意说出来罢了。

小孩子要上小学了。本来其实只要两人打了结婚证，小孩子的户口就可以从老家迁过来，再买套房子，上学就可以就近上了。依豪曾经提出来过，陆玟却是模棱两可，并未给予积极回应，所以依豪也没有再多问。等到快要报名的上半年去咨询时，陆玟才确认在这边上学并没有那么简单，可是再来迁户口什么的已经太晚了，迁户口买房过户都要三五个月以上，到那时小学早就开学很久了。

这样小孩子如果还要在这边读，只能读私立的，而且费用不便宜，建校费什么费加起来一次性要交5万，而且以后每学年还要另外交什么择校费，名目不一，目的却只有一个。陆玟这下有点舍不得了。于是小孩只能回老家上。也可能陆玟觉得自己迟早是要回老家的，小孩回老家读书也没有什么不好，所以也并不积极用心地想着怎么在这边给小孩找学校。老家的教育并不比外面大城市差，而且费用更低一些。所以小孩就送回去了。

刚开始小孩离了父母并不太习惯，所以陆玟就离职回家专职带小孩上学。

这边物流公司在老板的胡作非为下，公司业务江河日下，工资一降再降，一拖再拖，做着也没什么意思。所以离职也很容易，也没多少押金退。两人多年来开店的钱有一多半都是进了陆玟的银行卡，依豪也收了一小部分。但是他有工资收入，还有分文未领的公积金养老金等，所以也无所谓谁多谁少。小车是国产的，买时也就十来万，登记在依豪名下，一直都是依豪开。这个如果算进来，也差不了多少了。

开始陆玟回家后，依豪还过两三个月回去看望她们母女两个一次。再往后，依豪想再去看她们，却被告知，她已经由家里另外找了一个，准备搭伙过了。

依豪觉得有些意外。但是他知道陆玟虽然为人很节俭，有时也显得小气，但是同家人之间的感情极好。所以带小孩回去上学之后，离了依豪，近了十多年二十多年相处的家人，受了他们的影响，远离了他也是能理解的。他们本来就是抱着临时搭伙过日子的想法，虽然依豪也几次提及领证对女人这边的好处，陆玟却是不甚积极，几年来他们也回去她家几次，也没见她家催逼他们一次。

虽然两人在一起也有感情，但是也会因一些日常琐事时时起争执，这些不致命的小争执虽然看似无恙，但是却稀释了两人的男女之爱，使得依豪尤其是陆玟并没有长久生活下去的坚强决心。可能依豪对小女儿的感情更多于她妈妈。小孩子是天真无邪的，她没有沾染上世间的各种颜色，所以还能争取一下。可是毕竟她妈妈才是她的亲生母亲，而他并不是亲生父亲。所以只要她妈妈不愿意，随时可以剥夺去这层并无血缘基础的父女之爱。

依豪又回到一个人的单身世界。这一次的痛比上一次来得更淡一些。可能是他拿到了与生活相互依存的钥匙，有人说，何以解忧，唯有杜康。有人说，何以解忧，唯有麻将。有人说，何以解忧，唯有围棋（围棋又名坐忘什么的）。有人说，何以解忧，唯有信佛。有人说，何以解忧，唯有读书。读书依豪有基础，从小他就喜欢读。后来参加工作了，虽然有一段时间因为工作繁忙或是内心烦忧而没怎么读书，但是最终他发现，唯有读书，才能忘怀世间的诸多烦恼，而还能有所裨益。所以他也就越来越依靠读书来填充工作之外的漫长的黑夜与白天。

不过读书用功太过，也会有些累，所以当他读书读累了之时就四周走走。或者说，他时常在读书之余四处走走。而并没有打算把自己埋葬在书中。而是使自己藏身世间，做一个事业上无甚作为但还是热爱生活的人。可能这正是许

多写下流传千古的好作品的人的想法，生活事业不如意，那就在书的世界中寻找慰藉。

因为是一个人，所以也用不着那种一房一厅的房子，虽然那出租屋也没有多大。更何况，斯人已去，自己一个人住在那里有什么意思。所以寻思着搬走。找来找去，又找回到了原来的那栋出租屋。那房东和他还有联系，楼顶的花草仍然还在，所以依豪又搬回了没有与陆玟同居之前的单身小屋里住。周末节假日去图书馆的时间更多了，次数也更多了。

第十四章　渐行渐近

依豪去区图书馆，他先骑电动车到地铁口，把车锁在地铁口 C 出口的停放区间里，然后坐地铁去。停了几次感觉不得劲。因为几次他把车停在最外一排的，到下午回来骑车时，那车都被挪到最里面一排去了，而想骑出来，外面都是密密麻麻的电动车摩托车，想突破车阵重围殊属不易。那是他去得早的，如果去得晚了，那里都没有一丝毫空位，但凡可以停的，都被塞进了一辆，他想停放都很难。只好挪动摆放其他的车辆，腾出个位来，好停车。于是几次，有点烦了。他看到近地铁口旁边的一家早餐店前的人行道上有空停车位，城管划了停车区间的，他把电动车停在停车位里。那间早餐店生意很好，桌椅都摆上人行道了。

又过了一段时间，那些位置又被吃早餐的或是办其他什么事的人的车停满了。依豪又往离地铁口更远的地方找停车位。过去几档也是一家早餐店。虽然互为邻里，生意却是天差地别，每天早上都是冷冷清清的几个人，档口里面的桌子都坐不满，人行道上摆的桌椅更是空无一人，形同摆设。

那一天依豪又被人挤出了局，只好来到这家早餐店前，想把车子停在店前的停车区间里。没有碍着人家做生意，停车位还有很多。刚一停下，准备挂外锁，一个胖女人过来，说那边有位置停，可以停那边。依豪顺着她胖胖的手指

看过去，她指的是旁边另一个档口前的停车位。也有空位。

依豪有点生气，被人驱赶的味道不太好。他想起多年前他和一个同事骑电动车在一家五金店档口下避雨的事。他载着他同事从批发市场了解行情返回，途经林安物流园时，天上突如其来地下起了大暴雨，一时间身上都快湿透了，于是冲进这最近的一家档口前避雨，没有在档口的大门前，而是旁边过道上，过道上面是二楼，是一个骑楼格局。本来五金店也无人进出，他俩避雨的地方也不在五金店的进出门处，天下暴雨，行人无处可去，在此躲避一时，本也无不可。可是他俩刚一停下，店里就走出一女人，要他们不要在这里躲雨，影响她家做生意。依豪惊讶于世上还有做生意的人会这样对待这避雨的人，即便是不做生意，行人在你家檐下避雨，也无需驱赶，更何况你还做着生意。更何况人家离你家档口进出的店门还很远，也没有挡了你的财运。在人屋檐下，你也不好跟人家争，想想那雨淋到身上也没什么，天又不冷，咱又是男人，湿了身也无所谓，于是立马骑车而去。虽是多年前的事，但是那做生意人的嘴脸历历在目，有时也觉得挺可恨的。这次他觉得没必要听任他人驱赶，于是他反问："这里为什么不可以停？"

那胖女人面无表情："我没说不可以停这里啊。我只是告诉你那边可以停。"

"我停在这里好好的，为什么要听你的停到那边去？"

"那边有空位啊。"

"这里没有空位？这里是公共区域，你敢说不让我停？碍着你做生意了？"

"是！"

"那我停在这里，又怎么样？"

那胖女人还要争下去，店里的一个老板模样的中年男人插话了，他正端着铁锅给顾客炒米粉：

"可以停，可以停。你就停这里好了。"

说不说都一个样，他铁定把车停这里了。锁好锁头之后，他就去地铁口了。

到下午他回来骑电动车，发现他的电动车被人移位了。被人不辞辛苦地移到了旁边。如果在地铁口，他的电动车被人移到里面停车位置导致他的车开不出来，他都没这么生气。因为他知道是那地铁口值岗的人挪的，原因或是领导视察发现车辆摆放不整齐要他挪，或是他停在外面挡了停在里面的人骑出来。这可以理解，不仅理解，还要表示敬意。但这里，仅仅是认为碍着自己，就胡乱挪动人家的车辆，他认为不可接受。

第二天早上，他又把电动车停在这里。那胖女人对他怒目而恣。他说："我碍着你什么了？"

"你这人，为什么别的地方你不停，非要停我这档口前？"

"那我停到别的档口前，别人是不是也这样不让我停？"

"那我管不着。你别停我这里就行了。"

"你觉得很在理吗？"

"在理。"

"难道我不能告你吗？"

"你告啊。你告我不让你把车停我档口前面。"

"不，我不会这么告的。我告你非法占道经营。"

"嘻！我怕你！你告啊！"

"那我就陪你玩玩。"

依豪把车停去地铁口。打了一个电话，然后走了。

过了不到半个钟，一辆城管的车就停在那家快餐店前。车上下来几个穿制服的人，叫他们把摆到人行道上的桌椅全部收进去。胖女人还要抗辩："你看别的档口也是把桌子摆上人行道，你不找他们，干吗专门只找咱家？"

城管说："别的地方也有吗？可是我们没接到投诉啊。我们就接到你们这家占道经营。有投诉咱们就要处理。"

第二天早上，依豪又把电动车开过来，准备把车停在这里。这里和昨天早上一样有几张折叠桌子和胶凳摆在人行道上。

那胖女人一脸愤怒，而那个男店主，昨天还比较和善的今天脸上也有些不爽。依豪问："这里可不可以停放？"

胖女人不吭声，男主人也不吭声，胖女人瞪着他看，男的拿锅铲把锅沿敲得叭叭响。

依豪把车锁好，然后去了地铁口。边走边打电话，半个钟头不到，城管的车又开过来停在这家早餐店前。有人投诉你家占道经营，把人行道上的桌椅收起来。

夫妻俩无法，只好乖乖地收起本来也没有顾客用的桌椅。城管很满意于他们动作迅速，很配合他们的工作，走时交代他们，自己用心一点，别再让人投

诉了。再投诉可是物品要没收，营业执照要取消了。

依豪晚上回来，那电动车安安静静地停在原地，一动也没被人动过。

早上依豪再把车停到早餐店前时，那人行道上已是干干净净的，没有桌椅挡道了。

再过一天早上，再停车，仍然没有摆桌椅上人行道。依豪把车停好，从来没进去这家早餐店的他这次进去了，坐在桌前。

早餐店两口子没有吭声，自顾忙自己的。

"生意更差了些吧？"依豪见顾客都走了，他对老板娘发话道。胖女人听了低着头，眼里含着泪，没说话。

"进了门，就是客。老板，来一碗汤米粉。"

不一会，汤米粉端上桌来了，老板端过来的。

"现在店里不忙。咱们坐下来谈一谈吧。做生意还是有点讲究的，进不进门，其实都是客。你不能因为我不在你们店里消费，然后外面就不可以停车。外面是公共区域，你看城管都划了停车线，你干吗不让别人停呢？停在你门前挡住你们做生意了？有车停在你门前，说明有人，有人就有人气，生意就更旺啊。我以前也做过一些生意，做生意很辛苦，我也知道。做生意没有保障，好的时候好，坏的时候坏，有时怎么努力也是白费。但是做生意也讲究生意之道，懂了做起生意来也会顺水顺风好很多。你看你旁边那家早餐店，难道他们的位置就比你们的好很多吗？虽然他们离地铁口近了几步，可是你们的店离学校也近了几步，家长送小孩上学时在那家店里吃早餐的人也不少啊。虽然我没做过餐饮，但是我还是愿意帮下你们。我们虽然因为停车而起矛盾，但是我们并没有深仇大恨啊。我不是十大恶人之首，你们也只是本分做生意的本分人，我们何必互相伤害呢？

"其实我发现，你们店的生意比前面那家要差一些，并不是因为位置比他们偏，要说偏，大家都偏。也不是地方小，店子前面的地方都一样的大。其实在于两点，一个是老板娘对人的态度，进不进来都是客，而并不是进店消费的才是客。也并不是顾客才是上帝，其实也未必要把顾客当上帝，你把顾客当邻居当朋友就好。人家进不进来没关系，你看见人家把车停在你门前，你都可以主动打声招呼，要不要过来吃个早餐。人家不吃也没关系，说一声我只是把车停在这里。你大可以说好的，欢迎下次进来咱店。人家这次不进来，也许是因为在别的地方吃过了，你态度好一点，冲人家一个微笑，以你老板娘的魅力，说不定下次就进来了呢？如果老板的手艺好，做的东西合他的口味，说不定他就是你店的常客了。然后他有亲戚朋友，有同事，有小孩，然后顾客不就源源不断地来了吗？老板娘的态度很重要。"

老板说："我说了，别人把车停在咱店前面就让他们停，可是她就是不听。说是停了就挡住别人进来了。"

"这个老板和我是一个想法。那天老板娘要我停去别的地方老板说停在你们这里也可以，我听到了。所以说这是一个态度的问题。而且服务好一个顾客难，但是得罪一个人容易。你要多从别人的角度看，不要只顾想着自己。如果地铁口有地方停车，我干吗要停到这里呢，走过去也要几分钟啊。而且这里是城管划线的可以停车的区域，我也并没有乱停乱放啊。所以我生气也是正常的。"

"对不起，我不应该那么做。"

"做生意讲究和气生财。我做过几次生意，知道这一条很重要。还有一个，手艺要好，东西要有所不一样，顾客才会帮衬你。都一样的东西，一样的早餐，或者还比人家的差那么一点，位置哪怕比人家还要优越，人家也未必前来光顾。何况你比人家远那么几步路呢？老板，我老实跟你说，你做的汤米粉味道不怎么样。"

"唉，其实我以前也不是做餐饮的。只是因为工作不好找，又要照顾一家老小，开个店能赚点钱又方便照看一家人，所以才开早餐店。咱们是半路出家，味道自然不比人家了。"

"做汤米粉讲究的是浇头，是汤料，汤料好，米粉吃起来才香啊。"

"这个我也知道。可是做好一锅汤料费时间啊，咱店人手少，早餐东西又杂，包子馒头米粉和粉，这人要吃这个，那人要吃那种，你不都备一点，人家没得吃就不来了。"

"所以，你样样都有，别人有的都有。可是样样都不怎么样，因为你没办法做得人家那么好。这样子怎么行呢？"

"那你说怎么做才好？"

"你不用样样都做。你可以专做一样或几样。"

"你吃过常州牛肉粉没？"依豪又问。

"吃过，味道很不错，滋味浓厚，回味无穷。只是听说名堂多，一般人弄不来。"

"是的。那粉有讲究，要用鲜米粉，现做现卖，不超过十个小时的。牛肉浇头也有讲究，要用文火熬上十来个钟头，头天晚上熬制，第二天早上现取现用。我以前没门路可找时，就曾想过开一家牛肉粉馆的。后来做了别的去了，就没有做这个了。但是心里一直想着这个，因为咱上中学时，天天早上就是在校门口来一碗牛肉粉下肚的啊。过去多少年了，那滋味一直都忘不掉。可是后面去外面，却一直找不到家乡的牛肉粉的味道。到处都是桂林米粉、沙县小吃，这个粉那个面，这个饺那个饼，可是并没有咱家乡的熟悉的味道。不过这几年慢慢地，咱家的这种牛肉粉馆也开起来了，用心找哪里也都能找得出来一两家。只是可惜相比那些有名的少了很多。"

依豪顿了一下，好言劝老板：

"其实你可以开这样的牛肉粉馆。"

"可是我们不会做啊。"

"这个我可以教你们。以前牛肉粉开不起来，就是因为这米粉有点难搞。要现做现卖，米粉时间久了味道就不好了。现在快递很发达，同城快递半天就到货了。我有他们米粉厂的联系方式，拿货很方便。牛肉浇头怎么做也容易，我一个晚上就可以教会你们，原材料附近的菜市场很容易买到。要不要做，你只要改个招牌，加点厨房用具，1000块就搞定了。"

老板很感兴趣，问老板娘要不要搞。

老板娘虽然有兴趣，但是有疑虑。不肯轻易答应："咱们开了一两个月了，现在好不容易积攒了些顾客来咱这吃早餐。如果改成牛肉粉馆，没几个顾客来吃怎么办？一个月3000块钱的租金都出不起。"

"这个，你们现在能做得出租金吗？"

"勉强做得出。"

"交了租金还有多少赚头？"

"没什么赚头了。"

"那就是了。你们这样做下去也未必能有多少起色。还不如改成牛肉粉馆。要不这样，我先付1000块钱给你们，就当是我以后吃早餐的预付款。我帮你们把这牛肉粉馆开起来。"

"那怎么行？"

"那有什么不行。咱们不打不相识，能帮你们我也很开心。更何况我一直以来也想开家咱家乡风味的牛肉粉馆，让那些想吃家乡风味的人能很方便地吃到。这也是人生一乐也。你们俩觉得好不好？"

"嗯，好，嗯，行……"

"我认识做广告的老板，我叫他来量尺寸做招牌，还印上 1000 张宣传单四处发。你们档口不是还有一个小妹子吗？她是你们请来的？她可以帮忙去地铁口发啊。"

"她是我小妹。没去上班，暂时帮我们做。"

"那可以啊。那么漂亮，去发传单一定很多人愿意接的。"

"她啊，脸皮特薄，发传单未必肯去哟。"

"没事，没事，我帮着一起发。我都老油条了，我发传单最在行了。当年我也是从一个不敢发传单，一说话就脸红的年轻小伙子这么走过来的。年轻人，做生意要大方，做生意又不是干坏事，大大方方地做，才有多多的钱进哩。"

依豪也没有别的事，去图书馆都是随意，可去可不去。要做就马上做，于是他在吃早餐和夫妻俩说话的当口就联系了做广告的。做广告的正闲着没事干，一听有活了，马上风风火火地赶来，量好尺寸说好要求，依豪付了款，做广告的回店里干活去了。

招牌三两天就做好了，挂了上去。大气醒目的字，参照了别家的样式，又增加了自己的设想。宣传单也印好了送了过来。依豪带着老板娘、老板娘的妹妹去地铁口发传单，三个地铁口出口一人把守一个，乱发了一通，有些人接，有些人不接。姑娘长得很漂亮，年轻小伙子接得多，依豪油嘴滑舌，中年妇女接得多，老板娘人有点胖，派她去人最少的出口，也发了一些。1000 张传单发出去了 500 张，效果怎么样，有待时间考验。第二天，过来吃牛肉粉的有了一些。老板娘留在店里帮老板打下手招呼客人，依豪带着老板娘的妹妹从小学门口过去，经幼儿园，走一条过往送小孩上学的家长走出来的林间小路去了另一头，地铁口到牛肉粉店到小学到幼儿园包围的那一大块，原来是座小山头，地铁通了之后政府把它卖给开发商建楼盘，楼盘正在建设之中。工人进出工地的出口在那一头，正是早上开工之际，依豪和姑娘一人站一边把守工地大门，面带笑容地发传单。传单一发出去，就有人叫，哈哈，有咱们家的牛肉粉了。是用家乡话说的。依豪也就顺便用家乡话说了起来。

"哟，你也是咱那里的人啊。"

"是啊，是啊。"

"还是老乡呢。"

"老乡要互相帮助啊。"

"当然，当然，咱们这里老乡可多了。你们店在哪里啊？"

"就在你们后面，绕过你们的围栏两三分钟就到了。"

"有点反水，不说我们也很少过去，不过也不远，明天我们就过来尝一尝。"

"好的，欢迎欢迎。"

传单虽然没发多少，但是说家乡话的人还是蛮多的。应该效果不错。

第二天七点多，来了一拨说依豪家乡话的工友吃牛肉粉。几口吃下去，个个都说是正宗家乡牛肉粉。吃的人尽力吃了个够，回去就有力气宣传了个够，第三天第四天，一拨一拨的人就过来了。此后不仅坐地铁上班的白领宁愿多走几步路过来吃，工地上的工友绕过围墙过来吃，就连镇上小巷深处那些一天到晚打麻将的人知道了也不辞路远地过来了，他们可都是些有钱又有闲的老头子老妈子，有年轻人的好胃口也有老年人的思乡情怀，都过来尝老家的味道。牛肉粉馆的一家老小忙得脚不沾地，收钱都收不过来了，老板娘专门负责收钱，另外还请了一个人帮忙端碗拿筷。一个月下来，收入翻了好几倍，达到三万的营业额。月底一数钱，老板一家乐开了花。

粉馆早上六点半开始，做到下午六点半收工。晚上收工老板做了几道好菜，关了档口，一家几口恭恭敬敬地请依豪过来喝酒。依豪去了。

席间老板把2000块的新钞放在依豪手上，要他收了。依豪不同意：

"这是我的早餐钱啊。这叫预付式消费，吃一餐，扣一次的钱，扣完了我再给啊。"

"多亏了你，咱店的生意才好起来。咱们怎么还好意思收你的钱，只要你来咱店里吃，咱店就不收你的钱，你是咱店里的终身免费会员。"

"这个不行。"

"这个行。"

"这个怎能行。"

"这个一定行……"

两个成年男人大着舌头说绕口令，绕来绕去，依豪见他们真心诚意，也就罢了，接了钱放回口袋。

席间老板问依豪从事什么工作，家人在哪里。依豪都讲了。酒酣耳热之际，老板问依豪怎么不再找一个。依豪不同意，说一个人过也挺好的，不想再折腾了。老板说好好的一个老师，这么好的工作，怎么就不娶个老婆？老婆没了，可以再找，干吗非要单身呢？依豪不同意他的说法，说老师这份工，你要看是什么人做。俗话说十只黄猫九只雄，十个老师九个穷。做一般的老师收入也就一般。可能好的就是休息时间多，一周上五天班，一年一个寒暑假，差不多上一天班休一天。也就这样。

老板问他，抽烟不？依豪说不抽。嚼槟榔不？不嚼。打牌不？不打。去KTV唱歌不？不去。那下班之后干什么？依豪说，看下书，跑下步，看会时事新闻，就差不多了啊。

老板一听这么好的同志，让他单着实在太可惜了。如今像他这么好的男同志，可以说是十分稀少了，让他单上一年半载的都是浪费啊。老板想把妻妹托付给依豪，问："你都同我家妻妹外出发了几天传单，都很熟了，你看我家这位姑娘怎么样？"

"很不错啊。人又漂亮，又年轻，性格也大方。"

"你看你们俩处不处得来？"

依豪听了吓了一跳："我？我和她？我都四十岁了，她才二十多点，咱们的年纪是不是相差太大了一点？"

"大那么点岁数又有什么关系。你不抽烟不熬夜，保养得很不错，看上去也就只是三十出头，两人差那么几岁怕什么。只是我那妻妹虽然年纪二十多了，可是还不懂事，要她做事挣钱都不肯，去工厂做厂工嫌累，去商场超市做服务员嫌工资低，找男朋友这个嫌幼稚，找那个嫌没好收入家里穷，高不成低不就，也真是麻烦。我娶个老婆也就算了，可老婆给我带了这么一个拖油瓶，也是个大麻烦啊。"

"她帮你们家做事也很勤快啊，端茶倒水收拾桌子发传单都干得很不错，没见她偷懒啊。"

"唉，你不知道。我这做姐夫的，不给她找个好人家，我怕我老婆骂啊。

别人也就算了。是你我才介绍呢。你虽然比她年纪大了点，可是别的都不错啊。我不找你找谁呢？你又有学问有稳定工作，又没有一般男人的坏毛病，而且还很有生意头脑，就是不当老师去做生意也能挣大钱。哪个姑娘能找到你这么好的男人也一辈子不愁吃穿了。"

依豪愁着眉说："你那么夸我，好像我是个钻石王老五似的。你说得我都不认识我自己了啊。可是为什么我找了两个，人家都不要我了呢？"

"不要你那是人家的错，并不是你的错。你信我的。我家姑娘很不错，她对你也挺在意的，你就别装糊涂了。"

可是虽然喝着酒，依豪人却是越发的清醒，喝得差不多了也就散了。老板娘担心他喝多了，要她妹妹送他回去，依豪明白人家的意思，坚持一个人回去。晚上视线不太好，又喝了些酒，摔了两跤才到，还摔得鼻青脸肿的。好在过后几天没有课，不然鼻青脸肿地在课室里面对学生，有些为师不尊。

几年之后重回原来单身时住的小房子，房子虽然还没变，楼顶的景色也依旧如斯，而人却不复当年的人了。地方也不复为当年之地。又仿佛是个轮回，在别的地方转了一圈，又莫名其妙地转了回来。只是当年稀稀落落的几本书，现在却是堆得很高很多了。以前读书，弄了一本，不管喜欢不喜欢，看了又看，读了又读，读得很慢，也读得很少。现在才发现一个真理，不喜欢的书就丢去一边不要读，只拣喜欢的读。这样读书又快又有收获。不然逼着自己读那些不想读的书，虽然号称在读，除了浪费时间，却是了无所得，还不如不读。所以每次从图书馆尽可能地借来最多的书，能读的就读完，不能读的翻上前面几页十几页，没兴趣就直接忽略掉。所以这书的借阅量很大，费时又费力。以此打发多余的时间。

学校上班，经验越来越多，工作也越来越熟练，只要不是太懒，做好也容易。如果想要优秀当然还要付出很多，但是依豪不想要自己太优秀，能过得去就行了。所以每天过得风平浪静，一天天，一月月，一年年，很快过。

离最后一次去老家见着陆玟都已过去半年有余了。在老家那个亚热带森林里过神仙一般日子的父母忽然来电话，说家里的木房子太旧了，想拆了建幢两层的砖房。四周的邻居亲戚都已盖了新房，如果咱家不盖，显得太寒碜了。

依豪家在老家那一带一直都还算是殷实人家，不比一般人家差。依豪哥哥很早就读书出去，在外面有了国家公务人员的工作，依豪虽在前面走了些弯路，混得不太好，后来也走直了，进了学校，成了一名还算过得去的老师，妹妹也在一家外企做翻译，这在一般人家都是比较少的。兄妹三人都外出工作了，所以家里的房子也没想着翻新改造，以为爷爷奶奶父母几个在家住着也可以了。家里的房子虽然比较旧，但是那是两层楼的木房子，很有些光辉灿烂的历史，即便有些旧，可也舍不得拆了另外建。依豪的意思是这么好的百年古屋，方圆百里都很少见的，能保留就保留吧。不然个个都把木房子拆了建砖房，把那些历史都拆了扔垃圾堆，不是太忘本了？依豪不仅不想拆，还想等着三兄妹有钱了把这旧屋翻新，重新回到古老的过去，让后世之人代代传诵。

可现实是他挣不到钱，就是前面有点钱，都不是他能自由支配的。而且如果要翻新如旧，据依豪了解，没有 100 万弄不出效果来。可是去哪里弄那 100 万呢？以他们这些工薪家庭，只顾自己的小家都无闲暇，哪还顾得了少小离开的老家？所以几方面纠集在一起，那百年老屋一直没有变。依豪十来岁时就听老爹说那房子有 140 来年的历史了，过一年对人说一次，那房子跟着长一岁，过十年再说，那房子就长十岁，到现在又已经过了 30 年了，那当初口里的 140 年的老房子也已经是 170 年的高龄了。父母也年老，已经有 70 来岁的年纪了，房子也早就老朽不堪，不宜居住了。父母提出建新房。依豪虽然舍不得拆了百年老屋，可是也没有条件保留下来。不拆了老房子，新房子没有地基，没处修建。所以只得拆。房子很大，修新房子不用那么大的地基，所以只是拆了一头的几间屋，建个三间一偏的两层砖房子，剩下的另外一头老房子就留着不动。虽然没用，但也没必要全部扒掉。而且那一头的木房子，当初建的材料要好过这一头的，是最开始建的，现在拆的那边还是后来重建的，用的木料要比前面的差，就像故宫一般，开始用的是云贵川湘的四百年才长成的金丝楠木，但是发了两次大火，烧了两次故宫，重建了两次之后，到后来再没有合符规格要求的金丝楠木了，所以只得用大兴安岭的百年松木了，所以未必是越建在后面的越新越好，反倒是建在最初的房子的木料要好过后面的。依豪家的百年老房子就是这样。那一头因为年岁更加古老，材料更经久耐用，反而得以留存。虽然这样，依豪依然觉得很可惜，百年古屋拆了一头，在这之上建起一座不伦不类的砖石水泥的新式房子，儿时的梦想最终破灭。

那也是无可奈何的事。

修新的砖屋花了家里整整一年时间，拆旧屋，拆出来的旧木料卖的卖，老

爹也找了个买主，能用的木料卖了三千块钱，不能用的就劈了做柴烧。然后清理地基，请施工队打桩。依豪最穷，出的钱不少，20万起建，依豪出5万，他哥哥出了5万，出嫁了的妹妹出5万。家里这么多年，也存了些钱，剩余的5万就不再找依豪要了，家里父母出。虽然从内心来讲，百年古屋是他不愿意拆的。可是再不修，父母没力气弄了，虽然修房子是请了施工队，修房子的钱也尽有，但是农村修房如果没有家人照看帮助，也是没法顺利修好的，你没法在外遥控指挥别人修。没人在旁边盯着，说不定出了个别墅的价钱，却只修出个茅草屋来。所以趁父母还能照看，趁修好了父母还能住上些年月，拆了就拆了吧，修了就修了吧。依豪是这样子想的。

一年之后修好，上下两层，三个卫生间，哥哥占了两间，父母住在楼下两间，妹妹的房间也在楼下，依豪就占楼上余下的两间。装修好了之后各买各的家具。依豪就随便买了一张床，另外一间房买了书架书桌就做书房，寒暑假有空就回去住一下。

自从那位与他一同办公的女老师走了之后，那间办公室就成了依豪一人的办公所在，虽然后面又另外招了一位女老师，但是去了主任室办公。因为按最新的办公场地管理要求，主任一人而在那么大面积的办公室办公，面积有些超标，所以安排新来的女老师去了那里。依豪的办公室虽然一个人办公，以他的职务来说面积又超标了，但是那间办公室没有窗，且处在机房之前，算间仓库还好说一点，算办公室有点勉强了，所以也就算了。依豪平时就一个人在此地上班。此地远离行政教学综合楼，平日校领导罕来视察，主任副主任都走另一通道，所以很闲适，又远离学生的生活区以及休闲场地，没有学生前来叨扰，所以很安静。如果心境平和，确实是个修身养性读古书的好场所。依豪确实把这里当作读书的好场所，平日闲来无事，就读书，读那些无法躺在床上读下去只有正襟危坐才能读的书，如《理想国译丛》《经济学概论》《二十四史》《全唐诗》《宋诗钞》等。尤其是需要念出声的古文著作，更是如此。一般是不会有人前来打扰的，但是这天依豪正站在办公室走廊外，用一种不大不小的声音念读：

"慎所从第十七，夫人之所常称曰：明君舍己而从人，故其国治以安；暗君违人而专己，故其国乱以危。乃一隅之偏说也，非大道之至论也……"

楼道正上来一大群人，仔细一看，最前是系主任带路，跟着校领导作陪，后面则是市局的领导及专家，最后一堆其他人。

领导视察没有提前打招呼，或者打了招呼而依豪并没有在意，所以在空闲时间读些与工作无关的书。主任虽然走在前面探路，但是依豪读书的声音向四周扩散，人在二楼，都能听到他在三楼走廊读书的声音，主任到了三楼，他仍在读：

"昔齐桓公从管仲而安，二世从赵高而危，帝舜违四凶而治，殷纣违三仁而乱……"

主任亲切地打断依豪的读书声：

"蓝老师，在读什么呢？"

依豪把书名翻给他看，是《建安七子集》。主任说："市局领导来视察了，来同大家欢迎一下。"

依豪把书放回办公桌，站在办公室外迎着，领导过来，看到了，将他介绍给市局领导：这位是汽车系的行政专员蓝老师……

不料，正眼一看，四目相对，是达依。依豪把双眼往另一侧的围墙外的树上望去，达依的脸色没法控制却一下子红了，双眼忽地晶莹了起来。达依慌乱得没法说话，稳住脚步往前走没有停，只是不由自主地打量一下依豪的简单的办公室一眼，继续往前走。依豪也进了他的办公室。

学校领导层多已轮替，其他老师还不太清楚依豪达依之事，而且事情也过去好几年了，人事变迁，往事如烟，没人会想到两人突然就在这种情形下相见。大家都是察言观色的高手，看到市局领导见了依豪那表情，校领导也是女性，心思细腻的那种，知道个中必有内情，过后两人单独在她七楼办公室拉家常时，婉转问起达依，是否同这蓝老师相熟。

多年未见，依豪像是被时光静止定格了一样，风采依旧，神情依然落寞而孤独，而往事一幕幕，多是美好的那一面。在心思细腻的女同志面前，达依一时没法控制住自己的情感，讲出她的过往。女校长才知此蓝老师即是吕处的前夫。而吕处虽育有一女，却一直都是离异单身，而这蓝老师，在工会委员会会议上了解到他也一直离异单身，虽然前些年听闻组建过家庭，却没见结婚证给工会计生委备案，而这一两年来也仍然没听说有另外组建家庭，仍处在工会女工委计生委的关怀之下。

女人与女人之间有时互相排斥，但有时又会相互关怀照顾。吕处蓝老师离

异之后，吕处并未另组家庭，说明有未能忘怀旧情的可能，而蓝老师也没再婚，则两人有复合之最有利条件。于是女校长暗地里详细打听蓝老师这些年的生活情况，才知这一两年来工作之余无非读书独处，过得很是清苦。

新调任的女校长以此为把手，多与吕处走动联络，得知达依的困境。原来当初两人离婚，也并非完全是她家所逼，而是依豪年少气盛，不想受家人管束，愤而提出。而达依父亲本对他志大才疏，眼高手低，不能脚踏实地有些不满，于是也同意两人离婚。过后父母看着小孩年幼而女儿也正当年纪，想重新物色一位贤婿。可是碍于条件，虽有人选，却都不太符合要求。达依有小孩结过婚，男方如果未婚，似有不妥，而如果男方也离异有小孩，条件对等，达依父母又担心对小孩成长不利。达依经济条件较好，如果男方条件太差而年纪太小，也担心有人闲言。依豪虽然也不算什么优秀，但是能找个比他条件更好的，似乎也有点难。常言道，衣不如新，人不如旧。有时未必要对方有多好，反倒是第一个遇上的才是最好的。所以当那年依豪带陆玟去达依家看小孩时，达依家还为达依能找到合适的不太着急。可是随着时间慢慢推移，达依工作越来越忙，物色到的人选一个个被否，大人才发现，做一件事容易，但是当这件事做错之后想要改正却很难。于是又觉得最初的依豪要好过后来所有物色的那些。只是没人牵线没人讲，达依家也无法得知依豪的内心想法，而且即便知道依豪仍然独处，作为女方家，也不太好主动提出复合。如今学校有人愿意从中细细搭线，慢慢撮合，正是达依家人求之不得的好事。

于是校长同工会女工委委员商量，女工委委员去找依豪了解沟通，得知依豪也愿意复合。于是工会牵头约依豪达依以及达依父母去酒店吃饭，过往的坚冰慢慢化解。

工作虽然很忙，但是这事已经错了好些年了，要抓紧时间纠正，不然越来越难。于是两人抽空去最初相遇相知的那个海滩，过了两晚，睹物思情，感慨万千。

没多久，两人复婚。

达依父亲近年退休，闲来无事，将年轻时玩的后来因为工作忙而一一丢下的围棋象棋书籍都重拾过来，充实退休生活。这些其实也是依豪喜欢的，只是因为工作之故，没有多少时间弄。现在正可以拿来陪父母消遣娱乐。达依父母喜欢乡村生活，依豪老家正是他们的首选之地，所以在多年之后，只要达依依豪有假期，一家人总是团团圆圆地回到依豪的出生成长之地，种花种菜，养鸡喂鱼，过上他们想过的田园生活。

　　幸福的生活是没有多少可以记下来拿来给别人看的，所以本书也就这样很快地结束了。

（全文完）

初稿于 2021 年 12 月

二稿于 2022 年 5 月

黄锐

2022 年 7 月 4 日